Weitere Titel der Autorin:

Denk ich an Kiew

ERIN LITTEKEN
Wären wir Vögel am Himmel

Erin Litteken

Wären wir Vögel am Himmel

ROMAN

Übersetzung aus dem amerikanischen Englisch von
Rainer Schumacher

Lübbe

 Die Bastei Lübbe AG verfolgt eine nachhaltige Buchproduktion. Wir verwenden Papiere aus nachhaltiger Forstwirtschaft und verzichten darauf, Bücher einzeln in Folie zu verpacken. Wir stellen unsere Bücher in Deutschland und Europa (EU) her und arbeiten mit den Druckereien kontinuierlich an einer positiven Ökobilanz.

Titel der amerikanischen Originalausgabe:
»The Lost Daughters of Ukraine«

Für die Originalausgabe:
Copyright © 2023 by Erin Litteken

Für die deutschsprachige Ausgabe:
Copyright © 2024 by
Bastei Lübbe AG, Schanzenstraße 6–20, 51063 Köln

Vervielfältigungen dieses Werkes für das Text-
und Data-Mining bleiben vorbehalten.

Textredaktion: Dr. Ulrike Brandt-Schwarze, Köln
Umschlaggestaltung: Manuela Städele-Monverde
Einband-/Umschlagmotiv: © Mark Owen / Trevillion Images
Satz: hanseatenSatz-bremen, Bremen
Gesetzt aus der Adobe Garamond Pro
Druck und Verarbeitung: GGP Media GmbH, Pößneck

Printed in Germany
ISBN 978-3-7577-0040-9

5 4 3 2 1

Sie finden uns im Internet unter luebbe.de
Bitte beachten Sie auch: lesejury.de

Für Bobby

Historische Vorbemerkung

Um die Hintergründe dieses Romans besser zu verstehen, muss man sich ein bisschen mit der Geschichte vertraut machen: Kurz nach dem Ersten Weltkrieg wurde mit dem Vertrag von Riga 1921 der Polnisch-Sowjetische Krieg beigelegt, und damit fanden auch die jahrelangen Kämpfe um die Schaffung eines unabhängigen Staates in der Ukraine ein Ende. Im Vertrag wurde die Ukraine zwischen Polen und der Sowjetunion aufgeteilt, und Wolhynien, eine historische Region im Westen der heutigen Ukraine, wo hauptsächlich Ukrainer lebten, wurde fast vollständig Polen zugeschlagen.

In der Zwischenkriegszeit versuchte Polen, die neu hinzugewonnenen Gebiete zu assimilieren. Die polnischen Behörden schlossen ukrainische Schulen, zerstörten orthodoxe Kirchen und verhafteten ukrainische Politiker, Lehrer und Priester. Polnische Veteranen des Ersten Weltkriegs erhielten Land in Wolhynien, um das Gebiet zu kolonialisieren und damit zugleich die polnische Herrschaft zu stabilisieren. Im Gegenzug verübten ukrainische Nationalisten Anschläge auf polnische Staatsvertreter und attackierten polnische Landbesitzer. Dann eröffnete Polen in Bereza Kartuska ein Gefängnis, das heute als Konzentrationslager anerkannt ist; in ihm wurden ukrainische Nationalisten ohne Prozess eingesperrt. Auch Folter war dort an der Tagesordnung.

Im Jahr 1939 begann der Zweite Weltkrieg mit der Invasion

Polens durch Nazi-Deutschland und die Sowjetunion, und nach der polnischen Niederlage teilten die Aggressoren das Land unter sich auf. Bis 1941 besetzten die Sowjets im Osten Wolhynien. Doch dann brach Hitler den Pakt mit Stalin und überfiel die Sowjetunion. Unter deutscher Besatzung wurde Wolhynien nun Teil des neu geschaffenen Reichskommissariats Ukraine.

Beide Regime verwüsteten sowohl die Ukraine als auch Polen. Sie zerstörten Dörfer und Städte und verhafteten, deportierten und ermordeten Millionen Menschen. In der Zeit dieser Umwälzungen entluden sich auch die historischen Spannungen zwischen Polen und Ukrainern in einer Reihe von gewalttätigen Auseinandersetzungen und brutalen Massakern an unschuldigen Zivilisten. Ganze Dörfer wurden ausgelöscht, und die schiere Brutalität dieses Sterbens – oft durch landwirtschaftliches Gerät – stand in direktem Gegensatz zu den familiären Verbindungen und Freundschaften zwischen Polen und Ukrainern, die sich über Generationen hinweg entwickelt hatten. Es ist eine hässliche, verwickelte Geschichte, die selbst heute nur schwer zu verstehen ist.

***

Mein Großvater wurde in Wolhynien geboren. Er und seine Familie haben diese unruhige Zeit durchlebt. Ein großer Teil des Romans basiert auf ihren Erlebnissen.

Prolog

Halya faltete das verwitterte Blatt Papier auseinander – den wichtigsten persönlichen Besitz, der ihr noch geblieben war – und starrte auf die Zeichnung ihrer Eltern. Unschuldig und jung hatten sie nicht die geringste Ahnung gehabt, was ihre Tochter eines Tages würde ertragen müssen. Sie wussten nicht, dass ihr Bild, gezeichnet mit bemerkenswerter Präzision, einmal Balsam für Halyas Seele sein würde, während sie in diesem Krieg ums Überleben kämpfte. Aber wer hätte diesen Horror schon voraussehen können? Solch einen Albtraum?

Halya drehte das Blatt um, ihre rauen Finger umfassten die unregelmäßigen Kanten, während sie schrieb. Sorgfältig listete sie die Namen auf, genau wie Mama es stets in ihrem kleinen Gebetbuch getan hatte. Mama hatte zwei Listen in ihrem Buch gehabt: eine für die Toten und eine für die Lebenden. Halya hatte nur dieses eine Blatt Papier für beides.

Stumm formte sie die Namen mit den Lippen, während sie sie aufschrieb. Sie atmete sie in die Nachtluft, beschwor ihre Erinnerungen herauf und ließ den Trost, den sie ihr spendeten, bis in ihr Herz dringen.

Alina
Katja
Kolja

Slavko
Lilija
Vika
Maksim
Bohdan
Sofia
Nadja

Manche von ihnen waren tot. Andere noch am Leben.

Einige gehörten zu der Familie, die Halya gefunden hatte, andere zu der, die sie verloren hatte.

Wie die Narben auf ihrem Körper würden auch sie für immer ein Teil von ihr sein.

Die Worte ihres Vaters erfüllten die Abendluft, als wäre er bei ihr. Er flüsterte ihr ins Ohr und hatte die Arme fest um sie geschlungen. Fast konnte sie seine Bartstoppeln auf ihrer Wange spüren.

Versprich mir, tapfer zu sein und stets zu kämpfen, egal was auch passiert. Kämpfe, denn das Leben ist das Kämpfen wert.

»Und ich habe gekämpft, Tato«, flüsterte Halya und wischte sich mit dem Handrücken eine Träne von der Wange, bevor sie auf die Namen tropfen konnte. »Und ich werde weiterkämpfen. Ich verspreche es.«

1

LILIJA

Juni 1941, Oblast Wolhynien, Sowjetische Ukraine

Lilija erkannte die Leiche ihres Bruders an der gezackten Narbe unter seinem rechten Auge. Sie selbst hatte ihm vor acht Jahren diese Wunde beigebracht. Damals war sie sieben und er zehn gewesen. Sie hatte ihm einen Eimer ins Gesicht geschleudert, als er sich von hinten an sie herangeschlichen hatte, während sie die Hühner fütterte. Ihr Bruder, der ihr gern Streiche spielte, hatte über ihre Reaktion gelacht, obwohl sein Gesicht blutüberströmt war und sie furchtbar geweint hatte.

Jetzt kam es ihr unglaublich albern vor, wegen so etwas in Tränen auszubrechen.

Lilija gab ein ersticktes Schluchzen von sich, sank auf die Knie und zog ihren Bruder zu sich heran. Die Hälfte von Michailos Gesicht war weg, sein Körper aufgequollen. Ein Dorfbewohner aus Lutsk hatte ihnen erzählt, dass der NKWD – die sowjetische Polizei – die erste Gruppe von Insassen in den Hof gezerrt und dann ein Inferno aus Handgranaten und MG-Feuer gegen die Gefangenen entfesselt hatte. Anschließend hatten sie die verbliebenen Männer gezwungen, die Leichen zu begraben, bevor sie sie auch ermordet hatten. Dann waren sie vor den anrückenden Deutschen geflohen. Die letzten Leichen hatte niemand mehr begraben. Sie waren in der Sonne verrottet.

Die Gefangenen. Volksfeinde. *Intelligenzija*. Nationalisten. Jeder, der Stalin nicht unterstützte.

Lilijas Bruder.

So hart es auch war, in Michailos lebloses blaues Auge zu blicken, das zu ihr hinaufstarrte, so war es doch besser, als nicht zu wissen, was mit ihm geschehen war, denn Unsicherheit bedeutete stets auch Hoffnung, und für Hoffnung war hier kein Platz.

Michailo – ihr großer Bruder und ihr Vorbild, der sie immer unterstützt hatte. In Lilijas Kindheit, als noch die Polen über Wolhynien herrschten, hatte er sich ein bisschen Geld verdient, damit er ihr ein Skizzenbuch kaufen konnte, genau so eines wie das ihrer Mutter. Mama hatte zwar geglaubt, Lilija sei noch zu jung dafür, doch Michailo hatte gesehen, wie Lilijas Blick immer den Schwalben gefolgt war, die in der Scheune nisteten, und dann hatte sie die Bewegungen der Vögel mit den Fingern in den Sand gezeichnet.

»Hier, Lilija«, hatte er gesagt, ihr das Buch gegeben und an ihrem Zopf gezupft. »Wenn du jetzt anfängst, dann bist du bald genauso gut wie Mama. Vielleicht sogar besser.«

Lilija hatte das Buch noch immer. Es war unter ihren Kleidern versteckt, daheim in einer Truhe. Das Buch war voller einfacher, kindlicher Kritzeleien, fast lächerlich im Vergleich zu den Zeichnungen, die sie jetzt anfertigte. Trotzdem glaubte Lilija nicht, dass sie je so eine gute Künstlerin werden würde wie ihre Mutter, die auch ohne akademische Ausbildung mehr über Licht und Schatten wusste als die meisten professionellen Künstler. Sie hatte sich alles selbst beigebracht, während sie Tiere und Familienmitglieder gezeichnet hatte.

»Es ist Zeit, Lilija.« Ihr Vater, das Gesicht ausgemergelt und fahl, berührte sie an der Schulter. »Wir werden sie gemeinsam begraben. Hier. Die Deutschen sind nicht mehr weit entfernt, und bevor sie da sind, will ich wieder bei deiner Mutter sein.«

Lilija trat zurück, und die Männer trugen ihren Bruder zu einem Massengrab. Sie wandte sich nicht ab. Sie würde das bezeugen. Sie würde alles bezeugen, was die Sowjets ihnen in zwei Jahren Besatzungszeit angetan hatten. Zeit und Regen würden die blutgetränkte Erde auf diesem Hof wieder reinigen, doch der rote Fleck auf dem Land, den die sowjetische Invasion hinterlassen hatte, würde nie verschwinden. Zwei Jahre voller Schrecken und Leid hatten eine unauslöschliche Spur in Wolhynien hinterlassen.

Michailos Verlust war nicht der erste, aber der jüngste. Der Schmerz war noch frisch. Lilija schauderte und erinnerte sich an den Dorfbewohner, den die Sowjets letzten Monat gefoltert hatten. Sie hatten ihm die Haut auf der Brust abgezogen und Salz auf das rohe Fleisch gestreut, während sie ihn gezwungen hatten zuzusehen, wie sie seine Frau und Kinder hinrichteten. Dann hatten sie auch ihn getötet und ihn als Dieb und Saboteur gebrandmarkt.

Eine weitere Grausamkeit auf Lilijas langer Liste.

Die Männer legten Michailos Leiche zu den anderen; dann schaufelten sie Erde darauf.

»Lebwohl, Michailo«, flüsterte Lilija. Sie bekreuzigte sich, küsste ihre Finger und drückte sie in die Erde, die ihren Bruder bedeckte. »Flieg mit den Vögeln.«

***

Eine sanfte Brise zog über die Weide, und die Kornblumen wiegten sich im Wind und strichen sanft über Lilijas Arme. Sie schob das Gefühl beiseite, legte ihr Skizzenbuch auf den Schoß und zeichnete einen Schatten auf die Wangen ihres Bruders, der sich nicht so oft rasiert hatte. Sein Gesicht aus der Erinnerung zu zeichnen, so, wie es vor der Verhaftung gewesen war, half ihr, abzupuffern, was sie in dem Gefängnis hatte mitansehen müssen.

Seit sie gestern Nacht nach Hause gekommen waren, hatte

Lilijas Mutter kein Wort gesagt. Doch ihre sonst so fröhlichen Augen waren groß und leer, als ihr Vater sie an sich gedrückt und ihr die Nachricht ins Ohr geflüstert hatte. Mama hatte gewollt, dass sie Michailo wieder zurückbrachten, egal ob tot oder lebendig, aber sein Vater hatte beschlossen, dass Michailo bei seinen Brüdern von der OUN ruhen sollte, den anderen Mitgliedern der Organisation Ukrainischer Nationalisten, die die Sowjets gefangen und ermordet hatten.

Stumm saß Mama am Tisch und bot weder Essen noch Trinken an, als Nina, Lilijas älteste und beste Freundin, früh an diesem Morgen mit ihrer Mutter kam, um ihr Beileid zu bekunden. Also musste Lilija Mamas Rolle übernehmen. Sie stellte einen Krug mit Pflaumenmus und einen Laib Brot auf den Tisch, wohlwissend, dass ihre Mutter nie jemanden hungrig oder durstig in der Küche sitzen lassen würde.

»Gib ihr Zeit«, murmelte Nina, als sie Lilija umarmte. »Sie steht noch immer unter Schock.«

Lilija hätte am liebsten geschrien: »Ich auch!« Aber die süße Nina hatte ihren Zorn nicht verdient, die Sowjets jedoch schon. Also hatte sie sich auf die Zunge gebissen, einfach nur genickt und Ninas Umarmung die Kälte lindern lassen, die sie bis in die Knochen spürte, seit sie ihren toten Bruder gesehen hatte.

Lilija schaute zu der Kuh hinauf, die neben ihr graste. Die fernen Explosionen und das Grollen der Panzer störten das Tier nicht, denn inzwischen war das ganz normal geworden. Nachdem die Deutschen die sowjetischen Linien bei Wolodymyr-Wolynsky vor ein paar Tagen durchbrochen hatten, strömten ihre Panzer nach Wolhynien, und Flugzeuge flogen über die Köpfe der Menschen hinweg. Lilija und ihr Vater hatten ihren Heimweg zweimal ändern müssen, um ihnen aus dem Weg zu gehen, und als Lilija vom Dachboden der Scheune aus die lange Reihe bereitstehender sowjetischer Panzer südlich des Dorfes entdeckte, hatte ihr Vater gesagt, sie solle die Kuh beim Obstgarten grasen lassen, statt sie wie sonst auf die weiter entfernte Weide zu bringen.

Lilija hielt kurz inne, als eine Nachtigall vorbeiflatterte und im Dickicht am Waldrand verschwand. Ein paar Minuten später hallte ihr Gesang über die Weide, und Lilija empfand ein bittersüßes Gefühl, so stark, dass sie die Hände auf den Boden drücken musste, um nicht fortgespült zu werden.

»Wegen ihres Namens glauben manche Menschen, dass sie nur nachts singen würden«, hatte ihre Mutter ihr erzählt, als sie Lilija beigebracht hatte, die Vögel zu zeichnen. »Aber diese wunderbaren Vorboten des Frühlings singen Tag *und* Nacht.«

Mama nannte Lilija immer ihre kleine Soloveiko, denn wie die Nachtigall hatte sie nie aufgehört zu plappern, als sie klein war. Lilija hatte das nie gestört. Sie empfand es als großes Kompliment, mit diesem wunderbaren, kleinen Vogel verglichen zu werden.

Ein tiefes Brummen, ganz anders als die Geräusche der Panzer, riss Lilija aus ihren Gedanken. Sie schaute zurück zum Haus. Ihre Mutter stand auf der Straße, den Blick zum Himmel gerichtet. Zwei deutsche Kampfflieger erschienen hinter ihr am Horizont. Rasend schnell flogen sie tief über die sowjetischen Panzer in der Ferne, feuerten, zogen hoch und wendeten an Lilijas Haus, um einen zweiten Angriff zu fliegen. Lilija sprang auf, und das Skizzenbuch fiel von ihrem Schoß.

»Mama! Deckung!« Panik ergriff Lilija. Ihre nackten Füße flogen über den feuchten Boden, und das nasse Gras klebte an ihren Beinen, während sie zur Straße rannte.

»Runter, Mama!« Lilija wedelte mit den Armen, aber ihre Mutter rührte sich nicht. Wie versteinert starrte sie auf die Flugzeuge – ob nun gefangen in ihrer Trauer oder gelähmt vor Angst, das wusste Lilija nicht. Lilija lief auch noch weiter, als die Flugzeuge auf dem Weg zurück zu den Panzern wieder hinter ihrer

Mutter auftauchten, laut und tief und rasend schnell, während Lilija das Gefühl hatte, durch Honig zu waten.

Kurze abgehackte Salven wie das Geräusch eines Löffels, den man auf einen Blecheimer schlägt, hallten über das Dröhnen der Motoren hinweg.

Die Flugzeuge flogen vorbei, und Lilijas Schreie erstickten in ihrem Lärm. Der Schock ließ sie erstarren, als sie ihre Mutter umklammerte. Blut sickerte aus Mamas Körper und durchtränkte Lilijas Bluse. Sie kniff die Augen zusammen, als sie spürte, wie Mama ihren letzten Atemzug tat. Minuten vergingen ... oder waren es Stunden? Lilija wusste es nicht mehr. Erst als ihr Freund Oleksy ihre Wangen in seine großen Hände nahm, öffnete sie die Augen wieder.

»Ich bin ja da, Lilija«, brummte er tröstend, während er sie sanft vom Leib ihrer leblosen Mutter wegzog. Obwohl Oleksy nur ein Jahr älter war als Lilija mit ihren fünfzehn Jahren, war er bereits so groß wie ein Ochse. Er hob sie hoch wie ein Baby, drückte sie an die Brust und trug sie zu ihrem Haus. Dann ging er wieder zurück und holte auch ihre Mutter heim.

Zwei Tage lang saß Oleksy bei Lilija, während ihr Vater trauerte. Oleksys Gesicht war das Erste, was sie sah, wenn sie schreiend aufwachte, und das Letzte, bevor sie wieder in einen unruhigen Schlaf voller Blut, Kugeln und entstellter Gesichter versank.

»Ich werde immer für dich da sein, Lilija«, versprach Oleksy ihr wieder und wieder, bis sie ihm schließlich glaubte. Sonst gab es ja auch nichts mehr, woran sie hätte glauben können.

***

»Ich will nicht weg von hier, Tato.« Es war nicht das erste Mal, dass Lilija das in den Wochen nach dem Tod ihrer Mutter zu ihrem Vater sagte, und er antwortete stets das Gleiche.

»Wir können aber nicht hierbleiben.« Er presste die Lippen aufeinander und atmete tief durch. »Maksim und Vika brauchen ein größeres Haus, und wir müssen weg von hier. Das Dorf im Distrikt von Chelm wird eine große Veränderung für uns sein, aber das wird uns guttun. Du bist alles, was ich noch habe, Tochter. Also kommst du mit. Mehr gibt es nicht dazu zu sagen.«

»Wir sind euch wirklich dankbar für eure Großzügigkeit«, sagte Vika von der Tür her. »Wir werden uns gut um euer Heim kümmern. Ihr werdet hier immer einen Platz haben.«

Lilija mochte ihren Onkel Maksim, den jüngeren Bruder ihrer Mutter, und auch Vika, seine Frau, und ihre Kinder. Slavko, der Älteste, war nur wenig jünger als sie, und seine charismatische Persönlichkeit war ein willkommener Gegensatz zu der düsteren Laune, die sie in letzter Zeit hatte. Als er durch ihr finsteres Haus tänzelte, die Arme um Lilija schlang und versuchte, sie hochzuheben, wie Michailo es einst getan hatte, traten ihr die vertrauten Tränen in die Augen. Doch bevor sie ihr über die Wangen kullern konnten, holte Slavko ein Stück Schokolade aus der Tasche. »Hier. Die hab ich für dich aufgehoben.«

Seine ruhigen Worte ließen ihn älter erscheinen, als er tatsächlich war, aber in seinen albernen Mätzchen zeigte sich immer wieder seine jungenhafte Seite, was Lilija zum ersten Mal seit Wochen ein Lächeln aufs Gesicht zauberte. Das hieß jedoch noch lange nicht, dass sie ihren Verwandten ihr Zuhause überlassen wollte.

Lilija wuchtete ihren Koffer hinten auf den Pferdewagen und setzte sich neben ihren Vater auf den Kutschbock. Sie schaute nicht einmal zurück, als das Gefährt die Straße hinunterrollte, doch sie fühlte Oleksys Blick in ihrem Rücken, der neben Maksim stand.

»Dort wird es besser sein«, sagte ihr Vater. »Du wirst sehen. Da werde ich mehr Zeit haben, dir Sprachunterricht zu geben, und das wiederum wird dir auf der Universität sehr hilfreich sein. Ich kann dir ein wenig Deutsch beibringen, und da es in unserem neuen Dorf auch viele Polen gibt, wirst du auch dein Polnisch üben können.«

»Ich will aber kein Deutsch lernen, und ich will auch kein Polnisch üben. Ich ziehe es vor, Ukrainisch zu sprechen, und ich will hierbleiben. Ich will bleiben, wo ich aufgewachsen bin, wo meine Freunde sind und wo meine Mutter und mein Bruder gelebt haben. Wir können vor unseren Gefühlen nicht einfach weglaufen, Tato«, sagte Lilija. »Mama und Michailo werden in Chelm genauso tot sein wie hier.«

Er zuckte unwillkürlich zusammen, und Lilija bekam ein schlechtes Gewissen.

»Tut mir leid, Tato. So hab ich das nicht gemeint.«

Er lächelte traurig und tätschelte ihr Bein. »Wir werden gemeinsam heilen, Lilija. Ich werde mich um dich kümmern, und du wirst dich um mich kümmern – genau wie Mama und Michailo es gewollt hätten. Aber an einem neuen Ort wird uns das leichter fallen. Du wirst schon sehen. Und wenn die Zeit gekommen und der Krieg vorbei ist, dann werde ich mein schlaues Mädchen auf die Universität schicken, so, wie wir es schon immer geplant haben.«

Tato ließ die Zügel schnalzen, und Lilija warf nun doch noch einen letzten Blick auf ihr Zuhause. Mamas geliebte Mohnblumen hatten förmlich über Nacht zu blühen begonnen, zum ersten Mal in diesem Sommer. Ihre leuchtendroten Blütenblätter wirkten wie Blutspritzer vor dem weiß getünchten Haus.

Lilija riss sich von dem Anblick los und legte den Kopf auf Tatos Schulter. Sie betete, dass er recht hatte, denn sie wusste nicht, was sie sonst gegen all den Schmerz und die Wut hätte tun sollen, die sich so tief in ihre Seele gefressen hatten.

2

HALYA

August 1941, Oblast Kiew, Sowjetische Ukraine

Halya hatte nicht vorgehabt, ihre Eltern zu belauschen, aber als sie sie drinnen miteinander flüstern hörte, blieb sie an der Tür stehen und drückte sich mit dem Rücken an die Wand. Sie war jetzt fast zehn Jahre alt und wollte mehr darüber wissen, was hier vor sich ging, auch wenn ihre Eltern glaubten, dass sie noch zu jung dafür wäre.

»Die Roten fliehen«, sagte ihr Vater, »aber Stalin hat eine Politik der verbrannten Erde angeordnet. Er will, dass alles zerstört wird – das Korn, das Vieh, die Werkzeuge –, damit die Deutschen es nicht in die Finger bekommen. Und er lässt alle Männer einziehen.«

»Aber doch nicht dich, oder?«, fragte Mama.

»Nicht mit meinem schlimmen Bein, Katja«, antwortete er. »Ich bin vollkommen nutzlos für sie. Ich kann ja noch nicht mal geradeaus marschieren.«

»Du läufst doch gut, Kolja.«

Halya konnte sie nicht sehen, aber sie nahm an, dass Mama ihm gerade die Schultern massierte, so wie sie es immer tat, wenn er über sein Bein jammerte. Er hatte es sich vor ein paar Jahren bei der Arbeit mit dem Pflug gebrochen, und es war nie richtig verheilt. Den Brigadeführer der Kolchose hatte das nicht interessiert.

Er hatte Halyas Vater nur beschimpft, »Staatseigentum sabotiert« zu haben, denn der Pflug war ebenfalls kaputtgegangen.

»Wir müssen von heute Nacht an unsere Vorräte verstecken und alles, was wir können«, sagte Tato. »Die Deutschen sind nur noch wenige Kilometer entfernt.«

»Vielleicht sind sie ja gar nicht so schlimm«, bemerkte Mama. »Im Vergleich zu Stalin könnten sie eine willkommene Veränderung sein.«

»Die Hoffnung habe ich nicht«, sagte Tato. »Wahrscheinlich geht es genauso weiter.«

Mehr wollte Halya nicht hören. Sie schlüpfte davon und kletterte auf ihren Lieblingsplatz im Hof, den alten Kirschbaum in dem kleinen Obsthain hinter dem Haus. Zwischen den knöchernen Armen des Baums und mit dem Rascheln des grünen Laubs in den Ohren fühlte sie sich sicher. Sie wollte nicht an die Soldaten der Roten Armee denken und an ihre Pläne der verbrannten Erde oder an die herannahenden deutschen Panzer. Hier oben und mit ihrem Buch mit Gedichten von Lesja Ukrainka – einem besonderen Buch, das ihr Vater ihr besorgt hatte und das sie jede Nacht in einem Loch in der Scheunenwand versteckte – konnte sie sich von der Welt zurückziehen und einfach nur sie selbst sein.

Halya verlor sich in den Worten und ließ sich von der wunderbaren Poesie trösten, bis die Sorge und die Angst von ihr abgefallen waren, die sie übermannt hatten, nachdem sie ihre Eltern belauscht hatte. Dreißig Minuten später fuhr sie zusammen, als ihr Vater ihr an den Fuß tippte.

»Baust du dir da oben ein Nest? Soll ich deine Mutter bitten, dir das Essen raufzuschicken?«

Halya klappte das Buch zu und steckte es in die Tasche. »Du sollst dich nicht so anschleichen!«

Ihr Vater lachte. Es war ein tiefes, hallendes Geräusch, das Halya schon ihr ganzes Leben kannte. »Ich habe einen Höllenlärm gemacht, als ich hier raufgeklettert bin. Wenn du mich nicht gehört hast, dann weil du mit dem Kopf in den Wolken bist.«

»Na ja, ich bin in einem Baum«, sagte Halya. Sie streckte die Arme nach ihm aus. Er hob sie schwungvoll von den Ästen herunter und drückte sie kurz an sich, bevor er sie auf dem Boden absetzte. Er roch nach frischer Luft, Wind, Sonnenschein und Erde. Halya liebte das. Sie schob ihre Hand in seine. »Ich habe in dem Gedichtband gelesen, den du mir besorgt hast, Tato.«

»Aaah ... Und welches Gedicht gefällt dir am besten?«

»*Entgegen aller Hoffnung hoffe ich*«, antwortete Halya, ohne zu zögern. Dieses Gedicht sprach sie mehr an als alles, was sie je gehört hatte.

»Was dauert das denn so lange?« Mamas Kopf erschien in der Tür. »Ich habe dich geschickt, Halya zu holen, nicht um dich mit ihr zu verstecken.«

»Ich habe mich nicht versteckt, Mama.« Halya sprang auf sie zu und küsste sie auf die mit Mehl verschmierte Wange. »Ich hab gelesen.«

»Natürlich.« Mama strich ihr übers Haar. »Und du hast so intensiv gelesen, dass dein Zopf sich gelöst hat, ja?«

Halya verzog das Gesicht. »Tut mir leid. Ich muss an den Ästen hängen geblieben sein.«

»Komm. Ich flechte ihn neu, während Tato sich zum Essen die Hände wäscht.«

Halya setzte sich an den Tisch. Sie wusste, dass ihre Eltern vor ihr nicht über die Invasion sprechen würden. Sie wollten sie beschützen, so gut sie konnten. Normalerweise machte sie das verrückt, doch heute war sie froh, den Krieg ignorieren zu können, der vor ihrer Tür lauerte.

Mama holte eine Bürste und zog sie durch Halyas Haar. Sie lehnte sich auf dem Stuhl zurück, als sie ein angenehmes Kribbeln auf der Kopfhaut spürte. Sie hatte gesehen, wie die Mutter ihrer

Freundin mit der Bürste grob durchs Haar gefahren war, aber ihre Mama machte das immer ganz sanft.

»Deine Haare sind so lang geworden. Das erinnert mich an deine Mutter.« Bei dem Wort »Mutter« klang Mamas Stimme plötzlich gepresst, und Halya musste sich zusammenreißen, um nicht herumzuwirbeln und sie mit großen Augen anzustarren.

»W... wirklich?«, flüsterte sie. Mama sprach nur selten von ihrer Schwester, Halyas leiblicher Mutter Alina. Sie war gestorben, als Halya noch ein Baby war, und Katja, die Frau, die Halya jetzt Mama nannte, hatte sie großgezogen, als wäre sie ihr eigenes Kind.

»Ja«, sagte Mama so laut, als müsse sie sich zwingen, fröhlich zu klingen. »Sie hatte so wunderbares, dickes Haar, dunkel und glänzend.«

»Wie deins?«

»Viel hübscher. Wie deins.«

Halya schluckte und zwang die Worte heraus, bevor sie der Mut verließ. »Glaubst du ... glaubst du, ich sehe ihr ähnlich?«

Kurz bewegte die Bürste sich nicht mehr. Dann setzte sie ihren Weg nach unten langsam fort. Halya hörte Mama tief durchatmen.

»Oh ja«, antwortete Mama schließlich. »Du siehst genau aus wie deine Mutter.«

Plötzlich füllte sich ein Loch in Halya, von dem sie gar nicht gewusst hatte, dass es da war. Ihre Lippen zitterten, teils aus Erleichterung und teils aus Angst. »Und wie genau?« Endlich stellte sie die Frage, die sie schon immer hatte stellen wollen.

»Also, deine Augen und dein Kinn ähneln denen deiner Mutter sehr. Deine Nase auch. Aber ich glaube, am meisten erinnert mich dein Haar an sie.« Mama legte die Bürste weg. »Wir haben uns immer gegenseitig das Haar gebürstet und geflochten, genau wie ich es bei dir mache.« Ihre Mundwinkel hoben sich, und sie starrte nach draußen, so wie Erwachsene es immer taten, wenn sie nicht wirklich etwas anschauten, sondern nur im Geiste etwas sahen. »Ich war immer eifersüchtig, weil ihr Haar in der Sonne so schön geglänzt hat. Sie hat es geliebt, sich roten Klatschmohn in ihren Haarkranz zu stecken oder in ihre Zöpfe zu flechten.«

Mama seufzte, und Halya hielt den Atem an. Sie wartete auf mehr. Schließlich drehte Mama sich wieder zu ihr um. »Wenn ich die Augen zumache, kann ich mir manchmal fast vorstellen, dass es ihr Haar ist, das ich bürste, und wir wieder junge, glückliche Mädchen sind.«

Mama griff nach unten und drückte Halya fest an sich. »Das Beste von ihr lebt in dir weiter, Halya. Vergiss das nie.«

Halya dachte noch immer über diese Worte nach, als sie später im Hof am Zaun stand und zu den sowjetischen Panzern hinüberblickte, die an ihrem Dorf vorbei in Richtung Osten fuhren. Mit ihrer kantigen Kontur wirkte die Kolonne der Kampffahrzeuge wie eine hässliche Narbe auf den schönen Feldern. Halya wollte weder an sie noch an die Deutschen denken, und so kniete sie sich neben die Mohnblumen, pflückte eine Blüte und steckte sie sich in den Zopf – genau wie ihre Mutter es immer getan hatte.

3

VIKA

Dezember 1941, Wolhynien, Reichskommissariat Ukraine

Vika hielt ihrem achtjährigen Sohn die Augen zu, als der SS-Offizier dem Partisanen das Ohr abschnitt.

»Das blüht allen, die gegen Deutschland kämpfen! Und vergesst nicht: Wenn ihr den Partisanen helft, dann werdet ihr ihr Schicksal teilen!« Der ukrainische Hilfspolizist übersetzte die Worte des SS-Offiziers, während der zum nächsten Mann ging, um das Gleiche noch einmal zu tun. Er schnitt allen vier gefangenen Partisanen beide Ohren ab und wandte sich dann ihren Nasen zu.

Das Blut lief den Männern in Strömen über die Gesichter. Der Jüngste konnte nicht älter als siebzehn sein. Er weinte und rief nach seiner Mutter. Als der SS-Offizier fertig war, hätte Vika sich am liebsten übergeben. Sie hatten das ganze Dorf gezwungen zuzusehen, und niemand sagte auch nur ein Wort. Als dann vier Schüsse in rascher Folge über den Dorfplatz hallten und dem Leiden der Partisanen ein Ende machten, murmelte Vika ein Gebet. Dann schnappte sie sich Bohdans Hand und lief weg, vorbei an den niedrigen Zäunen und toten Pflanzen vor den strohgedeckten Häusern und den Feldweg hinunter, der zu ihrem Heim führte. Ihre anderen Kinder, Sofia und Slavko, die mit ihren zehn beziehungsweise zwölf Jahren zu alt waren, um ihnen die Augen zuzuhalten, folgten ihr. Maksim, ihr Mann, war noch zurückgeblieben, um mit ein paar anderen Männern zu reden.

Als sie kurz stehen blieb und den Schnee von dem Kalynabusch wischte, den Blutbeeren, die Lilija und ihre Mutter einst neben dem Tor gepflanzt hatten, wanderten ihre Gedanken zu ihrer Schwägerin. Seit Lilijas letztem Brief waren fast zwei Monate vergangen, und Vika fragte sich, wie sie in Chelm wohl mit den Nazis zurechtkamen.

Vor sechs Monaten hatte Vika abschätzig die Nase gerümpft, als andere Dorfbewohner die Deutschen mit Brot und Salz begrüßt hatten. Natürlich war auch sie froh gewesen, dass die Roten wieder nach Russland verschwunden waren, aber sie traute den neuen Machthabern nicht.

»Sie versprechen uns ein freies Land«, hatte Maksim gesagt.

»Nein, sie wollen uns unser Land nehmen, genau wie alle anderen auch: die Polen, die Russen ...«, hatte Vika widersprochen. »Warum sollten wir ihnen vertrauen?«

»So schlimm wird das nicht«, hatte Maksim erwidert. »Du wirst schon sehen.«

Und Vika hatte es gesehen. Sie hatte gesehen, dass sie den richtigen Instinkt gehabt hatte. Den Deutschen waren sowohl die Ukraine als auch ihr Volk vollkommen gleichgültig. Selbst die Nachricht, dass die Amerikaner in den Krieg eingetreten waren, hatte nichts an der Willkür und den Launen der Besatzer geändert. Die heutigen Ereignisse waren das perfekte Beispiel dafür, und das machte es nur umso schwerer für Vika, Maksim das zu erzählen, was sie ihm sagen musste.

***

Als Maksim in jener Nacht zu ihr ins Bett schlüpfte, drehte Vika sich zu ihm um. Er roch nach Horilka. Er hatte Schnaps getrunken. »Wo warst du?«, fragte sie.

»Reden«, murmelte er.

»Ich hoffe, du warst vorsichtig. Du musst an deine Familie denken.«

»Ich denke immer an meine Familie«, erwiderte er. »Und die Leute, mit denen ich heute zusammen war, denken ebenfalls ständig an die Ukrainer und ihre Kinder.« Er drehte sich auf den Rücken und schloss die Augen. »Außerdem, das sagst ausgerechnet *du*?«

»Was meinst du damit?« Vika setzte sich auf und funkelte ihn an. Dabei konnte sie in der dunklen, mondlosen Nacht kaum die Umrisse seines Gesichts erkennen.

»Als du letzten Monat diesen kleinen Judenjungen mitgebracht hast, hast du da auch nur einmal daran gedacht, was passieren würde, wenn die Deutschen ihn hier finden? Indem du ihm geholfen hast, hast du deine eigenen Kinder in Gefahr gebracht.«

Vika atmete schwer, als sie sich an das kleine, verheulte Gesicht erinnerte. »Ich konnte ihn doch nicht einfach wegschicken.«

»Ich weiß, und dafür liebe ich dich ja. Du bist entschlossen und tapfer.« Maksim zog sie an seine Brust und streichelte ihr Haar. »Verstehst du das denn nicht? Ich will auch helfen, und zwar so gut ich kann.«

Vika starrte aus dem Fenster hinaus in den schwarzen Himmel. Ja, sie hatte einem jüdischen Jungen geholfen, den sie am Straßenrand gefunden hatte. Vermutlich hatte seine Mutter ihn dort versteckt, als sie erkannt hatte, dass sie in den Tod marschierte, doch sie hatten schon so viele in den Tod gehen gesehen. War das der Augenblick gewesen, in dem sie die Sinnlosigkeit ihres Lebens erkannt hatte? Oder war das schon früher passiert, als sie ihre Schwestern, ihre Brüder und ihre Eltern an Stalin verloren hatte?

In jedem Fall hatte Vika an irgendeinem Punkt erkannt, dass sie keine Kontrolle über das Schicksal der Menschen hatte, die sie liebte. Sie waren wie Blumen, die unter dem ständigen Stampfen von Soldatenstiefeln zu wachsen versuchten, und sie konnte nicht eine von ihnen retten. Also hatte sie sich zurückgezogen. Sie hatte zugemacht, war hart geworden, und sie gestattete sich nicht länger, etwas zu empfinden. Aber im Schlaf … Im Schlaf konnte sie ihre Gefühle nicht länger kontrollieren.

Auch heute Nacht würde sie wieder von den Juden träumen. Die langen Kolonnen verängstigter Menschen, die vor ihrem Haus die Straße hinunterzogen. Männer, Frauen und Kinder. Ganze Generation von Familien, die gemeinsam in den Tod marschierten. Die leere Grube neben dem jüdischen Friedhof war nun voller Leichen, und es hatte Wochen gedauert, bis die Erde sich auf ihnen abgesenkt hatte – eine düstere Erinnerung an die Grausamkeiten, die unter ihr verborgen waren.

Maksim hatte noch nie eine Waffe abgefeuert. Er hatte sich nicht den Ukrainern angeschlossen, die als Hilfspolizisten für die Deutschen arbeiteten und ihnen bei den Morden halfen, aber genau wie seine Frau sah er, was geschah, und unternahm nichts dagegen. Das konnte er auch nicht. Das konnten sie alle nicht, es sei denn, sie wollten zu den Juden ins Massengrab. Und was konnte eine einzelne Person auch gegen eine Armee ausrichten?

»Ein Kind nach dem anderen«, hatte Maksim zu Vika gesagt, als sie in jener Nacht in seinen Armen geweint hatte. »Du hast gerade einen entscheidenden Beitrag geleistet.«

Trotzdem fragte Vika sich immer und immer wieder, wie weit Komplizenschaft gehen durfte, wenn es darum ging, die eigene Familie zu retten. Natürlich würde sie alles für ihre Kinder tun, aber galt das nicht für jede Mutter? Wie konnte sie da ihre Kinder retten und dafür die Kinder anderer Mütter opfern?

Maksim stützte sich auf die Ellbogen und schaute auf sie herab. »Was wolltest du mir eigentlich sagen, Vikusia?«

Vika zuckte unwillkürlich zusammen. Dann nahm sie seine Hand und legte sie sich auf den Bauch. »Ich bin schwanger.«

4

HALYA

Juni 1942, Bezirk Kiew, Reichskommissariat Ukraine

Halya schnitt eine Grimasse, als Mama ihr zerteilte Knoblauchzehen auf Arme und Nacken rieb. Eine alte Frau hatte Mama erzählt, das würde einen harmlosen Ausschlag hervorrufen, der verhindern würde, dass die Deutschen sie als Zwangsarbeiter verpflichteten, und seitdem hatte Mama diese Prozedur mit geradezu religiösem Eifer immer wieder vollzogen.

Seit der Ankunft der Deutschen letzten Herbst hatte sich so viel verändert. Vorbei waren die Zeiten, da Halya allein über die Felder und durch den Wald wandern konnte. Jetzt war sie auf den Hof beschränkt, und jeder Tag begann mit Knoblauch.

»Halt still! Nur noch ein bisschen. Du solltest dankbar dafür sein, dass wir genügend Knoblauch haben. Vor noch gar nicht allzu langer Zeit war das unmöglich.«

»Ich weiß, Mama, aber es brennt!« Halya krallte sich in die roten Striemen auf ihrem Unterarm.

»Das soll sich auch nicht gut anfühlen«, erwiderte Mama und kratzte an dem Ausschlag, den sie sich selbst zugefügt hatte, um Halya zu beweisen, dass es funktionierte. »Die Deutschen treiben Leute zusammen, um sie in ihren Fabriken arbeiten zu lassen, und ich verspreche dir, dieser Knoblauchausschlag ist viel, viel besser, als von ihnen verschleppt zu werden. Außerdem bist du doch ein großes Mädchen. Du bist jetzt fast elf. Du bist doch tapfer.«

»Ja, Mama.«

Der penetrante, pfeffrige Geruch kitzelte Halya in der Nase, und sie nieste, kaum dass Mama sie losließ. Bis jetzt hatte Halyas Haut nicht so auf die Knoblauchbehandlung reagiert, wie Mama es sich gewünscht hätte, doch das lag nicht an einem Mangel an Versuchen.

»Bleib in der Nähe des Hauses. Kein Herumwandern«, mahnte Mama, als Halya sich ihren Mantel schnappte. »Sie haben schon Tausende Leute aus dem Bezirk weggebracht und Hunderttausende aus der gesamten Ukraine. Und das wird nur noch schlimmer werden!«

Halya hörte diese Warnung nicht zum ersten Mal. Sie nickte und floh nach draußen zu ihrem Kirschbaum. Zum Glück stand der nahe am Haus und damit innerhalb der von Mama definierten Grenzen. Halya zog sich in das vertraute Astwerk hinauf und holte das Bild aus ihrer Tasche.

Aufmerksam betrachtete sie es und suchte nach etwas von sich in der Frau, die ihr entgegenblickte. Ihre Mutter. Nicht Katja, die sie Mama nannte, sondern ihre echte Mutter. Die Frau, die sie unter dem Herzen getragen, sie geboren und die sie verlassen hatte.

Alina.

Halya flüsterte den Namen und ließ ihn sich auf der Zunge zergehen. Sie schmeckte die Sehnsucht, die Trauer und all die verpassten Gelegenheiten wie den bitteren Kalynatee, den sie immer trinken musste, wenn sie krank war.

Der Name meiner echten Mutter war Alina.

Letzten Monat hatte Halya auch ihren Vater auf einem alten Bild gesehen. Erst hatte sie sich ein Foto von Alina und Katja angeschaut, wie sie Arm in Arm und lächelnd vor einem

Sonnenblumenfeld standen, aber sie hatte nur einen kurzen Blick darauf werfen können, bevor Mama es ihr aus der Hand gerissen und es sich an die Brust gedrückt hatte. Tränen hatten an ihren Wimpern gezittert, als sie aus dem Haus marschiert war.

»Es ist noch immer schwer für sie«, hatte ihr Vater Mama entschuldigt und ein anderes Bild hervorgeholt. Darauf waren er und Alina zu sehen. Beide trugen sie Kleidung im westlichen Stil – Halyas Mutter einen schönen weißen Hut und einen dunkelblauen Mantel und ihr Vater einen Anzug, Krawatte und einen schwarzen Mantel. Sie hatten die Köpfe einander zugeneigt und lächelten. Er hielt das Foto neben Halya wie einen Talisman. Er bot ihr ein Stück ihrer Geschichte an, von der sie gar nicht gewusst hatte, dass sie es vermisste.

»Mein Gott, ich wusste ja, dass du ihr ähnlich bist, aber dich jetzt neben dem Bild zu sehen … Das ist geradezu unheimlich«, sagte er. Dann traten ihm die Tränen in die Augen, und das machte Halya Angst. Ihr Vater war groß und mutig, ein starker Mann, der den ganzen Tag hart arbeitete. Wenn er heimkam und sie begrüßte, warf er sie hoch in die Luft, bis sie vor Freude quiekte. Er weinte nie, und er war auch nie traurig.

»Tut mir leid, Tato.« Instinktiv schlug Halya die Hände vors Gesicht in dem Versuch, ihm den Schmerz zu ersparen, den ihr Anblick ihm bereitete, und doch steckten ihr verzweifelte, unausgesprochene Fragen in der Kehle.

Wie? Was genau?

Ihr Vater zog ihre Hände wieder herunter und fasste sie sanft am Kinn. »Das muss dir nicht leidtun, Liebes. Niemals. Deine Mutter war eine wunderschöne und wunderbare Frau. Es ist ein Geschenk, dass du ihr so ähnlich siehst.«

Halya hielt das ganz und gar nicht für ein großes Geschenk, denn von diesem Tag an wurde ihr Vater immer still, wenn er sie ansah.

Sie strich mit dem Finger über das Bild ihrer Mutter. Sie liebte Katja, ihre Mama, sehr, aber sie konnte auch nicht leugnen, dass sie fasziniert von ihrer Mutter war, Alina. Hohe Wangenknochen, perfekt geformte Augenbrauen, große Augen und immer ein Lächeln auf den Lippen. Ja, ihre Mutter war wunderschön gewesen, aber wenn Halya in Mamas kleinen Handspiegel sah, erblickte sie nur ein dürres Mädchen mit viel zu großen blauen Augen in einem hageren Gesicht, die Wangen eingefallen und die Lippen trocken und zerkaut. Sie war sicher, dass ihr Vater sich irrte.

Trotzdem schob Halya wie jeden Morgen das Foto wieder in die Tasche ihres Rocks und hoffte, dass die Schönheit ihrer Mutter eines Tages auch sie durchdringen würde ... so wie der Knoblauchsaft ihre zerschundene Haut.

5

LILIJA

Dezember 1942, Wolhynien, Reichskommissariat Ukraine

Vereiste Äste schlugen Lilija ins Gesicht, aber sie hatte keine Tränen mehr für den Schmerz. Taub und ungeschickt schlurften ihre nackten Füße über die gefrorene Erde, als sie den Wald verließ und auf die unbefestigte Straße trat. Mit jedem Atemzug stach die kalte Luft in ihre Lungen, und die letzten Worte ihres Vaters hallten immer und immer wieder durch ihren Kopf.

»Geh nach Hause!«

Lilija hatte sofort gewusst, was er damit gemeint hatte, obwohl ihr jetziges Heim in Flammen stand.

Heim war Maky, das kleine wolhynische Dorf südlich von Kowel. Das Dorf, wo sie aufgewachsen war. Das Dorf, wo sie ihre Liebe zur Natur und zu den Vögeln entdeckt hatte. Das Dorf, wo sie ihre Mutter an einem heißen Sommertag vor fast anderthalb Jahren begraben hatte.

Jeden Morgen, wenn Lilija Frühstück für sie beide gemacht hatte, hatte ihr Vater sie das Gleiche gefragt. Dabei liebte er es, die Sprachen zu mischen – Ukrainisch, Polnisch, Deutsch, Russisch –, damit seine Tochter nicht »einrostete«, wie er sagte.

»Und? Bist du in deinen Träumen mit den Vögeln geflogen?«

Vor dieser Nacht hatte Lilija immer gedacht, ihr Vater wolle sie mit diesen Worten ermutigen, sich hohe Ziele zu setzen, von mehr zu träumen als nur von einem Leben in einem kleinen Dorf, und darauf hatten er und ihre Mutter auch immer hingearbeitet. So hatten sie Lilija vor dem Tod ihrer Mutter mit dem Bus in die Stadt und zur Schule geschickt, sie zum Lernen ermutigt und sie von der Universität träumen lassen. Doch jetzt, nachdem Lilija Dutzende von Kilometern durch die Dunkelheit gestapft war, und das in ihrem Nachthemd, bekamen diese Worte eine weit tiefere Bedeutung – eine Bedeutung, die sie nie auch nur erahnt hatte. Ja, sie war mit den Vögeln geflogen. Durch die Felder und Wälder und sogar über den zugefrorenen Fluss, und dabei war sie auf wundersame Weise weder auf Partisanen gestoßen noch auf Wehrmachtssoldaten oder Polizisten, die ihre Papiere verlangt hatten.

Und jetzt war sie angekommen.

Lilija klammerte sich an den Zaun und starrte auf das Haus. Ihr Haus. Auf das Haus, in dem sie aufgewachsen war. Die weiß getünchten Wände schimmerten rosa im Licht der aufgehenden Sonne, und die Nebengebäude schmiegten sich so eng ans Haupthaus, als wollten sie sich gegenseitig wärmen. Der totenstille Garten, der normalerweise von Blumen und Gemüse nur so überquoll, lag im Winterschlaf. Obwohl Lilija ihn schon lange nicht mehr gesehen hatte, sah er noch genauso aus wie eh und je.

Sie öffnete das Tor und machte einen unbeholfenen Schritt nach vorn. Nach den vielen Stunden Marsch hielten ihre Beinmuskeln sie kaum noch aufrecht.

Die Tür öffnete sich, und Lilija erstarrte. Ein großer, breitschultriger Mann trat heraus auf den Weg und blieb stehen, als er sie sah.

»Wer sind Sie? Wo sind Maksim und Vika?« Ihre nach all den Schreien raue Stimme zu benutzen verursachte Lilija Halsschmerzen, und unbewusst wanderte ihre Hand in ihren Nacken. Eigentlich hätten Angst oder zumindest der gesunde Menschenverstand die Oberhand gewinnen sollen, doch stattdessen machte sie einen weiteren Schritt nach vorn und starrte zu dem Mann hinauf. Vielleicht hatte sie so etwas wie gesunden Menschenverstand ja nie besessen. Vielleicht war all ihre Angst ja verflogen, als sie hatte zuschauen müssen, wie ihr Vater ermordet worden war. Oder – und das kam ihr im Moment am wahrscheinlichsten vor – vielleicht kümmerte es sie ja schlicht nicht mehr, ob sie lebte oder starb, nachdem sie ihre ganze Familie verloren hatte.

Und just diesen Augenblick suchte sich ihr verräterischer Körper aus, um endgültig zu versagen, und sie sank zu Boden.

**

Eine starke Hand hielt Lilija im Nacken und zog sie hoch.

»Trink das«, befahl eine Stimme, und jemand hielt Lilija eine Flasche an den Mund.

Der Geruch von Horilka ließ sie im selben Moment die Augen öffnen, als ein Schluck der feurigen Flüssigkeit in ihren Mund strömte. Sie würgte ihn herunter, hustete und ließ den Kopf wieder aufs Bett fallen.

»Das wird dich wärmen. Du bist ja halb tot vor Kälte«, sagte die Stimme.

Erleichterung erfüllte Lilija, als sie Vika neben sich erkannte.

»Ich … Ich dachte schon, ihr wärt tot«, keuchte Lilija.

»Natürlich nicht. Wir sind immer noch genau da, wo ihr uns zurückgelassen habt. So … Kümmern wir uns erst einmal um diese schlimmen Stellen.«

Vika zog einen Stuhl neben das Bett und goss Alkohol über die offenen Wunden an Lilijas Füßen. Sie schluckte ein Stöhnen herunter und wünschte, die Taubheit in ihren Gliedmaßen würde wieder zurückkehren. Sie musste sich irgendwie ablenken, und so drehte sie sich zu dem Tisch um, wo Maksim und der Fremde saßen und sie anstarrten.

»Onkel Maksim, schön, dich zu sehen.«

»Die Freude ist ganz meinerseits. Aber was ist passiert, Nichte?«, fragte Maksim. »Wo ist dein Vater?«

Lilijas Blick zuckte zu dem Fremden. Sie wusste nicht, was sie unter dem durchdringenden Blick des Mannes antworten sollte. In jedem Fall schien Maksim ihm zu vertrauen, sonst hätte er sie das vor ihm nicht gefragt. Doch andererseits hatte auch ihr Vater den falschen Leuten vertraut.

Lilija zuckte unwillkürlich zusammen, als Vika eine besonders üble Wunde an der linken Fußsohle abtupfte. »Tot«, sagte sie schließlich. »Der polnische Untergrund hat ihn ermordet und unser Haus niedergebrannt.«

Maksim richtete sich im Stuhl auf. »Warum?«

»Warum glaubst du wohl? Er war ein orthodoxer Priester. Eine treibende Kraft für die ukrainische Kultur in unserem Dorf. Auf der anderen Seite des Flusses versuchen sie, alle wie ihn loszuwerden.«

»So wie einige Ukrainer hier versuchen, die Polen zu vertreiben!« Die Worte stammten aus dem Mund des Fremden. Erregt sprang er auf und zerknüllte den Hut in der Faust. Seine Stimme war tief und melodisch, aber er sprach auch ein wenig gestelzt, als wäre Ukrainisch nicht seine Muttersprache. Er schaute zu Maksim. Seine Wangen waren rot. »Ich sollte jetzt besser gehen.«

Maksims Blick zuckte zu dem Mann, als hätte er ganz vergessen, dass er da war. »Das ist nicht nötig, Filip.«

Nicht Pylyp? Nicht Ukrainisch? Filip? Polnisch?

Der Mann hob die Hand. »Wir reden später.«

Als die Tür mit einem Knall ins Schloss fiel, richtete Lilija sich auf. »Wer ist das? Warum hast du einen Polen hier?«

Maksim beugte sich vor und stützte die Ellbogen auf die Knie. »Filip arbeitet mit mir im Gestüt, und seit seine Mutter letzten Monat von ukrainischen Nationalisten getötet worden ist, schläft er bei uns in der Scheune.«

Lilija knirschte mit den Zähnen. »Offenbar wird in unserem Haus jetzt alles mögliche Gesindel aufgenommen.«

»Ich werde nie jemanden abweisen, der Hilfe braucht«, erklärte Maksim. »Egal wen. Dein Vater hätte das auch nicht getan.«

»Mein Vater ist *tot*«, erwiderte Lilija. Sie ließ sich wieder auf das Kissen sinken und schloss die Augen. Die Erschöpfung hatte sie nun endgültig übermannt.

***

Vika hielt Lilija einen dicken Schal hin. »Geh raus, und schau nach den Tieren. Tu was. Du kannst hier nicht ewig herumsitzen.«

Lilija funkelte Vika an. »Ich will aber nicht.«

Vika wedelte mit dem Umschlagtuch. »Geh schon. Die frische Luft wird dir guttun.«

Lilija seufzte, stand aber von dem Stuhl auf, auf dem sie nun drei Tage lang gehockt hatte, und nahm das Tuch. Es war besser, Vika nachzugeben, als mit ihr zu streiten.

Lilija schlang sich das Tuch um die Schultern und ging zur Scheune. Dann schaute sie im Stall vorbei und kraulte dem Pferd den Hals. Das Tier reckte das Maul in die Luft, damit Lilija leichter drankam.

»Fühlst du dich besser?«

Lilija wirbelte herum, und das Pferd erschrak. Filip stand in der Tür, in der Hand einen Apfel, und beobachtete sie. Lilija runzelte die Stirn. Sie wollte nicht mit ihm reden. Vielleicht lag das ja daran, dass er sie an ihrem Tiefpunkt gesehen hatte, wie sie verzweifelt und mit blutigen Füßen auf den Hof gehumpelt war. Vielleicht lag es aber auch daran, dass er der erste Pole war, mit dem sie gesprochen hatte, seit sie hatte zusehen müssen, wie andere Polen ihren Vater erschlagen und ihr Haus angesteckt hatten.

Aber vielleicht war es auch einfach nur die Tatsache, dass er Pole war.

»Nein«, fauchte sie. »Überhaupt nicht. Was machst du hier?«

Filip trat in die Scheune und schloss das Tor hinter sich. Er sprach ruhig und langsam, als rede er mit einem feurigen, jungen Pferd. Das machte Lilija nur umso wütender.

»Maksim lässt mich hier schlafen.«

»Weil du sonst nirgends hinkannst?« Lilija hätte die harten Worte eigentlich schon bereuen sollen, bevor sie ihr über die Lippen kamen – das war einfach nur mies, selbst für sie –, aber sie konnte nicht anders.

»Da haben wir wohl was gemeinsam, nicht wahr?«, schoss Filip zurück. Seine ruhige Fassade bekam erste Risse. Er räusperte sich, als hätte sein eigener Ausbruch ihn überrascht, und ging zu dem Pferd. »Er mag dich.«

»Natürlich mag er mich. Ich habe ihn mit großgezogen.«

Für wen hielt dieser Mann sich eigentlich? Wusste er nicht, dass das hier mal ihr Hof gewesen war? Ihr Pferd? Ihr Leben?

Filip lief rot an, als er die Hand mit dem Apfel ausstreckte. Das Pferd nahm ihn mit geschickten Lippen, kaute und schluckte ihn fast am Stück herunter.

»Tut mir leid, wie ich an dem Abend auf dich reagiert habe. Wegen meiner Mutter bin ich noch immer sehr emotional«, sagte er und schaute Lilija in die Augen. »Und das mit deinem Vater tut mir auch leid.«

Lilija bekam einen Kloß im Hals. Auch sie hatte das alles noch nicht einmal ansatzweise verarbeitet. Mit einem Husten schluckte sie ihre Gefühle herunter und war überrascht, als sich in ihren Augen Tränen sammelten. Bis jetzt hatte sie sich nicht erlaubt, um ihren Vater zu weinen, und jetzt, vor diesem Mann, würde sie mit Sicherheit nicht damit anfangen.

Filip fischte ein Taschentuch aus seiner Tasche und hielt es ihr hin, doch Lilija schüttelte den Kopf und wischte sich mit dem Handrücken übers Gesicht.

Sie hätte im Gegenzug auch ihm ihr Mitleid bekunden sollen – sie war so gut erzogen, dass sie das wusste –, aber ihre Wunden waren noch viel zu frisch, als dass sie über den Tellerrand ihres eigenen Schmerzes hätte blicken können. Außerdem wollte sie keine Verbindung zu diesem Mann aufbauen und ihre Trauer mit ihm teilen. Ihre Verluste machten sie zu Feinden, nicht zu Verbündeten. Warum also sollte sie mehr in ihm sehen? Das wäre sinnlos.

»Es geht mir gut.«

Filip nahm die Hand wieder herunter. »Da bin sicher. Du scheinst sehr zäh zu sein.«

Lilija verzog das Gesicht. »Das muss man auch. Wie soll man hier sonst überleben?«

Filip schien etwas erwidern zu wollen, schwieg jedoch. Lilija wartete. Sein Mund bewegte sich, während er an seinen Gedanken kaute. Er spie sie nicht aus, wie Lilija es so oft tat, und wider Willen empfand sie einen Hauch von Bewunderung für ihn.

»Aber ich werde mich nicht dafür entschuldigen, dass ich Pole bin«, sagte er. »Ich bin stolz darauf, wer ich bin.«

Wut kochte in Lilija hoch, und sie wirbelte zu ihm herum, die Bewunderung war verflogen. »Und *ich* werde mich nicht dafür entschuldigen, dass ich Ukrainerin bin!«

»Das habe ich auch nie von dir verlangt, oder? Das ist der Unterschied zwischen uns beiden. Du unterscheidest nicht zwischen mir und den Mördern deines Vaters, aber ich bin nicht wie diese Leute.«

»Das habe ich auch nie gesagt!«

»Das musst du auch nicht. Nachdem ich meine Mutter verloren hatte, war ich genauso. Ich war auf alle Ukrainer wütend, und das nur wegen einer kleinen Gruppe. Maksim hat mir da durchgeholfen. Er hat mir beigebracht, die Grautöne zu sehen.«

»Ich bin aber nicht wie du.« Lilija stopfte die Hände in die Taschen, um ihr plötzliches Zittern zu verbergen. Filips Worte trafen genau ins Ziel, doch das würde sie nie zugeben. »Und deinen Rat brauche ich auch nicht.«

Filip nickte knapp. »Gut. Dann sollte ich dich jetzt wohl gehen lassen«, sagte er schließlich auf Polnisch. Das war instinktiv gewesen, und er verzog das Gesicht wegen dieses Ausrutschers. Rasch wiederholte er das Ganze noch einmal auf Ukrainisch, doch Lilija hob die Hand.

»Ich verstehe dich und deine Sprache gut genug«, sagte sie steif und ebenfalls auf Polnisch. Dann huschte sie aus der Scheune.

6

VIKA

Februar 1943, Wolhynien, Reichskommissariat Ukraine

Vika empfand es als entspannend, den Brotteig zu kneten. Der Rhythmus, das vertraute Gefühl. Das Versprechen auf Nahrung in den Bäuchen ihrer Kinder. Es half ihr beim Nachdenken. Es half ihr zu vergessen.

Drücken. Falten. Drücken. Falten. Weich und formbar kam der Teig in ihren Händen zusammen. Er war das genaue Gegenteil der rauen Hände, die ihn bearbeiteten. Vika streute ein wenig Mehl auf den Tisch und machte weiter.

Drücken. Falten. Drücken. Falten. Vergessen.

Vergessen, dass sie und Maksim jetzt für seine siebzehnjährige Nichte verantwortlich waren, Lilija, die in diesem blutigen Krieg ihre Eltern und ihren Bruder verloren hatte. Vergessen, dass die Nazis Menschen, ja, sogar Kinder zwangen, in ihren Fabriken oder der Landwirtschaft in Deutschland zu arbeiten. Vergessen, dass ihre Familie mit dieser steten Gefahr lebte; dabei hatte sie erst vor wenigen Monaten ein neues Leben in diese Welt gebracht.

»Mama! Sie holen die Leute einfach von der Straße!«

Vika drehte sich zu Sofia um, ihrer elfjährigen Tochter mit dem goldenen Haar, die hereinstürmte. Ihre großen braunen Augen waren voller Tränen, und Vika zog es das Herz zusammen. »Wovon redest du da? Wer holt die Leute von der Straße?«

»Sie haben eine Gruppe von jungen Leuten zusammengetrieben und wollen sie nach Deutschland schicken.« Slavko folgte Sofia und schloss die Tür hinter sich. Mit seinen dreizehn Jahren wusste er weit mehr über die Gefahren dieser Welt, als er sollte, und dieses Wissen stand ihm ins Gesicht geschrieben. Trotzdem zwang er sich zu einem Lächeln für seine Mutter, das seine Augen jedoch nicht erreichte.

Nervös, weil ausgerechnet sie die schlechten Neuigkeiten überbrachte, trat Sofia von einem dünnen Beinchen auf das andere. »Sie haben gesagt, wenn die Dorfvorsteher die Arbeiter nicht ausliefern, dann würden sie sich eben nehmen, was sie brauchen.«

Die Bedeutung der Wortwahl entging Vika nicht.

Was sie brauchten, nicht *wen*.

Nicht Menschen mit Familien, die sie liebten.

Nur »Ostarbeiter«, wie sie sie nannten. Sklaven.

»Stimmt das, Mama? Können sie uns einfach mitnehmen?«, fragte Sofia.

Vikas Hände nahmen die Arbeit wieder auf.

Drücken. Falten. Vergessen. Drücken. Falten. Vergessen.

Rhythmus. Regelmäßigkeit. Kontrolle. Diese Dinge existierten sonst in ihrem Leben nicht, aber hier beim Teigkneten und in ihrem Heim waren sie eine Konstante. Vika antwortete nicht, sondern fragte: »Wen wollen sie denn mitnehmen?«

»Alle! Sogar jüngere Kinder wie mich und Slavko.« Sorge legte sich wie eine Wolke auf Sofias normalerweise sonnige Miene, und ihr Blick huschte zu Slavko. »Glaubst du wirklich, dass sie auch so junge Leute mitnehmen werden?«

Sofia krallte sich in Vikas Rock, während sie darauf wartete, dass sie ihr versprach, alles werde wieder gut, doch Vika schwieg. Natürlich wollte sie ihre Kinder beruhigen. Sie wollte die perfekten Worte finden, damit sie sich besser fühlten, aber sie konnte es nicht. Die Wahrheit war, dass nichts, was die Nazis taten, sie noch schockieren konnte. Sie hatte gesehen, wie sie die jüdische Bevölkerung zu einem Graben getrieben hatten, und sie hatte die Schüsse gehört, die dem Leiden der Juden ein Ende bereitet hatten. Sie hatte das verkohlte Fleisch gerochen und den beißenden Rauch des Dorfes, das sie als Vergeltung für einen Partisanenangriff niedergebrannt hatten. Sie war gezwungen worden zuzusehen, wie man ihre Nachbarn für solch lächerliche Vergehen ausgepeitscht hatte, zum Beispiel, weil sie zu viel Gemüse in ihrem Garten oder eine Milchkuh im Wald versteckt hatten.

In den letzten anderthalb Jahren war mehr als deutlich geworden, dass die Deutschen, die die Dörfler anfangs mit Brot und Salz als Befreier von dem brutalen Regime der Sowjets begrüßt hatten, keinen Deut besser waren als die Roten. Vielleicht waren sie sogar noch schlimmer.

»Nein, natürlich nicht«, antwortete Maksim für Vika, als er durch die Tür kam. Auch sein attraktives Gesicht war von Sorge gezeichnet, und wie bei seinem Sohn erreichte sein Lächeln die Augen nicht.

Vika atmete langsam aus. *Er lügt.*

Sofia lief zu ihm und schlang die Arme um ihn. »Solange wir zusammenstehen, wird alles wieder gut«, sagte Maksim. Er hob Bohdan hoch und drückte ihn sich an die Brust. Dann setzte er ihn wieder ab und wandte sich dem Baby zu. Die kleine Nadja war ein ruhiges Kind. Sie war in einer heißen Sommernacht geboren worden, und die Wehen waren weit schwächer gewesen als bei Vikas anderen Kindern. Maksim hatte sie nach der Tugend der Hoffnung nennen wollen, Nadeshda, und Vika war damit einverstanden gewesen, obwohl sie noch nie so wenig Hoffnung gehabt hatte.

Doch trotz alledem vergötterte die Familie ihre kleine »Nadja«, wie sie sie liebevoll nannten, und tatsächlich brachte der kleine Sonnenschein Freude ins Haus. Allerdings war diese Freude nichts im

Vergleich zu Vikas Angst, die sie jedes Mal empfand, wenn Slavko und Sofia sich um die Tiere in der Scheune kümmerten oder wenn Bohdan Gemüse aus dem Garten holte. Jedes Mal, wenn die Kinder draußen waren und außer Sicht, machte Vika sich Sorgen.

Maksim drückte Nadja an sich. Dann fiel sein Blick auf Vika. Vika zwang ihr Gesicht in eine gleichgültige Maske. Zusammenzubleiben hatte ihre Familie nicht gerettet, als Stalins Männer ihre älteren Brüder in den Gulag, ins Straf- und Arbeitslager, geschickt hatten, während ihre Eltern und Schwestern verhungert waren. Tatsächlich hatte sie nur überlebt, weil sie sie verlassen hatte. Ihre Eltern hatten darauf bestanden, dass sie den größten Teil ihrer Familie im Stich lassen sollte. So hatte sie nur ihre jüngste Schwester mitgenommen, Maria, war Maksim gefolgt und so dem Hunger nach Wolhynien entkommen, bevor die Grenze geschlossen worden war. Sie und Maria hatten also überlebt, als der ganze Rest ihrer Familie im Holodomor, der von Stalin verursachten Hungersnot, umgekommen war. Aus diesem Grund litt sie jede Minute an jedem Tag unter Schuldgefühlen.

Vika starrte aus dem Fenster. »Vielleicht hätten wir schon längst von hier weggehen sollen.«

»Es wäre sinnlos zu fliehen.« Maksim trat hinter seine Frau und küsste sie auf die Wange. »Der Krieg tobt überall, und Stalin mag sich ja gerade zurückziehen, aber das auch nur, weil Hitler vorrückt. Und Stalin wird wieder zurückkommen. Er kommt immer wieder zurück. Jetzt ist erst einmal wichtig, dass wir zusammen sind. Gemeinsam können wir es mit den Deutschen und Sowjets aufnehmen. Dieses Land wird wieder blühen, und wir werden unsere Kinder hier großziehen können.«

Vika schluckte das leere Versprechen und wickelte es in die Angst, die ständig in ihrem Bauch rumorte. Sie musste ihm einfach glauben. Also zwang sie sich dazu. Denn wenn sie nicht daran glauben würde, hätte sie schon vor langer Zeit kapituliert.

»Wo ist Lilija?«

Lilija hätte eigentlich zu Hause sein sollen, um Vika bei der Arbeit zu helfen und so nahe bei ihr zu bleiben, dass sie sie im Auge behalten konnte, aber stattdessen versank Lilija in ihrer Trauer und schwebte durch die Gegend wie ein Geist.

Lilija tat so, als wäre sie der einzige Mensch auf dieser Welt, der je jemanden verloren hatte.

»Sie ist draußen und zeichnet ihre Vögel«, sagte Sofia.

Slavko stieß sie mit dem Ellbogen an. »Das solltest du doch nicht verraten!«

»Ich kann doch nicht lügen«, protestierte Sofia und riss entsetzt die Augen auf.

Vika nickte knapp und formte den Teig geschickt zu einem schönen Laib, den sie dann in den Ofen schob. Deportationen hin oder her, angesichts der Rationierungen durch die Deutschen durfte sie kein Essen verschwenden. Sie wischte sich die Hände an einem Tuch ab und schaute zu ihren Kindern. Unsicherheit ließ ihre Gesichter hoffnungsvoll und ängstlich zugleich wirken, und Vika wusste, dass sie sie genauso trösten sollte, wie Maksim es getan hatte. Aber die ständige Sorge hatte sie zu einer leeren Hülle verkommen lassen, und ihr Leugnen war das Einzige, was sie noch zusammenhielt. Wenn sie die Arme für die Kinder öffnete und sie ihre fragile Schutzmauer durchbrechen ließ, dann würde sie unter dem Druck zu Staub zerfallen.

»Slavko, nimm die Kinder, und schau nach den Hühnern.«

Maksim berührte Vika so sanft am Arm, als wäre sie eine zarte Blume, und Vika fragte sich, ob sie ihre Schwäche wirklich so gut vor ihm verbarg, wie sie glaubte. Aber statt sich an ihn zu lehnen, wie sie es gern getan hätte, straffte sie die Schultern und schüttelte seine Hand ab.

Slavko scheuchte seine Geschwister nach draußen, und Maksim legte Nadja wieder ins Bett. »Ich habe Filip geschickt, um

Lilija zu suchen«, sagte er. »Ich habe gehört, dass sie jetzt überall auf dem Land die Menschen zusammentreiben. Wir müssen aufpassen. Alle.«

»Filip ist nicht gerade ihr Lieblingsmensch«, bemerkte Vika.

Maksim rieb sich den Nacken. »Glaubt sie etwa, es ist für irgendeinen von uns leicht? Ihr Vater war wie ein Bruder für mich, und ich muss ständig an die Männer denken, die ihn getötet haben, wenn ich Filip oder sonst einen Polen im Gestüt sehe. Doch dann erinnere ich mich daran, dass Filip ein guter Mann ist, und er hat seine Mutter durch Ukrainer verloren. Es gibt hier kein Schwarz und Weiß, Vika, und ich habe nur eines daraus gelernt: Wir sollten einen Menschen nicht danach beurteilen, wer seine Eltern waren oder wo er geboren ist. Lilija muss lernen, den Mann zu sehen, nicht die Uniform oder die Nationalität.«

Vika schüttelte den Kopf. »Das ist hier nicht immer einfach, aber darüber will ich jetzt nicht reden. Ich will wissen, was genau es mit diesen Deportationen auf sich hat.«

»Die Deutschen haben in Kowel ein Theater voller junger Menschen umstellt und sie in einen Zug nach Westen gesetzt. Sie haben niemandem Bescheid gegeben. Nicht mal die Eltern konnten sich von ihnen verabschieden oder ihnen Reiseproviant bringen.« Maksim setzte sich an den Tisch und löffelte Borschtsch aus der Schüssel, die Vika vor ihn stellte. »Ein Mädchen konnte fliehen und hat allen erzählt, was passiert ist. Ähnliche Geschichten habe ich auch aus den kleineren Dörfern gehört. Da niemand sich freiwillig gemeldet hat, haben die Deutschen von den Dorfvorstehern verlangt, Listen aller arbeitsfähigen Männer und Frauen zu erstellen, allerdings will niemand gehen. Deshalb schnappen die Deutschen sich jetzt jeden jungen Mann und jede junge Frau, die sie auf der Straße finden, und wer sich weigert, muss mit Strafe rechnen. Lilija muss wirklich aufpassen.«

»Aber um unsere Kinder müssen wir uns keine Sorgen machen,

oder? Sie sind sicher zu jung.« Vika nahm ein Tuch und wischte den Tisch ab. Sofias und Slavkos Worte hallten in ihrem Geist wider, aber die beiden lagen bestimmt falsch. Mit Kindern als Arbeiter konnten die Deutschen doch nichts anfangen.

Maksim erstarrte. Der Löffel schwebte in der Luft. Dann schaute er seiner Frau in die Augen. »Iwan Schimanski hat gesagt, sie hätten sich die beiden Töchter seines Vetters geholt. Die jüngere ist zwölf.«

7

LILIJA

Februar 1943, Wolhynien, Reichskommissariat Ukraine

In den zwei Monaten seit ihrer Ankunft in Maky hatte Lilija noch immer keine Möglichkeit gefunden, die Löcher in ihrem Herzen zu stopfen. Ihre Gefühle schwangen zwischen alles verschlingender Wut und mürrischer Apathie hin und her. Nur selten empfand sie einmal etwas dazwischen. Das Zeichnen, einst ihre Fluchtmöglichkeit, brachte nun so viele schmerzhafte Erinnerungen mit sich, dass sie es kaum über sich brachte, nach ihrem Lieblingsstift zu greifen, einem Geschenk von Oleksy. Trotzdem versuchte sie es jeden Tag, und sie nahm sich vor, keine Menschen mehr, sondern nur noch Vögel zu zeichnen, doch auch das machte es nicht erträglicher.

Der Seidenschwanz erstarrte, während seine schwarzen Knopfaugen versuchten, die Gefahr abzuschätzen, die von Lilija ausging. Als der Vogel schließlich die Flügel ausbreitete und aus dem kahlen Kalynabusch flatterte, stöhnte Lilija auf und legte ihren Stift wieder weg. Vielleicht war es ja besser so, dass der Vogel ihre Qual vorzeitig beendete, bevor sie den Verstand verlor.

Nach dem Tod ihres Vaters war sie endgültig zur Waise geworden, und die Schwärze dieser Löcher hatte langsam alles andere verschluckt – wie eine brandige Wunde, die nach und nach den Rest des Körpers vergiftete, nur eben von innen. Lilija konnte nicht essen, sie konnte nicht schlafen, sie funktionierte einfach nicht.

Es hatte Vikas starker Hand bedurft, um sie aus ihrer Lethargie zu reißen. »Den Kühen ist egal, ob du traurig bist oder nicht«, hatte ihre Tante sie getadelt. »Egal, ob deine Eltern nun leben oder nicht, ihre Euter sind voller Milch. Das Leben geht weiter, Lilija.«

Vika glaubte daran, dass man seine Gefühle unter harter Arbeit begraben konnte, und Lilija wusste diese Perspektive durchaus zu schätzen. Trotzdem zog sie es vor, immer wieder zu versuchen, sich wie früher in ihrer Kunst zu verlieren. Sie liebte es, an dem Denkmal zu sitzen, das Maky für die Opfer des Massakers der sowjetischen Polizei an den Gefangenen errichtet hatte. Ihr Bruder lag zwar nicht in dem symbolischen Grabhügel mit dem Kreuz darauf, aber sie fühlte sich ihm stets näher, wann immer sie las: *In Erinnerung an jene, die für die Freiheit der Ukraine gefallen sind.*

»Was machst du da?« Oleksy näherte sich ihr mit schweren Schritten, und Lilija schaute zu ihrem Freund hinauf.

»Was machst *du* hier?«, fragte sie zurück. »Ich kann nicht glauben, dass du wirklich hier bist. Du warst in letzter Zeit so beschäftigt, dass ich mich schon gefragt habe, ob du dich vielleicht dem Widerstand angeschlossen und uns verlassen hast.«

Oleksy lief rot an, und das nicht zum ersten Mal, wenn die Sprache auf seine Abwesenheit kam, und Lilija fragte sich, ob er wohl etwas mit UPA zu tun hatte. Die Ukrajinska Powstanska Armija war der militärische Arm der OUN, der Organisation Ukrainischer Nationalisten. Bis jetzt hatte sie ihn allerdings nicht direkt danach gefragt, denn sie war nicht sicher, ob sie die Antwort wissen wollte. Sie und Vika hatten genau wie die anderen Frauen im Dorf den Mitgliedern der Partisanenarmee immer wieder geholfen, die in Bunkern im Wald lebten. Sie hatten ihnen die Wäsche gewaschen und für sie gekocht, während sie gegen die Roten gekämpft hatten, anfangs auch mit den Deutschen, von denen sie sich Hilfe bei der Gründung einer unabhängigen Ukraine erhofft hatten. Inzwischen hatte sich das auch geändert, denn es war offensichtlich geworden, dass die Nazis die Ukrainer nur ausbeuten wollten, und so wandte die UPA sich immer mehr gegen sie. Das Leben dieser Männer war nicht leicht. Lilija hatte sogar schon darüber nachgedacht, ihnen noch mehr zu helfen. Vielleicht würde ihr Leben sich dann ja genau in die Richtung entwickeln, die sie brauchte. Vielleicht könnte sie so ja die alles verschlingende Traurigkeit und die unendliche Wut in geordnete Bahnen lenken und endlich wieder etwas Nützliches tun.

Oleksy ignorierte ihre Frage und hob den Stift auf, den Lilija fallengelassen hatte. »Ist das noch der, den ich dir vor all den Jahren gekauft habe?«

»Ja.« Lilija ließ zu, dass er das Thema wechselte, denn sie war zu müde für eine Diskussion, und nahm ihm den Stift wieder ab. »Das ist mein Lieblingsstift. Damit zeichnet es sich besser als mit jedem anderen. Deshalb hebe ich ihn mir für besondere Dinge auf.«

»Ich habe noch immer die Zeichnung von uns beiden, die du für mich gemacht hast.« Oleksy lächelte und klopfte auf seine Tasche. »Aber im Augenblick ist es hier nicht sicher. Du solltest lieber nach Hause gehen.«

Lilija winkte ab. »Sollen die Partisanen und Soldaten mich ruhig finden. Das ist mir egal.«

»Uns aber nicht. So gut du auch sein magst, das Zeichnen von Vögeln ist dein Leben nicht wert.«

Lilija ignorierte ihn. Wie sollte sie ihm auch erklären, dass sie damit versuchte, dem Schmerz zu entfliehen und wenigstens einen kleinen Teil ihres alten Lebens wieder zurückzubekommen? Sie wollte wieder Verbindung zu ihrer Mutter und ihrem Bruder aufnehmen. Mit jeder Krümmung eines Schnabels und mit jeder Schattierung einer Feder hatte sie das Gefühl, sie wären wieder bei ihr. Würden sie lehren. Sie führen. Sie ermutigen. Und mit jeder fertigen Zeichnung, so schmerzhaft sie auch sein mochte, machte Lilija ihren Vater stolz. Er hatte sie stets angeregt, zu lernen und sich weiter zu verbessern. »Nur noch ein paar Minuten.«

Oleksy riss die Augen auf. »Nur noch ein paar Minuten? Slavko hat gesagt, du wärst schon seit Stunden hier.«

Lilija kniff die Augen zusammen und schaute zur Sonne, die inzwischen tief am Himmel stand. »Ich hab gar nicht gemerkt, wie spät es ist.«

»Das tust du nie.« Nina lächelte, als sie hinter Oleksys großer Gestalt hervortrat. »Wie geht es dir heute?«

Nina behandelte Lilija, als wäre sie aus Glas, und Lilija versuchte, ihr das nicht übel zu nehmen.

»Gut. Es ist schön, im Sonnenschein zu sitzen, auch wenn es ziemlich kalt ist.« Lilija warf sich ihren langen honigfarbenen Zopf über die Schulter und umarmte ihre Freundin.

Als sie nach Hause zurückgekehrt war, hatte sie ihre Freundschaft mit Nina und Oleksy sofort wiederbelebt. Es war, als hätte es die anderthalb Jahre in Chelm nie gegeben. Die beide waren nicht nur ihre ältesten Freunde, sondern auch die Einzigen, die sie noch von dem »Bevor« kannte. So nannte sie ihr altes Leben, als sie noch eine Familie gehabt hatte: »das Bevor«.

Bevor sie die Hoffnung verloren hatte.

Bevor sie allein gewesen war.

Sie hatten sie im Bevor gekannt, und sie wollten auch danach noch mit ihr zusammen sein. Das verriet viel darüber, wie loyal sie waren, zumal Lilija sich ihrer Launen durchaus bewusst war. Es war sicherlich nicht immer leicht mit ihr. »Danke, dass ihr so oft nach mir seht, aber das müsst ihr nicht. Es geht mir gut.«

Sie schürzte die Lippen und pfiff das gleiche Lied, das der

Seidenschwanz gerade gepfiffen hatte. So versuchte sie, ihn zurückzulocken. Das Tier erschien auch wieder und antwortete, doch dann vertrieb das Geräusch eines näherkommenden Pferdes es erneut. Ein einzelner Reiter hielt ein gutes Stück von den dreien entfernt an, schirmte die Augen mit der Hand gegen die Sonne ab und starrte sie an. Dann galoppierte er über das Feld auf sie zu.

»Wer ist das?« Oleksy schirmte seine Augen ebenfalls ab und kniff die Augen zusammen.

»Ist doch egal.« Lilija seufzte. »Ich werde wohl später noch mal herkommen müssen, um diesen Vogel zu zeichnen.«

»Ich glaube, das ist Filip Nowak. Niemand kann so reiten wie er«, sagte Nina, als der Reiter näher kam.

»Er ist nichts Besonderes«, murmelte Oleksy und schob die Hände in die Hosentaschen.

»Finde ich auch«, sagte Lilija. »Maksim mag ihn sehr, weil er so ein guter Reiter ist, aber ich verstehe nicht, was so anziehend an ihm sein soll.« Seit ihrem Zusammentreffen in der Scheune vor ein paar Wochen hatte sie Filip nicht oft gesehen, und sie nahm an, dass er ihr gezielt aus dem Weg gegangen war.

»Also, ich finde ihn attraktiv«, bemerkte Nina und zuckte mit den Schultern. »Und er ist sehr freundlich. Als unser Pferd krank geworden ist, hat er meinem Vater sehr geholfen.«

Oleksy funkelte Nina missbilligend an und trat dann einen Schritt vor, als Filip vor ihnen anhielt. »Was führt dich her, Filip?«

Filip behielt seinen ernsten Gesichtsausdruck bei, als er Oleksy ignorierte, Nina zunickte und schließlich zu Lilija schaute. Sein intensiver Blick drang mitten durch sie hindurch, und zum Schutz verschränkte sie die Arme vor der Brust.

»Dieses Pferd musste bewegt werden. Also hat Maksim mich mit ihm auf die Suche nach dir geschickt. Ich soll dich holen. Er will, dass du sofort nach Hause kommst.« Filip streckte die Hand aus. »Du kannst mitreiten, wenn du willst.«

»*Ich* bringe sie nach Hause.« Oleksy legte Lilija den Arm um die Schultern.

Lilija, die eigentlich die Absicht gehabt hatte, genau das zu tun, bevor Oleksy so unverschämt Anspruch auf sie erhoben hatte, versteifte sich und schüttelte den Arm ab. »Ich kann für mich selbst sprechen.«

Sie drehte sich zu Filip um und achtete nicht auf Oleksys offensichtliches Missfallen. Oleksy mochte ja ihr Freund sein, aber sie war es leid, dass ihr die Leute sagten, was sie fühlen oder tun sollte. Maksim und Vika waren ja schon schlimm genug. Da würde sie sich das von Oleksy erst recht nicht gefallen lassen, und um das zu beweisen, würde sie sogar zu Filip auf ein Pferd steigen. Außerdem konnte man bei so einem schönen Tier – es war eine polnische Araberstute – den Reiter getrost übersehen. »Ich werde mit dir reiten, Filip. Danke.«

Überraschung huschte über sein Gesicht. Vermutlich hatte er nicht damit gerechnet, dass sie wirklich hinter ihm aufsitzen würde, und jetzt konnte sie ihre Meinung auch nicht mehr ändern. Sie mochte Filip ja hassen, aber noch mehr hasste sie es, einen Rückzieher zu machen. Nein, das stimmte so nicht. Sie mochte Filip zwar nicht, aber *hassen* tat sie ihn auch nicht – jedenfalls nicht mehr als ihre polnischen Freunde, die neben ihrem alten Haus gewohnt hatten, oder als Nina, deren Mutter aus Polen stammte. Was sie hasste, war die Feindseligkeit zwischen so vielen hier in Wolhynien. Sie hasste ihre widersprüchlichen Gefühle, was den Tod ihres Vaters betraf. Und sie hasste es, die einzige Überlebende ihrer Familie zu sein. Allein wären all diese Gefühle schon ein Problem gewesen, aber zusammen … Ihr drehte sich der Kopf.

Lilija warf sich ihre Tasche über die Schulter, packte Filips Hand und ließ sich von ihm auf das kastanienbraune Pferd ziehen. Er ritt ohne Sattel und nur mit Halfter, aber er lenkte das

Tier, als wäre es ein Teil von ihm. Vika hatte Lilija erzählt, dass Filips Vater Stallbursche in einer der wichtigsten polnischen Araberzuchten gewesen sei, bevor die Sowjets ihn verhaftet hatten. Jetzt arbeitete Filip mit Maksim in genau demselben Gestüt, nur unter der Herrschaft der Nazis.

»Ich nehme an, ihr habt das Neueste noch nicht gehört«, sagte Filip, als Lilija es sich hinter ihm bequem gemacht hatte. »Die Deutschen haben Kowel heimgesucht, und jetzt gehen alle davon aus, dass sie als Nächstes hierherkommen, um so viele Arbeiter wie möglich zusammenzutreiben, die sie nach Westen schicken können. Sie holen die Leute einfach von der Straße.«

Während Nina nach Luft schnappte und Oleksy fluchte, spürte Lilija, wie Filip sein Gewicht verlagerte, und die leichtfüßige polnische Araberstute setzte sich in Bewegung. Lilija klammerte sich mit den Beinen an die Flanken des Pferdes und schlang die Arme um Filips schmale Hüften. Er bewegte sich im Takt des galoppierenden Tieres, und Lilija passte sich an ihn an, um nicht herumgeschleudert zu werden. Dicht an Filip gepresst und ihr Körper im Einklang mit seinem, während sie über die Felder flogen, lief Lilija ein Schauder der Erregung über den Rücken. Das erschreckte sie, denn seit Wochen hatte sie außer Wut und Trauer nichts empfunden.

Und es kam ihr falsch vor.

»Stopp!«, befahl sie plötzlich. Sie zwang sich, die Arme von Filips Hüften zu nehmen.

Er lehnte sich zurück. Er zog nicht an den Zügeln, trotzdem blieb die Stute sofort stehen. Lilija schaute zurück, um sicherzugehen, dass ihre Freunde sie nicht mehr sehen konnten. Dann schwang sie das Bein nach außen und ließ sich vom Pferd gleiten.

»Tut mir leid«, sagte Filip. »War ich zu schnell?«

»Nein. Du reitest wie der Wind. Ich hab die Augen zugemacht und mir vorgestellt, wir würden fliegen.«

Die Gedanken sprudelten aus ihrem Mund, bevor sie etwas dagegen tun konnte, und rasch biss sie sich auf die Lippe, um den Rest für sich zu behalten. *Weg von hier. Wie die Vögel.*

»Du kannst wirklich gut mit Worten umgehen.« Filips Tonfall war neutral und ein wenig misstrauisch, und Lilija konnte ihm das nicht verübeln. Als sie das letzte Mal miteinander gesprochen hatten, hatte sie ihn angebrüllt. Trotzdem zuckten seine Mundwinkel wegen ihres Kompliments. »Aber warum sollte ich dann anhalten?«

Lilija strich sich den Rock glatt und zog ihre Tasche wieder zurecht. »Das ist weit genug.«

»Aber du bist noch nicht daheim.«

Lilija machte sich auf den Weg die Straße hinunter. »Ich brauche weder dich noch Oleksy, um nach Hause zu kommen.«

»Wenn dem so ist, warum bist du dann überhaupt zu mir aufs Pferd gestiegen?«

Lilija weigerte sich, ihn anschauen. »Das lag mehr an der Stute als an dir. Das ist bei Weitem das schönste Tier, auf dem ich je geritten bin. Ich wollte wissen, wie sie sich bewegt.«

»Und? Was denkst du?« Filip ließ das Pferd im Schritt neben ihr herlaufen.

Lilija warf einen Blick auf die majestätische Kreatur und streichelte ihr die glänzende Schulter. »Es ist perfekt.«

»Dem kann ich nicht widersprechen. Und das war wirklich der einzige Grund? Du wolltest nicht zufällig auch deinen Freund ärgern, oder?«

»Bild dir bloß nichts ein«, schnaubte Lilija. »Außerdem ist er nicht mein Freund.«

Filip lachte. »Ja, klar. Sag ihm das mal.«

»Ich brauche deinen Rat nicht, und ich brauche auch nicht deine Hilfe«, erklärte Lilija gereizt. Warum beharrte dieser Mann nur darauf, sie derart zu belästigen? Hatte sie ihm nicht klar genug gemacht, dass sie nichts mit ihm zu tun haben wollte? Sie ging ein wenig schneller, um von ihm wegzukommen, aber das Pferd passte sein Tempo an. »Was machst du da?«

»Ich begleite dich nach Hause. Schließlich habe ich es deinem Onkel versprochen.«

»Das musst du nicht.« Lilija reckte das Kinn in die Luft. »Ich sehe das Haus ja schon. Ich komme allein zurecht.«

»Daran habe ich keinen Zweifel, aber es geht hier nicht um dich. Wenn ich etwas versprochen habe, dann halte ich mich auch daran.« Er kraulte der Stute den Hals. »Außerdem mag sie dich. Sie geht ganz von selbst mit dir mit.«

Als sie sich dem Hof näherten, schnalzte Filip mit der Zunge, und das Pferd ging in einen leichten Trab über und lief ein Stück voraus. Vor dem Tor zügelte er das Tier wieder und sprang ab. Er schob das Tor auf und streckte den Arm aus, als wolle er Lilija hindurchscheuchen.

»So. Jetzt hab ich dich heimgebracht.«

»Und ich werde dafür sorgen, dass Maksim das erfährt«, sagte Lilija trocken und tätschelte noch einmal das Pferd. »Danke für den Ritt.«

Sie schaute ihm in die Augen, als sie an ihm vorbei auf den Hof ging, und er starrte sie an, als suche er nach etwas hinter der Fassade, die sie jeden Tag aufsetzte. »Es war mir ein Vergnügen.«

Lilija blinzelte, straffte die Schultern und richtete ihre Mauer wieder auf. »Ich habe mit dem Pferd geredet.«

Filip lachte. »Nun, es war mir trotzdem ein Vergnügen.« Seine jetzt tiefe und raue Stimme ließ Lilija schaudern, und unwillkürlich sah sie erneut zu ihm hinauf. Zum ersten Mal fielen ihr sein zerzaustes dunkles Haar, seine hohen Wangenknochen und das Grübchen am Kinn auf.

Filip zögerte und schaute kurz zu Boden, eher er Lilija wieder in die Augen blickte. »Es ist schön, dich wieder unterwegs zu sehen.«

Lilija öffnete den Mund, um etwas zu sagen, obwohl sie nicht wusste, was herauskommen würde. Doch bevor sie sich für etwas entscheiden konnte, kam Sofia ums Haus gerannt. Sie hielt ein Buch an die Brust gedrückt.

»Lilija! Mama will dich sehen!« Als sie Filip bemerkte, blieb sie stehen. »Oh ... hallo, Filip ... Ich hab ja gar nicht gewusst, dass ihr befreundet seid.«

Es war, als hätte jemand Lilija einen Eimer kaltes Wasser über den Kopf gegossen.

»Sind wir auch nicht«, fauchte sie und sprang einen Schritt zurück.

Ein leichtes Grinsen erschien auf Filips Gesicht. Offenbar hatte Lilijas Reaktion ihn verwirrt. Sie fühlte, dass er sie noch immer anschaute, als er sich auf Ukrainisch an ihre jüngere Cousine wandte.

»Dobriy den, Sofia.«

»Wohl eher Guten Tag, du *Wichtigtuer*,« knurrte Lilija. Sie räusperte sich und zwang sich zu einem höflichen »Auf Wiedersehen, Filip«.

Er schwang sich wieder aufs Pferd, nickte ihr kurz zu und ritt davon.

»Ist Filip dein neuer Freund? Er ist aber auch hübsch.« Sofia lehnte sich mit den Ellbogen auf den Zaun, legte das Kinn in die Hände und schmachtete dem jungen Polen hinterher.

»Er ist nicht mein Freund.« Lilija funkelte ihre Cousine an. »Ich habe gar keinen Freund, weder einen alten noch einen neuen.«

»Ich dachte immer, Oleksy wäre dein Freund.« Verwirrt verzog Sofia das Gesicht. »Ich mag Oleksy.«

»Oleksy ist ein Junge, und ja, er ist ein alter Freund von mir, aber nur so wie Nina eine alte Freundin ist. Das ist alles. Einen *richtigen* Freund habe ich nicht.«

»Ich bin nicht sicher, ob Oleksy das auch weiß.« Sofia runzelte die Stirn.

»Natürlich weiß er das. Und warum sind alle plötzlich so an meinem Liebesleben interessiert?«

Sofia seufzte und schaute verträumt drein. »Wenn ich siebzehn bin, ist der Krieg vorbei, und ich habe viele Freunde.«

Lilija klopfte ihr auf die Schulter. »Hoffentlich weißt du bis dahin, dass es noch mehr im Leben gibt als Jungs.«

***

Lilija schob die schwere Stalltür auf und trat ein. Der Geruch von Pferden – Schweiß, Mist und Heu – mischte sich mit dem Duft von Leder und Öl. Sie atmete tief ein und seufzte. Sie liebte Pferde, auch wenn sie nicht annähernd genug Zeit mit ihnen verbringen konnte. Am Morgen hatte Lilija angeboten, ihrem Onkel das Essenspaket zu bringen, das er vergessen hatte. Das war nicht nur die perfekte Entschuldigung gewesen, um sich die Tiere anzusehen. So kam sie auch von Vika weg, die die Zügel sogar noch angezogen hatte, seit gestern bekannt geworden war, dass die Deutschen verstärkt Zwangsarbeiter entführten.

»Bleib in den Wäldern, und halt dich von den Straßen fern«, hatte sie Lilija ermahnt.

Lilija hatte gezwungen gelächelt und gewinkt. Sie wusste, dass Vika sich nur um sie sorgte und versuchte, eines der toten Elternteile in Lilijas Leben zu ersetzen, doch sie war ja nicht dumm. Lilija konnte durchaus besonnen sein, wenn sie musste.

»Hallo, meine Schöne«, gurrte sie und streichelte den seidigen Hals der Stute. »Erinnerst du dich an mich? Ich durfte gestern auf dir reiten.«

Das Pferd schnaubte und schmiegte sich mit der Nase in Lilijas freie Hand.

»Nächstes Mal bringe ich dir ein Leckerli mit«, sagte sie. »Versprochen.«

Stimmen hallten durch die lange Boxengasse, und Lilija duckte sich hinter den Hals des Pferdes. Zum Glück hatte sie die Tür einen Spalt aufgelassen, sodass sie rasch fliehen konnte, sollte es nötig sein. Ihr Onkel hatte sie nachdrücklich ermahnt, dass sie nicht herumlaufen sollte, aber Lilija glaubte nicht, dass damit auch das Streicheln eines Pferdes gemeint gewesen war. Trotzdem wollte sie nicht erwischt werden und ihn am Ende noch in Schwierigkeiten bringen.

Drei Männer kamen herein und führten ihre Pferde zu den jeweiligen Boxen. Die ersten beiden kannte Lilija nicht, doch der dritte war Filip.

Sie schob sich hinter die Boxentür, sodass nur noch ihre Augen herauslugten, und lauschte dem Knarren von Leder und Klimpern von Metall, als die Tiere abgezäumt wurden.

»Ich weiß wirklich nicht, warum du immer noch bei Maksim lebst«, sagte der erste Mann. Seine Stimme war ausgewöhnlich hoch und tat Lilija in den Ohren weh. »Es sieht nicht gut aus, wenn du dich mit Ukrainern einlässt.«

»Maksim ist ein guter Mann«, sagte Filip. »Nach dem Tod meiner Mutter hat er mich bei sich aufgenommen, und das, ohne Fragen zu stellen.«

»Ja, er ist vielleicht die Ausnahme«, räumte der zweite Mann ein. »Aber vergiss nicht, dass Ukrainer sie getötet haben.«

Filip hielt kurz inne. Seine Hände schwebten über dem Sattelknauf, und seine Stimme klang kalt. »Du musst mich nicht an den Tod meiner Mutter erinnern.«

»Nun, vielleicht sollte ich dich dann besser daran erinnern, dass das unser Land ist, oder zumindest sollte es das sein«, sagte der jüngere Mann. »Das Grenzland hier ist ein Teil von Polen, und ohne polnische Kultur und Bildung wären die *Kresy* nicht das, was sie sind. Wir haben den Menschen hier die westliche Zivilisation gebracht. Wir haben ihnen Schulen gegeben. Demokratie. Den Katholizismus.«

»So einfach ist das nicht«, erwiderte Filip und hob den Sattel hoch.

»Es reicht einfach. Die Ukrainer greifen schon seit Jahren immer wieder unsere Politiker und Führer an. Dabei sollten sie Polen dankbar sein«, erklärte der ältere Mann. »Diese armen, ungebildeten Bauern haben keine Ahnung, wie schwer es ist, eine moderne Nation zu führen, und sie nutzen das Potenzial dieses fruchtbaren Landes nicht annähernd aus.«

»Hitler sieht das ähnlich«, warf Filip ein. »Und ich werde immer misstrauisch, wenn ich Gedanken höre, die seinen allzu sehr ähneln.«

»Ihr seht das alle falsch«, warf der jüngere Mann ein. »Wir Polen müssen uns gegen die Nazis vereinen und für unser Land kämpfen. Die Ukrainer wiederum wollen für ihre eigene Nation kämpfen. Deshalb werden sie auch nicht an unserer Seite stehen. Das heißt, es liegt an uns, Polen zu retten. Wir haben schlicht keine Zeit, uns um die Ukrainer und ihre Unabhängigkeitsbestrebungen zu kümmern. Außerdem haben sie das auch schon früher versucht, und es hat nie funktioniert. Warum sollte das jetzt anders sein?«

Filip kehrte den beiden Männern den Rücken zu und knallte den Sattel auf einen Ständer. »Ihr beide werdet in der Halle gebraucht. Also beeilt euch lieber.«

Lilijas Beine zitterten vor Wut, und sie erkannte, dass sie etwas Dummes tun würde, sollte sie nicht schnell verschwinden. Sie schlich an dem Pferd vorbei und durch den schmalen Spalt, den sie zwischen der Stalltür und der Wand offen gelassen hatte.

Stunden später, als Lilija hinausging, um die Hühner zu füttern, dachte sie noch immer über das nach, was sie im Stall gehört hatte.

Filip hatte den anti-ukrainischen Vorurteilen seiner Freunde nicht zugestimmt, und das, obwohl ukrainische Nationalisten seine Mutter ermordet hatten.

Vielleicht war er ja doch nicht so schlecht, wie sie gedacht hatte.

Und vielleicht war sie nicht so unvoreingenommen wie er.

Der Gedanke ärgerte sie. Sie hatte Filip einfach abgeschrieben, weil er Pole war – dabei hatte sie früher viele polnische Freunde gehabt. Dieser Hass zwischen Polen und Ukrainern, diese Feindschaft wegen des Landes, konnte doch nicht so tief reichen wie die familiären und freundschaftlichen Verbindungen zwischen beiden Völkern. Warum also ließ sie all ihre Wut über den Tod ihres Vaters an Filip aus?

Lilija ging in die Scheune und schnappte sich eine Handvoll Korn. Dann kniete sie sich neben die Hühner, streckte die Hand mit dem Futter aus, und die Vögel pickten es gierig auf.

»Macht euch keine Sorgen, ihr Süßen. Heute wird keine von euch in der Suppe landen. Wir sind einfach nur froh, dass die Deutschen euch noch nicht geholt haben.« Wie alles andere. Die Kuh. Das Korn. Das Eingemachte, das Vika für den Winter vorbereitet hatte. Und einen großen Teil des Schweins, das Maksim geschlachtet hatte. »Ich wünschte nur, ich könnte Wildvögel genauso zähmen wie euch.«

»Lilija?« Oleksys tiefe Stimme ließ Lilija erschrocken zusammenzucken.

»Willst du jetzt auch noch die Vögel hier verjagen?« Sie stand auf und klopfte sich die Hände sauber.

Oleksys normalerweise so fröhliches Gesicht wirkte eingefallen, und Lilija verspannte sich. »Was ist passiert?«

»Ich wollte es dir gestern schon sagen, aber dann ist Filip aufgetaucht, und ich hatte keine Gelegenheit dazu.«

Lilija ignorierte den säuerlichen Ton, in dem er Filips Namen aussprach, zumal ihre eigenen Gefühle, was den jungen Polen betraf, noch verwirrend waren. »Sprich.«

Oleksy zog den Hut ab, drehte ihn in den Händen und senkte den Blick. »Ich gehe zur Schutzmannschaft.«

Lilijas Magen verkrampfte sich. »Nein! Du kannst dich doch nicht der Schuma anschließen!«

Lilija konnte das Wort nicht einmal aussprechen, ohne zu schaudern. »Dann arbeitest du für die Nazis! Für die Männer, die meine Mutter und all die Juden getötet haben! Für die Männer, die junge Leute als Zwangsarbeiter einfach von der Straße holen, die Partisanen und ihre Familien ermorden! Ich dachte, du wolltest mir sagen, dass du dich der UPA angeschlossen hättest. Nicht den Nazis. Wie konntest du nur?«

Oleksy fuhr sich mit der Hand durch sein blondes Haar. »Meine Mutter hat mich angefleht, zur Schuma zu gehen, um meine Schwestern zu beschützen. Wenn ich bei der Hilfspolizei bin, dann wird man sie nicht als Zwangsarbeiterinnen nach Deutschland schicken. Seit dem Tod meines Vaters ist nichts mehr so, wie es mal war. Ich fürchte, wenn Mama auch noch eines ihrer Mädchen verliert, wird das ihr Ende sein.«

Lilija verzog das Gesicht. Genau wie Michailo, ihr Bruder, war Oleksys Vater den Massenhinrichtungen der Sowjets zum Opfer gefallen. Und seine Mutter, einer der liebenswertesten Menschen, die Lilija kannte, hatte sich nie davon erholt.

»Sie ist keine starke Frau«, hatte Vika gespottet, nachdem Oleksys kleine Schwester ihnen erzählt hatte, dass ihre Mutter gar nicht mehr das Bett verließ. »Frauen müssen solche Verluste ertragen können und alles am Laufen halten. Das ist natürlich nicht leicht, aber so ist es nun mal.« Trotzdem hatte sie der Familie Borschtsch und Brot geschickt und versprochen, am nächsten Tag vorbeizuschauen, um zu sehen, wie es ihnen ging.

»Ich hoffe, dass ich helfen kann«, fuhr Oleksy fort. »Vielleicht kann ich sie ja sabotieren, während ich da bin. Ich werde nicht wirklich einer von ihnen sein.«

»Du bist nur *ein* Mann. Wie kommst du darauf, dass du ihre Armee aufhalten könntest?«

»Natürlich kann ich sie nicht aufhalten, aber vielleicht kann ich dafür sorgen, dass Leute aus den Transporten fliehen können. Ich muss ja nur kurz wegsehen. So was eben.«

»Das ist sehr gefährlich.« Lilija beruhigte sich ein wenig, als ein Hauch von Sorge um ihren alten Freund die Wut überlagerte. »Wenn sie dich schnappen, bringen sie dich um.«

Oleksy setzte den Hut wieder auf. »Sie könnten mich auch umbringen, wenn ich jetzt nach Hause gehe. Hier ist niemand mehr sicher, Lilija. Schau mal … Ich will mich nicht der Schuma anschließen, aber ich werde es tun. Für meine Mutter und Schwestern. Es wird nicht für lange sein, und wenn ich etwas Gutes tun kann, wenn ich dort bin, dann ist es die Sache vielleicht sogar wert. Das heißt noch lange nicht, dass ich ein Nazi werde, aber es heißt, dass ich Zugang zu Waffen und einer Ausbildung haben werde, die sich später vielleicht als nützlich erweisen könnten.«

»Was meinst du damit? Willst du dir bei der Schuma Waffen und eine Ausbildung erschleichen und dann einfach gehen? Zum Widerstand?«

Oleksys Kiefer arbeitete, als er sich von Lilija abwandte. »Nein. Natürlich nicht. Ich dachte, dass das, was ich dort lerne, nach dem Krieg nützlich sein könnte.«

Lilija suchte in seinem Gesicht nach Spuren des Jungen, mit dem sie aufgewachsen war, der sie das Fischen gelehrt hatte und Stunden mit ihr auf der Suche nach Vögeln durch den Wald gewandert war. Sie suchte nach dem Jungen, der ihr bei der Beerdigung ihrer Mutter die Hand gehalten und an ihrer Schulter geweint hatte, als sein Vater gestorben war, doch dieser Oleksy hier war voller scharfer Kanten, drahtiger Muskeln und kaum zurückgehaltener Frustration.

»Offenbar hast du dich schon entschieden.«

»Ja, das habe ich. Es gefällt mir zwar nicht, aber so ist es nun mal.«

»Dann wünsche ich dir alles Gute.« Lilija nahm ihren Korb und ging an ihm vorbei zum Haus. Sie hasste die Endgültigkeit ihrer Worte, aber sie konnte sie genauso wenig zurückhalten wie ihn.

»Warte! Ich kann auch dich beschützen.« Oleksy packte sie am Arm. Seine Wangen waren gerötet. »Heirate mich, Lilija. Mein Name wird dich schützen, wenn ich bei der Schutzmannschaft bin, und dich davor bewahren, deportiert zu werden.«

Lilija riss sich von ihm los. Die Gefühle, die in ihr aufkeimten, überraschten sie. »Und was ist danach? Was wird mit mir und deiner Familie geschehen, wenn du die Schuma verlässt oder stirbst? Jetzt ist nicht die Zeit für Liebe, Oleksy. Wir können einander ja noch nicht einmal das Morgen versprechen, geschweige denn das Leben.«

»Wir sollten das Glück suchen, wo auch immer wir es finden können. Auch dieser Krieg wird eines Tages zu Ende sein, und wir werden aus der Asche auferstehen. Stell dir nur mal eine freie Ukraine vor, in der wir uns weder vor russischen noch vor deutschen Besatzern verneigen müssen und wo wir in der Schule auch kein Polnisch sprechen. Eine Ukraine, die wir selbst regieren.«

»Du glaubst diese deutschen Lügen doch nicht immer noch, oder?«, schnaubte Lilija verächtlich. »Du weißt, dass sie nie geplant haben, uns unser Land zu geben. Das haben sie nur gesagt, um uns zu beschwichtigen.«

»Das weiß ich, aber das heißt nicht, dass wir nicht dafür kämpfen können.« Oleksy nahm ihre Hände und drückte sie. »Für uns. Für die Ukraine.«

Lilija starrte zu den ersten Sternen hinauf, die am bewölkten Himmel erschienen. Wie oft hatte sie schon davon geträumt, auf die Universität zu gehen und etwas aus sich zu machen? Aber Oleksy wollte etwas Anderes. Sie hatten oft davon gesprochen, wenn sie unter der großen Linde im Gras gelegen hatten. Oleksy wollte ein Haus voller Kinder und eine liebevolle Frau, die sich um alles kümmerte. Pflaumen- und Kirschbäume, die die Luft mit ihrem Duft erfüllten, bevor die Äste schwer von Obst wurden. Felder voller reifem Korn, das sich im Wind wiegte. Grasbewachsene Hügel mit glücklichen Kühen, die gute Milch gaben. Oleksy wollte das Leben, das er von vor dem Krieg aus Wolhynien kannte, aber dieses Leben war tot ... genau wie so viele Menschen, die Lilija einst gekannt hatte.

»Du solltest Nina heiraten«, sagte sie schließlich und mit zitternder Stimme. »Beschütz sie. Sie will die gleichen Dinge im Leben wie du. Ich nicht. Ich werde nie heiraten, und ich würde dich auch nicht glücklich machen.«

Oleksys Gesicht fiel in sich zusammen, als er ihre Worte sacken ließ. Er nahm die Hand herunter, und eine Sekunde lang brach Lilijas Herz sogar noch mehr, als sie hinter der harten Fassade die süße Unschuld ihres alten Freundes sah. Da war er wieder. *Ihr* Oleksy.

»Ich dachte, du liebst mich.« Bei dem Wort »mich« drohte seine Stimme zu brechen, und Lilija spürte einen Stich ins Herz.

Sie ballte die Fäuste und blinzelte die Tränen weg. »Ich bin ein gebrochener Mensch, Oleksy. Alle, die ich liebe, sterben. Also werde ich nicht mehr lieben. Du bist ohne mich besser dran.«

Getroffen von der Wucht ihrer Worte taumelte er zurück und schüttelte den Kopf.

»Du bist eine miese Lügnerin, Lilija.«

***

Nachdem Oleksy gegangen war, saß Lilija mit dem Rücken an der Scheunenwand da und starrte in die zunehmende Dunkelheit. Wie war ihre Welt nur so verwirrend und brutal geworden? Wie war es möglich, dass so viele Gruppierungen an ein und demselben Ort miteinander kämpften?

Ein Brett knarrte auf dem Heuboden über ihr. Lilija rappelte sich auf, nahm eine Schaufel und hielt sie hoch, den Blick zur Tür gerichtet.

Ein paar Sekunden später trat Filip zu ihr heraus, und sofort wich er einen Schritt zurück. »Bist du wirklich so wütend auf mich?«

»Ich weiß nicht. Ich bin ja nur eine ›arme, ungebildete Bäuerin‹«, knurrte sie. »Was weiß ich schon? Aber Gott sei Dank sind du und deine polnischen Freunde ja hier, um uns zu helfen.«

Filip besaß zumindest den Anstand, rot zu werden. »Du warst heute im Gestüt?«

»Offenbar hören wir alle irgendwelche Dinge mit, die wir nicht hören sollen.« Lilija atmete zitternd aus und fragte sich, wie viel Filip wohl von ihrer Unterhaltung mit Oleksy mitbekommen hatte. »Was machst du hier? Maksim hat gesagt, du würdest einen Onkel besuchen.«

»Ich musste für die Nacht zurückkommen, aber ich bin bald wieder weg. Keine Sorge.«

Lilija nahm die Schaufel herunter. »Meinetwegen musst du nicht gehen …«

»Ich kann auch woanders bleiben. Ich will es nicht noch schwerer für dich machen.« Er fummelte am Türriegel herum. »Ich stimme ihnen nicht zu, weißt du?«

»Wie? Du glaubst nicht, dass die Ukrainer dankbar dafür sein sollten, in der Schule nur Polnisch sprechen und zum Katholizismus konvertieren zu dürfen?« Lilija dachte an ihren sanftmütigen Vater, und eine Welle der Wut brach so schnell über sie herein, dass sie fast wieder nach der Schaufel gegriffen hätte.

Ein Muskel zuckte in Filips Wange. »Ich denke, die ganze Situation ist noch weit komplizierter, und ich denke, das weißt du auch.«

Lilija knirschte mit den Zähnen. »Ich weiß, dass ich *nicht* gehört habe, wie du ihnen widersprochen hast.«

»Aber du hast auch nicht gehört, dass ich ihnen zugestimmt habe«, erwiderte Filip. »Seine wahren Gedanken äußert man nur zur richtigen Zeit und am richtigen Ort.«

»Und was sind deine wahren Gedanken? Bitte, erleuchte mich.«

Filip seufzte. »Vielleicht werde ich dir das eines Tages sagen, wenn du mich nicht mehr ganz so sehr hasst.«

Lilija dachte an all das zurück, was sie in ihrem jungen Leben verloren hatte, an all die sinnlosen Tode. »Es gibt schon so viel Hass auf der Welt«, sagte sie sanfter. »Ich hasse dich nicht.«

Sein Mundwinkel zuckte. »Na ja, wenn du mich magst, hast du eine wahrlich seltsame Art, mir das zu zeigen.«

Sie presste die Lippen aufeinander. »Ich habe nicht gesagt, dass ich dich mag. Ich habe nur gesagt, dass ich dich nicht hasse. Das ist ein Unterschied.«

»Nun.« Filip legte den Kopf auf die Seite und schaute ihr in die Augen. »Ich hasse dich auch nicht, Lilija.«

Er hob die Hand und beugte sich leicht vor, als wolle er sie berühren, aber dann nahm er die Hand wieder herunter, und zu ihrer Überraschung war Lilija enttäuscht. Sie verschränkte die Hände und kämpfte gegen das plötzliche Verlangen an, ihm mit den Fingern über die hohen Wangenknochen zu streichen.

Filip schien ihr Gefühlschaos nicht zu bemerken. »Ich denke, wir haben Ähnliches durchgemacht, und in einer anderen Welt wären wir vielleicht die besten Freunde geworden.«

Verletzlichkeit lag in seinen Worten, aber Lilija ignorierte es.

»Ich kenne dich nicht!«, zischte sie. Ihre Ernüchterung wegen

Oleksy, die Trauer um ihre Familie, ihre verwirrenden Gefühle, all das brach sich Bahn. »Warum sollte ich auch einen Herumtreiber mögen, den mein Onkel aufgesammelt hat und der vermutlich noch vor Ende des Jahres tot sein wird wie alle anderen auch, die in diesem gottverlassenen Krieg gefangen sind? Es ist besser, wenn da eine Distanz zwischen uns bleibt, egal was für eine Verbindung du glaubst, mit mir zu haben.«

Filip stand vollkommen regungslos da, während Lilija ihre verbalen Salven gegen ihn abfeuerte. Dann lächelte er traurig. »Oleksy hat recht. Du bist eine miese Lügnerin, Lilija.«

Bevor sie etwas darauf erwidern konnte, verschwand er wieder in der Dunkelheit der Scheune. Wütend trat sie einen Eimer um und fluchte.

8

HALYA

Februar 1943, Bezirk Kiew, Reichskommissariat Ukraine

Halya schlich hinten um das Haus der Melnyks herum und duckte sich hinter einen Baum. Mama wäre außer sich vor Wut, wenn sie gewusst hätte, dass Halya die Straße hinuntergelaufen war, nachdem sie verbotenerweise den Hof verlassen hatte, aber sie hatte es dort nicht länger ausgehalten. Außerdem hatte sie gehört, dass die Familie Melnyk letzte Nacht zur Räumung ihres Hauses gezwungen worden war, und sie wollte sich die deutsche Familie ansehen, eine Mutter mit zwei kleinen Kindern, die dort eingezogen waren.

Deutsche waren bereits in der Zarenzeit hierhergeholt worden, um die fruchtbare Erde der Ukraine zu bestellen. Auch heute noch blieben diese sogenannten Volksdeutschen weitgehend unter sich, auch wenn sie schon seit Generationen hier lebten. Nazi-Deutschland wiederum betrachtete sie als begehrte Angehörige der arischen Rasse, und so wurde ihnen gestattet, Häuser und Land in der von den Deutschen besetzten Ukraine zu requirieren. Manchmal standen diese Häuser schon leer, und manchmal – wie im Falle der Melnyks – wurden sie für die neuen Siedler leer geräumt. Mama hatte gesagt, die Deutschen seien wie Blutegel, die der Ukraine das Leben aussaugten, und Halya solle sich nicht mit ihnen einlassen, aber das weckte Halyas Neugier nur umso mehr. Außerdem hatte sie gesehen, wie Mama einer jungen volksdeutschen Frau einen kleinen Laib Brot gegeben hatte. Deshalb nahm Halya an, dass der Umgang mit ihnen von den Umständen abhing.

Eine Frau schrie auf Deutsch. Ihre rauen Worte hallten aus dem Haus und brachten die Vögel zum Schweigen. Plötzlich flog die Tür auf, und jemand warf einen Stapel Bücher in den Hof. Halya schnappte unwillkürlich nach Luft, als die Tür wieder zuknallte. Feodosia Melnyk wäre entsetzt gewesen, ihre geliebten Bücher im Dreck zu sehen.

Halya kroch näher heran und hoffte, sich ein paar der Bücher nehmen zu können, denn die neuen Bewohner schienen sie ja nicht zu wollen. Doch kaum schlossen ihre Finger sich um das erste Buch, öffnete sich die Tür wieder. Die Frau begann zu brüllen, aber diesmal auf Ukrainisch und mit dem seltsamen Akzent, von dem Mama sagte, dass die meisten Volksdeutschen ihn hätten.

»Mach, dass du hier wegkommst, du kleine Diebin!« Sie stürmte auf Halya zu, in der Hand eine Pfanne als Waffe. »Verschwinde! Runter von meinem Hof!«

Halya schnappte sich das Buch und rannte los, rief davor aber in einem Anfall von Mut: »Das ist nicht *Ihr* Hof! Nur damit Sie das wissen!«

Als sie weit genug entfernt war, um wieder langsamer zu werden, setzte sie sich an einen Baum, schlug das Buch in ihren verschwitzten Händen auf und las laut den Titel.

»*Kobsar* von Taras Schewtschenko.«

Das war wieder ein Gedichtband und noch dazu vom Lieblingsdichter ihres Vaters. Halya blätterte durch die Seiten und begann zu lesen. Sie war so tief in die lyrischen Worte versunken, dass sie gar nicht bemerkte, wie Mama näherstapfte.

»Was machst du so weit weg von daheim?« Sie presste die Lippen aufeinander. Halya kannte diesen Gesichtsausdruck nur allzu gut. Mama war sauer.

»Tut mir leid. Ich wollte nur ein bisschen spazieren gehen. Schau mal, was ich gefunden habe!« Halya hielt das Buch wie eine Trophäe in die Höhe, und Mamas Gesicht entspannte sich.

»Wo hast du das denn gefunden?«

Halya nahm das Buch wieder herunter. »Am Haus der Melnyks. Die volksdeutsche Frau, die da eingezogen ist, will die alten Bücher nicht.«

Mama presste die Lippen noch fester aufeinander, und diesmal kniff sie auch noch die Augen zusammen. »Ein Gedichtband ist es nicht wert, dass du deine Sicherheit riskierst. Ich dachte, ich hätte dich besser erzogen.« Sie packte Halya am Arm und zog sie hinter sich her. »Komm jetzt mit. Wir gehen nach Hause.«

***

»Deine Mama war krank vor Sorge, als sie dich heute nicht gefunden hat.«

Die Hühner scharrten im Korn zu Halyas Füßen und gackerten mitfühlend wegen seines strengen Tons.

»Tut mir leid, Tato. Das wollte ich nicht.« Halya starrte hinauf zu der Störchin, die in ihrem Nest auf dem Haus saß. Jedes Jahr kehrte ein und derselbe Vogel wieder zurück und legte hier seine Eier. Halya erkannte ihn an der tiefen Einbuchtung in seinem linken Flügel. Sie dachte oft darüber nach, wie die Störchin wohl an die Kerbe gekommen war. Vielleicht hatte sie ja einen Räuber vertrieben, um ihre Babys zu beschützen, und der Angreifer hatte ihr dabei ein Stück aus dem Flügel gebissen. Vielleicht war das Tier aber auch so geboren. Oder vielleicht hatte ein grausamer Mensch ihm die Wunde in einem Anfall von Wut zugefügt und den Vogel so für immer gezeichnet. In jedem Fall fehlte der Störchin nun ein Stück, und das würde sie nie mehr zurückbekommen.

Halya kannte dieses Gefühl.

Ihr Vater lachte leise. »Deine Mama will nur, dass du in Sicherheit bleibst. Das ist ihr einziges Ziel im Leben. Verstehst du das? Sie gibt dir alles, was sie hat, denn man darf die Familie nie aufgeben, egal unter welchen Umständen. Familie ist alles. Zusammenbleiben ist alles, und dafür lohnt es sich zu kämpfen.«

Halya biss sich auf die Lippe, doch die Frage sprudelte dennoch aus ihr heraus. »Warum hat meine Mutter sich nicht mehr bemüht, bei mir zu bleiben? Meine echte Mutter meine ich. Alina.«

Er ließ die Schultern hängen. »Oh, Halya«, seufzte er. »Das hat sie. Sie hat sich so sehr bemüht, für dich da zu sein. Du hast ihr so viel bedeutet. Doch am Ende sind manche Dinge schlicht außerhalb unserer Kontrolle. So wie das, was mit den Melnyks passiert ist.«

»Warum bemühen wir uns dann überhaupt?«, verlangte Halya verbittert zu wissen. »Warum versuchen wir es, obwohl es nichts nützt?«

»Einen Versuch ist es immer wert, Halya. Versuchen heißt kämpfen, und kämpfen müssen wir auch jetzt. Es gibt hier viele Menschen, die wollen, dass wir verschwinden, damit sie sich unser Land nehmen können, aber wir sind Ukrainer. Wir sind stark, und wir stehen immer wieder auf ... so wie der Kalynabusch im Sumpf, da wo die Jungfrau sich selbst geopfert hat, um ihr Dorf zu retten. Selbst wenn sich alle und alles gegen uns verschworen haben, kämpfen wir: für unser Land, für unsere Familien und für unsere Art zu leben. Denn wenn wir das nicht tun, haben wir schon verloren.«

Er fuhr Halya mit seiner rauen Hand durchs Haar und strich es ihr aus dem Gesicht. »Du musst mir etwas versprechen, Halya.«

Sie nickte nur. Sie hatte einen Kloß im Hals und brachte kein Wort heraus. Das Gespräch hatte sich von ihrer Mutter weg- und zu etwas hinbewegt, das sie nicht wirklich verstand, zu einem kaum fassbaren Konzept von schier unglaublicher Tragweite. Der ernste Ton ihres Vaters ließ sie die Schultern straffen.

»Versprich mir, dass du immer tapfer sein und kämpfen wirst, egal was auch passiert. Kämpfe, denn das Leben ist das Kämpfen wert.«

Halya schluckte. »Ich verspreche es, Tato.«

»Und versprich mir auch, dich stets um deine Familie zu kümmern. Eine Familie ist vielleicht nicht immer das, was du erwartest, aber es gibt nichts Wichtigeres.«

Halyas Gesicht brannte vor Scham, als sie an die vielen Male dachten, da sie vor Mamas Knoblauchtinktur geflohen war oder sich in ihrem Baum versteckt hatte, um der Arbeit aus dem Weg zu gehen. Wie viele Sorgen hatte sie der Frau schon bereitet, die ihr ihr ganzes Leben gewidmet hatte? Die Halya vorbehaltlos aufgenommen hatte und liebte? Vielleicht hatte Mama sich einst ja ein Leben mit einem anderen Mann vorgestellt oder mit einem anderen Kind, doch jetzt liebten sich Halyas Vater und sie. Und Mama liebte Halya wie eine eigene Tochter, und so hatte sie sie auch erzogen. Daran hatte nie auch nur der Hauch eines Zweifels bestanden.

Mama war Halyas Mutter, und zwar genauso wie Alina es gewesen war, und Halya liebte sie von ganzem Herzen.

Eine Familie ist vielleicht nicht immer das, was du erwartest, aber es gibt nichts Wichtigeres.

Halya wiederholte die Worte ihres Vaters mehrmals in ihrem Kopf, um sie in ihr Gedächtnis einzubrennen, bis sie sie später auf eine der leeren Seiten in ihrem Buch schreiben könnte.

9

VIKA

Februar 1943, Wolhynien, Reichskommissariat Ukraine

Vika blickte von den Zwiebeln auf dem Schneidebrett auf und schaute zu, wie Lilija mit dem Skizzenbuch unter dem Arm aus dem Hühnergehege ins Morgenlicht trat.

Sosehr Vika Lilija auch liebte, das Mädchen blieb ein Rätsel für sie. Sie lächelte nur selten, und so etwas wie Freude schien sie gar nicht zu empfinden. Angesichts all der Verluste, die Lilija schon in jungen Jahren hatte erleiden müssen, fragte Vika sich, ob ihre Nichte diese schweren Gefühle wohl aufgesaugt hatte wie Pflanzen das Wasser, ob all dieses Leid und diese Trauer inzwischen ein fester Bestandteil von ihr geworden waren. Ein junges Mädchen, das die Summe ihres kollektiven Schmerzes in sich vereinte.

In den Monaten seit Lilijas Rückkehr nach dem Tod ihres Vaters hatte Vika versucht, ihre Mauern einzureißen und ihr ein Lachen oder Lächeln zu entlocken, doch Lilija fiel immer wieder in ihre stumme Gleichgültigkeit zurück. Nichts schien sie zu berühren. Nichts interessierte sie außer dem Zeichnen und den Vögeln.

Slavko lief über das Gras und lachte, als er und Sofia die Gänse für die Nacht in ihr Gehege scheuchten, und das ließ auch Vika lächeln. Bei Slavko zweifelte sie nie an sich. Sie wusste, wie sie ihn zu etwas ermutigen und wie sie ihn zügeln konnte, sollte es notwendig sein. Durch Slavkos impulsive Küsse und seine liebenswerten Bemühungen, sich rund ums Haus nützlich zu machen, war es eine wahre Freude, ihn um sich zu haben. Er war das genaue Gegenteil von Lilija, ganz Sonnenschein und Ausgelassenheit, während Lilija nur düster vor sich hin brütete.

»Hier sind deine Eier.« Auf Lilijas verstaubtem Gesicht waren die Spuren verwischter Tränen zu sehen. Sie stellte den Korb ab und setzte sich an den Tisch. »Woher weißt du, wann du eine richtige Entscheidung triffst?«

Fast hätte Vika laut aufgelacht, so absurd war diese Frage. Unsicherheit plagte sie wie ein Heuschreckenschwarm. Ständig quälte sie sie und warf einen Schatten des Zweifels über alles, was sie tat – aber man musste tun, was nötig war. Um Nachdenken oder Wünsche ging es dabei nicht. Vika war der letzte Mensch, den Lilija in dieser Frage um Rat fragen sollte. Also antwortete sie ausweichend: »Das kommt auf die Entscheidung an.«

»Das ist egal.« Lilija stand genauso schnell wieder auf, wie sie sich gesetzt hatte. »Ich habe mich entschlossen.«

»Wenn du bereits eine Entscheidung getroffen hast, warum fragst du mich dann?«

Lilija fuhr fort, als hätte Vika nichts erwidert. »Ich werde den Brief heute Abend schreiben.«

»Einen Brief? An wen?«

Lilija starrte Vika mit klaren Augen an. »An die Freie Ukrainische Universität in Prag.«

»In Prag?« Vika konnte ihren Unglauben nicht verbergen.

»Eigentlich wollte ich ja immer an die Universität von Lviv. Ich wusste natürlich, wie schwierig das sein würde, weil die Polen die Zahl der ukrainischen Studenten auf 15 Prozent begrenzt hatten, aber mit dem Krieg hat sich alles verändert.«

»Meinst du damit, dass zuerst die Sowjets und dann die Deutschen die Professoren und Studenten abgeschlachtet haben?«, fragte Vika trocken. »Ja, das ist natürlich viel besser als irgendwelche Zugangsbeschränkungen. Wir befinden uns mitten in einem Krieg, Lilija, und die Deutschen erlauben den Ukrainern noch nicht mal, länger als vier Jahre in die Schule zu gehen. Wie kannst du da an so was auch nur denken?«

Lilija verschränkte die Arme vor der Brust. »Ich weiß, dass ich nicht direkt gehen kann, aber der Krieg wird nicht ewig dauern. Wenn er vorbei ist, will ich an die Universität.«

»Schön. Plan für die Zukunft. Aber warum willst du den Brief dann *jetzt* schicken?«, hakte Vika nach. Sie füllte die Zwiebeln in eine Bratpfanne und gab ein Stück ihrer wertvollen Butter dazu. »Du kommst ja noch nicht mal sicher bis ins Dorf, von Prag ganz zu schweigen. Außerdem sind die Nazis da auch.«

»So wird das aber nicht immer sein«, wiederholte Lilija. »Und die Universität dort ist von Ukrainern gegründet worden, um dem Einfluss der Sowjets zu entgehen. Ich denke, sie wird bald wieder eröffnen, und dann wird es dort weit stabiler sein als hier. Und wenn es so weit ist, dann möchte ich, dass mein Name ganz oben auf der Liste steht.«

»Stabil ist gar nichts, und das wird auch noch lange so bleiben.« Vika schüttelte den Kopf. »Ich wünschte, ich wäre so optimistisch wie du.«

»Ich muss doch nach vorn blicken.« Lilija blieb hartnäckig. »Wenn es so weit ist, will ich bereit sein.«

Vika rührte in der Pfanne, und der Duft von gebratenen Zwiebeln und Butter erfüllte den Raum. »Wenn es das ist, was du willst …«

»Ja, das ist es.« Lilija nickte entschlossen. »Das habe ich schon immer gewollt. Ich will an die Universität und Kunst und Biologie studieren. Meine Eltern und ich, wir haben oft darüber gesprochen.«

»Und was ist mit einem Mann und Kindern?«

»Ich will weder das eine noch das andere«, antwortete Lilija. »Mann und Kinder würden mich hier nur festhalten, aber ich will die Welt sehen.«

»Liebe sucht man sich nicht immer aus. Manchmal ist es genau umgekehrt. Außerdem bist du erst siebzehn. Wenn plötzlich ein schneidiger, junger Mann kommt, der dich förmlich umhaut, dann wirst du deine Meinung schon ändern.« Vika lenkte das Gespräch bewusst in diese Richtung. Sie hoffte, dass Lilija sich ihr öffnete, was Oleksy betraf. Sofia hatte Vika nach dem Frühstück erzählt, dass sie gestern Abend gehört hatte, wie er ihr einen Antrag gemacht hatte.

»Nein.« Lilija winkte ab. »Ich werde nie jemanden so sehr lieben, dass ich ihn auch heiraten würde. Außerdem sind die Männer viel zu sehr damit beschäftigt, sich gegenseitig den Schädel einzuschlagen, als dass sie einer Frau den Hof machen würden.«

***

»Ich mache mir Sorgen um Lilija«, sagte Vika.

Maksim stand in dem breiten Boxengang und striegelte einen der polnischen Araber. Er schaute nicht zu seiner Frau, sondern strich mit der Hand hinten über das Bein des Pferdes und signalisierte ihm mit leichtem Druck, dass es den Huf heben solle. Das Tier gehorchte, und Maksim packte den Huf und kratzte ihn aus. »Lilija geht es doch gut. Wieso machst du dir Sorgen?«

»Sie hat ihre ganze Familie verloren.« Vika nickte Filip zu, der neben ihnen ein weiteres Pferd an einem Ring festband und sich anschickte, es zu striegeln.

»Wir sind auch ihre Familie«, sagte Maksim. »Wir werden uns um sie kümmern.«

»Ja, aber das ist nicht das Gleiche, und das weißt du.« Vika biss sich auf die Lippe und senkte die Stimme. »Sie fantasiert davon, demnächst auf die Universität zu gehen. Das ist einfach nur verrückt.«

»Vielleicht. Aber es schadet auch nicht, Träume zu haben«, erwiderte Maksim.

»Und Oleksy hat sie gefragt, ob sie ihn heiraten will.«

Maksim war mit dem Huf fertig und richtete sich auf. »Und? Hat sie den Antrag angenommen? Ich habe ja schon immer geglaubt, dass die beiden eines Tages zusammenkommen würden.«

Filip ließ seine Bürste fallen, und sie sprang Vika direkt vor die Füße. Er schaute ihr nicht in die Augen, als er sie sich rasch wieder an sich nahm, doch sein Gesicht war knallrot, weil sie ihn beim Lauschen erwischt hatte.

Da begann Vika zu verstehen. Sie sprach lauter als normal und beobachtete Filip aus den Augenwinkeln heraus, der dem Pferd mit ungewöhnlicher Energie die Mähne kämmte. »Nein«, sagte sie. »Sie hat gesagt, dass sie ihn nicht liebt.«

Maksim ging um das Pferd herum und wiederholte den Prozess am linken Hinterlauf. »Für eine Ehe braucht es mehr als Liebe.«

Vika versteifte sich, und der Gedanke, dass Filip etwas für Lilija empfinden könnte, war vergessen. »Aber die meisten Menschen sagen, Liebe sei das Wichtigste.«

»Die meisten Menschen sind Narren«, grunzte Maksim und hielt den Huf fest, als das Pferd versuchte, das Bein wegzuziehen. »Wir wissen beide, dass Liebe allein nicht reicht.«

Vor Vikas geistigem Auge erschienen die Geister ihrer schwierigen Anfänge. Für gewöhnlich hielt sie ihre Erinnerungen im Zaum, zusammen mit ihren Zweifeln, was Maksims wahre Absichten betraf, als er sie geheiratet hatte, aber wenn er Bemerkungen wie diese machte, fiel es ihr schwer, das alles zu vergessen.

Maksim war nur noch eine leere Hülle gewesen. Die Trauer über den Verlust seiner Frau Alina und ihres jungen Kindes hatte ihn vollkommen durchdrungen, als er vor fünfzehn Jahren plötzlich vor Vikas Tür gestanden und nach Arbeit auf ihrem Hof gefragt hatte.

»Mein Vater kennt deinen Vater«, hatte er gesagt und seinen Hut in den Händen zerknüllt. »Er wollte, dass ich mal vorbeikomme und nach einer Stelle in der Mühle frage.«

Seine Trauer war förmlich greifbar gewesen, sodass sie sogar das Salz in seinen Tränen geschmeckt hatte. Dennoch hatte sie ihm die Tür geöffnet und ihn in ihr Heim und in ihr Herz gelassen.

Meistens glaubte sie, dass er es genauso gemacht hatte, dass er ihr die Splitter seiner Seele mit jedem zärtlichen Blick anbot, mit jedem sanften Kuss. Aber dann gab er eine Bemerkung von sich oder warf ihr einen Blick zu, und der Zweifel erhob sein hässliches Haupt und nagte an ihrer Beziehung.

Wen sah Maksim, wenn er sie anschaute? Eine Frau, die ihm aufgezwungen worden war, als er am Boden gelegen hatte, oder eine Frau, die er wahrhaft liebte? Vikas Eltern hatten sie zu der Ehe gedrängt, besonders, als Stalin mit seiner Kollektivierung begonnen hatte, denn sie hatten Maksim als eine Fluchtmöglichkeit für ihre Tochter betrachtet.

»Heirate ihn, und zieh nach Wolhynien. Dort wird das Leben besser sein«, hatte ihr Vater gesagt.

Was hatte Maksim wirklich gewollt? So zerbrechlich, wie er damals gewesen war, hätte er da Nein zu Vikas herrischen Eltern sagen können, zumal er damals unter ihrem Dach gelebt hatte? Vika wiederum hatte sich in den gut aussehenden, klugen Maksim beinahe sofort verliebt, aber es hatte Jahre gedauert, bis er ihr gegenüber zum ersten Mal von Liebe gesprochen hatte. Selbst jetzt noch behielt er seine Gefühle meistens für sich, und wenn er doch einmal seine Zuneigung zeigte, saugte Vika das gierig auf wie eine Verdurstende das Wasser. Aber damit verloren Maksims

Gesten und Worte ihren Geschmack und ihre Schönheit. Vika hasste sich selbst dafür.

Sie knirschte mit den Zähnen und verbannte die hässlichen Gedanken aus ihrem Kopf. Das machte sie immer, und das war auch der Grund dafür, warum sie immer so nüchtern wirkte. Gefühle trübten das Wasser des Lebens nur, und sie brauchte einen klaren Kopf, wenn ihre Familie diesen Krieg überleben sollte.

»Natürlich braucht es mehr als Liebe«, brachte sie schließlich hervor. Sie zwang sich, sich weiter vorzubeugen, sodass Filip sie nicht belauschen konnte. »Und er will zur Schuma. Das wird sie nicht tolerieren.«

Maksim schaute ihr in die Augen, doch sie las keine Überraschung darin, und sie fragte sich, ob Oleksy Maksim bereits in seine Pläne eingeweiht hatte. »Ja«, sagte er. »Da hast du wohl recht. Aber vielleicht steckt auch mehr dahinter.«

»Vielleicht. Ich will einfach nur, dass sie glücklich ist. Ich habe sie schon immer geliebt, und jetzt ist sie fast schon wie eine Tochter für mich.« Vika tätschelte dem Pferd die Flanke. »Ich sollte besser wieder nach Hause. Zu den Kindern. Slavko ist gerade da, und es ist nahezu unmöglich, ihn an einem Ort festzuhalten.«

Maksim lachte leise. »Er hat die Seele eines Abenteurers. Er ist wahrhaftig mein Sohn.«

»Und das wird ihn irgendwann das Leben kosten«, erwiderte Vika. Slavko war ein guter Junge, aber sein freier Geist, so ganz anders als ihrer, bereitete ihr ständig Sorgen, denn Gefahren lauerten an jeder Ecke. »Ich fürchte, dass die Deutschen ihn eines Tages von der Straße holen und wegbringen.«

»Slavko ist klug«, sagte Maksim. »Er wird sich schon nicht in Gefahr begeben.«

»Es geht nicht immer darum, ob man klug ist oder nicht.« Vika sah ihn an. »Wer sollte das besser wissen als du?«

10

Lilija

März 1943, Wolhynien, Reichskommissariat Ukraine

»Glaubst du, Oleksy macht einen Fehler?«, fragte Lilija, als sie eines Abends nach der Arbeit gemeinsam mit Nina ins Dorf ging. Wegen der ganzen Aufregung über die letzten Deportationen hatte Lilija die strikte Anweisung, bei Nina zu bleiben, Vikas Einkaufsliste abzuarbeiten und dann sofort wieder nach Hause zu kommen.

»Er tut, was er glaubt, tun zu müssen. Es ist mit Sicherheit nicht leicht, für die Schuma zu arbeiten.« Nina zögerte. »Ich glaube eher, dass *du* einen Fehler machst.«

Lilija lachte. »Ich kann ihn nicht heiraten. Ich will das Leben nicht, das er sich wünscht. Das wäre uns beiden gegenüber nicht fair.«

»Aber du liebst ihn doch, oder?«

Lilija starrte auf den Feldweg, der sich vor ihnen erstreckte. Ihre Beziehung zu Oleksy war genauso: lang und manchmal steinig und so gewunden, dass sie weder den Anfang finden noch sich das Ende vorstellen konnte. Tatsächlich konnte sie sich nicht einmal mehr an eine Zeit erinnern, da er nicht Teil ihres Lebens gewesen war.

»Ja, ich liebe ihn«, sagte Lilija. »Vielleicht nicht so, wie er mich liebt, aber er ist ein Teil von mir. Ein Teil meiner Familie. Ich werde Oleksy immer lieben.«

»Warum wäre es dann so schlimm, ihn zu heiraten? Er ist ein guter Mann.«

Lilija berührte den Brief an die Freie Ukrainische Universität in Prag, der sicher in ihrer Tasche verstaut war. Sie wollte ihn heute aufgeben, und nächsten Monat würde sie einen weiteren schreiben. Tatsächlich würde sie so lange schreiben, bis einer ihrer Briefe jemanden erreichte, der ihr helfen konnte. Natürlich könnte es Jahre dauern, bis sie den Weg dorthin fand, doch dieser erste kleine Schritt, so sinnlos er auch sein mochte, sorgte dafür, dass sie sich besser fühlte.

»Es ist nicht das Leben, das ich will«, wiederholte Lilija. »Eine Ehe ist nicht die Antwort auf alles.«

»Was ist denn so falsch daran, ein eigenes Heim voller Kinder zu haben?« Ninas Blick wanderte zum Himmel, als glaube sie, ihre zukünftige Familie stehe in den Wolken geschrieben.

»Ich weiß, dass du das möchtest. Die meisten Menschen wünschen sich das, aber ich will keine Familie. Eine habe ich schon verloren, und ich brauche keine neue. Ich will weg von hier. Die Welt sehen und die Vögel und Tiere in fremden Ländern studieren.« Lilija ballte die Fäuste, während die Leere in ihrem Herzen sich mit Sehnsucht und Entschlossenheit füllte. Sie war jetzt allein, doch sie hatte noch immer ihre Träume. »Oleksy kann mir das nicht bieten. Das kann ich mir nur selbst geben.«

Nina grinste und stupste sie mit dem Ellbogen an. »Es tut mir leid, dass unsere bäuerlichen Träume nicht zu deinen abgehobenen Zielen passen. Ich hoffe, dass du es mit uns aushalten kannst, bis es so weit ist.«

Lilija stampfte mit dem Fuß auf. »Du weißt, dass das nichts damit zu tun hat.«

»Ja, ich weiß. Ich will dich doch nur aufziehen.« Nina hakte sich bei Lilija unter. »War sein Antrag wenigstens romantisch?«

Lilija zuckte mit den Schultern. »Eher vornehm, romantisch weniger. Ich habe ihm gesagt, er solle lieber *dich* fragen.«

Nina schnappte nach Luft. »Nein! Das hast du nicht!«

»Doch, hab ich. Ihr wollt beide dasselbe, und wenn sein Name wirklich jemanden beschützen kann, dann besser jemanden, der mir am Herzen liegt.«

»Aber ich liebe Oleksy nicht. Nicht *so* jedenfalls«, sagte Nina. »Ich habe schon länger ein Auge auf den Sohn des Bäckers geworfen, aber der ist verschwunden. Ich denke, er lebt irgendwo in den Wäldern bei den Männern von der UPA.«

»Hoffentlich. Nicht, dass sie ihn nach Deutschland verschleppt haben«, sagte Lilija. »Aber das ist eine andere Sache. Wir beide haben ja schon darüber gesprochen, der UPA mehr zu helfen, als sie nur mit Essen zu versorgen und ihre Wäsche zu waschen. Vielleicht können wir ja Krankenschwestern oder Kuriere werden. Dann müssten wir uns natürlich gegen Oleksy stellen, und ...«

»Lilija«, fiel Nina ihr ins Wort. »Ich habe gestern meinen Bescheid bekommen.«

Lilija blieb stehen und packte sie am Arm. »Zum Arbeitseinsatz? Warum hast du nichts gesagt?« Die Bilder des ersten Abtransports von Zwangsarbeitern aus ihrem Dorf würde sie nie vergessen: Mütter und Väter hatten gejammert und geschrien und ihren Kindern Bündel mit Essen und Kleidern zugeworfen, während sie mit vorgehaltener Waffe aus dem Dorf getrieben worden waren. Männer von der Schutzmannschaft und deutsche Polizisten sowie Leute vom SD, dem Sicherheitsdienst des Reichsführers SS, hatten die Eltern mit Knüppeln zusammengeschlagen und ihre Hunde auf sie gehetzt. Lilija versuchte, sich Nina in diesem Chaos vorzustellen. Auch sie würde Lilija verlassen, ihre Eltern und ihr Zuhause. Sie schauderte.

Nina nickte mit gesenktem Kopf. »Was soll ich da denn sagen?«

»Wann musst du dich melden?«

»Morgen«, antwortete Nina. »Es trifft alle, die 1926 geboren sind. Du wirst vermutlich auch einen bekommen.«

Wut flammte in Lilija auf, und sie schüttelte den Kopf. »Ich werde aber nicht hingehen. Wenn ich muss, werde ich weglaufen und mich verstecken; aber ich werde nicht hingehen. Das solltest du auch nicht.«

»Wenn wir nicht erscheinen, werden sie sich unsere Familien holen.«

Lilija hörte das unterschwellige Schluchzen in Ninas Worten. Also schwieg sie lieber und nahm ihre Freundin an die Hand. Dann gingen sie weiter. Die Häuser, an denen sie vorüberkamen, standen immer näher beieinander, und die Zäune links und rechts der Straße gingen ineinander über. Ein einsamer Hund kam von einem Hof gelaufen und bellte, doch außer ihm war niemand zu sehen.

Plötzlich sträubten sich Lilija die Nackenhaare, und alles in ihr schrie, sie solle losrennen. Sie riss Nina zurück, als ein Schuma-Mann hinter der Kirche hervortrat. Sein Gewehr hielt er wie einen Schild vor der Brust.

»Papiere!«, bellte er.

Die beiden Mädchen kramten nach ihren Ausweispapieren und zeigten sie dem Mann. Während er sie durchging, gruben sich Ninas Finger in Lilijas Arm. Lilija wiederum kämpfte gegen die Furcht an und straffte die Schultern. Sie hatte diesen Mann schon mal im Dorf gesehen. Er war ungefähr genauso alt wie Vika und Maksim, doch sein pockennarbiges Gesicht ließ ihn älter wirken.

»Ihr übt keine essenzielle Arbeit aus. Mitkommen«, befahl er.

Lilija versteifte sich. Ihr Vater hatte sie immer ermahnt, ihr Temperament im Zaum zu halten, doch ihr Vater war nicht mehr da, und sie sah nicht länger einen Sinn darin.

»Unsere Arbeit ist sogar sehr wichtig. Wir arbeiten in einem landwirtschaftlichen Kollektiv. Wenn du genauer hinschaust, dann wirst du sehen, dass unsere Arbeitskarten in Ordnung sind.

Unsere Familien verlassen sich darauf, dass wir sie mit Nahrung versorgen, und für die deutsche Armee gilt das Gleiche.«

Der Mann verzog die Lippen zu einem spöttischen Lächeln. »Bildet euch bloß nichts ein. Aber egal. Ihr seid 1926 geboren, und deshalb müsst ihr mitkommen. Bewegung!«

»Warte!« Nina versuchte, vor dem Mann zurückzuweichen. »Ich soll mich morgen melden. Ich muss mich noch von meinen Eltern verabschieden.«

Der Mann ignorierte sie und dirigierte die beiden jungen Frauen auf ein Feld neben der Kirche, wo sich bereits ein ganzer Haufen Leute drängte. In der Luft hing der Gestank von Angst und Schweiß. Schuma-Männer und deutsche Polizisten patrouillierten mit ihren Gewehren am Rand, jederzeit bereit, alle zu erschießen, die die Flucht wagen sollten. Knurrende Hunde zerrten an ihren Leinen, schnappten nach den Menschen und sabberten, während Mütter außerhalb des Kreises darum flehten, dass man ihre Kinder freilassen solle. Kleine Kinder, manche nicht älter als Slavko, weinten, und ältere versuchten tapfer, so mutig wie möglich auszusehen.

Lilija und Nina kauerten sich am Rand der Gruppe auf den Boden. Lilija atmete tief und langsam und suchte nach einem Weg aus dieser Masse von Menschen. Überall um sie herum taten andere dasselbe, und obwohl sie ihre äußerliche Tapferkeit wie eine Rüstung trug, fragte sie sich, ob man ihr die Angst wohl genauso ansah wie den anderen. Die jungen Leute hier schienen willkürlich aus den Dörfern zusammengetrieben worden zu sein, und gleich ging es zum Bahnhof in der nächsten Stadt.

»Lilija«, flüsterte ihr eine Stimme ins Ohr. Lilija zuckte unwillkürlich zusammen, wirbelte herum und sah Filips ernstes Gesicht nur wenige Zentimeter entfernt von ihrem.

Sein Erscheinen erzeugte wieder dieses vertraute, nervöse Kribbeln in ihrem Bauch, aber sie empfand auch Erleichterung, jemanden zu finden, den sie kannte.

»Was machst du denn hier? Du arbeitest doch im Gestüt. Da solltest du doch eine Ausnahmegenehmigung haben.«

»Sie haben mich im Dorf geschnappt, und ich hatte meine Arbeitskarte nicht dabei.«

Lilija musterte Filip. Sein Gesichtsausdruck verriet nichts, während er seinen Blick über die Umgebung und die Wachen schweifen ließ. Da war keine Furcht in seinen Augen, nur rastlose Energie, die Lilija an die Hengste im Gestüt erinnerte.

»Da ist Oleksy«, flüsterte Nina.

Lilija stellte sich auf die Zehenspitzen und schaute in die Richtung, in die Nina deutete. Sie erkannte Oleksy sofort. Auch er stand mit einem Gewehr vor der Gruppe.

Auf der anderen Seite grunzte Filip: »Ja, dein Freund ist eine unserer Wachen.«

Nina schaute zu Lilija, doch sie presste nur die Lippen aufeinander und schluckte ihre Bitterkeit über Oleksys Verrat herunter. Er hatte seine Wahl getroffen, und das hatte sie beide zu diesem Moment geführt. Jetzt trieb er seine Freunde mit einem Gewehr zusammen, um sie nach Deutschland zu schicken.

»Er will nicht dazugehören«, sagte Nina schließlich.

Lilija schwieg. Sie hatte ein schlechtes Gewissen, aber sie brachte es noch immer nicht über sich, Oleksy zu verurteilen, egal aus welchem Grund.

»Er schien zumindest kein Problem damit zu haben, mich von der Straße zu zerren.« Ein Muskel zuckte in Filips Wange, als sein Blick auf Oleksy fiel.

»Vielleicht kann er uns ja helfen«, sagte Nina.

Lilija erinnerte sich an ihr Gespräch mit Oleksy, an seine verzweifelten Worte: Ich hoffe, dass ich helfen kann. Vielleicht kann ich sie ja sabotieren, während ich da bin. Ich werde nicht wirklich einer von ihnen sein.

Als hätten ihre Gedanken ihn angezogen, schaute Oleksy sie

plötzlich an. Überrascht riss er die Augen auf. Emotionen flogen zwischen ihnen hin und her, aber dann senkte er verschämt den Kopf, und Lilija schluckte ihre Enttäuschung herunter.

»Ich werde mein Glück versuchen«, knurrte Filip verbittert.

Bei Einbruch der Nacht kam eine neue Gruppe von Deportierten hinzu, und gemeinsam machten sie sich auf den Weg die Straße hinunter. Sie marschierten in Fünferreihen, umgeben von bewaffneten Wachen und Hunden. Die ganze Zeit über schaute Filip sich um. Lilija rechnete damit, dass er jeden Moment losrennen würde, aber er blieb in ihrer Nähe.

Die Mütter und Väter, die ihnen gefolgt waren, schrien und weinten, als die jungen Leute in einen Viehwaggon verladen wurden. Die Tür schloss sich, und Lilija sah, wie ein Schuma-Mann mit seinem Schlagstock auf zwei Frauen eindrosch, um sie zurückzutreiben. Aber die Frauen ließen sich nicht abschrecken und versuchten weiter, an den Zug heranzukommen.

In der Dunkelheit und aneinandergequetscht wie Sardinen in einer Dose drückte sich Lilija auf der einen Seite an Nina, auf der anderen an Filip und mit dem Rücken an die Wand des Waggons. Es dauerte eine Zeit, bis ihre Augen sich an das fahle Licht des Mondes gewöhnt hatten, das durch einen Spalt zwischen den Brettern fiel, doch selbst dann konnte sie Ninas Gesicht kaum erkennen.

Lilija sammelte ihre Gedanken. Sie musste sich konzentrieren und sich um Nina kümmern.

»Glaubt ihr, wir werden die ganze Fahrt nach Deutschland so verbringen?«, fragte Nina.

»Nein«, antwortete Filip. »Sie werden uns noch untersuchen wollen. Ich habe von Übergangslagern gehört, die genau dafür gedacht sind.«

»Sie behandeln uns wie Vieh«, knurrte Lilija.

Filip lachte leise. »Nun ja … Wir sind ja auch in einem Viehwaggon.«

»Wie kannst du jetzt solche Scherze machen?«, schrie Nina ihn mit schriller Stimme an.

Filip zuckte mit den Schultern. Dabei berührte seine Hand Lilijas. Kurz drückte er sie und ließ dann wieder los. »Wenn wir nicht lachen, wofür leben wir dann noch?«

Lilija verspannte sich bei der Berührung. Sie war überrascht, wie viel Trost sie ihr spendete. Sie ballte die Faust und genoss das Gefühl. »Das ist verdammt philosophisch von dir«, krächzte sie. »Aber das hilft uns nicht wirklich, oder?«

Eine laute Explosion krachte vor ihnen durch die Nachtluft. Ein mächtiger Ruck ging durch den Zug und warf Nina gegen Lilija und Lilija gegen Filip. Filip fing die Mädchen auf, und Lilija wurde zwischen den beiden eingeklemmt. Sie wurde an Filips breite Brust gepresst, und sein Herz raste unter ihrer Wange, als das Gewicht aller Insassen im Waggon gegen sie drückte.

Ein Lichtblitz gefolgt von einer weiteren, ohrenbetäubenden Explosion erhellte den Waggon. Filip drückte Lilija und Nina zu Boden und schützte ihre Köpfe mit seinem Körper. Schreie hallten in Lilijas Ohren, als beißender Rauch ihr in die Nase stieg und sie mit seiner vertrauten Intensität überraschte. Nach allem, was sie gesehen hatte, nach allem, was sie verloren hatte, hatte sie eigentlich geglaubt, über solch grundlegende Emotionen hinweg zu sein, aber als der Schweiß ihr in den Nacken lief, fragte sie sich, ob sie sich das vielleicht auch nur eingebildet hatte.

»Das sind die Partisanen! Sie haben die Gleise gesprengt!«, rief jemand.

Lilija richtete sich auf und schaute sich um. Der vordere Teil des Waggons war weggerissen, zusammen mit den Menschen, die dort gestanden hatten. Verdrehtes Metall und zerbrochene Bretter ragten aus dem Rauch, und über Lilijas Kopf funkelten Mond und Sterne.

»Was sollen wir jetzt tun?«, fragte Nina.

Lilija riss sich von dem Anblick los und schluckte ihre Angst herunter. Sie hatte jetzt keine Zeit zum Nachdenken. Sie musste handeln und Nina beschützen. »Lauf!«

Nina zögerte. »Aber was, wenn sie uns schnappen?«

»Lilija hat recht«, sagte Filip. »Wir müssen weg von hier, solange noch Chaos herrscht.«

Lilija nickte. »Das ist unsere einzige Chance. Komm schon, Nina. Wir schaffen das.« Lilija glaubte das zwar genauso wenig, wie sie Oleksy geglaubt hatte, als er ihr gesagt hatte, er könne sie beschützen, aber sie würde sich nicht einfach in ihr Schicksal ergeben.

Andere Leute hatten genau die gleiche Idee wie sie, und kurz darauf drängten alle, die noch standen, zum offenen Ende des Waggons. Adrenalin strömte durch Lilija, und sie packte Ninas Hand und zog sie über die Trümmer und Leichen hinter sich her. Dabei erkannte sie, dass nicht alle noch am Stück waren. So baumelte ein abgetrennter Arm an einem verdrehten Stück Metall, und der kopflose Torso von jemandem ragte unter einem der Räder hervor. Rasch wandte Lilija sich ab und ignorierte Ninas entsetzten Schrei, als sie hinter Filip vom Zug sprang und ihre Freundin hinter sich herzerrte. So schnell sie konnten, rannten sie weg vom Zug. Lilijas Füße stapften über den unebenen Untergrund, und ihr Puls pochte in ihren Ohren. Dennoch hatte sie das Gefühl, als bewege sie sich in Zeitlupe, behindert von der Schwerkraft und der angsteinflößenden Unmöglichkeit ihrer Flucht. Abgebrochene Weizenhalme von der letzten Ernte zerkratzten ihr die Beine und ließen sie kaum Halt finden.

Filip lief geschickt neben ihr her. Er musste sogar ein wenig abbremsen, um sie nicht abzuhängen. »Kommt schon, Mädels. Schneller!«

Ein Schuss ertönte, und ein Wachmann rief in die Nacht: »Ich hab einen erwischt!«

Die Stimme war so nah, dass die drei instinktiv schneller liefen, doch Lilija wagte es nicht zurückzuschauen. Ihr Blick war fest auf den Wald vor ihr gerichtet.

Als sie die ersten Schritte in den Schutz des Waldes wagten, hallten weitere Schüsse durch die dunkle Nacht. Nina fiel stumm nach vorn. Ihre Arme trafen Lilija, und ihr Körper landete hart auf dem Boden. Die Angst, die Lilija bis jetzt so erfolgreich verdrängt hatte, brach sich nun Bahn, und diesmal kam es kein Halten mehr, denn es ging nicht mehr um sie. Es ging um Nina. Die Angst pochte in Lilijas Kopf und verwandelte sich in Panik. Sie dachte nicht länger nach, sondern packte ihre Freundin kurz entschlossen unter den Armen und zog den reglosen Leib hinter sich her.

»Komm schon, Nina! Steh auf!«, flüsterte Lilija ihrer Freundin zu. »Du kannst doch gehen! Du bist nur gestolpert!«

Lilija zog Nina tiefer in den Wald, doch etwas Warmes und Feuchtes ließ ihre Finger abrutschen. Sie fiel nach hinten, sprang wieder auf und starrte auf die dunkle, böse Flüssigkeit an ihren Händen.

Lilija schluckte einen Schrei herunter, wischte sich die blutigen Hände an ihrem Rock ab und versuchte es erneut.

»Ich werde dich nicht im Stich lassen, Nina. Alles wird gut.« Lilija kniff die Augen zu und zog. Alte Erinnerungen kehrten wieder zurück.

»Mama! Deckung!«

Das Stakkato der Bordkanonen der Kampfflugzeuge.

Das Blut.

Lilija drehte sich der Kopf. Sie öffnete die Augen wieder und schluckte die Erinnerungen herunter. Dann zog sie Nina wieder ein paar Meter weiter. Wenn sie sie nur verstecken könnte, dann könnte sie die Blutung stillen, bis die Wachen aufgaben.

»Ich werde dich nicht im Stich lassen, Nina.« Ihre Stimme klang immer fester, sicherer. Sie würde eher sterben, als Nina zu verlassen. »Ich werde dich nicht im Stich lassen!«

»Ich hab sie.« Filip erschien aus dem Nichts, bückte sich und packte Nina. Mit einem Stöhnen warf er sie sich über die Schulter. »Hier lang!«

Lilija starrte ihn erschrocken an. Filip deutete auf einen flachen Graben, der von Büschen bedeckt war, und er zog Lilija ein paar Schritte hinter sich her, bis ihre Beine wieder von selbst rannten. Ninas Gewicht machte ihn kaum langsamer.

»Da drin können wir uns verstecken. Hilf mir, Platz zu schaffen.« Mit der freien Hand schaufelte er Laub und alten Schnee aus einem Loch auf der anderen Seite des Grabens, und Lilija tat es ihm nach. Ihre Bewegungen waren schnell und überlegt, genau wie die Gedanken in ihrem Kopf.

»Lilija!«

Sie riss den Kopf hoch, als sie das erstickte Flüstern hörte, und sie sah, wie Oleksy in den Wald kam.

»Rein da!« Filip stieß sie zu ihrem Versteck.

Oleksy blieb stehen. Seine Augen versuchten, die dunklen Schatten zu durchdringen, und Lilija widersetzte sich Filip und stieß stattdessen ihn. »Nein. Geh du zuerst, und versteck dich hinter mir. Er wird mir oder Nina nichts tun ... aber dich könnte er mitnehmen.« Diese Erkenntnis schmerzte, und Zweifel nagten an Lilija, als sie Ninas Blut über Filips Brust laufen sah.

Er schüttelte den Kopf. »Nein. Ich will euch nicht noch mehr in Gefahr bringen.«

Lilija stieß ihn erneut, und ihre Hände waren zwar klein, aber stark. »Mir wird schon nichts passieren. Vertrau mir. Und jetzt geh! Wir haben keine Zeit!«

Vorsichtig legte Filip Nina in das Loch und kroch dann neben sie. Lilija folgte ihm und schmiegte sich in dem sinnlosen Versuch an ihn, seinen großen Leib mit ihrem zu verdecken. Als Oleksys Schritte näher kamen, zogen sie Laub und Äste wieder an ihren alten Platz.

Lilija war übel. Sie ballte immer wieder die mit Blut verklebten Hände und versuchte, mit dem Boden zu verschmelzen und sich unsichtbar zu machen.

»Lilija!« Oleksys leise, gequälte Stimme schnitt durch die Nachtluft. »Wo bist du?«

Als seine Augen den Wald absuchten, kniff sie ihre zu und durchtrennte damit das unsichtbare Band, das sie durch lebenslange Freundschaft miteinander verbunden hatte. Trotzdem kamen seine Schritte immer näher. Er würde sie finden. Oleksy bewegte sich durch den Wald wie ein Fuchs, und er kannte Lilija gut. Dieses Katz-und-Maus-Spiel war einfach nur eine Fortsetzung der Spiele, die sie schon als Kinder gespielt hatten.

»Bleib hier«, flüsterte sie Filip zu, und bevor er etwas darauf erwidern konnte, kroch sie aus ihrem Versteck und entfernte sich ein paar Schritte, damit Oleksy Filip und Nina nicht bemerken würde.

Oleksys Blick traf den ihren, die Erleichterung war ihm anzusehen, und er war Lilija so nahe, dass sie ihn fast berühren konnte. Sein Gewehr – der unmissverständliche Beweis für ihre unterschiedlichen Positionen in dieser Situation – war gen Himmel gerichtet. »Bist du verletzt? Wo ist Nina?«

Lilija kämpfte mit ihren Gefühlen. Am liebsten hätte sie ihn umarmt und geschlagen zugleich. Die unterschiedlichsten Gefühle kämpften in ihrem Gehirn miteinander, aber schließlich flogen sie alle davon wie ein Vogelschwarm im Wind.

Eine Männerstimme rief viel zu nah an ihrem Versteck: »Oleksy! Hast du Glück gehabt?«

»Nein!«, rief Oleksy zurück. »Ich suche noch!«

»Wie konntest du das nur tun?«, sprach Lilija schließlich den einen Gedanken aus, der alle anderen überlagerte.

Oleksy schüttelte den Kopf. Er war sichtlich angewidert. »Du musst mir glauben … Ich versuche mein Bestes. Ich helfe bei jedem Transport Menschen dabei zu fliehen. Diese Bombe war das Werk von sowjetischen Partisanen. Wir hatten keine Ahnung, dass sie den Zug angreifen wollten.«

Wieder sah Lilija den zerstörten Waggon vor ihrem geistigen Auge. »So viele Menschen sind jetzt tot, und das nur wegen dir.«

»Es tut mir leid, Lilija. Ich will mich doch nur um dich kümmern. Und jetzt versteck dich, wie du es immer getan hast, als wir noch Kinder waren. Lass sie dich nicht finden.« Oleksy legte ihr die Hand auf die Wange, strich ihr mit dem Daumen über die Lippen, und eine Sekunde lang war Lilija nicht mehr mit ihrer verwundeten Freundin im Wald und auf der Flucht vor den Nazis. Sie war wieder jung, trauerte um ihre Mutter und suchte Zuflucht in Oleksys tröstender Umarmung.

Bevor sie etwas sagen konnte, verschmolz Oleksy wieder mit der Dunkelheit und rief: »Hier ist niemand!«

Lilija kroch zu Filip ins Loch. »Wir dürfen nicht zu lange warten. Nina braucht Hilfe.«

Filip nahm wieder ihre Hand. Diesmal ließ er auch nicht los, und ihre blutigen Finger klebten aneinander. »Lilija … Die Kugel hat sie im Kopf getroffen. Tut mir leid, aber sie war sofort tot.«

Lilija drehte sich so schnell, dass sie Filip mit dem Ellbogen am Kinn traf. Sie entschuldigte sich nicht. »Du lügst. Du hast sie doch hierhergetragen. Du hast sie gerettet!«

Filip senkte den Kopf und drückte seine Stirn an ihre. »Nein. Ich wusste nur, dass du sie nicht zurücklassen würdest. Ich habe *dich* gerettet.«

11

LILIJA

März 1943, Wolhynien, Reichskommissariat Ukraine

Durch Wälder und Felder und unter Vermeidung der Straßen, um den Patrouillen der Schuma aus dem Weg zu gehen, trug Filip Nina im Morgengrauen heim. Lilijas Füße bewegten sich neben seinen, doch ihre Zunge rührte sich nicht. Ihr Geist war wie betäubt. Sie schaute zu, wie Filip den kalten Körper im Haus von Ninas Eltern auf das Bett legte. Ihre Mutter weinte laut, und ihr Vater fluchte.

Filip füllte die Leere und erklärte, was passiert war. Er sagte auch, wie leid es ihnen täte und wie sehr sie sich bemüht hätten, Nina zu beschützen. Filip kümmerte sich um alles, was notwendig war, während Lilija förmlich in sich zusammenfiel. Sie igelte sich innerlich ein und war sicher, in tausend Stücke zu zerbersten, sollte jemand sie berühren.

Als Ninas Mutter schrie: »Warum sie? Warum meine Ninka?«, wusste Lilija keine Antwort darauf, aber sie fragte sich das Gleiche. Warum hatte die Kugel Nina getroffen und nicht sie? Warum Nina, die noch Eltern gehabt hatte, die um sie trauern konnten, und Träume für eine wunderbare Zukunft? Was wäre wohl passiert, wenn sie Nina nicht hinter sich hergezogen hätte? Wenn sie sie nicht gezwungen hätte wegzulaufen?

Dann wäre Nina noch am Leben. Wäre sie mir nicht gefolgt,

hätte ich sie nicht dazu gezwungen, dann würde sie noch leben. Genau wie meine Mutter. Hätte ich Mama rechtzeitig erreicht, dann wäre auch sie noch am Leben.

Lilija kam die Galle hoch, und sie schlug die Hand vor den Mund und lief hinaus. Der metallische Geruch von Ninas Blut an ihren Fingern ließ sie würgen. Sie fiel auf die Knie und erbrach den wenigen Inhalt ihres Magens auf den Hof.

Sanfte Hände wischten die Strähnen aus ihrem Gesicht, die sich aus den Zöpfen gelöst hatten, und als Lilija endlich aufhörte zu würgen, reichte ihr jemand ein Taschentuch.

Filip.

Lilija starrte zu ihm hinauf. Die freundlichen Augen, die sanfte Berührung … All das verwirrte sie zutiefst. Dieser Mann, dieser Pole, war anfangs so rüde zu ihr gewesen, doch in den letzten Stunden hatte er so viel für sie und Nina getan. Er streckte die Hand aus, um Lilija aufzuhelfen. Schamerfüllt schaute sie weg. Sie konnte es einfach nicht ertragen, ihm in die Augen zu blicken, nicht, wo in ihr nur Chaos herrschte, aber sie nahm seine Hand. Ninas Blut klebte ihre Finger aneinander. Lilija ließ nicht los. Gemeinsam gingen sie zum Haus zurück, während die Sonne am Horizont erschien. Das Blut auf ihrer Kleidung war inzwischen getrocknet und juckte an ihrer Haut.

»Wir sollten uns für eine Weile lieber nicht blicken lassen«, sagte Filip.

Er beobachtete Lilija und wartete auf eine Antwort, doch sie biss nur die Zähne zusammen und ließ seine Hand los.

Filip packte sie am Arm und drehte sie zu sich um. Der Blick seiner braunen Augen, wild und traurig zugleich, bohrte sich in ihre. »Es tut mir wirklich leid, was mit Nina passiert ist, aber es tut mir nicht leid, dass wir entkommen sind.«

Lilija riss sich von ihm los. Sie wollte seinen Trost nicht. »Mir schon! Die Kugel hätte *mich* treffen sollen! Ich habe sie gezwungen wegzulaufen. Ich habe ihre Hand genommen und sie hinter mir hergezogen. Das ist alles meine Schuld!«

»Nein.« Filips Stimme war genauso stark wie die Hand, die er Lilija auf die Schulter legte. »Das ist die Schuld der Deutschen. Vergiss alles andere. *Sie* sind für Ninas Tod verantwortlich.«

»Und *ich* bin es«, flüsterte Lilija. »Egal, was du sagst, an dieser Tatsache kommt niemand vorbei.«

Lilija wollte nicht wieder ins Haus zu Vika und Maksim. Sie wollte die Geschichte von Ninas Tod nicht noch einmal erzählen. Also ließ sie sich von Filip auf den Heuboden führen. Sie war zu Tode erschöpft. Sie sehnte sich danach, die Augen zu schließen und so zu tun, als sei das alles nur ein böser Traum gewesen, aber die kupferroten Schlieren auf Filips Gesicht schrien ihr die Wahrheit entgegen.

»Ruhen wir uns ein paar Stunden aus, bis die anderen wach sind«, sagte Filip. »Dann können wir uns waschen und schauen, wie es weitergeht.« Mit steifen Bewegungen zog er sich die Jacke aus und rollte sie zu einem Kissen zusammen. Dann legte er sich ins Heu.

Lilija nickte. Wankend stand sie noch oben auf der Leiter. Aus irgendeinem Grund schaffte sie es nicht, den letzten Schritt zu machen. Filip rappelte sich wieder auf und kroch zu ihr. Mit der Hand strich er ihr übers Haar und legte sie dann auf ihre Wange. Wie immer suchten seine Augen die ihren. Lilija wollte ihm sagen, dass er etwas in ihr suchte, was nicht mehr da war. Sie war innerlich leer. Und sie brachte nicht einmal die Kraft auf für den letzten kleinen Schritt auf den Heuboden.

Filip beugte sich über den Rand und hob sie hoch wie eine Feder. Und Lilija wünschte, sie wäre auch eine, denn dann könnte sie sich vom Wind davontreiben lassen, weg von diesem elenden Krieg. Filips Arme zitterten. Dass er Nina so weit getragen hatte, hatte an seinen Kräften gezehrt. Trotzdem trug er Lilija nahezu mühelos zum Heu und legte sie hinein. Sie drückte das Gesicht in seine grobe Jacke und rollte sich zusammen. Filip legte sich ein Stück von ihr entfernt hin, doch als die Trauer Lilija schließlich überwältigte und ihr Körper von stummem Schluchzen bebte, rutschte er zu ihr, legte die Arme um sie und hielt sie fest, während sie ihren Tränen freien Lauf ließ.

12

VIKA

März 1943, Wolhynien, Reichskommissariat Ukraine

Vika bewegte sich wie sonst auch und versuchte, nicht an ihre vermisste Nichte zu denken. Angestrengt lauschte sie auf das Geräusch, das Maksims Rückkehr von der Suche nach Lilija ankündigte. Sie füllte für jedes Kind eine kleine Schüssel mit gekochten Kalynabeeren und Honig, bevor sie sich selbst an den Tisch setzte, um auch etwas zu essen. Der Honig war nötig, obwohl sie die roten Beeren bis nach dem ersten Frost am Busch gelassen hatte, damit sie nicht mehr so bitter schmeckten. Vikas geliebter Kalynabusch war fast genauso hoch wie sie und versorgte sie neben den Beeren auch noch mit seinen Blüten und seiner Rinde, woraus Vika medizinische Tees kochte. Damit behandelte sie alles von Halsschmerzen bis Bauchweh. Aus den Beeren ließ sich zudem eine hervorragende Marmelade zubereiten.

Über keine andere Pflanze gab es so viele Volkslieder wie über die Kalyna. In dem Versuch, ihre Sorgen zu verdrängen, summte Vika ihr Lieblingslied, das ihr Vater in seiner Zeit bei den Sitscher Schützen gelernt hatte: *Oj, u lusi tschervona Kalyna*. Sie ging hinaus, um nach dem Busch zu sehen. Die ersten warmen Frühlingstage hatten sein Wachstum angeregt, und Vika entdeckte schon die ersten Knospen. Wenn alles gut ging, würde sie dieses Jahr eine gute Ernte haben.

»Habe ich dir eigentlich je die Geschichte erzählt, wie der erste Kalynabusch entstanden ist?«, fragte Vika, als Sofia neben sie trat. Sie hatte gerade Feuerholz geholt. Vika las ein paar vertrocknete Blätter und kleine abgestorbene Zweige unter dem Busch auf.

»Nein. Erzähl mal, Mama«, sagte Sofia und legte das Feuerholz ab. Ihre verkrampfte Miene verriet, dass auch sie Ablenkung brauchte.

Vika legte ihrer Tochter den Arm um die Schultern. »Vor langer Zeit war es fast wie jetzt. Eindringlinge wollten uns unser Land wegnehmen. Eine junge Frau mit Namen Kalyna sah sie vor allen anderen, und sie führte die Menschen weg von ihrem Dorf und in den Sumpf. Dort sind sie alle ertrunken, auch Kalyna. Sie hat sich selbst geopfert, um die Ukraine zu retten, und dort, wo sie gestorben ist, wuchs der erste Kalynabusch aus der Erde. Seine weißen Blüten repräsentieren Kalynas Hoffnung und Reinheit, die roten Beeren das Blut, das wir Ukrainer jedes Mal vergießen, wenn wir unser Heimatland verteidigen, und die grünen Blätter stehen für die stete Erneuerung unseres Volkes. Die Kalyna ist in jeder Hinsicht ein Symbol der Ukraine, und deshalb widmen wir ihr auch so viele Lieder und Gedichte.«

»Und sie kommt auch in unserer Stickerei vor«, ergänzte Sofia. Sie hielt den Arm hoch und zeigte den Ärmel mit dem traditionellen Wyschywanka-Stickmuster. »Ich liebe diese Geschichte. Ich hoffe, ich kann auch so tapfer sein wie Kalyna.«

»Und ich hoffe, das musst du nie, aber ich bin sicher, dass du es wärst, sollte es so weit sein«, sagte Vika und sah, wie Slavko aus der Scheune auf sie zurannte. »Mama!«, rief er. »Komm schnell! Ich habe Lilija und Filip gefunden!«

***

Vika wusste, was Trauer ist. Sie war in ihre tiefsten Tiefen getaucht und auf ihren Wellen geschwommen, und irgendwie war es ihr jeden Tag gelungen, wieder hervorzukommen, zerschunden zwar und voller Narben, aber auch weiser und vorsichtiger. Derart gestärkt hatte sie nun nicht länger ein Rückgrat aus Knochen, sondern aus Stahl. Aber es fiel ihr noch immer schwer, Lilija so zu sehen. Das Mädchen bewegte sich wie im Schlaf, gefangen in einem sich stetig wiederholenden Traum. Irgendwann würde sie aufwachen und sich dem furchtbaren Schmerz stellen müssen, bevor sie heilen konnte, doch fürs Erste ließ Vika sie in Ruhe. Man konnte niemandem ein Seil zuwerfen, der noch nicht einmal wusste, dass er gerade ertrank.

Kurz nachdem Slavko Lilija und Filip schlafend in der Scheune gefunden hatte, kehrte Maksim zurück, und Vika schickte ihn und die Jungen mit Filip hinaus. Sofia goss heißes Wasser, das sie zuvor auf dem Ofen erhitzt hatten, in eine kleine Wanne. Behutsam schälte Vika die steifen, verkrusteten Kleider von Lilijas Leib und half ihrer Nichte, das Blut ihrer besten Freundin abzuwaschen. Sie wusch Lilijas langes, blondes Haar und spülte es, bis das Wasser klar war. Sofia und Nadja schauten vom Bett aus zu. Vika versuchte, sich völlig auf ihre Aufgabe zu konzentrieren. Sie hatte die Nacht über wach gelegen und sich Sorgen gemacht, weil Lilija nicht nach Hause gekommen war. Sie hatte sich schon darauf vorbereitet, Maksim bei seiner Rückkehr zu sagen, Lilija sei nach Deutschland verschleppt worden. Sie war erleichtert, dass dem nicht so war, aber sie wusste nicht, wie Lilija diesen neuerlichen Verlust verkraften würde.

»Sie wollte doch nur ein eigenes Haus und eine Familie«, flüsterte Lilija mit vom Weinen rauer Stimme.

»Daran ist auch nichts falsch«, sagte Vika sanft und begann, Lilija das Haar zu bürsten.

»Für mich war das dumm. Ich dachte, sie sei dumm. Dass sie

so wenig wollte, wo da draußen doch eine ganze Welt auf uns wartet. Und das nur, weil es nicht meine Träume waren.« Lilija wirbelte herum, und ihr nasses Haar schlug gegen ihren Nacken. »Aber sie hat mich nie dafür verurteilt. Als wir jünger waren, hat sie Papier für mich gesammelt, damit ich Zeichnen üben konnte. Sie ist stundenlang mit mir durch den Wald gelaufen und hat nach Vögeln gesucht. Nach dem Tod meines Vaters hat sie jeden Tag nach mir gesehen. Sie hat mich unterstützt und geliebt, egal wie anders ich auch war.«

»Und du hast sie ebenfalls geliebt«, sagte Vika und fing an, Lilija einen Zopf zu flechten. »Das wusste sie.«

»Ich will niemanden mehr lieben! Jeder, den ich liebe, stirbt!« Lilija drückte sich die Handballen auf die Augen.

»Was für ein Vogel war sie?«, fragte Sofia mit ihrer kindlichen Stimme vom Bett aus.

Sie hatten dieses Spiel vor langer Zeit gespielt, als Lilija jünger gewesen war und ihre Liebe zu den Vögeln gerade erst entdeckt hatte. Ihren Onkel Maksim hatte sie zum Beispiel immer mit einer Eule verglichen, die über sie wachte. Vika wiederum war der Spatz gewesen: Rastlos flatterte sie hin und her. Als Vikas Kinder älter geworden waren, hatte Lilija ihnen das Spiel beigebracht und auch ihnen einen Vogel zugeteilt. Slavko war ein Sperber, weise und mutig, Sofia eine Nachtigall, die immer sang, vor Fremden jedoch schüchtern war, und Bohdan war eine Rauchschwalbe, laut und schnell. Inzwischen stellten sie jedem einen Vogel an die Seite, dem sie begegneten.

Lilija schenkte Sofia ein zittriges Lächeln. »Nina war eine Taube. Großzügig, lieb und süß. Und unglaublich sanft.«

»Das gefällt mir«, sagte Sofia. »Nina, die Taube.«

Lilija knirschte mit den Zähnen. »Aber wie eine Taube war sie nicht schnell genug, um der Kugel des Jägers zu entgehen. Sie war kein schneller Spatz oder eine elegante Schwalbe. Sie war naiv und gut, und sie haben ihr Vertrauen ausgenutzt, ihre Unfähigkeit, schnell wegzufliegen.« Ihre Stimme drohte zu brechen. »*Ich habe ihr Vertrauen ausgenutzt.*«

»Nein, Lilija.« Sofia kroch zu ihr und nahm ihre Hand. »Filip hat uns erzählt, was passiert ist. Du hast sie nicht ausgenutzt. Als du dein Versteck verlassen hast, um mit Oleksy zu sprechen, da hast du sie beschützt ... wie Kalyna aus der Legende. Du hast dich selbst in Gefahr begeben, um die Schuma von ihr und Filip wegzulocken. Für mich bist du mutig!«

Lilija riss ihre Hand zurück. »Ich hätte mehr tun sollen. Ich sollte mich dem Widerstand anschließen und gegen die Besatzer kämpfen.«

Die überraschende Wut in Lilijas Worten entfachte ein altes Feuer in Vika. Sie hatte diese Leidenschaft einst selbst empfunden. Auch sie hatte mehr tun und kämpfen wollen. Doch dann war das bloße Überleben zum Kampf geworden, und es war für sie nur noch darum gegangen, ihre Familie durch den nächsten Tag zu bringen. Sie hatte gelernt, sich auch mit Kleinigkeiten zufriedenzugeben: Essen auf dem Tisch, die Kinder im Haus, lange Besuche bei ihrer Schwester, wenn sie denn einmal Zeit hatte, in Marias Dorf zu fahren. All diese Dinge ließen sie weiterleben. Sie waren alles, was zählte.

»Du hast getan, was du tun konntest«, sagte Vika.

»Nein! Ich hätte mehr tun können«, widersprach Lilija und funkelte sie an. »Wir könnten alle mehr tun!«

Vika biss sich auf die Wange, bis Blut auf ihre Zunge tropfte und ihren Mund genauso tränkte wie das Land. Sie sah auf Lilija hinunter und zog noch einmal kräftig an dem nassen Zopf, als sie ihn zuband.

***

In den nächsten Tagen versteckten Lilija und Filip sich weiterhin in der Scheune, während Vika und Maksim so taten, als hätte man sie nach Deutschland gebracht. Eine kurze Zeit lang hatten sie überdies den Vorteil, dass die Nazis nach dem Zugunglück nicht wussten, wer tot und wer wirklich geflohen war.

Aber das nahm Vika nicht die Angst. Wenn die Nazis sie dabei erwischten, wie sie Lilija und Filip versteckten, dann wären die Vergeltungsmaßnahmen verheerend. Dieses Wissen lag Vika den ganzen Tag wie ein Stein im Magen, doch Lilija war wie eine Tochter für sie und ihren Mann. So groß das Risiko auch sein mochte, sie würden alles tun, um sie zu beschützen. Vika betete nur, dass Lilijas Sicherheit nicht einen hohen Preis von ihnen fordern würde.

13

LILIJA

März 1943, Wolhynien, Reichskommissariat Ukraine

»Das ist nicht in Ordnung«, sagte Vika tadelnd, als Lilija am sechsten Tag vom Heuboden herüberkam, um ihre Bücher und andere persönliche Dinge aus dem Haus zu holen.

»Es passiert nichts zwischen uns«, erklärte Lilija mit dumpfer Stimme. Wie konnte Vika nur glauben, dass sie irgendetwas anderes empfand als Verzweiflung? Filip war Lilijas Verbindung zu Ninas letzten Minuten, der dünne Faden zu dem Moment, als sie ihre beste Freundin verloren hatte. Diese Trauer gemischt mit dem Schmerz über den Verlust ihres Vaters, ihrer Mutter und ihres Bruders hatte sich zu einem Strudel des Leids geformt, dem Lilija nicht entkommen konnte. »Ich mag ihn nicht mal.«

Das war nicht gelogen. Lilija mochte Filip wirklich nicht. Das hatte sie nie. Allein seine Existenz hatte sie immer an den Tod ihres Vaters erinnert, und jetzt erinnerte er sie zudem an Ninas Ende. Gleichzeitig fiel es ihr immer schwerer, ohne ihn auch nur zu atmen. So unwahrscheinlich es war, in diesem Meer des Leids war Filip zu einer Quelle des Trosts für Lilija geworden. Doch es war keine romantische Beziehung.

Maksim kniff die Augen zusammen. »Ich bin nicht so sicher, dass er nichts für dich empfindet. Ich habe gesehen, wie er dich anschaut.«

»Das ist doch lächerlich. Wir trauern.«

Maksims Sorgen kamen Lilija einfach nur dumm vor, als sie im Dunkeln neben Filip lag, dicht aneinandergeschmiegt, um die Kälte der Frühlingsnacht zu vertreiben. Filip hatte ihr nie Avancen gemacht. Er hatte nichts getan, was auch nur annähernd darauf hingedeutet hätte, dass er mehr als nur ein Freund für sie sein wollte.

Früher am Tag hatte er stumm zugehört, wie Lilija stundenlang über Nina und Oleksy geredet hatte, über ihre Eltern und über ihren Bruder. Im Gegenzug hatte er ihr erzählt, dass seine Mutter ihn, ihr einziges Kind, Filip genannt hatte, weil das Pferdefreund bedeutet.

»Und? Hatte sie recht? Liebst du Pferde?« Lilija richtete sich auf den Ellbogen auf und streckte die Beine aus. Dieses Gespräch war eine willkommene Abwechslung zu den Bildern von Ninas letzten Augenblicken, die ständig ihren Geist angriffen. Der gerade aufgegangene Vollmond erhellte den Heuboden mit seinem beruhigenden Licht, und in diesem Glühen lächelte Filip so oft, während er über die polnischen Araber sprach, dass Lilija das Lächeln gar nicht mehr zählen konnte.

»Diese Pferde sind meine Familie«, sagte er. »Ich würde alles für sie tun.« Lilija staunte über das Leuchten in Filips Augen und die Art, wie die kleine Narbe unter seiner Lippe sich in ein Grübchen verwandelte, wenn er lächelte.

»Sie erinnern mich daran, wer ich bin und wo ich herkomme. Sie sind Teil der polnischen Geschichte, und es erfüllt mich mit Stolz, dass auch ich meinen Beitrag zu ihrem Überleben leiste.«

»Hat dein Vater sie auch geliebt?«

Filip zog seine langen Beine an und legte die Arme auf die Knie. »Ja, aber die Sowjets haben ihn verhaftet und zusammen mit meinen Onkeln in ein Arbeitslager im Norden geschickt. Er hat mich im Wald versteckt, bevor sie gekommen sind. Er hat mich gerettet.«

»Damit du jetzt auf einem Heuboden hocken kannst und die Zeit totschlägst.«

Filip lächelte. »Nun ja, wir können ja nicht für immer hier bleiben, oder?«

»Manchmal kommt es mir hier zumindest besser vor als draußen. Aber ja, ich denke, du hast recht. Irgendwann müssen wir wieder raus. Vielleicht sogar eher früher als später.«

»Vielleicht«, seufzte Filip. »Maksim redet mit den Männern im Gestüt darüber, ob ich eine neue Arbeitskarte bekomme, damit ich wieder zurückgehen kann. Das ist allerdings riskant, denn als ich vor der Schuma weggelaufen bin, hatte ich meine alte Karte nicht dabei. Maksim sagt, es wird noch ein paar Tage dauern, bis wir mehr wissen.«

Lilija rollte einen Halm Heu zwischen den Fingern. »Er und Vika machen sich Sorgen. Sie halten es für unpassend, dass wir beide hier oben allein sind.«

Filip lief rot an. »Das ist nur normal. Ich hätte schon längst mit Maksim sprechen sollen.«

Dass er nichts dagegen sagte, überraschte Lilija, und sie fügte rasch hinzu: »Brauchst du nicht. Ich habe ihn beruhigt, dass nichts passieren wird. So ist das nicht zwischen uns.«

Filip riss seinen Blick von ihr los und blinzelte. »Nein, natürlich nicht. Trotzdem … Es wäre möglicherweise hilfreich, wenn ich auch mal mit ihm reden würde.« Er sprach lauter als normal, als versuche er, sich selbst davon zu überzeugen, dass es die Wahrheit war. Beruhigend tätschelte er Lilijas Hand, aber seine Finger verharrten einen Herzschlag zu lang auf ihren. Die Wärme seiner Berührung erhitzte ihr Blut, und diese Hitze stieg in ihr hinauf, bis sie sie in den Wangen spürte. Lilija ballte die Faust, um diese Hitze wieder loszuwerden, und räusperte sich.

»Mag sein, aber ich verstehe nicht, warum sie das überhaupt kümmert. In Zeiten wie diesen ist kein Platz für so was. Außerdem wissen sie doch, dass ich mich weder häuslich niederlassen noch heiraten will.«

Filip rieb sich die dunklen Stoppeln an seinem Kinn und musterte sie aufmerksam. »Was wünschst du dir vom Leben, Lilija? Du hast mir viel von deiner Vergangenheit erzählt, aber nichts von deinen Träumen für die Zukunft.«

Lilija zuckte mit den Schultern. »Das spielt jetzt keine Rolle.«

»Und wenn doch?« Filip beugte sich vor.

Sie zögerte. Ihre Träume kamen ihr in diesem Moment lächerlich vor, doch als Gesprächsthema war das unverfänglich. »Ich wollte immer zur Universität gehen, um Kunst und Biologie zu studieren. Vögel, Blumen, Pflanzen. Ich wollte die Welt sehen. Ich wollte raus aus diesem kleinen Dorf und mir ein Leben aufbauen, das nicht nur aus Ehe, Babys und ewiger Arbeit besteht.«

In Gedanken fügte sie hinzu: Ich wollte fliehen. Weg von all der Traurigkeit und dem Verlust. Ich wollte neu anfangen.

Sie griff nach ihrem Skizzenbuch, schlug eine Seite mit Nachtigallen auf und zeigte sie Filip. Letztes Jahr hatte sie den Vogel aus drei verschiedenen Winkeln gezeichnet und Notizen zu seinem Habitat und seinen Fressgewohnheiten hinzugefügt. Sie hatte sogar ein Nest gezeichnet, das sie gefunden hatte.

»Solange ich denken kann, habe ich das Zeichnen geliebt. Besonders Vögel.«

»Die sind richtig gut.« Filip nickte anerkennend. »Ich hatte ja keine Ahnung, dass du so talentiert bist.«

»Über das mit dem Talent lässt sich streiten, aber ich war voller Leidenschaft, und das war das Wichtigste. Ich habe die einheimischen Vögel studiert. Ich kenne alle lateinischen Namen, kann dir ihre Zugwege erklären und weiß, was sie am liebsten fressen und wie und wo sie nisten.«

»Wer hat dir das beigebracht?«

Lilija schloss das Buch wieder. »Meine Mutter. Sie hat die Natur geliebt.«

»Zeichnest du noch?«

Lilija zögerte. Dann steckte sie das Buch weg. »Nein. Das war einfach nur ein dummer Traum, den ich jetzt loslassen muss.«

»Ich glaube, niemand sollte seine Träume aufgeben. Niemals.« Filip hielt kurz inne und überlegte sich die nächsten Worte genau. »Ich habe dich im Feld sitzen gesehen. Du hast in dein Buch geschrieben. Ich hatte mich schon gefragt, was du da machst.«

Lilija legte den Kopf auf die Seite. »Du hast mich da draußen bemerkt?«

Filip fummelte an einem Stück Holz herum, an dem er geschnitzt hatte. »Ich bemerke dich immer.«

Etwas Kleines, Süßes entfaltete sich in Lilija … ein überraschendes Gefühl, ganz anders als die Trauer, von der sie so lange überschwemmt gewesen war. Sie konnte ihm keinen Namen geben, aber sie klammerte sich daran und genoss die unerwartete Hoffnung, die es mit sich brachte.

14

HALYA

April 1943, Bezirk Kiew, Reichskommissariat Ukraine

»In der Stadt verhungern sie«, sagte Halyas Vater. »Niemand darf nach Kiew hinein und dort Handel treiben. Es ist das Gegenteil von dem, was 1932 und 1933 passiert ist. Damals sind wir verhungert, und die Sowjets haben uns nicht zum Arbeiten oder Handeln in die Stadt gelassen. Und jetzt haben *wir* die Nahrung, aber wir dürfen sie den Stadtbewohnern nicht bringen.«

Halya tat so, als würde sie sich auf ihre Stickerei konzentrieren, damit ihre Eltern nicht bemerkten, dass sie zuhörte. Wenn sie dabei war, sprachen sie nie offen über den Großen Hunger. Halya wusste natürlich, dass ihre Mutter und ihre Großeltern damals gestorben waren, aber sie kannte keine Einzelheiten. Und wann immer sie danach fragte, brachte Mama sie sofort zum Schweigen und sagte: »Die Wände haben Ohren, Halya. Über solche Dinge dürfen wir nicht sprechen.«

»Es ist schon eine Ironie, dass ausgerechnet hier, auf der fruchtbarsten Erde der Welt, so viele Menschen verhungern«, sagte Mama. Sie entfaltete ihren Ruschnik, das traditionelle Tuch, das sie zusammen mit ihren Gebetsbüchern und Ikonen versteckte, und holte ein kleines Heft hervor.

»Ironie würde ich das nicht gerade nennen«, knurrte Halyas Vater. »Ich werde das Pferd anspannen.«

Als die Deutschen gekommen waren, hatten sie erlaubt, dass die Kirchen wieder geöffnet wurden, und Mama war fast täglich dort hingegangen. »Wir müssen viel Zeit wiedergutmachen«, hatte sie zu Halya gesagt.

Doch als es unter der deutschen Herrschaft immer schlimmer geworden war, hatte Mama wieder zu Hause gebetet. Wenn sie die Namen ihrer verstorbenen Verwandten murmelte, wenn sie die lange, handgeschriebene Liste in ihrem Gebetbuch durchging, wartete Halya immer darauf, dass der Name ihrer Mutter fiel.

»Katja!«, rief ihr Vater vom Hof. »Kannst du mal rauskommen und mir mit dem Karren helfen?«

Mama lief hinaus und ließ ihre Sachen auf dem Tisch liegen. Halya rutschte näher heran, streckte die Hand aus und berührte das feine Papier. Sie fand den Namen ihrer echten Mutter sofort. Geschrieben in krakeligen Lettern zog der Name *Alina* Halya magnetisch an. Sie fuhr mit den Fingern über die Buchstaben, sprach jeden einzelnen aus und ließ das ganze Wort über ihre Zunge rollen.

Halya blätterte weiter. Ein paar Seiten später erschien ihr eigener Name. Er stand in der Liste der Lebenden, für deren Gesundheit es zu beten galt. Halya wandte sich wieder den Toten zu.

»So viele sind gestorben«, murmelte sie. »Kaum jemand lebt noch.«

»Komm, Halya.« Mama platzte wieder ins Haus. »Leg das weg. Wir müssen in die Stadt fahren. Wir brauchen ein paar Sachen vom Markt, bevor sie uns auch dort nicht mehr handeln lassen wie in Kiew.«

***

Auf dem Markt hielt Mama Halya an der Schulter fest, während ihr Vater zu ein paar Freuden ging, um mit ihnen zu reden und wenn möglich zu handeln. Früher hatte die Geschäftigkeit des Marktes Halya immer fasziniert – all die Menschen, die Stände, die Waren. Sie hatte es genossen, sich in der Menge zu verlieren, und sie hatte das Chaos förmlich aufgesaugt, doch heute war die Stimmung anders. Alle wirkten ebenso nervös und misstrauisch wie Halyas Mama.

Plötzlich hallte ein Schrei durch die Luft, gefolgt von einem wütenden Brüllen. Ein Hund bellte, und die Menschen drängten gegen Halya, sodass sie von der Seite ihrer Mutter losgerissen wurde. Sie stolperte, fiel hin und schürfte sich dabei die Knie auf. Rasch rappelte sie sich wieder auf, bevor die Menge sie tottrampeln konnte.

Kaum stand sie wieder auf den Beinen, als eine Hand sie an der Schulter packte und herumriss. Starr vor Entsetzen schaute sie zu einem streng dreinblickenden Mann in einer deutschen Polizeiuniform hinauf. Neben ihm schlug sich ein anderer Polizist mit dem Schlagstock in die offene Hand.

»Papiere!« Der Speichel des Mannes flog ihr ins Gesicht.

Verzweifelt schaute Halya sich nach ihrer Mutter um. »Die hat meine Mama.«

»Hier!« Plötzlich ertönte die Stimme ihrer Mutter, und sie war wieder neben ihr. »Wir haben Papiere. Ich arbeite auf einem Genossenschaftshof.«

Der erste Polizist blätterte die Papiere durch. Dann nickte er dem Mann mit dem Schlagstock zu. »Mitnehmen.« Er sagte das mit einer derart kalten Gleichgültigkeit, als würde er sich Äpfel an einem Stand aussuchen. Dann drehte der Deutsche sich einfach um und ging zur nächsten Person.

Als der Polizist Mama am Arm packte, schlug sie wie wild um sich und schrie. Halya dagegen stand einfach nur da. Sie war wie benommen. Sie hatte ihre Mutter noch nie so wütend gesehen oder so schrill schreien gehört.

»Nein! Ich habe eine Arbeit! Und sie ist nur ein Kind! Wir gehen nicht!«, kreischte sie. »Ihr könnt uns nicht zwingen!«

Mama riss sich los und packte Halya, doch ein weiterer Polizist kam von hinten. Er hatte einen knurrenden Hund an der Leine. Sabber flog von den Lefzen des Tieres und spritzte auf Halya. Sie schmiegte sich eng an ihre Mutter.

»Entweder geht ihr freiwillig mit, oder mein Freund und ich werden euch zwingen«, knurrte der erste Mann. Beim Klang seiner rauen Stimme sträubten sich Halya die Nackenhaare.

Mama wurde kreidebleich. Es war, als hätte jemand einen Schalter umgelegt. Dann atmete sie tief durch, zwang sich zu einem angespannten Lächeln und packte Halyas Hand. »Komm, Halya. Wir regeln das schon. Mach dir keine Sorgen.«

Sie bewegten sich mit der Menge, die von Polizisten, Deutschen und ukrainischen Hilfskräfte, zu einem großen Lastwagen getrieben wurde. Überall um sie herum lagen verstreutes Obst und Gemüse aus umgestürzten Körben, zerbrochene Honigkrüge und Konservendosen. So viel verschwendetes Essen, dachte Halya düster. Sie suchte nach der großen Gestalt ihres Vaters, aber die Menschen drängten sich so dicht um sie, dass sie nicht an ihnen vorbeischauen konnte. Ob er mitbekommen hatte, dass die Deutschen sie gefangen genommen hatten? Was, wenn sie ihn nie wiedersehen würde?

Panik keimte in Halya auf, und ihr Puls hallte in ihren Ohren. Sie versuchte, sich aus dem festen Griff ihrer Mutter zu lösen, doch Mama war stärker und zog Halya hinter sich her, weg von dem Hund, der nach allem schnappte, was ihm vor die Schnauze kam.

»Wo ist Tato?«, rief Halya. »Ich kann Tato nicht sehen!«

»Bleib einfach dicht bei mir«, sagte Mama, aber auch sie ließ ihren Blick auf der Suche nach ihrem Mann über die Menge schweifen. Immer wieder stellte sie sich auf die Zehenspitzen und schaute sich panisch um. Dabei hielt sie Halyas Hand so fest, dass es schon schmerzte, dennoch versuchte Halya nicht mehr, sich loszureißen. Stattdessen packte auch sie fest zu, als sie in den Laster stiegen.

***

Halya hatte schon immer einmal nach Kiew gewollt, aber nicht so.

Sie zog die Beine an die Brust und zitterte. Nachdem sie den Großteil des Tages in einem Hof zwischen mehreren Häusern gekauert hatte, war ihre anfängliche Panik einer dumpfen, pochenden Angst gewichen, aber die eisige Kälte in ihren Knochen wurde sie nicht mehr los. Überall um sie herum weinten Kinder, und Mütter versuchten, sie zu trösten. Männer liefen auf und ab wie Tiere im Käfig, und die jüngeren Leute hatten sich in kleinen Gruppen zusammengerottet und flüsterten miteinander. Und Mama starrte zur Tür, als warte sie auf jemanden Speziellen. Allerdings hatte Halya nicht die geringste Ahnung, von wem ihre Mutter in dieser Situation Hilfe erwartete.

»Glaubst du, sie geben uns auch was zu essen?«, fragte sie.

Mama riss ihren Blick von der Tür los und strich Halya das Haar zurück. »Was? Nein. Das ist nur eine Durchgangsstation. Ich glaube nicht, dass wir hier etwas zu essen bekommen, aber ich habe das hier.« Sie kramte in ihrer Tasche und holte zwei schrumpelige Äpfel hervor. »Wenn du kannst, dann nimm immer Essen mit, Halya. Man weiß nie, wann man es braucht. Lass uns jetzt nur einen essen.«

Das war nicht das erste Mal, dass Mama ihr diesen Rat gab. Halya nahm einen Bissen, kaute langsam und ließ den süßen Saft in ihre Zunge sickern. Um sie herum machten sich die Leute aus Kleidern Betten auf dem Boden, und schließlich legten sie sich hin. Halya wollte gar nicht erst darüber nachdenken, dass sie lange genug hier sein würde, um zu schlafen, aber schon bald würde ihr nichts anderes mehr übrig bleiben.

»Glaubst du, Tato wird uns holen?«, stellte sie endlich die Frage, die ihr mehr als alles andere auf dem Herzen lag, obwohl sie sich vor der Antwort fürchtete. Sollte er wirklich kommen, wäre er in großer Gefahr. Aber falls nicht, würde Halya ihn vielleicht nie wiedersehen.

Mama versuchte sich vergeblich an einem Lächeln. »Er wird es versuchen, aber wir sollten uns nicht allzu große Hoffnung machen. Stattdessen sollten wir lieber dankbar dafür sein, dass wir wenigstens noch zusammen sind.«

»Aber Tato ist allein«, sagte Halya. Sie dachte an ihren geliebten Vater, der immer so freundliche Fältchen an den Augen bekam, wenn er lachte, und nun war er allein im Haus. Wer würde ihm jetzt Gedichte vorlesen oder ihn »mit Fragen löchern«, wenn sie nicht da war?

»Tato kommt schon zurecht«, erklärte Mama und strich ihren Rock immer wieder glatt.

»Wo bringen sie uns hin?«, fragte Halya.

»Nirgendwohin!«, schnappte Mama. »Ich habe eine Arbeitskarte, und du bist viel zu jung. Wenn ihnen das klar wird, werden sie uns wieder heimschicken. So! Und jetzt keine Fragen mehr, Halya.«

»Das glauben Sie doch wohl selbst nicht«, mischte sich eine Frau ein, die neben ihnen saß. »Wem wollen Sie das denn einreden? Sich selbst oder dem Kind?«

Flammen schossen aus Mamas Augen, aber sie erwiderte nichts darauf. Stattdessen rückte sie von der Frau weg und breitete die Arme für ihre Tochter aus. »Komm her, Halya. Lehn dich an mich, und versuch, dich ein bisschen auszuruhen. Morgen sieht es schon wieder besser aus.«

Fest an ihre Mutter geschmiegt schlief Halya bis zum frühen Morgen, als ein ukrainischer Hilfspolizist den Raum betrat und brüllte: »Aufstehen! Wir gehen auf die andere Straßenseite! Zur medizinischen Untersuchung!«

Als sie sich aufrappelten, schaute Mama auf Halyas Nacken. »Dein Ausschlag ist noch immer nicht gut.«

»Es hat nie richtig angeschlagen, Mama. Der Knoblauch hat mir immer nur ein paar Minuten Probleme gemacht.«

Mama presste die Lippen aufeinander, wie sie es immer tat, wenn sie sich aufregte. »Keine Sorge. Du bist immer noch zu jung. Sie werden dich nicht wollen.«

»Und was ist mit dir?«, fragte Halya. »Was, wenn sie dich wollen?«

»Ich habe eine Arbeit, schon vergessen?«, antwortete Mama. Sie zog ihr besticktes Halstuch herunter und entblößte die roten Pusteln ihres Ausschlags. »Außerdem werden sie mich auch nicht wollen. Offenbar wirkt der Knoblauch bei mir besser als bei dir.«

Draußen angekommen sog Halya die Frühlingsluft ein. Der Geruch von feuchter Erde und blühenden Blumen war wesentlich angenehmer als der von menschlichem Schweiß und Angst, der Halya die ganze Nacht über in die Nase gestiegen war.

Draußen wartete eine Menschenmenge auf sie. Mütter schrien und warfen ihren Kindern Mäntel zu, und Väter drängten nach vorn und versuchten, die Kette der Wachen zu durchbrechen. Einige der Polizisten schlugen daraufhin zu. Ihre Schlagstöcke zischten durch die Luft, und sie trafen willkürlich auf Köpfe und Schultern von Eltern, die vor Angst und Trauer außer sich waren. Andere Polizisten trieben die Gefangenen mit Peitschen vorwärts. Halya musste fast rennen, um mit den anderen mitzuhalten.

»Katja! Halya!«

Halya erkannte die Stimme sofort. »Tato! Wir sind hier!« Sie wedelte mit den Armen und sprang hoch, um ihren Vater über das Meer von Köpfen hinweg zu sehen. Er drängte sich immer näher an sie heran. Sein Gesicht war eingefallen und müde, und Halya fragte sich, wo er wohl geschlafen hatte, wenn überhaupt.

»Kolja!«, schrie Mama, als er versuchte, zwischen zwei Wachen hindurchzuschlüpfen. Der hintere Polizist bemerkte das, und er hieb mit dem Schlagstock nach seinem Kopf. Der dumpfe Knall war deutlich zu hören. Für den Bruchteil einer Sekunde schauten Halya und ihr Vater sich in die Augen. Dann flatterten seine Augenlider, und er fiel zu Boden. Halya kam so schnell die Galle hoch, dass sie sie nicht zurückhalten konnte. Sie beugte sich nach vorn und erbrach sich auf ihre nackten Füße.

Mama riss Halya sofort in die Höhe, und kurz huschte ihr Blick zu ihrem Mann, bevor sie Halya wieder in die Augen schaute. »Du darfst nicht stehen bleiben, Halya, sonst werden sie mit dir das Gleiche machen. Tato wird schon wieder gesund. Er ist stark.« Dann drehte Mama den Kopf, hob ihr Kinn und zog Halya hinter sich her, ohne noch einmal zurückzublicken.

Im nächsten Gebäude warf ein Arzt einen oberflächlichen Blick auf sie. Er musterte ihre Körper, sah ihnen kurz in die Münder und hakte sie dann auf einer Liste ab, bevor er sie in den nächsten Bereich schickte. Halya ging als Erste, und der Arzt sah sie kaum an, bevor er einer Krankenschwester zunickte. Die Schwester schob Halya in den nächsten Raum, aber Halya klammerte sich an den Türrahmen, als sie den Arzt auf Ukrainisch sagen hörte: »Mit dem Ausschlag kann die nicht durch. Die wird man uns nur zurückschicken.«

Halya wirbelte gerade noch rechtzeitig herum, um zu sehen, wie er sich Mamas Knoblauchausschlag anschaute. Er winkte einem Wachmann an der Tür. Der Mann trat vor und packte Mama am Arm.

»Nein! Ich will zu meiner Tochter!«, kreischte sie und schlug nach der Wache. »Ich will gehen! Lass mich los!«

»Du kannst aber nicht gehen!«, knurrte der Polizist. Er versuchte, die Arme um Mama zu schlingen, damit sie nicht länger um sich schlug, doch ihre Faust traf ihn am Kinn. Der Mann brüllte vor Wut und schlug zurück. Mama fiel zu Boden. Sofort sprang sie wieder auf, die Augen weit aufgerissen, den Blick wild, und ihre Wange glühte, wo der Kerl sie getroffen hatte. Dennoch stürzte sie sich wieder auf ihn. Aber diesmal setzte der Mann seinen Schlagstock ein und drosch ihr auf den Schädel, wie der andere Polizist es vorhin bei Halyas Vater getan hatte. Aber dieser Mann hörte nicht auf. Wieder und wieder schlug er mit dem Knüppel auf Mamas Schultern und Rücken. Sie rollte sich zu einem Ball zusammen und versuchte, ihren Kopf mit den Händen zu schützen. Ihr wütendes Brüllen verwandelte sich in Schmerzensschreie, und schließlich rührte sie sich nicht mehr.

Irgendjemand schrie jedoch weiter, und erst als die Krankenschwester sie aus dem Raum zerrte, wurde Halya bewusst, dass die urtümlichen Laute aus ihrem eigenen Mund kamen. Sie hielt kurz inne und sog zischend die Luft ein, und in diesem Moment der Stille begann plötzlich eine Blaskapelle zu spielen, um die Gefangenen auf ihrem Marsch zum Bahnhof zu begleiten, als würden sie in Urlaub fahren. Halya war so schockiert über die Dreistigkeit der fröhlichen Musik, dass sie nicht mehr schrie. Sie starrte nur noch ungläubig auf die Menschenmasse, die sie nach vorn trug, vorbei an der Kapelle, weg von ihren Eltern und in einen Waggon.

15

Lilija

April 1943, Wolhynien, Reichskommissariat Ukraine

»Was machst du da?«

Filip antwortete nicht und schälte weiter systematisch die Holzspäne ab. Lilija beugte sich näher zu ihm und schaute auf die Form. Nachdem sein deutscher Chef alles geklärt hatte, war Filip drei Wochen nach seiner Flucht aus dem Zwangsarbeitertransport wieder zur Arbeit gegangen. Aber er kam noch immer häufig zu Besuch und blieb auch über Nacht, wenn nötig.

Lilija war für seine Gesellschaft dankbar. Vika und Maksim hielten es für das Beste, dass sie sich weiter auf dem Heuboden versteckte. Dort war sie zwar vor neugierigen Blicken geschützt, die sie den Behörden hätten melden können, aber Lilija wusste nicht, wie lange sie das noch aushalten würde. Sie fühlte sich wie ein Vogel im Käfig, der hilflos mit den Flügeln gegen die Gitterstäbe seines Gefängnisses schlug. Dabei wäre sie im Kampf doch nützlicher gewesen. Sie wollte sich dem Widerstand anschließen, sobald sie einen Weg dazu gefunden hatte, ohne dass ihr Onkel es mitbekam. Er selbst war zwar kein Mitglied der UPA, hatte aber mit vielen von ihnen regelmäßig Kontakt.

»Oh!« Lilija schnappte unwillkürlich nach Luft, als Filip ihr einen kleinen Holzvogel entgegenhielt. »Das ist ja eine Nachtigall! Eine perfekte Nachtigall!«

Filip runzelte die Stirn. »Mit Farbe wäre sie natürlich besser, aber das muss jetzt erst mal reichen.« Zu Lilijas Überraschung lief er rot an, als er ihr den Vogel in die Hand drückte. »Die habe ich für dich gemacht.«

»Für mich?« Lilija strich über die glatte Oberfläche, und ihre Lippen verzogen sich zu einem seltenen Lächeln. Die sorgfältigen Schnitte seines Schnitzmessers hatten diesem simplen Stück Holz eine erstaunliche Tiefe und Schönheit verliehen. »Ich kann kaum glauben, dass du das gemacht hast. So etwas Schönes habe ich noch nie besessen.«

Filip rutschte verlegen herum, und ein selbstbewusstes Grinsen erschien auf seinem zufriedenen Gesicht.

Ohne nachzudenken, beugte Lilija sich vor und küsste ihn auf die Wange. »Danke, Filip. Ich werde sie hüten wie einen Schatz.«

Er erstarrte bei der Berührung ihrer Lippen, als wäre er die reale Version des wilden Vogels, den er gerade geschnitzt hatte, erstarrt vor Schreck und Unsicherheit über diese menschliche Nähe, und Lilija konnte sich nicht mehr von ihm lösen. Ihre Lippen verharrten nur wenige Zentimeter vor seinem Gesicht. Das rohe Verlangen in seinen Augen zog sie magisch an. Seine raue, schwielige Hand glitt langsam ihren Nacken hinauf, seine Finger fuhren ihr durchs Haar, und einen wunderbaren Augenblick lang vergaß Lilija alles andere.

Draußen ertönte ein Schrei und brach den Zauber. Lilija hörte eine vertraute Stimme mit Maksim sprechen. Sofort löste sie sich von Filip, beugte sich vor und spähte durch einen Spalt in der Wand des Heubodens.

»Wer ist das?« Filip kroch dicht hinter sie.

»Oleksy.« Lilija drehte sich zu Filip um und wunderte sich, wie schnell er die Missbilligung auf seinem Gesicht verbarg. »Ich muss mit ihm reden. Ich muss wissen, ob sie Maksim und Vika meinetwegen holen wollen.«

»Natürlich.« Filip kroch beiseite und packte die Leiter.

Lilija kletterte nach unten und lief auf den Hof. Gleichzeitig versuchte sie, die Erinnerung an den Augenblick mit Filip erst einmal zu verdrängen.

»Lilija!« Oleksy schlang die Arme um sie und drückte sie zu fest, um zu bemerken, dass sie seine Umarmung nicht erwiderte. »Ich war ganz verrückt vor Sorge. Ich wusste doch nicht, ob du es nach Hause geschafft hast oder nicht.«

Lilija löste sich aus seinem Griff und trat einen Schritt zurück. Dreck klebte an seinen Stiefeln und in seinem müden Gesicht. Seine einst makellos gepflegte grüne Uniform war verschlissen und verstaubt.

Wegen ihrer nüchternen Reaktion zögerte er einen Moment und setzte dann ein gezwungenes Grinsen auf, das seine Augen nicht erreichte. »Du solltest nicht allein hier draußen sein. Wenn dich jemand sieht, ist deine ganze Familie in Gefahr.«

»Ich weiß. Ich verstecke mich ja. Ich bin erst runtergekommen, als ich gesehen habe, dass du es bist. Wo warst du?«

»Sie haben uns in die Nachbardörfer geschickt, um da die Menschen zusammenzutreiben und jene zu bestrafen, die dem Stellungsbefehl nicht gefolgt sind.«

Lilija wich einen weiteren Schritt zurück. Ihr drehte sich der Magen um. »Werden sie auch hierherkommen? Werden sie Maksim und Vika holen, weil ich weggelaufen bin? Und die Kinder?«

Oleksy rieb sich das stoppelige Kinn. »Vielleicht. Ich weiß es nicht.«

Lilija starrte ihn an. »Was macht ihr mit den Familien, die ihre Kinder nicht aufgeben wollen? Ich habe Gerüchte gehört. Gerüchte, dass die Häuser der Menschen niedergebrannt werden. Dass man sie schlägt.«

Oleksy presste die Lippen aufeinander. Er antwortete nicht

darauf, doch sein gequälter Blick bohrte sich in Lilijas Augen und flehte um Verständnis und Vergebung.

Lilijas Herz zog sich zusammen, als ihr bewusst wurde, dass sie die Antwort bereits kannte. »Oh, Oleksy. Wie kannst du nur? Wie kannst du das deinen eigenen Leuten antun?«

»Ich tue das für die größere Sache. Wenn du erst mal alles weißt, wirst du es verstehen.«

»Dann erklär es mir! Was verstehe ich denn nicht?«

Oleksy wandte sich ab, versteifte sich und ignorierte Lilijas Frage. »Wie geht es Nina?«

Lilija zuckte unwillkürlich zurück, als all die Erinnerungen an diese schreckliche Nacht wieder zurückkehrten. »Du weißt es nicht?«

»Was weiß ich nicht?« Oleksy verstärkte seinen Griff um sein Gewehr und trat einen Schritt vor.

»Jemand hat auf sie geschossen, als wir weggelaufen sind. Nina ist tot.« Lilija sprach langsam, und sie sah das Entsetzen auf Oleksys Gesicht, als ihm klar wurde, was geschehen war.

Er schüttelte den Kopf. »Nein. Nicht unsere Nina.«

Lilija konnte ihren Zorn nicht länger im Zaum halten.

»Warst du das, Oleksy? Hast du den Schuss abgefeuert, der sie getötet hat?« Ihre Stimme klang sanft, aber die Schärfe ihrer Worte ließ Oleksy zusammenzucken. Ein kurzer Stich des Bedauerns durchfuhr Lilija, doch sie verdrängte es rasch und nahm ihre Anschuldigung nicht zurück.

»Ich habe meine Waffe noch nie abgefeuert. Wann immer ich konnte, habe ich unseren Leuten zur Flucht verholfen.« Oleksy legte die Hand auf die Brust. »Das weißt du. Das hast du selbst gesehen!«

Lilijas Gefühle überschlugen sich. »Ich weiß nicht mehr, was ich glauben soll.«

»Du kennst mich.« Oleksy fasste sie am Kinn und zwang sie,

ihm in die Augen zu schauen. »Du weißt, dass ich Nina geliebt habe. Und ich liebe dich.«

Lilija starrte in seine blauen Augen, und tausend Erinnerungen durchströmten sie: Oleksy, wie er ihr geholfen hatte, nachdem ein älterer Junge sie auf dem Schulhof umgeschubst hatte; Oleksy, wie er sie in den Bach getunkt hatte, wenn sie fischen waren; Oleksy, wie er sie auf ihren Vogeltouren begleitet hatte, auch wenn er dabei immer die Tiere verscheucht hatte.

Und jetzt? Oleksy in der grünen Uniform der Schutzmannschaft mit einem Gewehr in der Hand wie dem, das ihre gemeinsame Freundin getötet hatte.

Als er nach vorn sprang und seine Lippen auf ihre drückte, reagierte Lilija, ohne nachzudenken. Sie schlug die Hände gegen seine Brust und stieß ihn weg.

»Was soll das? Du kannst nicht einfach herkommen, mir all diese schrecklichen Dinge erzählen und mich dann küssen!« Sie stieß ihn erneut. »Ich habe Nein gesagt, Oleksy. Du hast mich gefragt, ob ich dich heiraten will, und ich habe Nein gesagt.«

Oleksy trat einen Schritt zurück. Sein Gesicht war ihr noch immer so nah, dass sie jede einzelne Wimper über seinen blauen Augen sehen konnte, und seine Stimme drohte zu brechen, als er sagte: »Tut ... tut mir leid. Ich ... Ich dachte, du würdest jetzt vielleicht genauso empfinden.«

Lilija verschränkte die Arme vor der Brust. »Ich weiß nicht, was ich fühle, aber *das* definitiv *nicht*.«

»Ich weiß aber, was ich fühle, Lilija, und ich liebe dich. Ich brauche dich.«

Lilija schüttelte den Kopf. »Du brauchst mich? Oder brauchst du einfach nur jemanden, der dich von deinen Sünden freispricht?«

Wieder zuckte Oleksy zusammen. »Ich brauche *dich*. Ich muss einfach wieder etwas anderes fühlen als Schmerz.«

Lilija verzog den Mund zu einer hässlichen Grimasse. »Ich glaube nicht, dass es in dieser Welt noch etwas anderes gibt als Schmerz.«

»Das stimmt nicht.« Oleksy zögerte und beugte sich noch näher an sie heran. »Ich habe die Schuma verlassen. Ich konnte es dir noch nicht sagen, aber ich gehöre jetzt zur UPA. Tatsächlich schon seit einer ganzen Weile. Mein Kommandant wollte, dass ich zur Schuma gehe, um Waffen und Informationen zu beschaffen, und dann sind wir alle zusammen desertiert, um für eine freie Ukraine zu kämpfen. Es war ein Massenexodus von Ukrainern, aber es hat nicht lange gedauert, da haben Polen unsere Stellen eingenommen.«

Lilija schaute an Oleksys Uniform herunter, und zum ersten Mal fielen ihr die fehlenden Abzeichen auf. Die Uniform war kahl. »Ich wusste es«, keuchte sie.

»Am Anfang sind einige Männer zur Schuma gegangen, weil sie dachten, Deutschland würde uns bei unserem Unabhängigkeitskampf helfen. Aber es hat sich ja sehr rasch gezeigt, dass dem nicht so war. Da ich mich der Schutzmannschaft erst später angeschlossen habe, wusste ich das schon. Ich wusste, was ich auf lange Sicht zu tun hatte. Ändert das deine Gefühle für mich? Dass du jetzt weißt, dass ich immer für dich gekämpft habe? Für uns? Für die Ukraine?«

»Nein. Ich liebe dich als Freund, mehr nicht. Dass du zur Schuma gegangen bist, hat nichts daran geändert, und dass du jetzt bei der UPA bist, ändert nichts an dem, was du in dieser Uniform für die Nazis getan hast.« Lilija rieb sich die Schläfen. Sie hatte Kopfschmerzen. »Was wirst du jetzt tun?«

»Gegen die Deutschen kämpfen. Gegen die Sowjets. Gegen die Polen. Ich werde gegen jeden kämpfen, der unserer Freiheit im Wege steht. Kannst du dir das vorstellen?« Ein hoffnungsvolles Lächeln erschien auf seinem Gesicht. »Eine unabhängige Ukraine mit eigenen Schulen und Kirchen. Eine Regierung von Ukrainern, nicht von polnischen Großgrundbesitzern, sowjetischen Funktionären oder Nazi-Schergen.«

»Aber was ist mit deiner Mutter und deinen Schwestern? Machst du dir keine Sorgen, dass die Deutschen sie bestrafen werden, weil du desertiert bist? Sie verfolgen die UPA und nehmen die Familien der Mitglieder in Sippenhaft.«

Der verträumte Blick verschwand aus Oleksys Gesicht. »Sie werden vorsichtig sein müssen. Ich habe ihnen ein Versteck gebaut, einen Bunker im Wald hinter unserem Hof. Du könntest zu ihnen gehen.«

»Wenn ich bei der UPA wäre, würde ich mich nicht verstecken«, erklärte Lilija. »Ich würde helfen.«

Oleksy kniff die Augen zusammen. »Da sind auch ein paar Frauen. Sie arbeiten als Krankenschwestern, Kuriere und sogar als Spione, aber für jemanden wie dich ist das nichts.«

»Was meinst du damit?«, schnappte Lilija. »Dazu wäre ich auch durchaus fähig.«

»Natürlich bist du das, aber was ist mit deinen Träumen? Was ist mit deinen Plänen, von hier wegzugehen? Ich konnte dich nicht davon abbringen, aber die UPA schon? Willst du wirklich in einem feuchten Bunker im Wald hausen und für unsere Sache kämpfen, weit weg von deinen Vögeln, deinen Studien und von allem anderen? Würdest du alles für die Mission tun?« Oleksy war sichtlich verletzt, und Lilija bekam ein schlechtes Gewissen.

»Das ist etwas anderes, und das weißt du.«

Ihre Träume wirkten geradezu lächerlich im Vergleich zu dem, was hier geschah. Lilija dachte an den Brief, den sie am Tag von Ninas Tod an die Freie Ukrainische Universität geschrieben hatte und der nun blutdurchtränkt oben auf dem Heuboden lag. Wie naiv sie doch gewesen war zu glauben, dass ein Brief sie von ihrer elenden Existenz befreien könnte. Aber wenn sie ihre Ziele aufgab, was war sie dann noch? Ihre Träume waren schon viel zu lange ein wesentlicher Bestandteil ihrer Identität. Ihre Lebensplanung war fast greifbar geworden. Sie hatte ihre Hoffnungen und Wünsche so lange gehegt, dass es fast krankhaft war.

Doch auch wenn Lilija das nicht zugeben wollte: Die Wahrheit war, all diese Träume waren mit der Invasion der Roten Armee gestorben. Die Deutschen hatten nur noch den letzten Nagel in den Sarg geschlagen.

Und nun? Wovon träumte sie jetzt? Überleben? Morgen noch da zu sein? Welch armselige Träume im Vergleich zu der unrealistischen Sehnsucht ihrer Jugend! Oder träumte sie davon, zu kämpfen und all ihre Wut und ihren Frust gegen den Feind zu richten?

In der Scheune knarrte ein Brett, und Lilija sah kurz eine Bewegung hinter dem Spalt in der Wand.

Filip.

Träumte sie von ihm? Von einem Leben, das sie nie gewollt hatte, genauso wenig wie Oleksy – von einem Leben voller Liebe und Hingabe anstatt Bildung und Freiheitskampf?

Oleksy folgte ihrem Blick. »Wer ist da oben bei dir?«

Lilija drehte sich wieder zu ihm um. »Niemand. Das war vermutlich die Katze.«

Oleksy entspannte sich wieder. »Ich dachte schon, es könnte Filip sein. Er ist nämlich auch entkommen, weißt du?«

»Nein, das wusste ich nicht«, log Lilija, und sie war überrascht, wie leicht ihr das fiel. »Aber würdest du mir etwas versprechen, Oleksy?«

»Alles. Ich würde dir alles versprechen.« Er nahm ihre Hände und drückte die Lippen darauf, doch Lilija zog sie rasch wieder zurück. Seine Berührung, die sonst immer so beruhigend für sie gewesen war, jagte ihr nun einen Schauder über den Rücken. Tief in ihrem Inneren fragte sie sich, ob sie ihm Ninas Tod je würde verzeihen können.

Rasch schob sie diesen Gedanken beiseite. »Sollte dir Filip über den Weg laufen, dann versprich mir, dass du ihm nichts tust. Ich sorge mich genauso um ihn wie um dich, und ich könnte es nicht ertragen, wenn einem von euch etwas passiert.«

Oleksy kniff die Augen zusammen, und Eifersucht funkelte in den blauen Tiefen. »Liebst du ihn?«

»Ich habe es dir doch schon gesagt. Ich liebe niemanden, aber das heißt nicht, dass ich meine Freunde leiden sehen will.«

»Ich wusste gar nicht, dass ihr euch so nahesteht.« Bitterkeit verzerrte Oleksys hübsches Gesicht, sodass Lilija ihn kaum noch erkannte.

»Das stimmt auch nicht. Aber ich habe schon meine ganze Familie verloren und jetzt auch noch Nina. Ich will niemanden mehr leiden sehen. Für dich empfinde ich genauso.«

Oleksy schüttelte den Kopf. »Unsere Beziehung reicht viel weiter zurück, Lilija. Ich habe gehofft, dass du mehr für mich empfinden würdest als für einen Fremden.«

»Ich werde immer etwas für dich empfinden. Du bist einer meiner ältesten und liebsten Freunde, und ich mache mir auch große Sorgen um dich. Was du mit den Partisanen getan hast und mit den Deutschen … Das ist alles sehr gefährlich.«

»Und notwendig.«

»Manches vielleicht, aber nicht alles.« Ein raues, verbittertes Lachen drang aus Lilijas Mund. Das überraschte sie und erschreckte die Vögel, deren Gesang sofort verstummte. »Bist du nicht froh, dass ich dich nicht geheiratet habe? Ich hätte jetzt alles nur noch viel komplizierter für dich gemacht.«

»Nein«, antwortete Oleksy, ohne zu zögern. »Wir hätten zusammen für eine freie Ukraine kämpfen können. Tatsächlich können wir das noch immer.« Er nahm wieder ihre Hand, und diesmal, nach all seinen leidenschaftlichen Worten, wehrte sie sich auch nicht. »Du und ich, immer zusammen, genau wie früher.

Denk darüber nach, Lilija. Wenn du wirklich helfen willst, dann triff mich heute nach Einbruch der Dunkelheit, wo der Bach hinter Ninas Haus eine Biegung macht, und schließ dich uns an. Komm zur UPA.«

***

Als Lilija wieder auf den Heuboden kletterte, hob Filip den Blick von seiner neuen Schnitzarbeit, und ihr Herz machte einen Sprung. Filip verwandelte sein Gesicht in eine gleichgültige Maske, schnitt aber mit sichtbarer Wut ins Holz.

»So ... Er will dich also heiraten, ja?«

Lilija trat auf ihn zu. »Du hast uns wieder belauscht. Wie beim letzten Mal.«

Filip hörte auf zu schnitzen und verstärkte den Griff um das grobe Stück Holz. »Ich habe zwar nicht alles mitbekommen, den Teil aber schon. Oleksy ist sehr laut, wenn er jemandem seine Liebe gesteht.«

»Und hast du auch meine Antwort gehört?«

»Ja, aber er würde dich gut behandeln und dich beschützen. Das ist das Wichtigste. Du solltest noch mal darüber nachdenken.«

Wenn Filip glaubte, Oleksy könne sie beschützen, dann hatte er wirklich nicht alles gehört, doch es war nicht an Lilija, Oleksys Geheimnis über seine Desertion aus der Schuma und seine Mitgliedschaft bei der UPA zu verraten. Sie trat einen Schritt näher an Filip heran. Sein Körper strahlte eine spürbare Wärme aus.

»Oleksy kann mich nicht beschützen. Das kann niemand.«

In Filips Wange zuckte ein Muskel. »Wenigstens liebst du ihn als Freund. Erfolgreiche Ehen bauen oft auf Freundschaft auf, und ihr seid schon Jahre befreundet.«

Lilija starrte ihn an: das gewellte dunkelbraune Haar, die kräftigen Hände mit dem Messer und das kantige Kinn, das jedes Mal zuckte, wenn er mit den Zähnen knirschte. Erfüllt von dem plötzlichen Verlangen, ihn zu berühren, kribbelten Lilijas Hände, und ihre Füße bewegten sich wie von selbst. Sie wurde von ihm angezogen wie eine Biene von der Blüte. »Sollte ich je heiraten«, sagte sie, »was ich allerdings nicht vorhabe, soll meine Ehe auf romantischer Liebe gründen, nicht auf einem archaischen Pflichtgefühl.«

Filip verspannte sich, als wolle er von ihr wegspringen. »Nicht viele von uns bekommen dieser Tage, was sie wollen.«

»Und was willst *du*, Filip?« Lilija hasste ihr Verlangen, das zu erfahren, fast genauso, wie sie die unerklärliche Anziehungskraft hasste, die von ihm ausging. Ihr ganzes Leben lang hatte sie sich immer wieder geschworen, sich von nichts und niemandem dabei aufhalten lassen, ihre Träume zu verfolgen. Aber die Verluste, die sie teilten, der Schrecken, den sie gemeinsam durchgestanden hatten, die drei Wochen, die sie gemeinsam weggesperrt gewesen waren, all das hatte zu einer Intimität zwischen ihnen geführt, die sie beide zugleich fürchteten und herbeisehnten. Lilija brauchte Filip, wie sie auch Wasser brauchte; gleichzeitig zog er sie nach unten, ertränkte sie.

»Du hast mich gefragt, und jetzt frage ich dich.« Sie hielt sich zurück und bewegte sich so langsam wie ein verwundetes Tier, als sie die Hand ausstreckte und ihm über das Kinn strich. Stoppeln kratzten an ihren Fingerspitzen.

Filip zuckte vor ihrer Berührung zurück. »Was ich will, ist egal, Lilija.«

Wieder streckte sie die Hand aus, eine offene Einladung. »Mir nicht.«

»Ich will, dass du lebst!« Filips Stimme war tief und kehlig, so rau wie seine Haut. Er packte Lilijas Hand und legte sie auf sein rasendes Herz. »Ich will, dass du überlebst, egal wie. Und wenn das heißt, dass ich dich für immer an einen anderen Mann verliere, dann ist das eben so. Damit kann ich leben. Aber ich kann *nicht* in einer Welt leben, in der es dich nicht gibt.«

Lilija drückte ihre Hand noch fester an seine Brust und passte ihren Atem und Herzschlag dem seinen an. Die Qual in seinen Augen zerstörte den letzten Rest Zurückhaltung, den sie noch besaß, und, angetrieben von hundert verpassten Chancen, warf sie sich in seine Arme.

Filip stöhnte, und im nächsten Moment küsste er sie. Auf die Wangen. Auf den Hals. Auf die Lippen. Und Lilija erwiderte seine Küsse. Ihre Hände zitterten, als sie sich an ihn klammerte und so fest an ihn schmiegte, als könne sie mit ihm verschmelzen ... als könnten sie eins werden.

All die Gefühle, von denen man ihr immer erzählt hatte, es mangele ihr daran, traten an die Oberfläche, weckten ihre abgestumpften Sinne, und sie erkannte, dass es genau das war, was Oleksy von ihr wollte.

Und jetzt wollte sie es auch ... nur nicht mit ihm.

Filip wand sich aus ihrem Griff, und Lilija hätte fast aufgeschrien, als die Kälte des plötzlichen Verlusts sie traf.

Filip fuhr sich mit der Hand durchs Haar. »Wir sollten das nicht tun. Ich gehe, Lilija.«

Lilija wankte. Sie hatte das Gefühl, als würde ihr der Boden unter den Füßen weggezogen, und kämpfte darum, wieder logisch denken zu können. Was war da gerade passiert? Das war nicht sie. Dieser ... *er* war nicht, was sie wollte.

Oder ...?

»Wo willst du denn hin?«, fragte sie mit zitternder Stimme und wich einen Schritt zurück.

»Ich werde weiter im Gestüt arbeiten. Der verantwortliche Offizier dort mag mich. Er weiß, was ich mit Pferden kann. Er wird nicht zulassen, dass sie noch mal versuchen, mich nach Deutschland zu schicken.«

»Und?«

Filip schaute sie scharf an, und Lilija wich noch einen Schritt zurück. Je weiter sie sich von ihm und seiner toxischen Anziehungskraft entfernte, desto klarer konnte sie denken.

»Ich bin nicht blöd«, sagte sie. »Was wirst du sonst noch tun?«

Filip senkte den Blick. »Ist das wichtig?«

»Für mich schon.«

Er trat auf sie zu, als wolle er ihre Hände nehmen, doch Lilija verschränkte die Arme vor der Brust, und Filip erstarrte. Seine Resignation war ihm deutlich anzusehen.

»Ich werde Informationen weiterleiten.«

Lilija stockte der Atem. »Informationen? An wen?«

Filips schöner Mund verzog sich zu einem hässlichen Lächeln. »Was haben wir doch für ein Glück, dass uns so viele Möglichkeiten offenstehen. Sowjetische Partisanen. Ukrainische Partisanen. Polnische Partisanen. Die polnische Heimatarmee. Die deutsche Armee. Die Schuma. Die Rote Armee. Die Möglichkeiten, uns einer Gruppe anzuschließen und einander umzubringen, sind geradezu endlos.«

Lilija schluckte. »Bist du beim polnischen Widerstand?«

Filip nickte knapp. »Bei einer lokalen Partisanengruppe. Ein Bauernbataillon. Wir haben uns der Armia Krajowa noch nicht offiziell angeschlossen, aber das ist nur eine Frage der Zeit. Meine Gruppe hat bis jetzt nur gegen die Deutschen gekämpft, gegen die Requirierungen und die Deportationen. Und ich schwöre, ich habe nie einem Ukrainer etwas zuleide getan. Aber ich kann auch nicht einfach nur dasitzen, während Deutsche, Sowjets und jetzt auch die Ukrainer versuchen, uns zu vernichten. Ich muss etwas tun.«

Ich muss etwas tun. Dieser Satz war dieser Tage nur allzu oft zu hören. Hatte er nicht auch Lilija inspiriert?

»Du wirst kämpfen müssen«, flüsterte sie.

Wir *werden kämpfen müssen.* Die Worte lagen ihr auf der Zunge, doch sie konnte sie nicht aussprechen. Sie konnte Filip nicht sagen, dass sie plante, sich der UPA anzuschließen.

Filip streckte die Hand aus und strich ihr mit den Fingern über die Wange. »Nur wenn mir nichts anderes übrig bleibt, aber das ist nicht mein Ziel.«

»Welche andere Möglichkeit bleibt uns hier denn?« Lilija versuchte nicht, ihre Verbitterung zu verbergen. Wie konnte Filip nur mit der gleichen Gruppe zusammenarbeiten – wenn auch in einem anderen Gebiet –, die ihren Vater ermordet hatte? Und jetzt würde er auch noch gegen Oleksy kämpfen. Gegen sie. Lilija drückte sich die Faust in den Bauch, damit ihr Magen sich nicht länger drehte.

Filip sprach rasch weiter. »Es ist nicht so, wie du denkst. Ich werde weiter im Gestüt arbeiten – genau wie vorher – und Informationen sammeln, wann immer ich kann, um sie weiterzuleiten. Wenn wir wissen, wann ein Zug mit Nachschub kommt, schlagen wir zu. Wenn wir von potenziellen Angriffen erfahren, bereiten wir uns auf die Verteidigung vor.«

»Und wenn du erwischt wirst?«

»Das wird nicht passieren. Ich mache das schon eine ganze Weile.«

»Weiß Maksim davon?«

»Niemand weiß davon. Ich will ihn nicht in Schwierigkeiten bringen.«

»Aber du bist doch so oft hier. Bringst du ihn damit nicht schon in Schwierigkeiten? Und mir hast du es doch gerade erzählt. Warum?«

»Ich weiß nicht. Maksim ist wie ein Bruder für mich. Unsere Liebe zu den Pferden hat uns zusammengeschweißt. Er und Vika haben mich immer wie ein Familienmitglied behandelt, und wenn ich herkomme, ist das auch jedes Mal eine Gelegenheit, dich zu sehen. Das kann ich mir doch nicht entgehen lassen.« Filip schaute Lilija in die Augen. »Wenn ich bei dir bin, dann fühle ich mich irgendwie anders … lebendiger, als ich mich je gefühlt habe. Hier oben, bei dir, kann ich fast vergessen, was alles passiert ist. Hier ist alles so bunt und voller Leben in dieser trostlosen grauen Welt.«

»Filip, ich …« Lilija erstickte förmlich an den Worten, die sie sagen wollte, die sie *ihm* und allen anderen schon so oft hatte sagen wollen: *Ich will mich nicht binden. Ich kann das nicht riskieren, denn alle, die ich liebe, sterben. Ich will weg von hier, will studieren und die Welt sehen, aber wenn ich das nicht kann, dann will ich zumindest helfen. Ich muss etwas tun.*

Doch diesmal zählten diese Worte nicht – nicht, wenn sie in Filips ernste braune Augen schaute. Dann zählte gar nichts mehr.

Filip nahm ihre Hände. »Ich will dich wieder besuchen. Darf ich?«

Lilija nickte. Sie brachte noch immer kein Wort hervor. Er hob ihre Hände an seine Lippen, küsste ihre Handflächen und drückte sie an seine Brust. »Dann ist das kein Lebewohl, Lilija. Ich werde zurückkommen.«

Die Wärme seines Atems auf ihrer Haut strömte durch ihren Körper, und plötzlich sah sie alles klar und deutlich. Sie liebte ihn. Unabhängig von ihrer beider Vergangenheit, unabhängig von ihrer Zukunft, sie liebte ihn.

Aber war das genug?

»Und ich werde hier sein«, versprach sie ihm und betete, dass es wirklich so sein würde. Sie betete, dass sie sich dieses kleine Stück Glück in diesem elenden Krieg bewahren konnte.

Lilija schaute Filip hinterher, als er über das Feld ging. Sie lugte durch den Spalt in der Wand und schluckte die Verzweiflung herunter, die in Wellen über sie hereinbrach. Ihr Blick folgte jeder seiner Bewegungen, von den langen Schritten bis hin zu der Art, wie seine Hände hin- und herschwangen. Sehnsüchtig schaute sie ihm nach, bis seine Gestalt nur noch ein kleiner Punkt war. Doch auch dann blickte sie weiter über das Feld. Von ihrer Umgebung nahm sie kaum noch etwas wahr.

So bemerkte sie auch den Lastwagen zunächst nicht, der über die Straße rumpelte und schließlich vor dem Haus hielt. Erschrocken starrte Lilija ihn von ihrem Nest aus an. Zwei Männer stiegen aus und gingen zur Tür. Lilija versuchte, zu hören, was Vika sagte. Die Anspannung war ihr deutlich anzusehen, aber Lilija konnte sie nicht verstehen. Die Worte des Deutschen waren jedoch laut und klar.

»Wir suchen nach Lilija Schumska.«

Und in diesem Augenblick wurde Lilija bewusst, dass sie das Versprechen würde brechen müssen, das sie Filip gerade erst gegeben hatte.

16

VIKA

April 1943, Wolhynien, Reichskommissariat Ukraine

Slavko holte einen Strauß Mohn- und Kornblumen hinter seinem Rücken hervor. »Hier, Mama. Als ich die gesehen habe, musste ich an dich denken.«

Vika nahm die Blumen und lächelte ihren Ältesten an. Seit er laufen konnte, brachte Slavko ihr immer Blumen, von verdreckten Büscheln Löwenzahn in winzigen Händchen bis hin zu kunstvoll arrangierten Sträußen wie diesem hier. Slavko mochte bisweilen ja eine große Klappe haben, und ihm saß auch der Schalk im Nacken, aber er war auch unglaublich liebenswert. Vika betete, dass der Krieg das nicht ändern würde, dass Slavko sich seine Lebensfreude bewahren könnte, auch wenn das unmöglich schien. Niemand würde diesen Krieg unversehrt überstehen.

»Danke, Slavko. Die sind wunderschön.« Vika goss Wasser aus einer Kanne in einen Becher und stellte die Blumen auf den Tisch. »Hast du deinen Vater gesehen?«

»Nein. Er ist noch nicht zu Hause.«

Das Rumpeln eines Motors im Hof bereitete ihrem Gespräch ein Ende. Vika lief zur Tür und schaute im selben Moment hinaus, als ein Opel Blitz vor der Tür anhielt. Zwei Männer stiegen aus und marschierten auf sie zu, ein deutscher Offizier des SD, des Sicherheitsdienstes des Reichsführers SS, und ein Mann von der Schuma.

Vika packte Slavkos Arm. »Hol deinen Bruder und deine Schwester. Versteckt euch. Sorg dafür, dass sie still sind.«

»Aber Mama ...«

»Jetzt, Slavko!« Vika schob ihn hinter sich und trat hinaus, um die Männer zu empfangen.

»Wir suchen nach Lilija Schumska«, sagte Jevgenij, ein übler Kerl, der früher für die Sowjets gearbeitet hatte. Jetzt trug er voller Stolz die Uniform der Schuma. Wann immer er die Gelegenheit dazu hatte, wurde Jevgenij zu einem Verräter an seinem Volk.

Vika kämpfte gegen das Verlangen an, ihm auf die blank polierten schwarzen Stiefel zu spucken. »Sie ist nicht hier. Man hat sie zum Arbeiten nach Deutschland gebracht.«

Jevgenij übersetzte ihre Antwort und dann die Worte des Deutschen.

»Sie ist geflohen, deshalb brauchen wir nun jemand anderen aus diesem Haushalt.«

Vikas Herz setzte einen Schlag lang aus, und als es wieder zu schlagen begann, hatte sie das Gefühl, als würde es ihr den Brustkorb zerreißen. Sie drückte die Hand auf die Brust, um nicht die Fassung zu verlieren, und dachte an Lilija auf ihrem Heuboden, an Lilija, die keine Ahnung hatte, welches Unheil sie heraufbeschworen hatte.

»Aber sie ist doch gegangen! Es ist nicht unsere Schuld, dass sie entkommen ist. Vielleicht hättet ihr besser auf sie aufpassen sollen.«

Jevgenij schlug so schnell und hart zu, dass Vikas Kopf zur Seite flog, doch sie blieb stehen. Sofort straffte sie die Schultern und funkelte den Mann an.

»Was soll ich denn machen? Ich kann auch nichts daran ändern, was sie getan hat.«

Der Deutsche sagte wieder etwas, und Vika erkannte ein Wort: *Kinder*. Es überlief sie heiß und kalt.

»Du hast doch Kinder«, übersetzte Jevgenij. »Dein Ältester wird an Lilijas Stelle mitkommen.«

»Nein!« Vika ballte die Fäuste. »Mein Sohn ist erst vierzehn. Ihr werdet ihn *nicht* mitnehmen. Es entzieht sich meiner Kenntnis, was mit Lilija passiert ist, und er weiß es auch nicht.«

Der SD-Offizier nickte knapp und legte die Hand an die Pistole. Auf sein Signal hin drängte Jevgenij sich an Vika vorbei und stürmte ins Haus.

Vika lief ihm hinterher, um sich vor die Kinder zu stellen, aber sie waren nicht da. Nur Slavko stand am Tisch gegenüber dem Bett, in dem die Kleinen für gewöhnlich schliefen. Seine Miene war ruhig, und seine Arme baumelten gelassen an der Seite.

»Können wir Ihnen behilflich sein, meine Herren?« Seine feste Stimme verriet nichts von der Angst, die nur ganz kurz in seinen Augen aufglomm. Beruhigend grinste er seine Mutter an.

Das ist ein Ablenkungsmanöver. Er spielt den Köder ... wie in der Legende von Kalyna, erkannte Vika. Ihr starker, tapferer Junge, der immer für sie da war und stets zuerst an andere dachte.

Vika trat neben ihn und betete, dass die anderen Kinder still sein würden. Nadja war zwar noch zu jung für Zwangsarbeit, aber Vika hatte Geschichten über arisch aussehende Kinder gehört, die von den Deutschen entführt und von deutschen Familien adoptiert worden waren. Aber Sofia und Bohdan waren nicht viel jünger als Slavko. Die Männer könnten auch sie mitnehmen.

»Wir können ihnen nicht helfen«, sagte Vika zu ihrem Sohn und versuchte, so ruhig zu bleiben wie er. »Sie wollen Lilija, aber ich habe ihnen schon gesagt, dass sie nicht mehr nach Hause gekommen ist. Soweit wir wissen, ist sie in Deutschland.«

»Und wie wir dir schon gesagt haben, brauchen wir jemanden. Der Junge passt.« Jevgenij packte Slavko am Arm. »Komm brav mit, dann bekommt deine Familie auch keinen Ärger.«

»Nein!«, schrie Vika. »Er wird *nicht* mitkommen!« Sie heftete den Blick auf ihren Ältesten, sein goldenes Haar, die Sommersprossen auf der Nase und seine schelmischen grünen Augen. Sie wollte ihn in die Arme nehmen und ihn wie früher als Baby an ihrer Brust wiegen, aber er war kein Baby mehr. Er war fast ein Mann.

»Alles wird gut, Mama. Das wird ein Abenteuer.« Slavko berührte sie an der Schulter. »Ich werde dir schreiben, und wir werden uns bald wiedersehen.«

Jetzt war es mit Vikas gesundem Menschenverstand vorbei. Wie ein wildes Tier stürzte sie sich auf Jevgenij und drosch mit ihren starken Fäusten auf sein Gesicht und seine Brust. Erschrocken ließ er Slavkos Arm los und hob seinen eigenen wie einen Schild. Dann fasste er sich wieder und schlug Vika hart mit dem Handrücken ins Gesicht. Diesmal blieb sie nicht mehr auf den Beinen, sondern flog durch den Raum, krachte gegen den Tisch und stieß dabei das Geschirr um.

»Du irre Suka!«, brüllte Jevgenij. »Du Nutte hast mir die Nase gebrochen!« Blut strömte ihm aus den Nasenlöchern. Er schnappte sich ein Handtuch vom Tisch und drückte es sich mit der einen Hand aufs Gesicht, während er mit der anderen wieder Slavko packte.

Slavko versuchte, sich zu befreien, um an ihm vorbei zu Vika zu laufen, aber Jevgenij verstärkte seinen Griff und rammte ihm die andere Faust ins Auge. Slavko taumelte zum Tisch zurück, und Jevgenij beugte sich zu Vika, die noch immer auf dem Boden lag. »Ich weiß, dass du noch mehr Kinder hast«, knurrte er. »Deine hübsche kleine Tochter zum Beispiel ... Ich bin sicher, wenn ich gründlich genug suche, dann werde ich auch sie finden, und wenn ihr so weitermacht, du und dein Junge, dann werde ich das auch tun.«

Vika rappelte sich wieder auf, aber in ihrem Kopf drehte sich alles, und ihr kam die Galle hoch. Sie ließ den Kopf hängen und versuchte, nicht zusammenzubrechen, als ihr die Hoffnungslosigkeit der Situation bewusst wurde. Sie würden sich Sofia schnappen. Wenn sie um Slavko kämpfte, dann würden sie ihn *und* Sofia mitnehmen. Zwei ihrer Kinder als Arbeitssklaven in einem anderen Land. Aber was, wenn sie Lilija hätten? Was, wenn Vika ihnen die eine Person geben würde, die sie ursprünglich hatten haben wollen? Könnte sie das? Wäre sie dazu fähig, ein Leben gegen ein anderes zu tauschen?

Slavko straffte die Schultern. Sein Auge schwoll bereits zu. »Mama! Bitte, hör auf. Lilija ist weg. Also werde ich stattdessen gehen. Mehr gibt es nicht dazu zu sagen.« Es war, als hätte er Vikas Gedanken gelesen. Seine Stimme klang rau und hart, genau wie die seines Vaters. Vika hob den Kopf und erwartete halb, Maksim in der Tür zu sehen; doch das war tatsächlich ihr Sohn. Er entschied nun selbst über sein Schicksal, und er hatte beschlossen, anderen zu helfen. Wie konnte sie dagegen sein? Besonders wenn sie dafür noch eines ihrer Kinder hätte opfern müssen?

»Ich bin hier!« Lilija stürmte durch die Tür. Ihr blondes Haar war zerzaust und lag wie ein Heiligenschein um ihren Kopf. »Ich bin hier. Nehmt mich, und lasst den Jungen gehen.«

Einen Augenblick lang wurde Vika von Erleichterung erfüllt, gefolgt von Bewunderung für Lilijas Mut. Das Mädchen war aus härterem Holz geschnitzt, als Vika gedacht hätte.

»Ihr habt sie also doch versteckt«, schnaubte Jevgenij.

»Nein.« Lilija trat einen Schritt vor. »Sie wussten nicht, dass ich hier war. Ich habe mich auf eigene Faust versteckt.«

Jevgenij beriet sich kurz mit dem SD-Offizier. Sie sprachen eine Mischung aus Deutsch und Ukrainisch. Dann wandte er sich an Vika. »Wir haben beschlossen, großzügig zu sein, da das Mädchen sich gestellt hat. Du kannst dich glücklich schätzen, dass wir dein Haus nicht niederbrennen oder dich verhaften, aber wir nehmen beide mit.«

Vika schnappte entsetzt nach Luft.

Slavko schloss die Augen und biss sich kurz auf die Lippe. So hatte er das auch als kleiner Junge immer getan, wenn er nervös gewesen war. Dann schenkte er seiner Mutter ein breites Lächeln, als die Männer ihn und Lilija aus dem Haus zerrten. Er wollte Vika beruhigen und schluckte seine Angst herunter.

Ein Schluchzen drang aus Vikas Kehle, und ihr Blick fiel auf den Strauß, den er ihr gebracht hatte. Verstreut lagen die Blumen auf dem Boden, zertrampelt von den hässlichen schwarzen Stiefeln. Eine einzelne Träne tropfte in das verschüttete Wasser. Langsam rappelte Vika sich wieder auf, ging zu Sofia und den jüngeren Kindern und ermahnte sie, sich weiter zu verstecken. Dann bereitete sie ein Essenspaket vor, packte ein paar Kleider ein und folgte Lilija und ihrem Sohn.

**

Als Maksim spät am Abend nach Hause kam, schliefen die Kinder schon längst. Vika schrubbte den Tisch, und Blut sickerte aus den Schürfwunden an ihren Knöcheln, so fest rieb sie. Die linke Seite ihres Gesichts war angeschwollen und ein Auge fast geschlossen, sodass sie darauf blind war.

»Was ist passiert?«

Als Vika nicht antwortete, packte Maksim sie an den Schultern und zwang sie, ihn anzusehen. »Vikusia, was ist hier passiert?«

»Sie haben Slavko und Lilija mitgenommen.« Es tat entsetzlich weh, das auszusprechen, denn mit jeder Faser ihres Körpers versuchte sie, die Wahrheit zu leugnen ... aber das ging nicht. Slavko war weg, und sie konnte nichts dagegen tun.

»*Wer* hat sie mitgenommen?« Maksim verspannte sich und verstärkte den Griff um Vikas Schultern. Sie schüttelte ihn ab.

»Wer glaubst du wohl? Die Deutschen! Sie wollten ihn als

Ersatz für Lilija. Als sie dann aus ihrem Versteck gekommen ist, damit er nicht gehen müsste, da haben sie beide mitgenommen.«

Nachdem sie vergeblich versucht hatte, Lilija und Slavko Essen und Kleider zu bringen – ein Wachmann hatte ihr die Sachen abgenommen, aber sie glaubte nicht, dass er sie auch weitergeben würde –, hatte sie all ihre Tränen vergossen, und zurückgeblieben war eine verheerende Lücke in ihrer sonst so undurchdringlichen Mauer. Jetzt war sie nur noch die leere Hülle einer Frau, vertrocknet und ausgequetscht wie ein alter Waschlappen.

»Die anderen Kinder sind erst mal sicher, aber sie haben schon gedroht, auch Sofia mitzunehmen, wenn ich weiter Widerstand leisten würde.« Vika hielt kurz inne. Mit jedem Atemzug nahm der Schmerz in ihrer Brust zu. Es war, als würde sie Glassplitter einatmen, die ihr ins Herz stachen, sodass Emotionen hervorbrachen, die sie lange geleugnet hatte. Sie ließ den Lappen fallen und sackte auf einen Stuhl. »Also habe ich aufgehört zu kämpfen und zugelassen, dass sie unseren Sohn mitnehmen.«

Ein Muskel zuckte an Maksims Kiefer, und sein Blick fiel auf den Blumenstrauß, den Vika wieder auf den Tisch gestellt hatte. Sie hatte es einfach nicht über sich gebracht, ihn wegzuwerfen – das letzte Geschenk von ihrem lieben Jungen. Sie hatte sie Blumen aufgehoben, die abgeknickten Stängel geradegebogen, die beschädigten Blätter abgezupft und einen neuen Becher mit Wasser gefüllt, um sie wieder auf den Tisch zu stellen.

»Heute? Wie lange ist das her?«, fragte Maksim.

»Vier Stunden.«

»Bist du hinterhergegangen, um zu sehen, ob man noch was machen kann?«

»Natürlich!«, schnappte Vika. »Ich habe etwas zu essen und Kleider eingepackt. Dann bin ich ihnen gefolgt und habe gesehen, wie Slavko und Lilija auf einen Lastwagen verladen und aus dem

Dorf gefahren wurden. Ich weiß nicht, wo man sie hingebracht hat oder ob der Wachmann ihnen meine Sachen gegeben hat.«

»Vielleicht kann *ich* sie ja finden und etwas tun.«

»Was denn? Aufhalten kannst du sie jedenfalls nicht. Das könnte nur der Dorfvorsteher, aber dem ist nicht zu trauen. Tatsächlich ist er ja sogar derjenige, der die Listen zusammenstellt.«

Maksim setzte sich neben seine Frau und nahm ihre Hand. »Es gibt einen neuen Dorfvorsteher, Vika, und der bin ich.«

Vika erstarrte. Ihre Finger kribbelten dort, wo sie Maksims berührten, und sie riss sich von ihm los. »Was ... Was willst du damit sagen?«

Er fuhr sich mit der Hand durchs Haar. »Dass sie unseren alten Dorfvorsteher heute verhaftet und mich informiert haben, dass ich der neue sei, und das heißt, wenn sie wieder eine Liste wollen, dann muss ich sie erstellen.«

»Nein!« Vika schüttelte den Kopf. »Du kannst ihnen doch nicht helfen, unsere Kinder wegzuschicken! Das geht nicht!«

Maksim schlug mit der Faust auf den Tisch, und die schlafenden Kinder in der Ecke grummelten mürrisch. »Glaubst du etwa, ich hätte das gewollt? Glaubst du wirklich, ich *will* etwas mit diesen Listen zu tun haben, mit denen die Deutschen Menschen aus unserem Dorf entführen?«

»Da muss es doch noch einen anderen Weg geben.«

»Ich könnte ihnen natürlich sagen, dass ich mich weigere. Dann würden sie auch mich verhaften und unsere ganze Familie nach Deutschland schicken. Nadja könnte sich dann an deinen Rockzipfel klammern, während du in einer von Hitlers Waffenfabriken schuftest, und ich würde entweder in einer Zelle verrotten oder mit einer Kugel im Kopf auf einem Acker landen. Willst du das?«

»Natürlich nicht«, erwiderte Vika. »Aber hätten sie nicht jemand anderes finden können? Jemanden, der gern Dorfvorsteher geworden wäre? Warum haben sie sich nicht so jemanden gesucht?«

»Wäre das wirklich besser für unser Dorf? Für unsere Familie? Ich habe mich nicht freiwillig gemeldet, Vika, aber es könnte Sofia und Bohdan davor bewahren, das gleiche Schicksal zu erleiden wie Slavko.«

»Ändert es denn auch was für Slavko und Lilija?«

Maksim seufzte. »Das hätte es vielleicht, wenn sie mich einen Tag früher ernannt hätten. Ja, dann wären sie wohl sicher gewesen.«

Vika verschlug es den Atem. Ein Tag. Ein kurzer Tag hätte ihren Jungen und ihre Nichte vor der Sklaverei bewahren können. Aber um welchen Preis?

»Was ist mit unseren Freunden? Mit unseren Nachbarn?«

Maksim ließ sich auf einen Stuhl fallen, beugte sich vor und schlug die Hände vors Gesicht. »Das weiß ich noch nicht.«

17

HALYA

April 1943, Generalgouvernement Polen

Halya saß allein im Waggon. Mit jeder Sekunde entfernte sie sich weiter von ihren Eltern. Es war erst ein paar Stunden her, seit sie Kiew verlassen hatte, und ein paar Tage, seit sie ihr Heim zum letzten Mal gesehen hatte, doch es fühlte sich wie eine Ewigkeit an. Halya zwickte sich in den Arm, bis es schmerzte. Wenn sie sich auf diesen Schmerz konzentrierte, konnte sie fast vergessen, wie ihre Mama reglos auf dem Boden gelegen hatte.

Fast.

In diesem Moment war etwas in Halya zerbrochen und hatte ihren Willen zum Widerstand erstickt. Gleichgültig war sie die Straße zum Bahnhof hinuntergeschlurft, anstatt zu kämpfen, wie sie es ihrem Vater versprochen hatte. *Ich war alles, nur nicht tapfer*, dachte sie, während sie in der Ecke hockte und versuchte, nicht zu weinen.

Der Zug rumpelte über die Gleise, und sein Rhythmus war fast ein Trost, und das trotz der Tatsache, dass er Halya von zu Hause entführte. Im Laufe der Nacht hatten sie schon zweimal angehalten, um weitere Menschen aufzunehmen, und Halya hatte keine Ahnung, wie weit sie schon in Richtung Westen gekommen waren. Waren sie bereits in Polen? Oder noch in der Ukraine?

Halya holte den Gedichtband hervor und legte die Hand darauf. Den ganzen Tag und die ganze Nacht über hatte sie es in der Tasche versteckt, während sie mit ihrer Mutter und all den anderen Frauen und Kindern in Kiew auf dem Boden gekauert hatte. Jetzt waren dieses Buch und das Bild alles, was ihr noch von ihrem alten Leben geblieben war. Licht fiel zwischen den Brettern hindurch, mit denen das obere Fenster grob vernagelt worden war, doch zum Lesen reichte es nicht. Also schloss Halya die Augen und rief sich die Zeilen ins Gedächtnis zurück. Die vertraute Wortfolge floss durch sie hindurch wie ein Gebet. Jeder kluge Satz verlieh ihr Kraft, während sie mit ihren Lippen die Worte zu einem Flüstern formte. Plötzlich ging ein Ruck durch den Zug, und er wurde wieder langsamer. Halya kippte nach vorn, und das Buch fiel ihr aus der Hand.

Sie hockte sich auf den Boden und tastete herum. Verzweifelt suchte sie das beruhigende Gefühl der Seiten und des leicht verschlissenen Buchdeckels, aber die Menschen saßen so eng gedrängt nebeneinander, dass Halya sich kaum bewegen konnte.

»Bitte. Ich habe ein Buch fallengelassen. Hat es irgendwer gesehen?«

Niemand antwortete ihr, und ihre Stimme wurde schrill. »Bitte! Schauen Sie nach unten! Vielleicht liegt es ja da!«

Die meisten Leute schliefen, und nur ein paar murmelten zur Antwort etwas vor sich hin, doch nichts Hilfreiches.

»Es kann nicht weit gefallen sein«, murmelte Halya. Sie zog die Beine an die Brust und legte das Kinn auf die Knie. »Wenn wir aussteigen, werde ich es schon finden.«

Jemand stupste sie am Arm, und sie hob den Blick. Ein Junge, nicht viel älter als sie, hielt ihr das Buch hin.

»Es hat mich am Kopf getroffen.« Er lächelte, und seine Zähne funkelten schockierend weiß in dem schmutzigen Gesicht. Seine Augen, eins selbst in dem schwachen Licht strahlend grün, das andere zugeschwollen, strahlten großes Mitgefühl aus, als er die Hand mit dem Buch ausstreckte.

»Danke.« Halya nahm es und blätterte es rasch durch, bis sie das Bild fand. Sie seufzte erleichtert.

»Was ist das?« Der Junge beugte sich zu ihr, und Halya schreckte zurück. Sie wusste nicht, ob sie lügen oder das Buch einfach zuklappen und den Jungen ignorieren sollte. Sie glaubte nicht, dass sie das Bild überhaupt jemals jemandem zeigen würde.

»Nichts«, antwortete sie schließlich und drückte sich das Buch an die Brust. »Nur ein paar Gedichte, die ich mag.«

Der Junge legte den Kopf auf die Seite und nickte. »Gut, gut. Dann eben, wenn du dazu bereit bist.«

Halya starrte ihn an. Ein dunkelblauer Fleck verfärbte sein geschwollenes Auge, und Halya fragte sich, ob er wohl genauso gekämpft hatte wie ihre Mutter … im Gegensatz zu ihr. Sie schauderte.

»Slavko! Mach das nicht noch mal! Wir müssen zusammenbleiben!« Ein Mädchen von vielleicht siebzehn, achtzehn Jahren und mit langem blonden Haar verpasste dem Jungen einen Schlag auf den Hinterkopf.

»Hey!« Er duckte sich weg, zumindest, so gut das in der Enge ging. »Sie hat etwas fallengelassen. Ich hab es ihr nur zurückgegeben.«

Das Mädchen schaute zu Halya. »Na, gut.«

»Das ist meine Cousine Lilija, und ich bin Stanislav, aber du kannst mich Slavko nennen«, sagte der Junge und lächelte wieder. »Ich habe das Gefühl, dass wir gute Freunde werden. Also können wir das mit der Förmlichkeit ruhig lassen.«

»Ich bin Halyna.« Nervös zupfte Halya an ihrem dünnen Kleid. »Aber du kannst mich Halya nennen.«

»Wo kommst du her?«, fragte Slavko.

»Aus Sonjaschniki. Oblast Kiew.«

»Wir sind aus Maky in Wolhynien.« Slavko deutete mit dem Daumen auf das ältere Mädchen, das sich offenbar nicht an dem Gespräch beteiligen wollte. Sie rückte von ihnen weg, und ihr Blick tanzte über die anderen Menschen im Waggon, als suche sie nach jemandem.

»Bist du allein?«, fragte Slavko.

»Ja.« Halya sprach so leise, dass sie sich selbst kaum hörte. Diese Frage zu beantworten, ließ es zu einer Realität werden, die sie nicht akzeptieren wollte. Sie war allein. Mutterseelenallein.

Slavko rutschte näher heran, und seine Schulter berührte Halyas, als wieder ein Ruck durch den Zug ging. »Dann sind *wir* jetzt bei dir. Du bist nicht mehr allein. Stimmt's, Lilija?«

Das ältere Mädchen riss den Kopf herum und nickte halbherzig. »Natürlich.«

Ein warmes Gefühl strömte in Halyas Brust, und sie blinzelte die Tränen weg, auch wenn dieser Lilija so viel Freundlichkeit nicht ganz zu passen schien. Doch Halya war nicht in der Position, sich ihre Freunde auszusuchen.

»D… danke«, zwang sie sich zu sagen, obwohl sie einen Kloß im Hals hatte.

»Wie haben sie dich geschnappt?«, fragte Slavko.

Halya kniff die Augen zu und versuchte, die Erinnerung an ihre Mama zu verdrängen, die ihren Kopf schützen wollte, während der Polizist auf sie eindrosch, doch das funktionierte nicht.

»Vielleicht will sie ja nicht darüber reden«, sagte Lilija. Diesmal lag echtes Verständnis in ihrer Stimme, und Halya fragte sich, was Lilija wohl erlebt hatte.

»Sie haben mich aus meinem Haus geholt. Aber ich habe gekämpft.« Slavko zwinkerte ihr mit seinem gesunden Auge zu.

»Slavko!« Lilija versetzte ihrem Cousin einen Stoß mit dem Ellbogen. »Was ist nur mit dir los? Belästige das arme Mädchen nicht mit deinem Geplapper!«

»Ist schon gut«, sagte Halya. »Das macht mir nichts aus.« Slavkos Lockerheit lenkte sie von dem Schmerz in ihrer Brust ab. Wenn er redete, dann musste sie nicht nachdenken. »Was ist passiert?«

Lilija funkelte Slavko an, während er Halyas Frage beantwortete. »Lilija ist diesem Schicksal schon einmal entkommen, aber sie haben sie gesucht. Ich habe versucht, an ihrer Stelle zu gehen. Sie sollte sich weiter verstecken, aber sie wollte nichts davon wissen. Also haben sie uns beide mitgenommen.«

Halya starrte unwillkürlich auf Slavkos geschwollenes Auge. Er grinste schelmisch. »Ein Geschenk der Schuma.«

»Das tut mir leid«, sagte Halya, aber er winkte ab.

»Das ist nichts. Du hättest sehen sollen, wie …«

»Sie hätten Slavko gehen lassen sollen«, mischte Lilija sich ein und knirschte mit den Zähnen. »Sie hatten mich doch! Sie hatten diejenige, wegen der sie gekommen waren.«

»Wie?«, rief Slavko. »Dann hätte ich dieses Abenteuer ja verpasst.«

»Hast du keine Angst?«, fragte Halya. Sie war überrascht, dass ihr das Sprechen schon leichter fiel, aber bei diesem Jungen war das auch nicht schwer.

»Nur ein Idiot hat keine Angst, wenn man es mit den Nazis zu tun hat«, antwortete Slavko. »Aber ich weiß, wie man hart arbeitet, und ich glaube, ich bin auch ziemlich zäh. Also werde ich schon zurechtkommen. Lilija auch.« Mit seinem gesunden Auge musterte er Halya. »Wie alt bist du?«

Halya straffte die Schultern und machte sich ein Jahr älter, auch wenn sie nicht wusste, warum. »Zwölf. Fast dreizehn.«

»Hm. Ich hätte dich eher auf zehn oder elf geschätzt«, sagte Slavko.

Halya lief rot an. »Ich mag für mein Alter ja klein sein, aber ich bin stark. Wie alt bist du denn?«

»Vierzehn.« Slavko drückte die schmale Brust heraus.

»Dann bist du doch nicht viel älter als ich«, schnaubte Halya verächtlich.

»Mit vierzehn ist man ein Mann!«, erklärte Slavko. »Aber mit zwölf – wenn du denn wirklich zwölf bist – ist man noch ein Kind.«

»Das ist doch lächerlich«, sagte Halya. »Ein Vierzehnjähriger ist doch kein Mann. Außerdem könnte ich alles tun, was du auch kannst.«

Wieder erschien dieses breite Lächeln auf Slavkos Gesicht, und für Halya war das wie die Sonne, die plötzlich hinter einer Wolke hervorlugt.

»Aaah, da ist es ja. Ich habe doch sofort gesehen, dass da ein Feuer in dir lodert, trotz deiner Traurigkeit«, sagte er. »Halt es am Brennen, wenn du das hier überleben willst.«

Halya starrte ihn mit offenen Mund an. Hatte er sie nur geneckt, um sie zu einer Reaktion zu provozieren? »Ich werde schon keinen Ärger bekommen. Du wirst sehen. Und ich werde auch nicht deine Hilfe brauchen.«

»Davon gehe ich aus«, stimmte Slavko ihr zu. Er legte den Kopf an die Wand und schloss die Augen. »Aber wie auch immer … Du sollst sie bekommen. Und Lilijas auch. Lass dich nicht von ihren Launen täuschen. Sie ist eigentlich ganz nett. So, wir sollten uns jetzt besser ausruhen und froh darüber zu sein, nicht zu nah an dem Loch im Boden zu sitzen, das die Leute hier als Plumpsklo benutzen.«

Lilija schaute zu Halya und zuckte mit den Schultern. »Slavko war schon immer so«, erklärte sie. »Ich würde mich ja für ihn entschuldigen, aber wenn ich damit anfange, finde ich kein Ende mehr.«

Slavkos Mundwinkel zuckten bei diesem Kommentar zu seinem Charakter, doch er öffnete noch nicht einmal die Augen.

Halya lehnte sich zurück. Sie war sowohl verärgert als auch erfreut darüber, wie leicht Slavkos lächerliche Bemerkungen sie vom Ernst der Situation abgelenkt hatten, wenn auch nur kurz. Aber als sie die Augen schloss, sah sie wieder Mama, wie sie schrie und die Hand nach ihr ausstreckte, und wie der Knüppel des Polizisten immer wieder auf sie niederkrachte.

18

LILIJA

April 1943, Generalgouvernement Polen

Das Mädchen, das Slavko gefunden hatte, sah im Schlaf sogar noch jünger aus. Rasch wandte Lilija den Blick von ihr ab. Sie wollte keine aussichtslose Beziehung zu dem Kind aufbauen, und im schwachen Licht des fahrenden Zugs suchte sie unter den geschundenen Gesichtern um sich herum nach jemandem, den sie kannte.

Als sie einen großen, dunkelhaarigen Mann in der gegenüberliegenden Ecke entdeckte, schlug ihr kurz das Herz bis zum Hals. Doch dann drehte der Mann den Kopf, und Lilija musste erkennen, dass es nicht Filip war. Natürlich hatten sie ihn nicht gefangen, und Lilija sollte dankbar dafür sein, aber sie konnte einfach nicht vergessen, welche Ruhe er ausgestrahlt hatte, als man zum ersten Mal versucht hatte, sie nach Deutschland zu verschleppen.

Vertraust du mir?

Das hatte er sie gefragt und dann die Tür geöffnet, durch die sie nicht gehen wollte, aber sie konnte sie auch nicht mehr schließen.

Ja, sie vertraute ihm. Und sie liebte ihn.

Nun, da sie so weit weg von seiner berauschenden Gegenwart war, fiel es Lilija auch nicht mehr schwer, das zuzugeben, aber wie hatte sie sich nur so schnell in jemanden verlieben können?

Wie auch immer, das zählte jetzt nicht mehr. Filip kämpfte im polnischen Widerstand, und Lilija war als Zwangsarbeiterin auf dem Weg nach Deutschland. Selbst, wenn es ihnen beiden gelingen sollte, zu überleben, war die Wahrscheinlichkeit groß, dass sie ihn nie wiedersehen würde. Ihre flüchtige Verbindung würde in Lilijas Schatzkiste voll Erinnerungen, zusammen mit denen an ihre Familie. Sie würden zu etwas werden, was sie hervorholte, wann immer sie sich einsam fühlte, wie einen Kieselstein, den man als Amulett bei sich trug und immer wieder rieb.

Aber es half nichts, über Filip nachzudenken. Sie musste ein tapferes Gesicht aufsetzen und sich um Slavko kümmern.

»Lehn dich an mich, und versuch zu schlafen.« Lilija stupste ihn an, und er öffnete die Augen und funkelte sie an.

»Ich hab schon fast geschlafen!«

»Schön.« Lilija hob ihre Tasche auf den Schoß und kramte darin herum. Vor lauter Eile, sich zu stellen, hatte sie sich einfach ein paar persönliche Dinge auf dem Heuboden gegriffen und, ohne nachzudenken, in die Tasche gestopft. Deshalb wusste sie auch nicht, was genau sie eigentlich mitgenommen hatte. Jetzt holte sie einen Zinnbecher heraus, einen Schal und ein Stück Brot. Alles sehr nützlich, doch da waren weder eines ihrer Bücher noch ihr Skizzenbuch oder ihre Stifte. Nicht dass sie in letzter Zeit etwas Besonderes gezeichnet hätte. Mit einem Seufzen stellte sie die Tasche neben sich, und irgendetwas rollte heraus.

Slavko hob es auf und schaute es sich an. »Wo hast du das denn her?«

Lilija riss ihm die geschnitzte Nachtigall aus der Hand und drückte sie sich an die Brust. Ihre Gefühle drohten sie zu überwältigen. Sie hatte noch immer einen Teil von ihm bei sich. Sie öffnete die Hände und bewunderte die Schönheit der Schnitzerei.

»Die hat ein Freund für mich gemacht.«

»Filip?«

Schon beim Klang seines Namens wurde Lilija von Sehnsucht erfüllt, aber jetzt mischte sich Reue unter diese Gefühle. Was würde Filip wohl denken, wenn er zurückkam, und sie war weg? Was für eine Närrin sie war, dass sie sich ausgerechnet in diesem Krieg in einen Mann verliebt hatte. Aber all das konnte sie jetzt nicht aussprechen, und so entgegnete sie nur: »Woher weißt du das?«

»Ich hatte keine Ahnung, bis ich gerade dein Gesicht gesehen habe. Genau so hast du auch immer ausgesehen, wenn er hereinkam.« Slavko klimperte mit den Wimpern und setzte ein dümmliches Lächeln auf, und Lilija kämpfte gegen den Drang an, ihm auch noch das gesunde Auge zu demolieren. Sie schloss die Finger um den hölzernen Vogel und steckte ihn wieder weg.

»Tut mir leid. Ich wollte dich nur necken.« Slavkos unbeschwerter Gesichtsausdruck verschwand. »Warum bist du eigentlich runtergekommen? Sie wären doch schon mit mir zufrieden gewesen.«

»Ich habe dich nicht gebeten, meinen Platz einzunehmen«, schnappte Lilija.

»Alles wäre in Ordnung gewesen, wenn du in deinem Versteck geblieben wärst, wie wir besprochen haben.« Slavko verschränkte die Arme vor der Brust und setzte sich wieder neben sie.

»Ich konnte doch nicht zulassen, dass sie dich an meiner Stelle mitnehmen. Du hättest noch nicht mal zu Hause sein sollen.« Lilija ließ sich ein Stück herunterrutschen und lehnte sich mit dem Rücken an die Wand des Waggons. »Das ist alles meine Schuld. Ich hätte gar nicht erst weglaufen sollen. Weil ich geflohen bin, ist Nina jetzt tot, und du bist hier.«

Und deshalb hatte sie sich auch in Filip verliebt. Alles Fehler, die sie nicht mehr korrigieren konnte.

»Wenigstens sind wir zusammen«, sagte Slavko. »Jetzt können wir uns umeinander kümmern.«

Lilija wuschelte ihm durchs Haar. »Ja, ich nehme an, das können wir. Aber das heißt auch, dass du ganz nah bei mir bleiben musst. Leg dich nicht wieder mit den Wachen an.«

Slavko berührte sein geschwollenes Auge. Vermutlich hatte Vika inzwischen genauso eins. »Damit kann ich leben.«

Lilija umarmte ihn ... und überraschenderweise ließ er das zu.

»Aber ich möchte auch, dass du mir mit Halya hilfst.« Slavko schaute zu dem kleinen Mädchen, das mit dem Kopf an seiner anderen Schulter schlief.

»Verlang das nicht von mir«, erwiderte Lilija. »Wie soll ich ihr denn helfen? Ich habe keinerlei Kontrolle darüber, was jetzt geschieht.«

»Das weiß ich, aber sie ist so jung. Du hättest sehen sollen, wie sie sich dieses Buch an die Brust gedrückt hat. Genau wie Sofia. Ich musste ständig daran denken, wie Sofia wohl zurechtkommen würde, wenn sie allein auf dieser Reise wäre, und ich konnte nur hoffen, dass sich jemand um sie kümmern würde.«

Lilija runzelte die Stirn und betrachtete das blasse, verkniffene Gesicht des Mädchens. Etwas rührte sich in ihrer Brust, doch sie ignorierte das Gefühl. Sie konnte sich jetzt unmöglich auch noch um dieses Mädchen kümmern. Das würde nur zu noch mehr Schmerz führen, wenn sie auch diesen Menschen verlor. Außerdem musste sie sich ganz und gar auf Slavko konzentrieren, wenn sie ihn sicher wieder zu Maksim und Vika zurückbringen wollte.

»Versprichst du mir das, Lilija?« Slavko starrte sie mit seinem gesunden Auge an. »Sie braucht uns. Sie braucht besonders dich. Ich weiß, dass du nicht mehr du selbst bist, seit ... Nun, seit du alle verloren hast, aber du bist stark. Du kannst uns helfen, das zu überstehen.«

Lilija riss bei diesen Worten überrascht den Kopf hoch. War es das, was Slavko sah, wenn er sie anschaute? Stärke? Aber egal ob das nun eine Fehleinschätzung von ihm war oder nicht, in jedem Fall wusste er nicht, was er da von ihr verlangte. Er hatte nicht verloren, was sie verloren hatte. Sein Herz war nicht immer wieder in tausend Stück zersprungen. Slavko hatte nicht alles wieder mühsam zusammensetzen und in Stein einfassen müssen, um es durch den Tag zu schaffen.

Aber er hatte auch ein Argument. Das kleine, schmächtige Mädchen könnte in den Wirren des Krieges ohne Probleme untergehen und auf ewig in der Finsternis verschwinden.

Nina hätte das nie zugelassen, ebenso wenig Lilijas Vater oder ihre Mutter. Ein leichtes Schuldgefühl brannte ein Loch in ihre verhärtete Seele, und wider besseren Wissens nickte sie.

»Ich werd's versuchen.«

Und das würde sie auch. Sie würde sich um das Mädchen kümmern und sie beschützen, aber sie würde sie auch auf Abstand halten. Slavko mochte ja Hoffnung haben, doch Lilija wusste, dass es unmöglich war, jemanden in diesem Krieg zu retten.

19

VIKA

April 1943, Wolhynien, Reichskommissariat Ukraine

Vika zog die Decken über ihre schlafenden Kinder. Morgenlicht erhellte den Raum und vertrieb die Dunkelheit der Nacht, nicht jedoch die Finsternis, die sich über ihrer aller Leben gesenkt hatte. Egal, was Vika tat, sie konnte dem nicht entkommen.

Bohdan wand sich unruhig, schlang dann den Arm um Nadja und seufzte. Vika wartete darauf, dass Muttergefühle ihr Herz erfüllten, aber auch die konnten nichts gegen die pure Angst ausrichten, die alles durchdrang, was sie dieser Tage tat und fühlte. Diese Angst vergiftete ihre Liebe und überschattete die Freude, die die Grundlage einer jeden Mutter-Kind-Beziehung war. Sie schwärte in ihrem Verstand und trieb sie vor lauter Sorge in den Wahnsinn.

Vika hatte in diesem Krieg bereits ein Kind und ihre geliebte Nichte verloren. Wenn sie noch jemanden verlieren sollte, würde sie das nicht überleben.

»Mama?«

Sofias leise Stimme riss Vika aus ihren Gedanken, und sie wandte sich von Bohdan und Nadja ab.

»Ja?«

Sofia kroch auf ihren Schoß. Das hatte sie schon seit Jahren nicht mehr getan, denn sie wollte eigentlich als genauso erwachsen gelten wie ihre Brüder.

»Ich vermisse Slavko.« Tränen standen in den großen braunen Augen. »Glaubst du, es geht ihm gut?«

Vika schluckte. Sie wollte Sofia nicht anlügen, aber sie wollte sie auch nicht verängstigen. Oder? Würde eine gesunde Dosis Angst den Kindern nicht helfen, aufmerksamer zu sein und sich klüger zu verhalten? Jeder Tag war ein Balanceakt für Vika. Ihre Kinder in einem Kriegsgebiet beschützen und sie gleichzeitig auf die überall lauernden Gefahren vorbereiten zu wollen war ein schmaler Grat.

»Slavko ist stark und klug. Er kann auf sich selbst aufpassen. Außerdem ist Lilija bei ihm.«

»Und wer passt auf Lilija auf?«, fragte Sofia.

»Sie werden aufeinander aufpassen«, antwortete Vika. »So macht man das in einer Familie. Deshalb ist Lilija ja mit ihm gegangen.«

»Er hat mich gerettet, Mama. Ich habe versucht, ihm zu folgen, aber er hat mich wieder unter das Bett geschubst und mir gesagt, ich solle still sein. Slavko war wie Kalyna, aber ich nicht.«

Vika biss die Zähne zusammen. Die Waagschale musste sich in Richtung Vorbereitung neigen. Es war schlicht die harte Realität, dass sie ihre Kinder nicht beschützen konnte. Das hatte man ihr vor zwei Tagen überdeutlich vor Augen geführt. Aber sie konnte sie auf das vorbereiten, was da kam.

»Slavko hat das getan, weil er dich liebt. Er hat dich auf Kosten seiner eigenen Freiheit gerettet, und um sein Opfer zu ehren, musst du besonders vorsichtig sein, damit sie dich nicht auch noch nach Deutschland schicken. Kein Herumlaufen im Dorf mehr, und du wirst immer in meiner Sichtweite bleiben. Wir leben in gefährlichen Zeiten, und wir sind alle in Gefahr, Sofia. Das musst du unbedingt verstehen.«

Sofias Schultern zuckten, als sie ein Schluchzen hinunterschluckte. »Ja, Mama. Ich verstehe das, aber ist das alles nicht egal? Sie haben Slavko doch auch aus dem Haus geholt. Auch hier sind wir nicht sicher.«

Vika strich Sofia über die weichen Locken und schwieg, denn ihre Tochter hatte recht. Sie waren nirgends mehr sicher.

Nachdem sie Sofia die strikte Anweisung gegeben hatte, mit ihren jüngeren Geschwistern im Haus zu bleiben, ging Vika in die Scheune. Maksim war schon früh zur Arbeit aufgebrochen. So erschreckte sie sich dann auch und stieß den Milcheimer um, als plötzlich jemand in die Scheune kam.

»Ich bin's nur, Vika.« Filip trat mit erhobenen Händen auf sie zu. »Dann stimmt es also. Sie ist weg?«

Vika ließ sich wieder auf den Schemel fallen. »Ja. Slavko auch.«

»Was ist passiert?« Filip verzog gequält sein schönes Gesicht.

»Offenbar haben sie sie seit ihrer Flucht gesucht.« Mit hölzernen Worten erzählte Vika die ganze Geschichte. Im Geiste war sie die Erfahrung so oft durchgegangen, doch es auszusprechen schmerzte noch immer. »Sie hatte sich in der Scheune versteckt. Also hat Slavko angeboten, an ihrer Stelle zu gehen. Lilija muss das gehört haben, denn bevor sie ihn mitnehmen konnten, kam sie ins Haus gestürmt und hat sich gestellt.«

Filips Finger schlossen sich um den Türrahmen, bis seine Knöchel weiß hervortraten. »Das muss gewesen sein, kurz nachdem ich gegangen bin. Und sie haben sie beide mitgenommen?«

Vika nickte.

Filip lief auf und ab. »Ist Maksim ihnen hinterher? Konnte man denn gar nichts tun?«

»Nein.« Vika schluckte ihren Kummer herunter und machte sich wieder daran, die Kuh zu melken. Auch in ihrer Trauer musste sie weiter ihre Kinder versorgen und ihre Arbeit tun. »Man hat sie bereits mit dem Zug weggebracht. Maksim konnte nichts tun.«

Filip fluchte und fuhr sich mit der Hand durchs Haar. Im selben Moment öffnete sich die Scheunentür wieder. Diesmal stürmte Oleksy herein. Er war schlanker, als Vika ihn zuletzt gesehen hatte, und seine ausgeprägten Wangenknochen betonten die dunklen Ringe unter seinen Augen.

»Sie ist weg?« Sein Blick fiel auf Filip, und seine Augen verengten sich. Dann schaute er zu Vika.

Sie presste die Lippen aufeinander. Es war schon schlimm genug, dass sie nicht aus dem Kopf bekam, wie ihr Ältester verschleppt wurde. Jetzt musste sie sich auch noch mit Lilijas Verehrern auseinandersetzen.

»Ja, Lilija und Slavko sind weg. Da kann man nichts machen. Ich will nicht mehr darüber reden.«

»Warst du bei diesem Transport auch im Dienst?«, knurrte Filip Oleksy an.

Oleksy wirbelte herum und fletschte die Zähne. »Ich kämpfe jetzt für die Ukraine, nicht für die Deutschen. Aber es ist schon interessant, wie schnell Polen unsere Stellen bei der Schuma gefüllt haben.«

»Also, als du mich verschleppt hast, da schienst du noch ganz und gar die deutschen Interessen zu unterstützen«, sagte Filip.

»Vielleicht war das ja was Persönliches! Schließlich hast du versucht, mein Mädchen zu stehlen!«, brüllte Oleksy. »Lilija hat mich schon geliebt, lange bevor sie auch nur wusste, dass es dich gibt!«

»Lilija kann selbst entscheiden, wen sie liebt und wen nicht, und wie du dich vielleicht erinnerst, hat sie nie Ja zu deinen Heiratsanträgen gesagt.« Filip ballte die Fäuste.

»Und du glaubst wirklich, du hättest eine Chance gehabt? Ein Polenjunge?«, spie Oleksy Filip ins Gesicht. »Nach allem, was die Polen ihr und ihrer Familie angetan haben?«

»Und was ist mit dem, was die UPA den Polen antut? Glaubst du, *das* unterstützt sie?«

Den ganzen Streit über hatte Vika weitergemolken, bis der Euter der Kuh leer war, und die leidenschaftliche Auseinandersetzung der beiden jungen Männer mit ausdrucksloser Miene verfolgt. Als sie fertig war, griff sie nach dem vollen Wassereimer, der für den Trog der Kuh bestimmt war, und schüttete das kalte Quellwasser über die beiden Streithähne, deren Nasen sich inzwischen fast berührten.

»Ihr seid Idioten. Alle beide. Lilija hat sich keinem von euch versprochen, und jetzt ist sie weg. Also wird sie sicher nicht wollen, dass ihr hier um sie kämpft und mir auf die Nerven geht. Und jetzt raus hier! Ich habe viel zu tun. Für eure Dummheiten bleibt da keine Zeit.«

Filip und Oleksy prusteten und wischten sich über die Gesichter. Beschämt murmelten sie Entschuldigungen und schlichen aus der Scheune. Vika kümmerte es nicht, ob sie ihren Streit anderswo fortsetzten. Sie hatte in ihrem Leben schon genug junge Männer gesehen, deren Feuer von Krieg und Liebe angefacht worden war, und sie wusste, dass die beiden sich irgendwann wieder an den Kragen gehen würden, doch sie musste ja nicht dabei sein.

Vika musste nachdenken. Sie musste planen. Sie musste einen Weg finden, wie sie ihre Familie zurückbekommen konnte.

20

Lilija

April 1943, Generalgouvernement Polen

Die Menschen waren schon lange verstummt, als der Zug wieder anhielt. Ein Soldat riss die Tür auf, wedelte mit den Armen und schrie: »*Raus! Alle raus! Schnell!*«

Seit dem Überfall auf Polen 1939 hatte Lilija dank ihres Vaters recht viel Deutsch gelernt, aber auch wenn sie den Mann nicht verstanden hätte, wäre offensichtlich gewesen, was er von ihnen wollte. Sie zog Slavko und Halya am Arm. »Kommt. Wir müssen aussteigen.«

Auf dem Bahnsteig trieben bewaffnete Polizisten und Hilfskräfte mit knurrenden Hunden die Menschen die Straße hinunter und in einen von Stacheldraht umzäunten Bereich. Das große Gebäude innerhalb des Zauns sah aus, als wäre es einmal eine Fabrik gewesen, doch in dem ersten Raum, den sie betraten, standen keine Maschinen. Ein paar Leute kauerten in den improvisierten Speerholzbetten an der Wand, und in den leeren Kojen war schmutziges Stroh zu sehen, das als Matratze diente. Etwas bewegte sich neben Lilija. Sie beugte sich näher heran, um es zu untersuchen, und schreckte dann zurück, als sie Läuse erkannte, die auf der Suche nach einem neuen Wirt durchs Stroh krochen.

»Ihr werdet hierbleiben, bis wir euch dreckige Russen untersucht und gewaschen haben. Dann geht ihr nach Deutschland«, erklärte ihnen eine deutsche Frau mit starkem Akzent auf Polnisch.

»Ich bin Ukrainer, kein Russe«, erklärte Slavko.

Das laute Klatschen ihrer flachen Hand auf Slavkos Gesicht brachte die Leute zum Schweigen. »Das ist ja noch schlimmer!«

Slavko funkelte die Frau an. Er wollte etwas darauf erwidern, doch Lilija packte ihn am Arm und zog ihn weg.

»Hör auf, die Aufmerksamkeit auf uns zu lenken«, zischte sie ihm ins Ohr.

»Ich lass mich doch nicht Russe nennen.« Slavko spie aus. Da war Blut in seinem Speichel.

Die Deutsche redete noch ein paar Minuten, gab ihnen Instruktionen und entließ sie schließlich. Lilija hielt Slavko weiter fest am Arm, als die Gruppe sich auflöste und alle sich einen Sitzplatz suchten. Lilija warf ihre kleine Tasche auf den Boden. »Was hast du dir nur dabei gedacht, Slavko?«

»Genau das, was ich gesagt habe. Ich bin Ukrainer, und ich werde mich nicht als Russe bezeichnen lassen«, wiederholte er.

»Du kannst zu diesen Leuten nicht einfach sagen, was du willst«, erklärte Lilija. »Beim nächsten Mal kommst du vielleicht nicht mehr mit einer Ohrfeige davon.«

Slavko schob das schmutzige Stroh beiseite, klopfte auf den Boden neben sich und ignorierte seine Cousine. »Komm. Setz dich, Halya. Solange sie sich nicht beruhigt hat, erträgt Lilija es ohnehin nicht, neben mir zu sitzen.«

Halya blieb jedoch stehen und trat nervös von einem Fuß auf den anderen, während ihr Blick zwischen den beiden hin und her huschte. »Ich will niemandem zur Last fallen. Ich kann mir selbst einen Schlafplatz suchen.«

Lilija hätte ihr am liebsten zugestimmt und das junge Mädchen weggeschickt. Sich um Slavko zu kümmern erwies sich als schwieriger, als sie erwartet hatte, und sie wollte nicht für noch jemanden verantwortlich sein. Doch als sie Halyas verlorenen Gesichtsausdruck sah, zuckte sie unwillkürlich zusammen. Sie rieb sich mit den Händen übers Gesicht und zwang sich zu einem Lächeln. »Sei nicht albern. Bleib bei uns, Halya. Slavko wird sich sowieso nicht ändern, egal wie oft ich ihn auch anschreie. Aber vielleicht kannst du ihm ja ein wenig Verstand beibringen.«

Halya rang die Hände und starrte zu Boden. »Es war dumm, dieser Frau zu widersprechen, aber ich finde es auch tapfer, wenn du sagst, dass du Ukrainer bist.«

Lilija verkniff sich ein überraschtes Lächeln. Vielleicht war dieses Mädchen ja doch mutiger, als sie gedacht hatte. »Das habe ich zwar nicht gemeint, aber so ganz unrecht hast du nicht.«

Slavko lachte. »Natürlich hat sie recht. Jetzt komm, und hilf mir, die Läuse zu füttern, Halya. Die Deutschen erwarten schließlich, dass wir voller Ungeziefer sind. Da wollen wir sie doch nicht enttäuschen.«

Sie dösten eine Weile, bis ein Wachmann ihre Reihe weckte und in einen Raum im hinteren Teil des Gebäudes führte. Nachdem sie dort fast eine Stunde lang gestanden hatten, nannte Lilija ihren Namen, ihr Alter, ihre Religionszugehörigkeit und ihren Geburtsort, während die Deutschen ihre Fingerabdrücke nahmen. Dann drückten sie ihr ein Pappschild mit Zahlen darauf in die Hände.

Lilija nahm es zitternd entgegen. Ihr Leben war nun auf diese paar Ziffern reduziert, mit denen die Deutschen sie als Zwangsarbeiterin identifizierten. Alles andere war ihnen egal. Von ihnen wollte keiner wissen, dass der grüne Borschtsch ihrer Mutter ihr Lieblingsessen gewesen war und dass es ihr nie gelungen war, diese Sauerampfersuppe nachzukochen, egal, wie oft sie es seit Mamas Tod auch versucht hatte.

Für die Deutschen war sie Nummer 68410 – mehr nicht.

Ein Mann befahl ihr, das Schild hochzuhalten, während er ein Bild für ihre Arbeitskarte machte. Dann wurden sie wieder zu den verdreckten Kojen gescheucht und für die Nacht alleingelassen.

Trotz ihrer Erschöpfung konnte Lilija nicht einschlafen. Sie musste immer wieder an Vika denken, an die Verzweiflung und den Schmerz im Gesicht ihrer Tante, als sie ihren Sohn mitgenommen hatten, und an die Wut auf Lilija, weil sie schuld an allem war. Wie sollte ihre Tante ihr das je vergeben können?

Lilija schüttelte den Kopf und versuchte, stattdessen an Filip zu denken, an sein gelassenes Lächeln, die freundlichen Augen und die rauen, aber sanften Hände. Als sie sich daran erinnerte, wie er sie berührt hatte, lief Lilija rot an, aber nicht aus Scham. Nein, dafür würde sie sich niemals schämen. Zu einer Nummer degradiert zu werden, *das* war beschämend. Die liebevollen Berührungen, die sie und Filip geteilt hatten, gehörten dagegen zu ihren schönsten Erinnerungen. Und diese würden ihr Kraft geben, bis sie ihn wiedersehen würde.

Falls sie ihn je wiedersah.

21

HALYA

April 1943, Generalgouvernement Polen

Am nächsten Morgen begann Halya den Tag, wie sie es immer tat: Sie schaute sich das Bild ihrer Eltern an. Sie konzentrierte sich auf den festen Blick ihrer Mutter, suchte nach Rat und Führung. Sie wollte wissen, was sie tun sollte. Doch diesmal starrte sie auch auf ihren Vater, auf sein starkes Kinn und den warmherzigen, offenen Gesichtsausdruck. Den Schmerz über das Fehlen ihrer Mutter war Halya gewohnt, aber nicht den neuen Kummer, weil sie nun auch ihren Vater vermisste.

»Was schaust du dir da an?«

Lilijas Stimme ließ Halya unwillkürlich zusammenzucken, und sie ließ das Bild fallen. Lilija hob es auf und sah es sich an. »Sind das deine Eltern?«

Halyas erster Instinkt war, Lilija das Foto aus der Hand zu reißen und es zu verstecken. Dieses Bild war nur für sie bestimmt. Sie überraschte sich selbst, als sie sich stattdessen zu Lilija umdrehte und sagte: »Ja. Meine Mutter ist kurz nach meiner Geburt gestorben. Deshalb erinnere ich mich auch nicht an sie. Meine Tante und mein Vater haben mich großgezogen.«

»Deine Mutter war wunderschön.« Lilija beugte sich näher heran und betrachtete das Foto aufmerksam. »Du siehst genau aus wie sie.«

Halya schaute sich wieder ihre Mutter an. Die hohen Wangenknochen, die funkelnden Augen, die Art, wie sie die Lippen zu einem halben Lächeln formte, das dicke Haar, das unter ihrem Hut hervorquoll ... Tränen sammelten sich an Halyas Wimpern.

»Glaubst du wirklich?«

Lilija zögerte kurz und umarmte Halya dann verlegen. »Ja, das tue ich.«

Halya schluckte. »Danke, dass du das sagst. Aber im Augenblick hoffe ich eher darauf, genauso widerstandsfähig wie meine Mama zu sein ... wie meine Tante, meine ich. Sie ist die stärkste Frau, die ich kenne, und trotzdem die beste Mama, die ich mir vorstellen kann. Ich wünschte, ich hätte auch ein Bild von ihr.«

»Wenn sie dich großgezogen hat, dann bin ich sicher, dass du auch ihre Kraft hast«, sagte Lilija.

Slavko rollte sich herum und stöhnte: »Was plappert ihr beiden denn so früh am Morgen?«

»Wir reden über Halyas Eltern«, antwortete Lilija und drehte das Bild so, dass Slavko es anschauen konnte. »Siehst du? Sie sieht genau wie ihre Mutter aus.«

Er richtete sich auf den Ellbogen auf, blickte auf das Bild und dann zu Halya. »Hast du das gestern im Buch gesucht? Im Zug?«

Halya nickte. Sie hatte von Lilijas lieben Worten noch immer einen Kloß im Hals.

Slavko lehnte sich zurück und kratzte sich am Kopf. »Ja. Sie könnten Zwillinge sein. So ... kann ich jetzt weiterschlafen? Diese Läuse haben mich mit ihrem Appetit die ganze Nacht wachgehalten.«

Halya und Lilija verließen Slavko und stellten sich in die Schlange vor dem Waschraum. Sie mussten fast eine Stunde lang warten, bevor sie eine der drei schmutzigen Latrinen und Becken benutzen konnten, die sich Hunderte von Menschen teilen mussten. Als sie schließlich wieder zu ihren Kojen zurückgingen, war

Slavko wach und sprach mit einer Gruppe von jungen Leuten am anderen Ende des Raums.

»Er war schon immer ein Charmeur«, bemerkte Lilija.

Halya lief rot an, als ihr klar wurde, dass Lilija die Blicke bemerkt hatte, die sie Slavko zugeworfen hatte. Aber so jemanden wie ihn hatte sie noch nie kennengelernt, so selbstbewusst und selbstsicher. Halya beneidete ihn um seine ungezwungene Art und sein Benehmen. Er sprach mit jedem, als wären sie alte Freunde, und die Menschen reagierten auch so auf ihn.

»Ich wünschte, ich wäre so aufgeschlossen wie dein Cousin. Selbst in dieser schrecklichen Situation bleibt er gelassen.«

»Er ist mehr wie ein kleiner Bruder für mich als wie ein Cousin«, sagte Lilija. »Er hat ein Herz aus Gold, aber trotzdem macht er mich manchmal verrückt.«

Halya überraschte sich selbst mit einem Lachen. »Das gilt wohl für alle Geschwister, denke ich. Ich habe zwar keine, aber meine Nachbarskinder haben sich ständig gestritten.«

Slavko kam wieder zu ihnen. »Es heißt, man bekommt nur Suppe, wenn man einen Becher oder eine Schüssel hat, in die man sie reintun kann. Habt ihr so was?«

Halya schüttelte den Kopf, aber Lilija grub in ihrer Tasche und holte den kleinen Zinnbecher heraus. »Den können wir uns teilen.«

Slavko nahm ihn und kehrte ein paar Minuten später mit einer wässrigen Brühe zurück. »Ich glaube nicht, dass da richtiges Fleisch oder Gemüse drin ist, aber es ist sicher besser als nichts.«

Er gab Lilija den Becher. Sie trank einen Schluck und reichte ihn an Halya weiter. Zu dritt leerten sie den Becher schnell.

»Ich kann versuchen, noch was zu bekommen«, bot Lilija an, aber bevor sie gehen konnte, betrat ein Wachmann den Raum.

»Stellt euch zur medizinischen Untersuchung auf! Männer da lang und Frauen da lang! Nehmt eure Kleider und persönlichen Gegenstände mit!«

»Ich werde dich schon finden, wenn wir fertig sind«, sagte Lilija zu Slavko. »Halt einfach den Mund, verstanden?«

Und dieses eine Mal schwieg er und nickte nur. Dann folgten Lilija und Halya den anderen Frauen durch einen schmalen Gang in einen weiteren großen Raum. Vorn in dem Raum saßen fünf Männer an einem Tisch voller Papierkram, und an der hinteren Wand fiel Halyas Blick auf eine Reihe Körbe. Neben der Tür standen zwei Bewaffnete, und ein dritter schritt die Reihe der Frauen und Mädchen ab.

»Zieht eure Kleider aus, und steckt sie hinten in die Körbe, damit sie entlaust werden können«, befahl der Mann, offenbar ein Pole. »Nach der Dusche bekommt ihr eure Sachen zurück. Eure Papiere könnt ihr bei euch behalten.«

Nervös schauten die Frauen sich um, und ein Raunen ging durch ihre Reihen. Niemand hier wollte sich vor den Männern entkleiden.

»Los jetzt! Sonst ziehen wir euch aus!« Der Wachmann lud sein Gewehr durch. Kurz hallte das Klicken durch den Raum, dann bewegten sich alle auf einmal.

Ein paar Frauen weinten, als sie aus ihren Kleidern stiegen. Andere bissen die Zähne zusammen, starrten stur geradeaus und ignorierten die Wachen tapfer. Halya tat Letzteres. Sie machte sich ohnehin mehr Sorgen um das Buch und ihr Foto. Papiere hatte sie keine dabei, und man hatte ihr noch keine neuen gegeben, sodass sie nichts hatte, worin sie das Bild hätte verstecken können. Und sie wollte das Foto auch nicht in dem Buch mitnehmen. Jemand könnte das Buch als überflüssig erachten und konfiszieren, aber sie wusste auch nicht, wie genau diese Entlausung ablaufen würde. Und was, wenn sie beides bei ihren Kleidern lassen und sie beschädigt würden? Ob sie das kleine Bild wohl an den Wachen vorbeischmuggeln konnte? Sie musste es versuchen.

Halya steckte sich das Bild in die Achsel und drückte den Arm fest an die Rippen. Ihre Haut bedeckte es fast vollständig, doch eine winzige Ecke schaute heraus. Widerwillig schob sie das Buch in eine Rocktasche, und sie betete, dass es nach der Dusche noch da und intakt wäre.

Die erste Frau trat an den Tisch, und entsetzt schnappten die anderen nach Luft, als ein Mann – vermutlich ein Arzt – sie am ganzen Körper abtastete. Ein weiterer Mann hatte eine Taschenlampe und einen Stock, um Haaransatz und Schambereich auf Läuse zu untersuchen. Ein dritter befragte die Frau schließlich, während die anderen arbeiteten, und ein vierter machte sich Notizen und verkündete zum Schluss das Urteil.

»Gesund. Läuse. Rasieren und Entlausen.«

Jemand hinter Halya übersetzte die Worte, als die Frau vorn durch eine Tür und in einen anderen Raum gestoßen wurde. Dann wurde die Nächste gezwungen, sich vor den Tisch zu stellen. Der ganze ekelige Prozess dauerte nicht länger als eine Minute, doch Halya wusste, dass sie alle sich ihr Leben lang dafür schämen würden.

Dann war Halya an der Reihe. Sie versuchte vorzutreten, um diese erniedrigende Prozedur rasch hinter sich zu bringen, die weitaus intimer war als die medizinische Untersuchung, die ihre Mutter nicht bestanden hatte, aber ihre Füße wollten sich einfach nicht bewegen. Ein Wachmann versetzte ihr von hinten einen Stoß, und sie fiel zu Boden.

Als sie sich wieder auf die Knie aufrappelte, schaute sie zu Lilija hinauf, die hinter ihr stand. Das ältere Mädchen war wie erstarrt. Ihre Unentschlossenheit war ihr deutlich anzusehen. Halya schämte sich zutiefst, als sie erkannte, in was für eine Position sie Lilija gebracht hatte. Halya wollte nicht, dass Lilija sich gezwungen sah, sich einzumischen. Sie musste jetzt lernen, sich um sich selbst zu kümmern, und kindliches Verhalten wie das hier schwächte ihre Position bei ihren neuen Freunden nur. Also stand

Halya wieder auf und stählte sich für das, was sie erwartete. Aber bevor sie sich bewegen konnte, straffte Lilija die Schultern und trat vor.

»Ich geh zuerst«, sagte Lilija mit fester Stimme. »Du wirst sehen, Halya, es ist nicht so schlimm.«

Zitternd schaute Halya zu, wie Lilija zum Tisch ging, das Kinn so hoch erhoben, dass sie an die Decke starrte. Einer der Wachmänner gaffte sie lüstern an, doch Lilija marschierte einfach weiter. Halya wusste nicht, ob es Lilijas Freundlichkeit ihr gegenüber war oder schlicht ihre Sturheit, was sie weitergehen ließ.

Die Männer begannen mit ihrer Arbeit, und auch wenn der Mann mit der Taschenlampe sich bei der Untersuchung von Lilijas Intimbereich ein wenig mehr Zeit ließ als sonst, blieb sie gerade und aufrecht stehen.

»Gesund. Keine Läuse oder Nissen. Rasieren und Entlausen«, verkündete der Mann mit dem Klemmbrett.

Als sie vom Tisch wegging, drehte Lilija sich kurz um, und ein Licht, das Halya bis jetzt nicht gesehen hatte, funkelte in ihren Augen. Schnell sagte sie auf Ukrainisch: »Nur Mut, meine Damen. Anders werden diese Idioten keine nackte Frau zu sehen bekommen.«

Ein paar Frauen spendeten ihr leise Beifall, und auch wenn die Deutschen die Schwere der Beleidigung scheinbar nicht verstanden, die Reaktion der Frauen sagte alles. Ein Wachmann packte Lilija am Arm und zerrte sie in den nächsten Raum.

Lilijas Mut zeigte jedoch die erhoffte Wirkung, und Halya konnte nun nach vorn gehen, und auch wenn Lilija sich immer über Slavkos direkte Art ärgerte, Halya hatte allmählich das Gefühl, dass Lilija ihrem Cousin gar nicht so unähnlich war. Tatsächlich war sie genauso frech wie er.

Halya zuckte unwillkürlich zusammen, als die Männer mit ihrer Untersuchung begannen. Sie öffneten ihren Mund, um sich ihre Zähne anzusehen, und suchten in ihrem Haar nach Läusen. Halyas Gesicht brannte vor Scham, doch genau wie Lilija hielt sie den Kopf hoch erhoben und starrte stur geradeaus. Als der Mann, der ihre Gliedmaßen untersuchte, an ihrem linken Arm zog, presste sie ihn nur umso fester an den Körper, damit das Foto nicht herausfiel.

Der Mann fluchte und riss ihren Arm brutal nach oben. Halya schrie, aber nicht vor Schmerz, sondern vor Verzweiflung, als das Foto herunterfiel.

»Was haben wir denn hier?«, sagte der Mann in gestelztem Ukrainisch. Er hob das Bild auf und starrte es an. Dann verzog er angewidert das Gesicht.

»Das ist ein Bild meiner Eltern«, flüsterte Halya. Sie verließ der Mut, und sie verschränkte die Arme vor der Brust.

Der Mann starrte Halya an. Dann riss er das Foto langsam entzwei. Lächelnd zerriss er auch die Hälften und so weiter, bis Halyas Eltern nur noch Papierfetzen waren. Ein Auge. Ein halbes Ohr. Der obere Teil eines Huts.

»Nur Ausweispapiere. Ihr seid alle Untermenschen.« Speichel flog dem Mann aus dem Mund und Halya ins Gesicht. Er zerknüllte die Papierfetzen in der Faust und ließ sie dann zu Boden fallen. »*Untermenschen*! Merk dir das!«

Der Mann mit dem Klemmbrett verkündete das Ergebnis: »Nummer 68411. Gesund. Nissen. Rasieren und Entlausen.«

Sie stießen Halya in den nächsten Raum, wo die Frauen noch immer nackt hinter vier Stühlen standen, davor je ein Mann mit einer Schere. Kaum hatten diese Leute einer Person die Haare abgeschnitten, nahm eine andere ihren Platz ein, und der Prozess begann von vorn.

Mit zitternden Fingern strich Halya über ihren mahagonifarbenen Zopf, und sie hörte Mamas Stimme ihr ins Ohr flüstern:

Ich glaube, was mich am meisten an sie erinnert, ist dein Haar.

Ihr Foto hatte sie schon verloren, und jetzt würde sie auch ihr Haar verlieren.

Halya setzte sich auf den Stuhl und schloss die Augen. Sie wollte nicht sehen, wie man den Teil von ihr wegschnitt, der ihrer Mutter am ähnlichsten war. Bei jedem Schnitt der Schere zuckte sie unwillkürlich zusammen, als wäre es ein Schlag, und es schmerzte immer mehr, je näher die Schere Halyas Kopfhaut kam.

Als der Mann fertig war, öffnete Halya die Augen wieder und berührte ihren Kopf. Überall standen noch Haarbüschel, einige kurz bis auf die Kopfhaut, andere ein wenig länger. Als Halya die Hand wieder herunternahm, waren ihre Finger feucht von Blut. Dann schlug der Mann ihre Hände weg und klatschte eine dicke, teerige Substanz auf Halyas Kopf.

Halya starrte auf die zitternden Hände in ihrem Schoß und dachte daran, wie wild und tapfer ihre Mama gegen bewaffnete Männer gekämpft hatte, um sie zu retten. Mama hatte für ihre Familie gekämpft. Für sie.

Sie sog zitternd die Luft ein und hob den Blick. Sie mochte ja vielleicht wie Alina aussehen, ihre Mutter, aber jetzt musste sie wie ihre Mama sein, Katja.

Halya erinnerte sich nicht daran, wie sie in den nächsten Raum gekommen war, doch plötzlich wurden Duschen über ihrem Kopf eingeschaltet, und kaltes Wasser prasselte auf sie herab.

Lilija war wieder an ihrer Seite und stieß sie sanft mit dem Ellbogen an. Weil sie keine Nissen hatte, war ihr Haar nicht geschoren worden wie Halyas, aber ihr sie hatten ihren wunderschönen goldenen Zopf an der Wurzel abgehackt, sodass ihr Haar nun in Wellen bis zum Kinn reichte.

»Versuch, dir alles abzuspülen, ja?« Lilija befolgte ihren eigenen Rat, beugte sich dann herüber und half Halya, so gut sie konnte, die schwarze Masse vom Kopf zu schrubben. Nach nur wenigen Minuten wurde das Wasser abgeschaltet, und die Frauen saßen nass und zitternd da, bis sie getrocknet waren. Als sie die Duschen verließen und in den Raum mit den Körben gingen, in denen sich ihre entlausten Kleider befanden, stäubten zwei Männer sie mit einem Pulver ein. Mit zitternden Händen wühlte Halya in einem Korb und suchte nach ihrem Hemd und dem Rock, in dem sie ihr Buch versteckt hatte.

»Siehst du unsere alten Kleider irgendwo?«, flüsterte sie Lilija zu.

»Hier sind ein paar von meinen.« Lilija hielt ein Kleid in die Höhe, grub dann in der Tasche und zog schließlich einen kleinen, hölzernen Vogel heraus. »Mein Kleid hat die Farbe verloren, aber meine Nachtigall ist noch immer da.« Kurz drückte sie sie an ihre Brust und grub dann weiter. »Hier! Ist das nicht von dir?«

Halya nahm den zerknitterten Rock und griff in die Tasche. Sie war leer. Dann drehte sie den Rock auf links, steckte die Hand wieder in den Korb und tastete jedes einzelne Kleidungsstück ab. Schließlich kippte sie den Korb aus.

»Es ist weg«, flüsterte sie. Verzweiflung raubte ihr den Atem, als sie erkannte, wie sinnlos ihre Suche war. »Sie haben mir mein Foto genommen, und jetzt ist auch mein Buch weg.«

Die Trauer drückte sie nieder. Die Last ihrer Verluste war viel zu schwer für ihre schmalen Schultern. Ihre Beine gaben nach, und sie sank auf die Knie. Sie hatte alle verloren, die sie liebte. Sie hatte das Foto ihrer leiblichen Mutter verloren und nun auch noch ihre Gedichte.

»Ich habe nichts mehr«, schluchzte sie und schlug die Hände vors Gesicht. Tränen strömten unter ihren Fingern hervor. »Und ich weiß nicht, ob ich genauso tapfer sein kann wie Mama.«

***

Die große Kantine war voll mit Arbeitern, die sich leise miteinander unterhielten. Halya stach auf das eine Stück Steckrübe in ihrer wässrigen Suppe. Daneben lag ein winziger Brocken Schwarzbrot. Es war nun mehrere Stunden her, seit man ihr den Kopf geschoren und sie ihr Foto und das Buch verloren hatte, aber ihre Augen waren noch immer vom Weinen geschwollen. Ihr knurrte der Magen. Er war genauso leer wie das Loch in ihrer Brust, und auch wenn das Essen mies war, sie stopfte es sich in den Mund.

»Danke, dass du mir vorhin geholfen hast«, sagte Halya. »Ab jetzt werde ich stärker sein. Versprochen.«

Lilija nickte und ließ ihren Blick über die Menge schweifen. »Ich sehe ihn noch immer nicht.«

Halya wischte sich mit dem Handrücken den Mund ab. Überall um sie herum kauerten verängstigte Menschen und aßen genau wie sie, aber sie erkannte niemanden.

»Glaubst du, es geht ihm gut?«, flüsterte Lilija. Sorgenfalten zeigten sich auf ihrer Stirn.

Halya schluckte ein Stück Brot herunter. Auch wenn sie Slavko erst seit ein paar Tagen kannte, hatte er einen tiefen Eindruck bei ihr hinterlassen. »Von uns allen kommt er vermutlich am besten zurecht.«

Lilija lächelte schwach. »Du hast recht. Er schafft es immer irgendwie, aber sein Mundwerk … Ich fürchte, er wird Ärger bekommen.«

»Da ist er!« Halya richtete sich auf und deutete in die entsprechende Richtung, als Slavko aus der Schlange vor der Essensausgabe trat. Lilija stand auf und winkte. Slavko schlenderte zu ihnen und setzte sich, als hätten sie sich zu einer Familienmahlzeit versammelt.

»Was für ein göttliches Mahl«, scherzte er und tunkte sein Brot in die Suppe.

Mit seinem kurz geschorenen Haar sah er seltsam aus, doch

dann berührte Halya ihre eigenen Stoppeln und lief rot an. Sie hatte sich selbst noch nicht gesehen, aber sie war sicher, dass es kein schöner Anblick war.

Als hätte er ihre Gedanken gelesen, grinste Slavko. »Wer hätte gedacht, dass zwei Mädchen kurze Haare so gut stehen?«

Lilija stieß eine Mischung aus Schluchzen und Lachen aus und schlang die Arme um ihren Cousin. »Ich habe mir furchtbare Sorgen um dich gemacht«, brachte sie hervor.

»Ach, sei nicht albern.« Slavko zwinkerte Halya über den Tisch hinweg zu. »Du weißt doch, dass ich mich ziemlich gut um mich selbst kümmern kann.«

Nach dem Essen wurden sie in neue, saubere Baracken geführt. Dort sollten sie bis zu ihrem Abtransport warten. Halya und Lilija nahmen sich eines der unteren Betten nahe der Tür. Halya dachte an Slavko, der allein in einer anderen Baracke war, wo er niemanden zum Reden hatte.

»Glaubst du, Slavko wird ohne dich einsam sein?«, fragte Halya.

»Slavko findet immer Freunde«, antwortete Lilija. »Ich mache mir mehr Sorgen darüber, dass er einem Wachmann gegenüber vorlaut wird. Aber er hat bestimmt schon eine Gruppe Jungs um sich geschart, die ihm überallhin folgen. Er zieht Menschen an wie Honig die Bienen.«

Eine weibliche Wache kam herein und wandte sich in einer Mischung aus Ukrainisch und Polnisch an sie. »In dreißig Minuten wird das Licht ausgeschaltet. Morgen werdet ihr nach Westen gebracht und bekommt eine Arbeit zugeteilt.« Sie holte kleine rechteckige Aufnäher aus einem dicken Briefumschlag. »Nehmt die, und näht sie oben rechts auf eure Kleidung. Holt sie euch der Reihe nach ab, und vergesst nicht, dass ihr sie immer tragen müsst«, wies sie die Frauen an und gab Halya zwei.

In dunkelblauen Buchstaben stand dort: *OST*.

»Was heißt das?«, fragte Lilija.

»Dass ihr Ostarbeiter seid«, antwortete die Frau. »Ostarbeiter, die den Deutschen bei ihren Kriegsanstrengungen helfen.«

»Nicht freiwillig«, murmelte Lilija.

Halya musste unwillkürlich lächeln. Ja, Lilija war Slavko gar nicht so unähnlich.

22

VIKA

April 1943, Reichskommissariat Ukraine

Vika übergab Nadja an Sofia und wappnete sich, als Ljubov Jurijvna mit zornfunkelnden Augen und fliegenden Röcken auf sie zumarschierte. Dann packte sie Ljubovs Arm, bevor sie mit der Hand ihre Wange treffen konnte.

»Wie kannst du es wagen, dich hier blicken zu lassen!« Speichel flog aus Ljubovs Mund, als sie sich aus Vikas Griff losriss.

Vika trat einen Schritt zurück und zog Bohdan näher zu sich heran. Schweiß lief ihr über den Rücken, sodass das Hemd an ihrer Haut klebte, doch es war nicht die warme Frühlingsluft, die sie schwitzen ließ. Vika hasste Konfrontationen, aber sie würde sich nicht von dieser Frau beschimpfen lassen, nicht vor ihren Kindern. »Ich kaufe hier jede Woche ein. Ich lebe in diesem Dorf. Wo soll ich denn sonst hingehen, wenn ich etwas brauche?« Sie bemühte sich, gleichmütig zu klingen, obwohl ihr das Herz bis zum Hals schlug.

»Dein Mann denkt, er wäre groß und mächtig, stimmt's? Und das nur, weil er die Zwangsarbeiterlisten erstellt!« Ljubov verzog den Mund, und einen Augenblick lang hatte Vika sogar ein wenig Mitleid, als sie die unendliche Trauer sah, die sich hinter Ljubovs Wut verbarg.

»Es macht ihm keine Freude, wenn es das ist, was du damit

sagen willst.« Vika richtete sich zu voller Größe auf. »Er will kein Dorfvorsteher sein, und er will mit Sicherheit nicht unsere jungen Leute zur Arbeit nach Deutschland schicken. Er tut alles, was er kann, um das zu verhindern.«

Ein erstickter Schrei kam über Ljubovs Lippen. »Nun, dann reicht das eben nicht. Gestern haben sie meinen Neffen geholt, weil dein Mann ihn auf die Liste gesetzt hat. Meine Schwester ist außer sich vor Angst.«

Vika sog zitternd die Luft ein. »Das tut mir leid.«

Was sollte sie auch sonst sagen? Maksim musste eine Quote erfüllen. Die Deutschen wollten mehr sogenannte Ostarbeiter, und die Art und Weise, wie sie diese rekrutierten, wurde immer brutaler. Maksim wollte ihnen nicht helfen, doch ihm blieb nur eine Wahl: Entweder schickte er die Leute nach Deutschland, oder die Deutschen würden ihn an die Wand stellen.

So hatte Maksim beschlossen, eine Liste zusammenzustellen, und diese Entscheidung brachte ihn jetzt um. Vielleicht nicht so schnell wie eine Kugel in den Kopf, aber der Effekt war der Gleiche.

»Ihr seid Kollaborateure! Wenn Stalin zurückkommt, könnt ihr von Glück sagen, wenn ihr es noch lebend bis in den Gulag schafft!«

»D… darf ich dich daran erinnern, dass mein eigener Sohn und meine Nichte ebenfalls in Deutschland sind?« Vika musste sich zusammenreißen, um die Frau nicht anzuschreien. Jeden Tag, jede Minute sorgte sie sich um Slavko und Lilija.

Ljubov schlug die Hände vors Gesicht und jammerte laut. Vika ging um die Frau herum. »Bitte, überbring deiner Schwester meine Entschuldigung«, murmelte sie.

Vika scheuchte ihre Familie über die schmutzige Straße zu ihrem Haus im Süden des Dorfes. Grüne Weizenfelder lagen auf der einen Seite des Weges, und auf der anderen erstreckte sich der

Wald, wo der Schatten der Bäume auch Schutz vor der warmen Sonne bot. Frisch erwachte Bienen summten glücklich durch die Frühlingsluft und hüpften von Blüte zu Blüte, um den Nektar der wunderbaren ukrainischen Flora zu trinken. Doch trotz dieser malerischen Szenerie musste Vika ständig an das denken, was gerade geschehen war, und sie schaute sich immer wieder nach Polizisten oder Partisanen um.

»Was ist ein Kollaborateur?«, fragte Bohdan und riss Vika aus ihren Gedanken. Für seine fast zehn Jahre war er viel zu ernst. Aber in einem Krieg aufzuwachsen sorgte nicht gerade für eine einfache Kindheit.

»Nichts, worüber du dir den Kopf zerbrechen müsstest«, antwortete Vika.

»Ein Kollaborateur ist jemand, der dem Feind hilft«, sagte Sofia. Seit der Begegnung mit Ljubov hatte sie geschwiegen, aber Vika war nicht überrascht, dass sie sich nun wieder zu Wort meldete. Das süße Plappermaul ihrer Tochter war seit der Verschleppung von Slavko und Lilija verstummt – stattdessen lag jetzt Wut in ihren Worten. Früher hätte sie sich die Arme mit den prächtigen Blumen am Wegesrand gefüllt, aber nun ging sie einfach neben ihrer Mutter her, ohne sie auch nur eines Blickes zu würdigen.

Bohdan klappte der Mund auf. »Und das ist Tato? Sind wir das? Helfen wir den Deutschen?«

»Nein! Natürlich nicht.« Unwillkürlich drückten Vikas Finger fester in Bohdans Schulter, als sie sich ihrem Hof näherten. Bohdan wimmerte und löste sich aus Vikas Griff. »Dein Vater hasst die Deutschen genauso wie alle anderen auch. Er tut nur, was er tun muss, damit uns nichts passiert.«

»Warum hat die Frau uns dann so genannt? Wird Stalin uns wirklich in den Gulag schicken?« Bohdan schob das Tor auf und betrat den Hof.

»Das reicht jetzt mit den Fragen. Sofia, bring bitte Nadja rein.«

Vika sah, dass Sofia etwas erwidern wollte, und hob die Hand. »Wortlos.«

»Warum ist Sofia jetzt immer so mürrisch?«, flüsterte Bohdan seiner Mutter zu, als Sofia und Nadja im Haus verschwanden. »Sie spielt überhaupt nicht mehr mit mir.«

Vika dachte an ihre eigenen Brüder, die wenige Monate nach ihrer Hochzeit und dem Umzug nach Maky in den Gulag geschickt worden waren. Als Kinder hatten sie sich immer nur gestritten, doch jetzt, Jahre später, hätte Vika alles dafür gegeben, sie wiederzusehen.

»Zwischen Brüdern und Schwestern herrscht nicht immer eitel Sonnenschein, Bohdanko. Wo Licht ist, ist auch Schatten, aber das ändert nichts an ihrer Liebe zu dir.«

Bohdan zog den Mantel enger um die Schultern und seufzte. »Ich glaube, sie ist so wütend darüber, dass Slavko und Lilija weg sind, dass sie nicht mehr weiß, wie sie uns lieben soll.«

Vika blinzelte und suchte nach einer passenden Antwort, doch glücklicherweise ging Bohdan in Richtung Scheune davon. Vika blieb allein zurück und fragte sich, wie ihr junger Sohn all ihre Sorgen um Sofia so beredt und in nur einem Satz hatte zusammenfassen können.

***

»Mir bleibt keine andere Wahl, Vikusia«, sagte Maksim, als Vika ihm später im Bett von der Begegnung mit Ljubov erzählte. »Das weißt du. Wenn ich keine Liste von potenziellen Arbeitern erstelle, werden sie mit mir das Gleiche machen wie mit Danilo, der vor mir Dorfvorsteher war.«

Vika zuckte unwillkürlich zusammen, genauso wie beim Klang der Wehrmachtspistole, die Danilo eine Kugel in den Kopf gejagt hatte. Das ganze Dorf hatte der Hinrichtung beiwohnen müssen, und danach hatte sich niemand mehr für Danilos Posten gemeldet, auch nicht jene im Dorf, die eigentlich aufseiten der Deutschen standen.

»Aber sie haben ihn doch auch wegen Diebstahls erschossen. Es ging nicht nur um die fehlenden Listen. Er hat den Deutschen nicht alle Nahrungsmittel übergeben, die er eingesammelt hatte«, sagte Vika.

»Das spielt keine Rolle«, erwiderte Maksim. »Die Deutschen sind unberechenbar, und wir sind ihnen egal. Außerdem, sosehr du diese Arbeit auch hasst, sie hält unsere Familie zusammen. Wir beide könnten jederzeit verschleppt werden, und jetzt, wo sie das Mindestalter auf zehn gesenkt haben, gilt das auch für Sofia. Und Bohdan wird demnächst auch alt genug sein.«

»Ich weiß, und ich bin auch dankbar dafür, dass du das für uns tun kannst«, sagte Vika. »Aber das macht es nicht leichter für dich, und es macht es auch nicht leichter für uns, wenn wir ins Dorf gehen. Die Leute sind wütend. Ich fühle mich dort nicht mehr sicher.«

Maksim rieb sich übers Gesicht. »Ich wollte nicht Dorfvorsteher werden, und jetzt versuche ich, passende Leute für die Zwangsarbeiterlisten zu finden. Kommunisten, Kriminelle, aber manchmal muss ich eben auch Menschen schicken, die ich nicht schicken will …« Seine Stimme erstarb.

Vika massierte ihm die verspannte Schulter. Maksim seufzte und legte die Wange auf ihren Arm. »Ljubovs Neffe ist auf der Liste gelandet, weil er den sowjetischen Partisanen geholfen hat«, erklärte er. »Die UPA notiert sich so was, und Oleksy hat mir die Namen von ein paar Kommunisten gegeben. Wir haben ja gesehen, was Stalin und seine Brut in unserem alten Dorf und auch in dem hier angerichtet haben, bevor die Nazis gekommen sind. Jemanden, der das unterstützt, will ich nicht in unserer Nähe haben, wenn dieser Krieg vorbei ist.«

»Gut, aber was wirst du tun, wenn sie in ein paar Wochen eine weitere Liste haben wollen?«

Maksim presste die Lippen aufeinander. »Ich habe einen Plan.«

Vika riss ihre Hand weg, und es war Wut, nicht Angst, die in ihren Worten lag. »Und was für ein Plan soll das bitte sein, der dich nicht das Leben kostet?«

»Ich habe gestern Abend mit den Bezirksleitern gesprochen. Als ich ins Amt gekommen bin, hatten wir unsere Arbeiterquote schon zu über siebzig Prozent erfüllt. Wie du weißt, sind alle von den Zwangsverschickungen ausgenommen, die im Straßenbau, auf den Feldern oder in der Sägemühle arbeiten. Wir werden versuchen, mehr Leuten diese Arbeit zu geben, damit sie im Dorf bleiben können, und gleichzeitig bemühen wir uns, die Deutschen dazu zu bewegen, die Quote zu senken, denn dann haben wir ja nicht mehr die Leute, um sie zu erfüllen.«

Vika stützte sich auf den Ellbogen und starrte ihren Mann in der Dunkelheit an. »Glaubst du ernsthaft, die Deutschen merken es nicht, wenn plötzlich mehr Leute auf den Feldern arbeiten? Sie werden nachfragen.«

»Wir haben von einem anderen Bezirk gehört, wo man es genauso gemacht hat, und der Bezirkskommissar hat die Quote schließlich herabgesetzt. Unsere Bezirksleiter glauben, dass uns das auch gelingen könnte.«

»Auch dann wirst du weiter Leute schicken müssen. Du kannst das nicht ganz vermeiden.«

Maksim schüttelte den Kopf und legte Vika die Hand auf den Arm. »Ja, das stimmt.«

»Und wird dein Zahlenspiel Sofia retten, jetzt wo sie das Mindestalter gesenkt haben?«

»Im Augenblick bin ich ihr bester Schutz. So unfair es ist, solange ich Dorfvorsteher bin, ist meine Familie in Sicherheit.«

»Du meinst die Familie, die dir geblieben ist.« Vika schloss die Augen und dachte an Slavkos liebes Gesicht.

Maksim zog seine Hand mit einem Ruck zurück. »Da ist noch mehr im Gange als das. Die UPA säubert in einigen Gebieten das Land von Deutschen und drängt sie in die Städte zurück. Oleksy glaubt, das wird bald auch hier passieren. Wenn es so weit ist, werde ich keine Liste mehr erstellen müssen, egal wie hoch die Quote ist.«

Vika riss die Augen auf. »Das ist ja alles schön und gut, aber sie werden immer noch Arbeiter brauchen. Es könnte Razzien geben.«

»Vielleicht, vielleicht auch nicht. Wenn die UPA Erfolg hat, kann sie die Deutschen womöglich ganz vertreiben«, sagte Maksim.

Ein Hoffnungsschimmer flackerte in Vika auf. »Glaubst du das wirklich?«

»Ich höre solche Dinge, aber ich bin nicht in der UPA. Also weiß ich auch nicht alles«, antwortete Maksim. »Aber ich weiß, dass sie regelmäßig deutsche Nachschubzüge zerstören, und sie greifen die Deutschen an, wann immer sie sich aus den Städten trauen.«

Vika schaute zu den schlafenden Kindern hinüber. Bohdan hatte den Arm auf Nadjas Gesicht gelegt, und Sofia lag zusammengerollt an der Wand.

»Was auch immer geschieht, wir können nicht zulassen, dass sie noch jemand anderen mitnehmen, den wir lieben.«

23

LILIJA

April 1943, Generalgouvernement Polen

Lilija starrte auf den dunkellila Bluterguss an ihrem Arm, wo der Wachmann sie nach vorn geschleudert hatte, nachdem sie herumgestänkert hatte. Dabei konnte sie von Glück sagen, dass sie nur einen blauen Fleck davongetragen hatte und dass keiner der Deutschen sie zu verstehen schien. Vorsichtig drückte sie darauf und verzog das Gesicht, als eine Welle des Schmerzes von der Stelle ausstrahlte, wo er den Daumen am stärksten aufgedrückt hatte. Slavko hatte recht. Lilija besaß noch immer dieses Feuer, und sie bereute nichts. Sie war es einfach leid, in ständiger Angst zu leben und auf jedes Wort zu achten, um all die Aggressoren nicht zu verärgern, die sie um sich hatte. Sollten sie doch machen, was sie wollten. Sie würde nicht zu Kreuze kriechen. Inzwischen war ihr alles egal, und sie hätte sogar noch viel mehr getan, wären da nicht Slavko und jetzt auch Halya gewesen, um die sie sich kümmern musste.

Vielleicht hätte sie Slavko wegen seines lockeren Mundwerks nicht so oft tadeln sollen. Sie musste lächeln, als sie sich an den Schock auf den Gesichtern der anderen erinnerte, besonders auf Halyas. Ihr Blick fiel auf die kleine Gestalt, die neben ihr schlief, und die Wut, die nun schon so lange durch sie hindurchströmte wie ein tosender Fluss, ebbte ein wenig ab. Halya war zäh – daran bestand kein Zweifel –, aber sie hatte auch schreckliche Angst. Lilija wusste nicht, was der Grund dafür war, aber obwohl sie Slavko gesagt hatte, sie wolle Distanz zu dem Mädchen bewahren, so weckte das kleine Ding doch Muttergefühle in ihr.

Slavko fühlte sich an Sofia erinnert, wenn er Halya sah, aber Lilija sah etwas anderes. Vielleicht war es der entschlossene Ausdruck ihres Mundes trotz des Schreckens in ihren großen blauen Augen, aber Halyas Naivität und Unschuld erinnerten Lilija an Nina, als sie beide jung gewesen waren: vertrauensselig, optimistisch und stets bereit, Lilija bis ans Ende der Welt zu folgen. Und Lilija hatte Nina im Stich gelassen – Halya würde sie vielleicht retten können.

Rastlos wälzte Halya sich im Schlaf hin und her, und Lilija kämpfte gegen den Drang an, das kleine Mädchen an sich zu drücken und ihr zu sagen, dass sie tapfer sein solle. Alles würde wieder gut.

Aber sie wollte nicht lügen.

Lilija wusste nicht, ob alles wieder gut werden würde. Sie waren Hunderte von Kilometern von zu Hause entfernt. Sie hatten keine Ahnung, ob ihre Familien in Sicherheit waren und ob sie sie je wiedersehen würden. Und die arme Halya hatte die letzte Verbindung zu ihrer toten Mutter verloren. Lilija kannte diesen Schmerz, und sie litt mit dem Mädchen mit.

Vielleicht fühlte sie sich durch Halya ja auch an sich selbst erinnert.

Mondlicht sickerte durch ein verdrecktes Fenster in den Raum und auf eine Frau in der Nachbarkoje, die wild mit einem Bleistift schrieb. Lilija beugte sich zu ihr.

»Hast du noch Papier?«

Die Frau hob den Blick, und ihre zusammengepressten Lippen betonten die hohlen Wangen. »Selbst wenn, warum sollte ich dir was davon geben?«

Lilija griff in ihre Tasche und holte eine Brotkruste heraus, die sie sich von ihrem mageren Abendessen aufgespart hatte. Sie hatte rasch gelernt, immer ein, zwei Bissen zurückzulegen. »Lass uns handeln. Ein Stück Papier, und du leihst mir deinen Stift.«

Die Augen der Frau funkelten, und sie nickte. Ihre Hand schoss vor, um Lilija das Brot abzunehmen. Rasch stopfte sie es sich in den Mund, schloss die Augen und kaute langsam. Lilija fragte sich, wo die Frau gewesen war, bevor sie herkam, denn sie hungerte definitiv schon seit langer Zeit. War das die Zukunft, die auch sie erwartete?

Lilija streckte die Hand aus, bis die Frau den Stift und ein Stück Papier hineinlegte. Lilija nickte knapp, senkte den Blick und begann zu zeichnen.

Zuerst bewegte der Stift sich ruckartig, während sie versuchte, ihren Rhythmus zu finden. Jeder Strich war hart erkämpft, schmerzvoll und voller Erinnerungen, doch es half, dass sie diese Menschen nicht kannte. Sie konzentrierte sich auf die Form ihrer Gesichter, den Schnitt ihrer Augen.

Als sie das Bild beendete, war sie emotional erschöpft. Sie gab der Frau den Stift zurück.

»Du bist richtig gut«, bemerkte die Frau. Sie beugte sich vor und beäugte die Zeichnung. »Warst du Künstlerin, bevor du hergekommen bist?«

»Nein«, antwortete Lilija knapp. »Ich zeichne nicht mehr.«

Sie steckte das Papier in die Tasche, wo sie es nicht anschauen musste. Sie hatte das nur für Halya getan, und sie würde es nie wieder tun.

***

Noch vor Sonnenaufgang wurden sie ohne Frühstück zu einem weiteren Zug getrieben. Zum Glück gelang es Slavko, sich in denselben Waggon zu zwängen wie sie. Die nur grob zusammengezimmerten Bretter ließen ein wenig Luft in den stickigen Eisenbahnwagen, und der Gestank des Eimers in der Ecke, der ihnen als Latrine diente, wurde zumindest teilweise hinausgetragen.

»Warum haben sie sich die Mühe gemacht, uns zu waschen, wenn sie uns dann doch wieder in einen dreckigen Zug stopfen?«, fragte Slavko, aber niemand antwortete ihm.

Es war schon dunkel, als der Zug abrupt anhielt. Halya döste an Lilijas Schulter, doch Lilija konnte nicht schlafen.

Die Tür wurde aufgerissen, und ein Mann in SS-Uniform stellte einen Eimer und einen großen Laib Brot auf den Boden. Dann zog er die Tür wortlos wieder zu.

Kurz starrten alle schockiert auf das erste Wasser und das erste Essen, das sie seit dem letzten Durchgangslager bekommen hatten. Dann schnappte ein älterer Junge sich das Brot, brach es in einzelne Stücke und verteilte sie. Von ihm angespornt stürzten andere sich auf den Eimer und schöpften Wasser mit den Händen in ihre trockenen Münder. Slavko kroch ebenfalls zu dem Eimer und zog Lilija an der Hand hinter sich her.

»Kommt! Du auch, Halya! Komm her!«

Lilija steckte die Hand in den Eimer und verzog das Gesicht, als das faulige Wasser ihre Lippen berührte, aber sie schluckte es gierig herunter.

Dann langte sie in die Menge hinein und bekam ein Stück Brot von dem Jungen. Lilija teilte es in drei Stücke. »Hier. Es ist nicht viel, aber wenigstens hat jeder was bekommen.«

»Ich glaube, du bist die Jüngste, Halya, aber nicht viel.« Slavko riss einen Bissen Brot ab und kaute mit offenem Mund.

Lilija schaute sich um, während auch sie auf dem alten Brot kaute. Slavko hatte recht. Die meisten Menschen, die sich in dem Waggon drängten, waren Jugendliche, doch Halya schien tatsächlich die Jüngste zu sein. Das kleine Mädchen steckte die Hand in die Tasche und zuckte unwillkürlich zusammen. Lilija wusste, dass Halya nach ihrem Gedichtband und dem Foto suchte, und sie schwor sich, Halya die Zeichnung zu geben, sobald sie sich an ihrem Ziel eingerichtet hatten und nicht mehr die Gefahr bestand, dass das Bild auf der Reise verloren ging. Die Zeichnung war zwar nicht das Gleiche wie ein Foto, aber vielleicht würde sie ja helfen.

Slavko drehte sich um, hob die Hand und steckte den Finger in eine der breiten Spalten hinter ihnen. »Schaut mal! Der da fährt in Richtung Heimat.«

Lilija spähte durch den Spalt zu einem anderen Zug, der ein paar Gleise entfernt stand. In diesem Moment glitt dort eine Waggontür auf, und dahinter kam ein Haufen Menschen zum Vorschein, die im Inneren auf dem Boden lagen. Zwei ausgemergelte Männer in Lumpen schlurften an die Tür. Sie schleiften einen dritten hinter sich her. Ein SS-Mann bedeckte sein Gesicht mit einem Taschentuch und beugte sich vor, um den Toten zu inspizieren. Dann winkte er ein paar Männer heran, und gemeinsam zogen sie die Leiche aus dem Waggon und warfen sie einfach auf die Erde.

Der erste SS-Mann deutete nach hinten und gab auf Deutsch irgendwelche Befehle, woraufhin die anderen beiden SS-Männer die Leiche zu dem Graben neben den Gleisen schleppten und sie hineinwarfen.

»Sie lassen ihn da einfach liegen?«, flüsterte Halya.

Eine Frau trat an die Tür. Ihr Gesicht war rot und verheult, und sie hielt ein winziges Bündel in den Armen. Der SS-Mann streckte die Arme aus, aber die Frau zögerte, schüttelte den Kopf und wich wieder zurück. Der SS-Mann brüllte sie an und stieß mit dem Knüppel nach ihr. Dann schlug er zu. Die Frau schrie und gab ihm das Bündel.

»Das … Das ist ein Baby«, keuchte Lilija.

Die winzige, leblose Gestalt hing wie ein nasser Sack in den Armen des SS-Mannes. Sichtlich angewidert hielt der Mann die kleine Leiche von sich weg, ging zum Graben und warf sie auf die andere, die bereits dort lag. Die Frau schrie und versuchte, ihm hinterherzuspringen, aber ein anderer SS-Mann stieß sie mit dem Gewehrkolben in den Waggon zurück und warf die Tür zu. Dann traten die SS-Männer zurück, während das Heulen der Mutter durch die dünnen Bretterwände drang und um sie widerhallte.

Lilija schauderte. Ihr Blick war noch immer auf die Stelle gerichtet, wo das Baby im Graben lag. Halyas kleine, kalte Hand glitt in ihre, und Lilija drückte sie, überrascht, dass auch sie das tröstete.

Slavko presste die Lippen an den Spalt und rief über die Gleise hinweg: »Hey! Wo wart ihr? Und wo fahrt ihr hin?«

Auf der anderen Seite drückte ein Mann sein Gesicht an einen ähnlichen Spalt, schob die Finger hindurch und rief: »Wir waren in Deutschland! Als Sklaven! Aber wir sind zu krank zum Arbeiten! Deshalb haben sie uns heimgeschickt!«

»Ankommen werden aber nur die, die überleben!«, rief jemand am anderen Ende des Waggons und hustete. »Wir haben Typhus!«

»Sie haben uns hungern lassen, uns geschlagen, und wir hatten keinen Schutz vor dem Wetter! Und dann waren sie wütend, dass wir krank geworden sind! Sie sind einfach nur böse! Das pure Böse!«, fügte der erste Mann hinzu.

Ein SS-Offizier ging zu dem anderen Waggon und schlug mit seinem Knüppel gegen die Wand. »Haltet das Maul! Kein Wort mehr!«

Der Mann verschwand wieder in der Dunkelheit seines Waggons, und Lilija setzte sich und zog die Knie an die Brust.

Plötzlich hörte sie leise Stimmen von draußen. Erneut spähte sie durch den Spalt und sah die zwei Männer, die ihnen Brot und Wasser gebracht hatten. Sie rauchten eine Zigarette.

»Diese Trottel sollten uns lieber dankbar sein. Das ist die letzte Fuhre, für deren Heimfahrt der Führer Geld verschwendet. Ab jetzt geht es für nutzlose Arbeiter direkt ins Lager.«

»Mich wundert, dass wir das nicht schon längst machen«, erwiderte der andere Mann. »Das hier ist doch nur Zeit- und Geldverschwendung.«

»Was sagen die?« Slavko hockte sich neben Lilija und beugte sich zu dem Spalt. Sein Deutsch war bestenfalls rudimentär, und Lilija war noch nie so dankbar dafür gewesen.

»Nicht viel. Sie reden nur über ihre Familien«, log sie.

Slavko runzelte die Stirn, als der Zug mit einem Ruck zum Leben erwachte, aber er fragte nicht nach. Ein weiteres Mal waren sie unterwegs, und das kurze, dankbare Geplapper darüber, dass sie Brot und Wasser bekommen hatten, war nun dem Schweigen abgrundtiefer Angst gewichen.

24

HALYA

April 1943, Leipzig

An der Endstation wurden sie aus dem Waggon getrieben, durch ein großes Ziegelgebäude und auf einen offenen Hof dahinter, der von einer Ziegelmauer umgeben war. Sie gingen in Reih und Glied hinein, und das Gelände füllte sich rasch. Nach fast zwei ganzen Tagen in einem Viehwaggon hing der Gestank von Schweiß und Angst wie eine schmutzige Wolke über ihnen.

»Hier werdet ihr heute Nacht schlafen«, verkündete ein Wachmann. »Morgen früh werdet ihr dann euren Arbeitsstellen zugeteilt. Drinnen gibt es Toiletten, die ihr benutzen könnt, aber nur zwei. Also lauft nicht alle gleichzeitig los.«

»Von Essen hat er nicht gesprochen«, sagte Slavko.

»Ich habe noch ein bisschen altes Brot.« Lilija hielt ihm ein Stück trockene Kruste hin, doch Slavko schob ihre Hand weg.

»Iss du es. Ich komm schon zurecht.«

Halyas Magen knurrte, als Lilija ihn ignorierte, das Brot in drei gleichgroße Stücke brach und es ihnen in die Hände zwang.

»Esst«, befahl sie.

Halya gehorchte und behielt das trockene Brot so lange im Mund, bis sich genug Speichel gesammelt hatte, um es aufzuweichen, sodass sie es schlucken konnte. Lilija faszinierte sie und machte ihr gleichzeitig Angst.

Als Lilija ging, um ihren Wasserbecher zu füllen, stellte Halya die Frage, die ihr schon seit Tagen im Kopf herumging. »Ich bin euch ja sehr dankbar, aber warum seid ihr beide so gut zu mir? Ihr teilt euer Essen mit mir und euren Schlafplatz. Ihr könnt euch aufeinander verlassen, aber mich kennt ihr doch kaum.«

Es fühlte sich an, als hätte sie schon seit Tagen nicht mehr so viele Worte aneinandergereiht, und als sie fertig war, waren ihre Wangen rot.

Slavko dachte kurz nach. »Lilija ist einer der besten Menschen, die ich kenne. Liebevoll und furchtlos. Sie hat viel verloren, aber nicht ihren Mut. Alle lieben sie.« Er lachte leise. »Besonders die Jungen zu Hause. Es dauert vielleicht ein Weilchen, bis sie mit dir warm geworden ist, aber das liegt daran, dass sie Angst hat, Menschen zu nah an sich heranzulassen. Gib nicht auf.«

Halya sog seine Worte auf, und sie wusste, dass sie wahr waren. All das und mehr hatte sie schon in Lilija gesehen, und es war gut, dass jemand das bestätigte, doch Slavko hatte ihre Frage nicht ganz beantwortet. Sie musste wissen, warum die beiden ihr halfen.

»Und was ist mit dir?« Halya hielt den Atem an und wartete auf Slavkos Antwort.

Slavkos Kiefer verspannte sich, und zum ersten Mal drang ein Hauch von Emotion durch seine tollkühne Fassade. »Ich glaube, es liegt daran, dass du mich an meine kleine Schwester erinnerst. Sofia. Sie ist ungefähr so alt wie du, und wie du liebt sie es zu lesen. Wenn ich sie schon nicht mehr beschützen kann, dann werde ich mich vielleicht besser fühlen, wenn ich jemanden *wie sie* beschütze. Zumindest war es das, was ich zu Anfang gehofft habe.«

»Und? Hat es geholfen?«, hakte Halya nach.

»Vielleicht. Ich glaube nicht, dass irgendetwas verhindern kann, dass ich sie vermisse, aber ich rede mir gern ein, wenn sie hier wäre, würde sich sicher jemand so um sie kümmern wie wir uns um dich.« Er räusperte sich. »Und ich denke, wenn wir zusammenbleiben, werden wir es schon schaffen.«

Das erinnerte Halya sehr an die Worte ihres Vaters. Ein warmes Gefühl strömte durch ihren Körper, und zum ersten Mal seit sie ihr Zuhause verlassen hatte, erwachte ein Funken Hoffnung in ihr – Hoffnung, dass sie das überstehen würde. In freundschaftlichem Schweigen saßen sie beieinander, bis Lilija zurückkam. Dann suchten sie sich gemeinsam einen Platz an der Wand und machten es sich für eine lange Nacht bequem.

»Wenigstens gibt es im Gras keine Läuse«, bemerkte Slavko.

Er legte sich neben Halya, und sie sah sein schelmisches Lächeln im Mondlicht.

Lilija fuhr ihm durch das stoppelige Haar. »Und dafür sollten wir wohl dankbar sein.«

Halya schloss die Augen. Sie wollte die Kluft zwischen ihnen überwinden. Sie wollte Teil dieser Kameradschaft sein, aber sie wusste nicht, was sie sagen sollte. Seit sie ihren Gedichtband verloren hatte, fehlten ihr die Worte. Der richtige Spruch oder der perfekte Satz rannen ihr wie Wasser durch die Finger. Also rutschte sie, statt zu sprechen, näher an Lilija heran. Jetzt reichte es erst einmal, in der Nähe der beiden zu sein, aber vielleicht würde sie eines Tages auch ihre Stimme wiederfinden.

***

Am nächsten Morgen mussten sie sich in weiten Reihen aufstellen, damit Fabrikanten und Bauern dazwischen hindurchgehen und sie begutachten konnten wie Vieh.

»Bleibt dicht beieinander«, wies Lilija Halya und Slavko an. »So nah ihr könnt zumindest. Vielleicht kommen wir dann alle an denselben Ort.«

Ein Mann in einem Anzug kam auf sie zu. Als er Lilija erreichte, nahm er ihre Hände und schaute sie sich an. Dann packte er sie am Kinn und zwang sie, den Mund zu öffnen. Während er ihre Zähne inspizierte, drehte er ihren Kopf von rechts nach links. Halya fühlte, wie Slavko sich neben ihr verspannte, aber bevor er etwas sagen konnte, funkelte Lilija ihn warnend an. Der Mann schaute sich Halya und Slavko genauso an. Dann nickte er und winkte einem der Wachmänner.

Einen Augenblick später wurden sie zusammen mit zwei Dutzend anderen Leuten, die der Mann sich ausgesucht hatte, in einen Waggon verladen. Diesmal dauerte die Fahrt nur knapp eine Stunde, dann öffnete die Tür sich wieder.

»Wo sind wir?«, fragte Slavko die Wache.

»In Leipzig«, antwortete der Mann. »Ab hier geht's zu Fuß weiter.«

* * *

Ihre Zimmer in den Baracken bestanden aus je drei Hochbetten an den niedrigen, zugigen Wänden. Insgesamt waren es achtzehn Betten für zwanzig Mädchen. Lilija suchte sich ein unteres Bett nicht weit von der Tür und winkte Halya zu sich. Die dünnen, mit Stroh gefüllten Matratzen waren alles andere als bequem, doch nach der tagelangen Reise waren sie eine willkommene Abwechslung.

»Wir können uns das Bett hier und die beiden Decken teilen«, sagte Lilija und klopfte auf die gefalteten Decken auf dem Bett, das dem kleinen Ofen am nächsten stand. »Dann können wir uns auch gegenseitig wärmen, wenn es kälter wird.«

Bei der Vorstellung, den nächsten Winter in dieser Baracke verbringen zu müssen, zog sich Lilijas Herz zusammen.

»Und schau mal ...« Sie deutete auf das Waschbecken und die Toilette auf der anderen Seite des Raums. Sie versuchte, so fröhlich wie möglich zu klingen. »Kein Außenklo mehr. Das ist ja fast schon dekadent.«

Halya starrte auf die Toilette, die keinerlei Sichtschutz bot. »Ich hätte lieber die Abgeschiedenheit meiner Außentoilette daheim.«

»Ich habe etwas für dich.« Lilija holte ein Stück Papier unter ihrem Kissen hervor und faltete es vorsichtig auseinander. Die eine Seite war leer, doch als sie das Blatt umdrehte, schnappte Halya nach Luft.

Ihre Eltern starrten sie an. Elegante Linien bildeten ihre Gesichter. Alinas leichtes Lächeln, die Lachfältchen an den Augen ihres Vaters …

»Wie … wie hast du das gemacht?« Halya nahm das Blatt und strich ehrfürchtig über die Zeichnung. »Wie hast du das Foto so perfekt kopieren können?«

Lilija zuckte mit den Schultern. »Ich habe ein gutes Gedächtnis. Als dieser Polizist das Original zerrissen hat, da habe ich mir gedacht, du willst vielleicht ein neues.«

»Danke«, sagte Halya, aber dieses simple Wort kam ihr unzureichend vor für das Geschenk, das Lilija ihr gemacht hatte. Lilija hatte ein Fenster in eine Vergangenheit geöffnet, von der Halya geglaubt hatte, sie hätte sie für immer verloren. Sie schlang die Arme um Lilija und drückte das ältere Mädchen an sich. »So eine Freundin wie dich hatte ich noch nie.«

Lilija versteifte sich in Halyas Armen, entspannte sich dann aber wieder. »Nun ja … Jetzt hast du ja mich«, sagte sie.

***

Schon der erste Tag bestimmte ihre elende neue Routine. Ihre Baracken – die größtenteils mit Ukrainern und ein paar Polen gefüllt waren – lagen neben einer ehemaligen Firma für Elektromotoren, die man in eine Waffenfabrik verwandelt hatte. Halya arbeitete nicht im selben Bereich der Fabrik wie Lilija, aber sie arbeitete mit zwei anderen Mädchen zusammen, die ihnen gegenüber schliefen: Svetlana und Luba.

»Wir stellen die Waffen her, die sie gegen uns einsetzen«, sagte Halya zu Lilija nach dem ersten Arbeitstag. Sie musste unablässig an die Gewehre der Männer denken, die sie und ihre Mutter auf dem Markt zusammengetrieben hatten. »Wir tragen dazu bei, dass sie gegen unser eigenes Volk Krieg führen können.«

Jeden Tag nach dem Appell gingen sie gemeinsam und unter Bewachung die Straße zu der Fabrik hinunter, wo Halya an einem Fließband arbeitete, das Patronenhülsen in Kisten spuckte. Ihre Aufgabe war es, dafür zu sorgen, dass jede Hülse auf dem Band intakt war. Fehlproduktionen musste sie aussortieren. Manchmal schlief sie im Stehen ein, und wenn sie Glück hatte, versetzte ihr Luba unauffällig einen Stoß, bevor jemand aus dem Werkschutz sie mit einem Knüppel wecken konnte. Luba war kräftig gebaut, und es war ihre Aufgabe, die gefüllten Kisten in den nächsten Raum zu tragen.

Einmal, als der Werkschutz gerade nicht da war, ließ Luba eine Kiste fallen. Die Patronenhülsen ergossen sich über den Boden. Helga, eine übereifrige junge Frau aus dem BDM, der weiblichen Gruppierung der Hitlerjugend, die hier ebenfalls aufpasste, prügelte so lange mit dem Knauf ihrer Reitpeitsche auf sie ein, bis Luba das Bewusstsein verlor. Svetlana und Halya mussten sie in die Baracke zurücktragen, wo Lilija ihr, so gut es ging, die Wunden säuberte. Danach trug Halya die Kisten, während Luba Halyas einstige Arbeit übernahm.

Slavko arbeitete in dem Teil der Fabrik, in dem Panzerfäuste produziert wurden. Glücklicherweise war das nicht allzu weit entfernt, und Halya und Luba konnten ihn jedes Mal sehen, wenn sie zur Arbeit oder zum Essen gingen. Die langen Arbeitstage verschwammen ineinander. Aufwachen um fünf Uhr morgens, Appell, Kaffee-Ersatz trinken und – wenn sie Glück hatten – ein Stück Brot auf dem Weg zur Arbeit, die um sieben Uhr begann. Um sieben Uhr abends war Feierabend, und sie kehrten zu ihren Baracken zurück, ließen einen weiteren Appell über sich ergehen und aßen eine wässrige Suppe und ein weiteres Stück Brot. Dann hieß es Schlafen, und alles begann wieder von vorn. Halya versuchte, sich an ihre Heimat zu erinnern: an den Geschmack der in der Sonne gereiften Sauerkirschen, die an den Ästen ihres liebsten Lesebaums wuchsen, oder an den Geschmack der cremigen Milch, direkt von der Kuh. Sie dachte an Mamas kühle Hand, die ihr die Wange streichelte und ihr die Knoten aus dem dicken Haar bürstete, und an Tatos lautes Lachen und die Lachfältchen an seine Augen, wenn er ihr lustige Geschichten erzählte. Halya nahm all diese Erinnerungen, das Einzige, was sie noch mit ihrem alten Leben verband, und sie durchlebte sie im Geiste immer wieder, bis sie schließlich verblassten und nicht mehr die Kraft hatten, sie in ihre Heimat zu transportieren.

»Ich vermisse mein Zuhause so sehr«, sagte sie zu Lilija, als sie eines Abends wieder zu ihrer Baracke gingen. Die kühle Abendluft war eine willkommene Abwechslung zu der Hitze des Tages, doch sie roch nach Gummi und Metall. Hier gab es keine Wiesen und Felder, sondern nur eine Fabrik. Halya fühlte sich furchtbar eingeengt.

»Die Ukraine lebt in deinem Herzen. Deine Familie lebt in deinem Herzen. Eines Tages wirst du sie wiedersehen, aber bis es so weit ist, werden Slavko und ich deine Familie sein.« Lilija legte den Arm um Halyas schmale Schultern.

Einen Augenblick lang durchströmte Halya ein Gefühl des Friedens und der Geborgenheit. Sie war nicht allein. Dann, als sie um die Ecke zu ihrer Baracke gingen, wären sie fast über eine ältere Frau gestolpert, die flach auf dem Boden lag, während ein

Wachmann mit einem Gummiknüppel auf sie eindrosch. Die Frau flehte um Gnade, aber der Mann zeigte kein Erbarmen. Sie hob den Arm, und er schlug und schlug und schlug …

Blut spritzte aus einer Wunde in ihrem Gesicht und auf Halyas Wange.

Lilija wischte Halya mit dem Ärmel das Blut aus dem Gesicht, beschleunigte ihren Schritt und zog Halya hinter sich her. »Ich habe gesehen, wie sie beim Abendessen ein Stück Brot gestohlen hat«, flüsterte sie.

Halya schaute zu der Frau zurück. Ihre dürren Beine lagen auf dem Boden wie zerbrochene Zweige. Blut rann ihre Schläfe herunter, und sie hielt weiter die knochigen Hände vors Gesicht. Natürlich hatte sie mehr Brot gebraucht. Das brauchten sie alle. Was sie bekamen, war zu wenig zum Leben und zu viel zum Sterben. Ostarbeiter aus der Sowjetunion und dem Reichskommissariat Ukraine waren besonders schlimm dran, dicht gefolgt von den Polen. Andere Nationalitäten, vornehmlich aus Westeuropa wie Franzosen, Italiener und Niederländer, erhielten größere Rationen. Sie hatten sogar Fleisch in der Suppe und nicht nur Steckrüben als Gemüse. Und sie bekamen mehr Brot. Dennoch hungerten auch sie.

Bei der Arbeit, die ihnen abverlangt wurde, hätte man sie eigentlich gut versorgen müssen, aber das war den Nazis vollkommen egal. Sie alle waren »Untermenschen« für sie, und Untermenschen waren ersetzbar. Man konnte sie benutzen, wie man wollte, und wenn man sie nicht mehr brauchte, wurden sie »entsorgt«.

Der Anblick der Frau erinnerte Halya wieder an die Realität. In Deutschland war ihr Herz nichts wert. Hier zählte nur ihre Fähigkeit, unter unmöglichen Umständen arbeiten zu können. Die Frage war nicht, ob sie unter dieser Folter zerbrechen würde, sondern wann.

25

VIKA

Juli 1943, Reichskommissariat Ukraine

»Wir müssen weg!« Maksim stürzte ins Haus, gefolgt von einem Schwall stickiger Sommerluft. Schweißtropfen glänzten auf seiner Stirn. »Ich habe die Pferde schon angespannt. Greif dir ein paar Decken und etwas zu essen. Ich hole die Kinder.«

Vika ließ den Ruschnik fallen, den sie gerade für ihre Schwester bestickte, und stand auf. »Was ist denn los?«

»Die Deutschen fackeln Tulytschiv ab.« Maksim rüttelte Sofia wach. Dann nahm er Bohdan und Nadja auf die Arme. »Und sie waren auch schon in Radovitschi und Lityn. Als Nächstes könnten sie hierherkommen.«

Ein dumpfes Grollen hallte in Vikas Ohren, als sie nach dem Laib Brot griff, den sie früher am Abend gebacken hatte, etwas vom Salo, dem gesalzenen und gewürzten Rückenspeck und einen Krug mit eingelegtem Gemüse. Tulytschiv lag nur ein paar Kilometer die Straße hinunter. Natürlich wussten sie von vielen Dörfern, die die Deutschen als Vergeltung für Partisanenangriffe zerstört hatten, aber es war noch nie so nah gewesen.

Maksim brachte die Kinder nach draußen, und der Geruch von Rauch waberte ins Haus. Vika warf die Nahrungsmittel in einen Haufen Bettzeug und rollte alles zusammen. Draußen glühte der Horizont im Osten, und eine dunkelgraue Schliere schlängelte sich in den Himmel hinauf und verdeckte die Sterne. Vika legte das Bündel in den Wagen und gab jedem Kind eine Decke.

»Wo fahren wir hin?« Sie kletterte neben Maksim auf den Bock. Maksim schnalzte mit der Zunge und gab den Pferden einen Klaps mit dem Zügel.

»Nach Osa. Ein Pole, dem ich letzte Woche geholfen habe, über den Fluss zu entkommen, hat gesagt, wenn wir je aus unserem Dorf fliehen müssten, könnten wir sein leer stehendes Haus nutzen.«

Vika wusste nicht, ob sie lachen oder weinen sollte, so lächerlich war ihre Situation. Im letzten Monat hatten die Angriffe der Ukrainische Aufstandsarmee auf polnische Siedlungen zugenommen. Viele Polen waren daraufhin geflohen und hatten sich bei ukrainischen Familien versteckt. Und jetzt war es Vikas Familie, die sich im Haus eines polnischen Freundes verstecken würde. Was für ein Beispiel dafür, wie so viele Menschen, sowohl Ukrainer als auch Polen, noch immer einander halfen, und das trotz der Spannungen zwischen den beiden Völkern.

Allerdings war das nicht in allen Dörfern so.

Vika verabscheute Gewalt gegen unschuldige Zivilisten, egal welcher Nationalität sie angehörten, doch jetzt waren Ukrainer und Polen in einem Kreislauf von Grausamkeiten gefangen, obwohl beide eigentlich für die gleichen, noblen Ziele kämpften: Freiheit für beide Völker und Einheit gegen die Nazis und Sowjets. Vika wusste nicht, was die größere Tragödie war: dass die beiden Gruppen nicht zusammenarbeiteten, um die Invasoren zu besiegen und diesen Krieg zu beenden, oder all die sinnlosen Tode an sich. Aber sie hatte den Versuch schon lange aufgegeben, die hässliche Fratze des Krieges zu verstehen.

»Die UPA sammelt sich, um die Deutschen in Tulytschiv anzugreifen«, sagte Maksim. »Ich habe gesehen, wie Oleksy in diese Richtung geritten ist.«

»Glaubst du, sie können sie aufhalten, bevor sie herkommen?«

»Ich weiß es nicht«, antwortete Maksim. »Wenn die UPA ihre Männer schnell genug zusammenkriegt, vielleicht.«

Maksim zügelte das Pferd, als eine schwangere Frau mit einem kleinen Kind in den Armen vor ihnen die Straße überquerte.

»Sollen wir sie mitnehmen?«, rief Maksim.

Die Frau schüttelte den Kopf. »Mein Mann hat mir im Wald einen Bunker gebaut. Da will ich hin.«

»Mit dem Baby?«, erwiderte Vika. »Kommen Sie mit uns. Wir fahren zu einem Haus.«

Die Frau zögerte, aber dann schüttelte sie wieder den Kopf. »Dann weiß er nicht, wo er mich finden kann. Ich will nicht so weit weg.«

Ohne auf eine Antwort zu warten, lief sie in den Wald. Weiter die Straße hinunter sah Vika noch mehr Dörfler, die in der Hoffnung, dass die Deutschen sich auf die Gebäude konzentrieren würden, Schutz zwischen den Bäumen suchten.

»Ihr Mann kämpft vermutlich«, sagte Maksim.

Vika schüttelte den Kopf. »Ich kann mich nicht daran erinnern, sie schon mal im Dorf gesehen zu haben.«

»Seit die Deutschen wieder überall Razzien machen, sind immer mehr Flüchtlinge zu uns gekommen. Ich bin sicher, sie wohnt bei jemandem aus ihrer Familie.«

»Was sollen wir tun, wenn sie als Nächstes Maky oder Osa niederbrennen?«, fragte Vika. »Wo sollen wir dann hin?«

»Ich weiß es nicht«, seufzte Maksim. »Aber ich habe nachgedacht. Vielleicht ist es ja an der Zeit, dass wir die Gegend ganz verlassen.«

Vika drehte sich auf ihrem Sitz um und starrte ihn an, doch er wich ihrem Blick aus. Das Mondlicht, das zwischen den Bäumen hindurchfiel, betonte die dunklen Ringe unter seinen

Augen und die tiefen Falten auf seiner Stirn. Die Sorgen und die Erschöpfung, die mit seiner Arbeit als Dorfvorsteher einhergingen, hatten ihn rasch altern lassen, aber ebenso die Zeit, als er noch im Gestüt gearbeitet und insgeheim Informationen an Oleksy und die UPA weitergeleitet hatte. Maksim balancierte täglich auf dem schmalen Grat zwischen Unterdrückten und Unterdrückern, und der Preis, den ihn das kostete, war offensichtlich.

»Unser Heim verlassen?«, flüsterte Vika.

Maksim schüttelte den Kopf. »Wolhynien verlassen.«

»Aber wie sollen Lilija und Slavko uns dann finden? Wir können doch nicht ohne sie gehen.«

»Wir müssen auch die Kinder beschützen, die hier bei uns sind, Vika.«

»Das weiß ich, aber das heißt nicht, dass wir die anderen einfach so im Stich lassen können.«

Stur hielt Maksim den Blick auf die Straße gerichtet. Sein Gesicht war vollkommen ausdruckslos. »Anstatt darauf zu warten, dass sie zu uns kommen, können wir auch nach Deutschland gehen und sie suchen.«

Vika schlug sich frustriert auf die Oberschenkel. »Und was ist, wenn wir aneinander vorbeilaufen? Oder wenn man sie woanders hinschickt? Das können wir unmöglich wissen. Sag, dass du das nicht ernst meinst!«

Maksim antwortete nicht. Seine Bewegungen waren ruhig und gelassen, während er das Pferd lenkte, und Vika erkannte erschrocken, dass ihm dieser Gedanke nicht gerade eben erst gekommen war. Ihr Mann trug diese schwerwiegende Entscheidung schon lange mit sich herum.

Vika packte ihn am Arm. »Wie lange denkst du schon darüber nach?«

Jetzt schaute Maksim sie doch noch an, aber nur kurz. Dann

senkte er den Kopf wieder und schnalzte mit der Zunge, um das Pferd anzutreiben.

»Seit dem Moment, in dem ich Dorfvorsteher geworden bin.«

***

Am nächsten Morgen ritt Maksim los, um nach ihrem Haus zu sehen. Vika und die Kinder ließ er in dem verlassenen Polenhaus zurück.

Während sie die Kinder mit dem Laib Brot fütterte, den sie sich vor der Flucht noch schnell gegriffen hatte, dachte sie darüber nach, was sie wohl tun würde, sollte Maksim zurückkommen und ihr berichten, dass ihr Haus nicht mehr existierte. Würden sie hier in Osa bleiben können? Würden sie in ihrem Wagen im Wald leben? Oder würden sie Wolhynien wirklich ganz verlassen?

Die Morgenstunden verstrichen nur langsam, während Vika wartete und diese Fragen immer und immer wieder im Kopf durchging. Und als Maksim in der Hitze des Nachmittags schließlich zurückkehrte, lief sie hinaus, um ihn zu begrüßen.

»Erzähl mir alles!«, forderte sie ihn auf, als er sich im Sattel zurücklehnte, um das Pferd zu zügeln. »Steht unser Haus noch, oder ist alles niedergebrannt?«

»Unser Dorf ist sicher«, antwortete Maksim. »Die UPA hat sie verjagt, aber Tulytschiv ist weg.«

»Weg?« Vika schnappte nach Luft.

»Bis auf die Grundmauern niedergebrannt. Genauso wie Radovitschi und Lityn.« Maksim schwang sich vom Pferd und rieb sich den Hals. Er stank nach Rauch. Schweiß und Dreck rannen ihm über das erschöpfte Gesicht. »Es war eine große Schlacht, Vika, und so nah an unserem Zuhause!«

»Nur ein paar Kilometer entfernt«, murmelte Vika, und vor ihrem geistigen Auge sah sie ihr eigenes Haus in Flammen stehen.

Später an diesem Tag kehrten sie heim, und Vika versuchte, sofort zur Normalität überzugehen – die Kuh melken, sich um den Garten kümmern –, aber sie musste weiter ständig an ihr Gespräch mit Maksim am Abend zuvor denken. Sie konnten doch nicht einfach weggehen! Sie konnten doch nicht einfach ihr Leben hier zurücklassen! Ihr Heim! Ihre Freunde! Ihre Chance, dass Slavko und Lilija zu ihnen zurückkehrten!

Andererseits, wie sollten sie die Sicherheit ihrer anderen Kinder hier garantieren? Sofia hatte dunkle Ränder unter den Augen, und sie erschrak bei jedem noch so kleinen Geräusch. Und Bohdan, der sich, jung wie er war, der Gefahr nicht bewusst war, folgte den UPA-Männern wie ein Hündchen, wann immer sie Maksim besuchten. Gierig sog er ihre Kriegsgeschichten auf, und das allein war schon gefährlich.

Vika verstand natürlich, dass sie kämpfen mussten. Die Ukrainer hatten schon immer für ihr Recht kämpfen müssen, überhaupt zu existieren – gegen die Russen, gegen die Polen, gegen die Deutschen, die Liste war endlos. Widerstand lag den Ukrainern im Blut, aber Vika war müde. Sie wollte mehr für ihre Kinder als nur den ewigen Freiheitskampf. Ihre Liebe zu ihrem Land stand im Widerspruch zu ihrer Liebe zu ihren Kindern, aber ein wirklicher Wettstreit war das nie. Mutterliebe übertrumpfte alles, und deshalb waren Slavko und Lilija auch der Hauptgrund für ihr Zögern.

Als später in dieser Woche die erste Postkarte von Slavko eintraf, kam Maksim wieder auf seinen Plan zu sprechen.

»Perfekt«, sagte er, nachdem er die Karte gelesen hatte. »Jetzt haben wir eine Adresse. Wir werden ihnen schreiben, dass wir kommen.«

Vika drückte sich die Karte an die Brust. Fast die Hälfte der Worte waren geschwärzt, aber im Rest berichtete Slavko, dass er und Lilija in einer Fabrik in Leipzig arbeiteten und dass sie lebten wie die Familie Gurka.

»Warum macht dich das glücklich?«, fragte Maksim, als Vika ihm die Passage noch einmal vorlas und dabei lächelte. »Ihor Gurka ist ein versoffener Nazi-Verehrer, und seine Familie lebt im Dreck. Wenn er sagt, sie würden wie die Gurkas leben, dann leiden sie.«

Das Lächeln verschwand von Vikas Gesicht. »Das macht mich keineswegs glücklich. Es macht mich wütend, aber ich freue mich, zu sehen, wie geschickt mein Sohn die Zensur ausgetrickst hat. Unser Slavko ist wirklich ein kluger Kopf, und das hilft mir, daran zu glauben, dass er das überlebt.«

»Noch nichts von Lilija?«, fragte Maksim.

»Nein«, antwortete Vika. »Slavko schreibt, sie lässt lieb grüßen, aber ich glaube, sie hat Angst, uns zu schreiben. Ich glaube, sie fühlt sich schuldig.«

»Das ist doch lächerlich«, schnaubte Maksim. »Das sollte sie nicht.«

Vika zuckte mit den Schultern. »Wenn sie nicht hier gewesen wäre, hätten sie Slavko nicht mitgenommen.«

»Aber dafür konnte sie nichts! Du machst ihr das doch nicht zum Vorwurf, oder?«

Vika dachte kurz nach. Kurz nach den Ereignissen war es leicht gewesen, Lilija die Verantwortung in die Schuhe zu schieben, doch tief in ihrem Inneren wusste Vika, dass es nicht Lilijas Fehler gewesen war. Und wichtiger noch: Sie wusste, dass sie sie wieder verstecken würden, wenn sie die Wahl hätte. »Ja, ich weiß das, aber das ändert nichts an ihren eigenen Schuldgefühlen.«

»Was, wenn wir Slavko schreiben, es irgendwie verschlüsseln und ihm sagen, dass er und Lilija nicht wieder nach Hause kommen sollen? Dass sie warten sollen, bis wir sie finden? Würdest du dann darüber nachdenken wegzugehen?«

Vika nickte langsam. Die Vorstellung, Slavko und Lilija zu

suchen, statt auf sie zu warten, war sehr verführerisch. »Vielleicht. Aber ich muss erst nachdenken, und ich will mit Maria reden. Sie muss das wissen.«

Alle paar Monate setzte Vika ihre Kinder in das Fuhrwerk und fuhr zwei Stunden nach Turitschany, um ihre Schwester zu besuchen, doch seit ihrem letzten Besuch war bereits ein halbes Jahr vergangen. Dieser Tage war es äußerst gefährlich, sich allzu weit von seinem Haus zu entfernen, aber Vika konnte nicht länger warten. Auch jetzt, als sie den Wagen durch die ausgebrannten Ruinen von Tulytschiv lenkte, konnte sie in der Ferne gelegentlich das Grollen von Bomben und Granaten hören. Die Front zwischen den Roten und den Nazis veränderte sich ständig. Mal war sie näher, mal weiter weg. Dennoch wurde mit jedem Tag offensichtlicher, dass sie bald hier sein würde.

Vika und die Kinder trafen gegen Mittag in Turitschany ein. Zuerst fuhren sie an der orthodoxen Kirche vorbei, wo Marias Schwiegervater als Priester arbeitete, und dahinter lag das gemütliche Pfarrhaus, in dem sie wohnten. Seit dem Tod seiner Frau führte Maria den Haushalt für ihren Schwiegervater, denn ihr Ehemann, Stepan, war in die Rote Armee eingezogen worden, und sie hatte ihn schon seit Jahren nicht mehr gesehen.

Als der Wagen rüttelnd anhielt, kam Maria herausgelaufen, schlang die Arme um die Kinder und küsste sie auf die Wangen.

Vikas Blick fiel auf den großen Erdhaufen im Hof des Hauses nebenan. »Was ist denn da passiert?«

Maria schüttelte leicht den Kopf. »Sofia, tu deiner Titka Maria einen Gefallen, und schau mal nach, ob die Hühner schon Eier gelegt haben. Nimm deine kleine Schwester mit. Bohdan kann sich um die Pferde kümmern.«

Die Kinder liefen los, und Vika rief ihnen hinterher: »Aber bleibt in der Nähe!«

Vika kletterte vom Kutschbock, und Maria packte sie am Arm.

Als sie sie ins Haus zog, flüsterte sie: »Die UPA hat unsere Nachbarn, die Ostrowskis, getötet.«

»Und dann hat man sie auf ihrem Hof begraben?« Vika runzelte die Stirn und ließ sich auf einen Stuhl fallen. »Das waren doch gute Leute.«

Maria schenkte jeder von ihnen ein Glas Horilka ein und setzte sich neben ihre Schwester. »Ja, und gute Freunde. Nachdem diese Flugblätter verteilt worden sind, auf denen die Polen aufgefordert wurden zu gehen, habe ich versucht, sie davon zu überzeugen, auch zu fliehen oder sich zumindest zu verstecken, doch sie wollten einfach nicht auf mich hören.«

»Und die Kinder auch?«, fragte Vika.

Maria nickte knapp. Dann hob sie das Glas und kippte den Schnaps hinunter, ohne auf ein tröstendes Wort zu warten.

Vika folgte ihrem Beispiel und schüttelte sich, als der feurige Horilka sich durch ihre Kehle brannte und ihr den Magen wärmte. Wie alle Ukrainer wünschte sie sich ein unabhängiges Land, und natürlich war sie dankbar, dass die UPA ihrem Dorf einen gewissen Schutz gegen die Deutschen bot. Aber nie würde sie denen zustimmen, die meinten, dass der einzige Weg zu einer freien Ukraine die Eliminierung der Polen war.

»Die Ukrainer haben die Polen gebeten, ihnen bei ihrem Kampf gegen die Sowjets und die Deutschen zu helfen, aber die Polen wollten das Recht der Ukraine auf einen eigenen Staat nach dem Krieg nicht anerkennen«, wiederholte Vika, was Maksim ihr erzählt hatte. »Oder zumindest habe ich das gehört. Manche sagen, die Polen hätten das verdient, weil sie uns jahrelang unterdrückt haben, aber niemand verdient den Tod, besonders nicht Kinder. Ich werde das nie unterstützen.«

»Ich denke, das Ganze ist zu weit gegangen«, sagte Maria. »Und die Polen werden das nicht einfach über sich ergehen lassen, egal ob sie nun vor Jahrzehnten damit angefangen haben oder nicht. Tatsächlich haben sie sich jetzt auch schon im Nachbardorf gerächt. Wie sieht es denn in Maky aus?«

Vika seufzte und starrte in das leere Glas, während sie überlegte, wie sie diese schwere Frage beantworten sollte.

»Bei uns hat es nicht viel Ärger zwischen Polen und Ukrainern gegeben. Unser Dorf ist klein, und die Menschen stehen Gott sei Dank zusammen. Sie warnen einander, wenn Ärger droht. Maksim zum Beispiel hat mehreren polnischen Familien aus den Nachbardörfern über den Fluss geholfen. Die Deutschen bleiben jetzt größtenteils in den Städten. Das Land wird von der UPA beherrscht. Deshalb musste Maksim glücklicherweise auch keine Liste mit Zwangsarbeitern mehr erstellen. Das Schuldgefühl wegen der einen hat ihn fast umgebracht.«

»Das ist wenigstens etwas, finde ich«, sagte Maria. »Aber in den Städten treiben die Deutschen noch immer die Menschen zusammen, und es kommt auch noch häufig zu Razzien auf dem Land.«

»Ich weiß«, seufzte Vika. »Diese Gefahr besteht noch immer, aber die UPA leistet erbitterten Widerstand. Sie jagen deutsche Transportzüge in die Luft und kämpfen auch direkt gegen die Soldaten der Wehrmacht.«

»Zusammen mit der polnischen Heimatarmee und den sowjetischen Partisanen«, fügte Maria hinzu. »Sie alle kämpfen den guten Kampf, bis sie sich irgendwann gegeneinander wenden, aber die Deutschen rächen sich immer an den Dorfbewohnern, egal wer für einen Angriff verantwortlich war. Der Sohn meiner anderen Nachbarn war bei der UPA, und das haben die Deutschen herausgefunden. Letzten Monat haben sie die ganze Familie exekutiert, und wir mussten bei der Hinrichtung zuschauen.«

Vika beugte sich vor und goss ihnen ein weiteres Glas Horilka ein. »Das ist einfach zu viel. Ich weiß gar nicht mehr, wer wann gegen wen kämpft.« Wieder kippte sie den Schnaps hinunter, und diesmal genoss sie das Brennen. »Ich habe von Slavko gehört. Er und Lilija sind in einer Fabrik bei Leipzig.«

»Sind sie in Sicherheit?«

»Ja … zumindest was man dieser Tage so sicher nennt.«

Maria nahm Vikas Hände. »Du musst positiv denken.«

»Schaffst *du* das?«, erwiderte Vika und kam auf ein Thema zu sprechen, das sie normalerweise ausblendete. »Wieso nimmst du immer noch an, dass Stepan zu dir zurückkehrt? Wie viele Jahre sind das jetzt, Marischka?«

Maria lehnte sich zurück und verzog das Gesicht. »Ich habe ihn zum letzten Mal vor drei Jahren gesehen, und sein letzter Brief ist vor sechs Monaten gekommen.«

»Und doch glaubst du, dass er wieder heimkommen wird?«

»Ja, das tue ich«, flüsterte Maria. »Das muss ich. Sonst käme ich morgens nicht mehr aus dem Bett.«

Diesmal war es Vika, die Marias Hände nahm. »Ich verstehe das. Besser als die meisten anderen, aber trotzdem solltest du mit uns kommen.«

Maria kniff die Augen zusammen. »Und wohin wollt ihr gehen?«

»Im Augenblick nirgendwohin.« Vika beugte sich näher zu ihrer Schwester, obwohl sie die Einzigen im Haus waren. »Aber Maksim redet davon, Wolhynien ganz zu verlassen, wenn die Front noch näherrückt. Er will nach Westen und ein neues Leben in einem neuen Land beginnen. Und ich will dich dort bei mir haben.«

»Nein.« Maria riss ihre Hände zurück und schüttelte den Kopf. »Ich werde meinen Mann nicht verlassen.«

»Du weißt doch nicht mal, ob er lebt!« Vika bereute ihre Worte sofort, aber sie würde sie auch nicht zurücknehmen.

Zwei wütende rosa Flecken erschienen auf Marias Wangen. »Er lebt! Ich weiß, dass er lebt!«

»Tut mir leid.« Vika versuchte wieder, Marias Hände zu nehmen, doch ihre Schwester wich ihr aus. »Ich will dich nicht alleinlassen, Maria. Du bist doch alles, was mir von meiner alten Familie noch geblieben ist.«

Maria sackte auf ihrem Stuhl zusammen. »Ich weiß, Vikusia. Ich empfinde genauso, aber du kannst nicht erwarten, dass ich gehe, bevor mein Mann heimgekehrt ist. Wenn Maksim weg wäre, würdest du das auch nicht tun.«

Oder doch? Vika war von ihrer eigenen Loyalität bei Weitem nicht so überzeugt wie Maria, aber ihre Schwester hatte ja auch noch keine Kinder. Deshalb wusste sie nicht, wie stark die Mutterliebe war, die Anziehungskraft, die ein Kind mit seiner Mutter verband wie den Mond mit der Erde. Vika liebte Maksim, und sie hätte ihn nie freiwillig verlassen, aber vor die Wahl gestellt, wäre ihre Entscheidung klar.

»Außerdem, was wenn das nicht passiert?«, fuhr Maria fort. Sie war so tief in ihre eigenen Gedanken versunken, dass sie gar nicht bemerkte, dass Vika ihr nicht geantwortet hatte. »Was, wenn die Ostfront nie hier ankommt?«

»Die Deutschen ziehen sich bereits zurück, und das heißt, dass Stalin zurückkommt«, erwiderte Vika. »Ich will unser Zuhause nicht verlassen, aber wir können nicht hier leben, wenn vor unserer Türschwelle zwei Armeen kämpfen. Das ist viel zu gefährlich.«

»Glaubst du wirklich, im Westen ist es sicherer?«, fragte Maria.

»Ich weiß es nicht, aber es kann da auch nicht schlimmer sein als hier. Vergiss nicht: Unsere Familie ist schon vor dem Großen Hunger geblieben, und das war auch nicht gerade die klügste Entscheidung«, entgegnete Vika ruhig. »Wenn wir fortgegangen wären, hätten wir alle überlebt.«

»Das ist nicht fair«, protestierte Maria. »Das waren andere Umstände.«

»Andere Umstände vielleicht, aber es ging um das Gleiche: ums Überleben.«

»Man kann auch hier überleben, Vikusia. Das machen die Leute jeden Tag.«

»Vielleicht bin ich es einfach nur leid, nach diesen Möglichkeiten zu suchen. Vielleicht will ich ja etwas anderes«, erwiderte Vika.

Da war sie: die Wahrheit. Vika hatte furchtbare Angst, alles zu verlassen, was sie kannte – ihr Haus, ihr Dorf, ihre Schwester –, aber sie brauchte etwas anderes. Sie brauchte Sicherheit und Frieden für Sofia, Bohdan und Nadja. Sie wollte sich nicht jeden Tag darum sorgen, welcher Soldat wohl heute vor ihrer Tür stehen würde. Sie wollte ein neues Zuhause, weit weg vom Krieg und Stalins vorrückender Armee.

Das Einzige, was sie zurückhielt, waren Slavko und Lilija, aber in dem Gespräch mit Maria waren ihr einige Dinge klar geworden. Sie setzte das Leben ihrer Kinder aufs Spiel, egal ob sie nun blieb oder ging. Doch wenn sie Slavko eine Nachricht zukommen lassen würde, dass sie zu ihnen unterwegs waren, könnte sie ihre Familie vielleicht aus der Gefahrenzone bringen und Slavko und Lilija wiederfinden. Vielleicht konnte sie alle retten.

26

LILIJA

November 1943, Leipzig, Deutschland

Lilija zitterte, als sie in der Reihe stand und auf den Appell wartete. Ein steter Nieselregen fiel auf sie herab und durchnässte ihre Kleider. Der Winter war inzwischen in die Baracken gekrochen und hatte den Frauen auch den letzten Hauch Freude genommen ... nicht, dass da je viel Freude gewesen wäre.

Halya stand neben Lilija in der Viererreihe, barfuß und ohne Mantel. Sie krümmte sich vor Kälte, während die Aufseherin Helga die Frauen durchzählte, und jedes Mal, wenn eine Arbeiterin vor Erschöpfung oder Krankheit zusammenbrach, hielt die Deutsche inne und begann von vorn. Lilija fragte sich, ob es in Slavkos Baracke genauso schlimm war. Sie hatten ihn schon seit ein paar Tagen nicht mehr gesehen.

In den letzten Wochen hatten die Wachen sie immer früher zum Appell geweckt. Inzwischen fand er um vier statt, und um sechs waren sie bereits in der Fabrik. Natürlich hätte der Appell nicht so lange dauern müssen, doch die grausamen Aufseher setzten sie manchmal einfach den Elementen aus und schauten zu, wie die Frauen darum kämpften, nicht umzufallen, bevor es in die Fabrik ging. Neben den Wachen gab es um sie herum gut ausgebildete Deutsche Schäferhunde, sodass keine von ihnen zu fliehen wagte, selbst wenn sie noch die Kraft dazu gehabt hätte.

Und wenn sie nach der Arbeit zurückkamen, gab es einen weiteren Appell, bevor sie essen durften. Die Wachen wollten sichergehen, dass niemand fehlte. Diese Appelle bildeten den Dreh- und Angelpunkt von Lilijas Tagen, und normalerweise war die Zeit, in der sie im Freien stand und Helgas nasalem Zählen lauschte, nicht unerträglich für sie. Lilija schickte ihre Gedanken dann immer auf Wanderschaft und hielt nach Vögeln Ausschau. Auch wenn sie sie nicht zeichnen konnte, so genoss sie doch ihren Anblick. Zwar gab es hier bei der Fabrik nicht so viele wie im ländlichen Wolhynien, aber das war auch nicht anders zu erwarten. Lilija vermisste die Farbenvielfalt und das Gezwitscher in ihrer Heimat. Sie konnte die Vögel zwar nicht sehen, blätterte aber im Geist durch ihren Katalog. Das tat sie so oft, dass sie nun in ihrer Erinnerung lebten. Für gewöhnlich fühlte es sich auch gut an, sie sich ins Gedächtnis zu rufen und sich auf all die feinen Details zu konzentrieren, die verhinderten, dass sie sie vergaß. Das war ein Teil von ihr, den die Deutschen ihr nicht nehmen konnten.

Aber an diesem Abend war es anders. An diesem Abend, bei diesem Appell, konzentrierte sich Lilija mit aller Kraft auf Halya.

»Bleib stehen«, murmelte sie und streckte verstohlen die Hand aus, um Halya in den Arm zu kneifen. Ihre Finger waren von all den Tagen verbrannt, an denen sie Kugeln aus dem heißen Wasser auf ein Fließband legte. Sie schmerzten, dennoch kniff sie noch einmal zu. »Halya? Hörst du mich?«

Halya rieb sich den Arm. »Ja, ja, ich höre dich. Ich bin wach.«

»Hast du letzte Nacht nicht geschlafen?«, fragte Lilija. Zu Anfang hatte Halya sich immer in den Schlaf geweint, inzwischen war wegen der Erschöpfung kein Platz mehr für Gefühle.

»Ja, ja«, stöhnte Halya noch einmal. »Ich fühle mich nur nicht gut.«

Als Helga gerade nicht hinschaute, streckte Lilija erneut die Hand aus und rieb Halya aufmunternd über den Rücken. Ihr

Plan, das Mädchen auf Abstand zu halten, war schon vor einiger Zeit gescheitert, und jetzt konnte sie ihre Zuneigung nicht länger leugnen. Bei dieser liebenswerten Mischung aus Mut und Naivität konnte man auch nicht anders, als Halya zu lieben, und trotz Lilijas anfänglicher Zurückhaltung hatte Halya ihr verhärtetes Herz erweicht.

Helga beendete den Appell, aber statt sie zur Fabrik zu scheuchen, führte sie die Frauen und Mädchen zu einem anderen Gebäude neben ihren Baracken. Ein nervöses Flüstern ging durch die Reihen der Zwangsarbeiterinnen, und Halya packte Lilijas Hand.

»Wo bringen die uns hin?«

Bevor Lilija darauf antworten konnte, betraten sie einen großen offenen Raum, in dem an der Wand Körbe voller Kleider und Mäntel standen.

»Jede von euch wird sich einen Mantel und einen Pullover nehmen«, befahl Helga. »Wenn ihr keine Schuhe habt, dann bekommt ihr auch ein paar Holzschuhe. Die Kosten werden euch von eurem Lohn abgezogen.«

Lilija hätte fast laut gelacht, als Helga so beiläufig von »Lohn« sprach, als wäre das Wort etwas anderes als ein politisches Werkzeug, damit die Nazis sie Arbeiter und nicht Sklaven nennen konnte. Abzüglich den Kosten für Kost und Logis und jetzt der Kleidung blieb den Ostarbeitern nur eine winzige Summe, um Briefmarken und Papier für Briefe nach Hause zu kaufen. Außerdem durften sie nicht in deutschen Geschäften einkaufen, sie waren auf das angewiesen, was es im Lager gab.

Halb verhungert und durchgefroren stürzten die Frauen sich wie Geier auf die Kleidung, und in gewisser Hinsicht waren sie das auch. Lilija grub in einem Korb und fand einen dicken, kleinen Mantel. Sie warf ihn Halya zu. »Hier! Zieh den an.«

Halya schlüpfte hinein und knöpfte ihn zu. »Der ist warm.«

»Gut. Und jetzt such nach einem Pullover oder so was, der mir passen könnte«, forderte Lilija sie auf.

Doch Halya hörte nicht zu. Stattdessen berührte sie einen dunklen Fleck vorn auf dem Mantel. »Lilija, was ist das?«

Lilija hob den Blick und wurde kreidebleich. Sie musste sich zwingen, so ruhig und sachlich wie möglich zu klingen. Sie konnte den Tod der ehemaligen Besitzer dieser Kleider nicht ungeschehen machen, aber sie konnte Halyas Tod verhindern … Sie musste!

»Das ist Blut. Du hast doch nicht ernsthaft geglaubt, dass die Deutschen die Kleider für uns *gekauft* haben, oder? Sie mögen uns dafür ja Geld abnehmen, aber sie haben mit Sicherheit nichts dafür bezahlt.«

Halya wich die Farbe aus dem Gesicht. »Wo haben sie die denn her?«

Lilija hielt einen weiteren Mantel in die Höhe und zog ihn an. Dieser hier hatte einen Blutfleck am Ärmel. »Ich nehme an von den Leuten, die sie in ihre anderen Lager gesteckt haben. Du hast doch die Juden gesehen, die sie zur Arbeit in die Fabrik gebracht haben. Sie halten sie von uns fern, und sie tragen Einheitskluft. Das sind vermutlich ihre Kleider.«

»Aber die leben doch noch«, sagte Halya. »Warum ist dann hier Blut?«

Lilija schluckte. »Nicht alle von ihnen leben noch, Halya, und wir werden auch nicht mehr lange leben, wenn wir uns nicht warm anziehen. Die armen Leute in diesen Lagern sind noch viel schlimmer dran als wir. Ich wünschte bei Gott, dass wir ihnen helfen könnten, aber wir können uns selbst ja kaum helfen, und wir können diese Kleider nicht verschwenden. Falls ich sterbe, würde ich meinen Mantel einem armen, durchgefrorenen Mädchen gönnen, und das würdest du auch. So … Lass uns ein paar Schuhe besorgen.«

27

VIKA

Februar 1944, Reichskommissariat Ukraine

Die Erde bebte, als die deutschen Panzer über die Straße rollten. Vika stand in der Tür und beobachtete sie durch die rauchverhangene Morgenluft, als sie sich von Tulytschiv entfernten beziehungsweise von dem, was einst Tulytschiv gewesen war. Von dem Dorf war nichts mehr übrig, die Deutschen hatten es im Juli bis auf die Grundmauern niedergebrannt. Vika und ihre Familie hatten noch zweimal fliehen müssen, als die Deutschen weitere Nachbardörfer angegriffen hatten. Einmal hatten sie sich in demselben Haus versteckt, in dem sie schon mal gewesen waren, doch beim zweiten Mal hatten sie keine Zeit dafür gehabt. Deshalb waren sie in den Waldbunker eines Freundes gegangen.

Die ganze Nacht über waren Raketen und Granaten auf das Land im Osten niedergegangen. In der Ferne war das Glühen von Bränden am Horizont zu sehen gewesen, denn die Deutschen praktizierten auf ihrem Rückzug eine Politik der verbrannten Erde und zerstörten Brücken und Getreidesilos. Aber auch wenn diese Feuer schon furchterregend genug waren, erinnerte sich Vika noch genau an die Schrecken der sowjetischen Besatzung, und sie war nicht sicher, was nun schlimmer war: vom Feuer verschlungen zu werden oder wieder unter Stalins Knute zu leben.

Denn wenn die Deutschen sich so schnell zurückzogen, dann konnten die Sowjets nicht mehr weit sein.

Eine Granate schlug ganz in der Nähe ein und ließ das Haus erbeben. Rasch ging Vika wieder hinein und schloss die Tür, als könne sie das vor dem Krieg schützen, der überall um sie herum tobte.

»Es ist Zeit.« Maksim berührte sie an der Schulter. »Der Wagen ist fertig, und ich denke, wir können nicht mehr länger warten.«

In der Nacht zuvor hatte er eine Öltuchplane für den Wagen mitgebracht, und in den letzten paar Wochen hatte Vika Brot getrocknet und Fässer mit Nahrung als Reiseproviant vorbereitet. Nun faltete und packte sie ihre besten Ruschniki, legte ihre heiligen Ikonen, Gebetbücher und Lilijas Skizzenbücher dazwischen und nähte sorgfältig einen Beutel für ihre geliebten, getrockneten Kalynabeeren zu, die sie in ihrem neuen Heim pflanzen wollte. Sie konnte sich schlicht kein Haus ohne diese Beeren vorstellen, egal wo.

Doch trotz all der Vorbereitungen wirkte es irreal. Vika hätte nie gedacht, dass dieser Tag wirklich kommen würde. Sie beugte sich über den Tisch und packte die Kante, bis ihre Finger schmerzten. »Wir müssen noch ein paar Tage warten«, sagte sie. »Wir haben noch immer nichts von ihnen gehört.«

»Wir können aber nicht mehr warten, Vikusia«, erwiderte Maksim. »Wir haben den beiden mindestens ein Dutzend Mal geschrieben und durch das Warten bereits das gute Wetter verpasst. Wir sind schon viel zu spät dran, denn jetzt kämpfen Sowjets und Nazis direkt vor unserer Tür, und wir müssen uns damit abfinden, im Winter zu reisen.« Maksim holte ein Blatt Papier aus der Tasche, faltete es auf und legte es auf den Tisch. »Der Oberst im Gestüt hat mir diese Karte gegeben. Siehst du? Wir sind hier.«

Vika sog zischend die Luft ein. Nun war es also so weit. Sie würden gehen. Ihr Haus verlassen. Ihre Schwester. Die Möglichkeit, ihren Sohn und ihre Nichte zurückkommen zu sehen.

»Und? Was werden wir jetzt tun?«

Maksim deutete auf ihr Dorf und fuhr mit dem Finger in Richtung Westen. »Wir werden ihnen entgegenfahren. Wenn sie noch leben, werden wir sie auch finden.«

Wenn sie noch leben …

Vika hätte ihm diese hässlichen Worte am liebsten aus dem Mund geprügelt, doch die Wut wurde rasch von einem anderen Gefühl verdrängt: Angst.

»Ich weiß nicht, ob ich das kann.« Es schmerzte, diese Worte auszusprechen und damit zuzugeben, wie hilflos sie war. Der Verlust von Slavko hatte Vika gebrochen, und jetzt war sie leer, eine nutzlose, ausgetrocknete Hülle, die im Wind trieb, unfähig und nicht willens, ihren eigenen Kurs zu bestimmen, denn sie kannte ihn nicht. Wie hätte sie wissen können, was in diesem Chaos das Richtige war? Jede Entscheidung, die sie traf, hatte das Potenzial, in einer Katastrophe für ihre Familie zu münden, und dieser Druck drohte sie zu ersticken, bis sie die Frau nicht mehr erkannte, zu der sie geworden war.

Maksim legte seine Hände auf Vikas. »Wir stehen das zusammen durch. Wir müssen das tun. Verstehst du das denn nicht? Falls wir die Kämpfe überleben sollten, kommen die Sowjets, und die könnten uns allein dafür schon verhaften, weil ich Dorfvorsteher war, und Slavko und Lilija für die Arbeit, die sie in Deutschland geleistet haben. Ihnen ist vollkommen egal, ob sie diese Arbeit tun wollten oder nicht.«

Vika wusste das. Sie hatte Maria gegenüber dieselben Fakten erwähnt. Sie hatte einmal davon geträumt, ihre Kinder fernab der Grausamkeiten dieses Krieges großzuziehen, aber dann hätte sie nicht nur alles aufgeben, sondern auch alles riskieren müssen.

Wie sollten sie auf der Reise ihre Sicherheit garantieren? Wie sollten die dünnen Seitenwände des Pferdewagens sie vor Kugeln und Bomben schützen? Wie sollten sie überleben?

Vika sprach nichts davon aus, denn sie wusste, dass sie sich dieselben Fragen stellen müsste, wenn sie blieben. Vielleicht war eine richtige Entscheidung ja auch unmöglich. Vielleicht musste sie einfach akzeptieren, dass sie nur für ihre Familie kämpfen konnte.

»Sobald wir aufbrechen und Lilija und Slavko finden …«, fuhr Maksim fort und senkte den Blick. An dieser kleinen Bewegung erkannte Vika, dass er die beiden für tot hielt. Sie hatten schon seit Monaten keine Postkarte mehr bekommen, und Maksim hielt nur an der Idee fest, sie zu finden, um seine Frau zu beruhigen. Wieder verlor Vika ein wenig den Glauben an ihn, so wie sie schon so vieles in diesem Krieg verloren hatte.

Maksim schien ihre Reaktion nicht zu bemerken. »Vielleicht können wir ja nach Bayern gehen. Ich habe gehört, da gäbe es Arbeit auf den Bauernhöfen. Oder vielleicht noch weiter nach Westen. Angeblich steht sie Landung der Westalliierten unmittelbar bevor …« Seine Stimme verhallte, und er starrte auf die Karte. »Ehrlich gesagt weiß ich nicht, wo wir landen werden. Ich weiß nur, dass wir nicht hierbleiben können.«

Trotz Maksims Unglauben – oder vielleicht auch genau deshalb – erwachte ein Hoffnungsschimmer in Vika. *Durch und durch stur.* So hatte ihre Mutter sie stets beschrieben, und Vika wusste, dass das ihre Chance war, einen ihrer größten Fehler zu korrigieren und Maksim zu widerlegen: Sie würde ihren Sohn und ihre Nichte finden und dabei ihre anderen Kinder schützen. Wenn sie sich daran festhielt, dann könnte sie vielleicht die Kraft aufbringen, die dafür nötig war.

In der Ferne explodierte etwas und ließ die Wände erbeben. Sofia schrie und sprang aufs Bett.

Vika atmete tief durch. Dann drehte sie sich um und ging wortlos weg. Sie setzte sich an den Tisch und begann zu schreiben:

Lieber Slavko, liebe Lilija,
Wenn ihr heimkommt und das hier lest, dann müsst ihr wissen, dass wir losgezogen sind, um euch zu suchen. Und wir werden nicht ruhen, ehe wir euch nicht gefunden haben.
Mama.

Vika schrieb das auch auf zwei Postkarten, die sie an die letzte Adresse schicken wollte, die sie von den beiden hatte. Dann steckte sie die Originalnotiz unter die Vase mit den inzwischen vertrockneten Mohnblumen, die noch immer dort stand, wo Slavko sie hingestellt hatte.

***

Vika bereitete die letzte Mahlzeit zu, die sie in diesem Haus zu sich nehmen würden – eingekochte Pflaumen auf Brot –, und stellte sie vor Bohdan und Nadja. Sie wollte, dass alle und alles bereit war, wenn Maksim aus dem Gestüt kam, wo er noch seinen Lohn abholen wollte.

Eine Mädchenstimme hallte über den Hof.
»Ist das Sofia?«, fragte Bohdan.
Vika legte ihr Messer weg, dachte kurz nach, nahm es dann wieder und hielt es zitternd in der Hand. »Ich schaue mal nach.«
Kaum hatte sie die Tür aufgezogen, da stürmte Sofia herein.
»Sie haben sie mitgenommen! Unsere Pferde sind weg!«
Eine Wut, wie Vika sie noch nie gesehen hatte, funkelte in den Augen ihrer Tochter, doch sie hatte keine Zeit, jetzt weiter auf diese Gefühle einzugehen. Sie packte Sofia an den Schultern. »Wer war das?«
»Die Deutschen. Zwei Wehrmachtssoldaten haben sie mitgenommen. Sie haben gesagt, sie bräuchten sie für ihre Armee.«
Sofia schluckte ein Schluchzen herunter, als ihr Mut sich in Angst

verwandelte. »Ich habe ihnen gesagt, dass Tato ein Freund der deutschen Soldaten im Gestüt ist, aber sie haben mich nur ausgelacht.«

Vika verließ der Mut. Die Pferde waren weg. Auch zog sich ihr der Magen zusammen, ihre Tochter so über Maksim reden zu hören, und das so beiläufig. »Er ist nicht ihr Freund, Sofia. Er hatte keine Wahl. Dein Vater würde nie freiwillig für die Deutschen arbeiten!«

»Tut mir leid, Mama. Ich habe nur versucht zu helfen.«

»Egal«, seufzte Vika. Sie hatte jetzt keine Zeit, um mit ihr zu diskutieren.

»Tato liebt diese Pferde«, sagte Sofia. »Er hat sie wieder zum Leben erweckt.«

Vika schloss die Augen und erinnerte sich daran, wie die beiden Wallache auf der Weide immer zu Maksim gerannt waren und ihm die Köpfe auf die Schultern gelegt hatten. Den Ruf, Pferde heilen zu können, hatte er sich schon als Junge erworben. Diese beiden waren die letzten einer langen Reihe von traurigen und gebrochenen Pferden, die Maksim gesund gepflegt hatte. Als die Sowjets 1940 die beiden Wallache gestohlen hatten, war er so niedergeschlagen gewesen, dass er Vika und die Kinder allein gelassen hatte, um sie zu suchen.

»Ich gehe meinen Pferden hinterher«, hatte er damals verkündet. »Die Russen werden sie nicht gut füttern, und ich muss sicherstellen, dass sie was zu essen haben.«

»Aber was ist mit deiner Frau und deinen Kindern? Kümmert es dich denn gar nicht, ob wir etwas zu essen haben?«, hatte Vika ihm hinterhergebrüllt, als er die Straße hinuntermarschiert war, auf der Schulter die Sense, mit der er immer Gras für die Pferde geschnitten hatte.

Drei Tage später war er ohne seine geliebten Pferde zurückgekehrt und hatte sich geweigert, darüber zu sprechen. Dann, als die Deutschen einmarschiert waren, hatte er mit einem Offizier gesprochen und ihn überredet, ihm ein lahmes Militärpferd zu geben, das eigentlich erschossen werden sollte. Sechs Monate später war er damit über die Felder galoppiert. Dann hatte er es gegen zwei kränkliche, halb verhungerte Ponys eingetauscht – gegen die beiden, die gerade gestohlen worden waren und die den Wagen hätten ziehen sollen.

»Was machen wir jetzt, Mama?«, riss Sofia Vika aus ihren Erinnerungen, und sie öffnete die Augen.

»Ich weiß es nicht, Sofia. Ich muss nachdenken.«

***

Eine Stunde später hallten Hufschläge die Straße hinauf, und Vika eilte zum Fenster. Angestrengt versuchte sie, den näher kommenden Reiter zu erkennen. Dann hörte sie eine vertraute Stimme.

»Vika, ich habe eure Pferde gefunden!« Oleksy zügelte sein Pferd vor dem Haus. Sein erschöpftes Gesicht war voller Staub.

Sie lief hinaus, blieb aber sofort stehen, als sie die beiden haselnussbraunen Wallache sah. »Das sind nicht unsere Pferde.«

Oleksy beugte sich aus dem Sattel und gab ihr die Zügel. »Jetzt schon.«

»Woher wusstest du überhaupt, dass unsere weg sind? Und woher sind die hier?«

»Egal. Nimm sie einfach, und macht, dass ihr hier wegkommt. Die Kämpfe sind schon viel zu nah, und die Nazis nehmen das mit der verbrannten Erde verdammt ernst.«

In der Ferne schlug eine Bombe ein, als wolle sie Oleksys Worte unterstreichen.

Vika stieß ein lautes Lachen aus. »Wie viele unterschiedliche Armeen haben wohl schon versucht, unsere Erde zu verbrennen?«

Oleksy verspannte sich. »Wenn ihr Lilija findet, dann versichere sie meiner Liebe. Passt auf euch auf, Vika.« Er wendete sein Pferd, schaute dann aber noch mal zurück. »Und sag ihr bitte auch, dass es mir leidtut. Alles.«

»Was wirst du jetzt tun?«, rief Vika ihm hinterher.

»Was ich immer getan habe. Ich werde für die Ukraine kämpfen, bis ich nicht mehr kämpfen kann.«

28

HALYA

Februar 1944, Leipzig, Deutschland

Meine liebste Halya,
Dein Vater und ich vermissen Dich sehr. Ohne Dich ist es hier nicht dasselbe. Ich rechne ständig damit, Dich oben in Deinem Baum zu finden, wo Du ein Buch liest. Und jedes Mal, wenn ich Dich nicht finde, habe ich das Gefühl, Dich noch einmal zu verlieren. Es freut mich, zu hören, dass Du dort gut zurechtkommst, auch wenn auf Deinen letzten Postkarten viele Zeilen geschwärzt waren. Ich mache mir Sorgen wegen dem, was da wohl gestanden hat. Sei klug, meine Kleine.
In Liebe
Mama

Halya hatte den Brief schon so oft gelesen, dass sie ihn auswendig konnte, und sie sagte die Worte oft auf dem langen Weg zum Essen nach der Arbeit vor sich hin. Sie liebte es, sich vorzustellen, wie Mama am Tisch saß und Briefe an sie schrieb, während ihr Vater sich über ihre Schulter beugte und seine eigenen Gedanken hinzufügte. In jedem Fall war das besser, als über ihr Leben hier nachzudenken.

»Zeit zu essen!«, rief Svetlana und riss Halya aus ihren

Gedanken. Beide nahmen sie sich ihre kleinen Rationen. »Vielleicht kommt dein Freund ja heute Abend wieder.«

Halya vertrieb die Gedanken an ihr Zuhause und versuchte sich an einem Lächeln. »Ja, vielleicht.«

Slavko hatte sich nun schon seit fünf Tagen hintereinander nicht mehr mit ihnen zum Essen getroffen.

Halya versuchte, sich keine Sorgen zu machen. Vielleicht hatte er jetzt ja eine andere Schicht wie Lilija auch, die nun nachts in einem anderen Teil der Fabrik arbeiten musste. Sie und Halya hatten in letzter Zeit kaum miteinander gesprochen. Eine von ihnen schlief meist, wenn die andere ging oder ankam. Oder vielleicht hatte man Slavko auch einem anderen Betrieb zugeteilt. Beides wäre nicht ungewöhnlich gewesen. Halya tunkte ihr Brot in die wässrige Suppe und ließ ihren Blick wieder durch den Raum schweifen. Eine seltsam gefärbte Karotte – wenn es denn eine war – schwamm mitten in der Schüssel, das einzige Stück Gemüse in der Brühe. Um Halya herum plapperten die Mädchen, mit denen sie zusammenarbeitete, doch sie hatte sich mit keiner von ihnen angefreundet.

Wenn er konnte, setzte Slavko sich zum Essen immer zu ihr. Lilija und die anderen Mädchen neckten sie deshalb, aber das kümmerte sie nicht. Das Einzige, was zählte, war, dass er kam. Er war noch nie so lange fort gewesen.

Halya starrte zur Tür, als könne sie ihn so zwingen, mit seinem lässigen Grinsen und dem schelmischen Blick wieder aufzutauchen.

»Hast du gehört, Halya?« Luba stupste sie an. »Dein Freund kommt nicht. Ich habe gehört, dass er vor ein paar Tagen verhaftet worden ist.«

Halya schluckte ihren letzten Bissen herunter, die braune Karotte. Süß und schleimig glitt sie durch ihre Kehle und landete wie ein Stein im Magen, sodass sie nicht mehr aufstehen konnte.

Halya drehte sich zu Luba um. Ihre Knöchel traten weiß hervor, so fest umklammerte sie die Schüssel.

»Was willst du damit sagen?«

Luba zuckte mit den Schultern. »Ich weiß nicht warum, aber die Gestapo hat ihn und vier weitere Männer in einen Wagen gestopft und ist dann losgefahren.«

Bilder von Slavko in einer feuchten Gefängniszelle drängten sich Halya auf. Verletzt. Allein. Sie schlang die Arme um die Brust und versuchte, ihre armselige Mahlzeit im Magen zu behalten.

***

Am nächsten Morgen erwachte Halya aus einem unruhigen Schlaf, als Lilija in die Koje stolperte, die sie sich teilten. Normalerweise drehte Halya sich dann noch einmal um und schlief noch eine halbe Stunde, aber heute setzte sie sich auf.

»Slavko ist verhaftet worden«, sagte sie.

Lilija fuhr hoch. »Wann?«

»Vor ein paar Tagen. Luba hat gesehen, wie die Gestapo ihn mitgenommen hat. Ihn und noch ein paar andere.«

»Er ist kein Mann«, knurrte Lilija, »aber er macht schon Ärger wie einer.«

»Was sollen wir jetzt tun?« Halya hatte geglaubt, sie würde sich besser fühlen, sobald sie Lilija davon erzählt hatte, dass es nicht mehr so schmerzhaft sein würde, wenn sie dieses belastende Wissen teilte, aber dem war nicht so.

Lilija rappelte sich wieder auf. »Geh du zur Arbeit. Ich werde mal sehen, was ich herausfinden kann.«

***

An diesem Tag arbeitete Halya wie benommen. Sie wartete auf jede noch so kleine Neuigkeit zu Slavko. Die Patronenkisten stapelten sich, und der Mann vom Werkschutz schlug sie in einer Schicht fünf Mal wegen Faulheit.

»Mach voran! Du fällst zurück!«

Halya kannte Slavko noch nicht lange, aber er gehörte so sehr zu ihrem Leben, dass seine Abwesenheit sich anfühlte wie ein fehlendes Glied. Vielleicht lag das ja daran, dass er der Erste gewesen war, der ihr auf dieser Reise mit Freundlichkeit begegnet war, oder vielleicht weil er ihr das Gefühl gab, dass sie der einzige Mensch im Raum wäre, wenn sie sprach.

Als Halya am Abend zu ihrer Baracke zurückkehrte, schlich sich ein Junge an sie heran. »Hey, bist du nicht Slavkos Freundin?«

Halya packte ihn am Arm. »Ja. Weißt du, was mit ihm passiert ist?«

Der Junge verzog das Gesicht und löste sich aus ihrem Griff. Er war älter, näher an Lilija, und Halya glaubte, dass Slavko ihn ihr vor einiger Zeit vorgestellt hatte.

»Ein paar Männer haben geplant, die Fabrik zu sabotieren.« Er senkte die Stimme und trat einen Schritt näher. »Sie wollten Sprengsätze legen, weißt du?«

Halya schnappte nach Luft. »Und Slavko war einer von ihnen.«

Der Junge zuckte mit den Schultern. »Keine Ahnung. Vielleicht ja, oder vielleicht war er auch nur zur falschen Zeit am falschen Ort. So oder so, er wurde zusammen mit ihnen verhaftet.«

»Was geschieht jetzt mit ihm?« Halya hatte Angst vor dieser Frage. Sie hatte Angst vor der Antwort, denn warum sonst war dieser Junge zu ihr gekommen?

»Das weiß ich auch nicht. Sie werden verhört, und wenn sie das überleben, dann wird es erst richtig hässlich.«

29

VIKA

Februar 1944, Wolhynien, Reichskommissariat Ukraine

»Tut mir leid, dass ich jetzt erst komme.« Keuchend lief Maksim auf den Hof, blieb jedoch sofort stehen, als er die neuen Pferde sah, die vor den Wagen gespannt waren. »Wo sind meine Ponys?«

Vika half Sofia, auf das Fuhrwerk zu steigen, und legte ihr Nadja in die Arme. Alles war bereit. Die letzten Sachen hatte sie schon aufgeladen, während sie auf Maksims Rückkehr gewartet hatte.

»Die Deutschen haben sie gestohlen, aber Oleksy hat uns die hier gebracht.«

Maksims Wange zuckte, als er sich das Kinn rieb, das einzige flüchtige Zeichen, dass er den Verlust seiner alten Tiere betrauerte. Er legte er die Arme um Vika. »Schon gut. Ich bin ja jetzt hier.«

Sie legte die Wange auf seine Brust und atmete seinen Duft ein: seinen Schweiß und den Geruch von Heu und Pferden, der immer an ihm haftete.

Nichts war mehr sicher. Gar nichts. Einen kurzen Augenblick lang genoss Vika die Wärme seiner Umarmung, und fast war es so, als wäre das anders.

Doch das stimmte nicht. Niemand konnte sie jetzt noch beschützen.

Vika löste sich wieder von Maksim, und schockiert bemerkte

sie, dass sie weinte, und wusste nicht, ob es Tränen der Erleichterung oder der Angst waren. In letzter Zeit rangen in ihr beide Gefühle ständig miteinander, sodass sie sie kaum noch voneinander unterscheiden konnte.

»Wo hat Oleksy diese Pferde her?«, fragte Maksim.

Vika wischte sich mit dem Handrücken übers Gesicht und hoffte, dass Maksim ihre Schwäche nicht bemerkt hatte. »Ich weiß es nicht, und er hat gesagt, ich solle auch nicht fragen.«

Maksim musterte die dürren Wallache. »Die brauchen Fleisch auf den Knochen.«

»Zu ihrem Glück haben sie ja dich.«

Fast lächelte Maksim, als er hinten auf den Wagen stieg und die Kinder umarmte. Vika kletterte auf den Kutschbock und packte die Zügel mit ganzer Kraft. Hoffentlich würden sie ihr nicht aus den Händen rutschen. »Brr, Jungs! Noch nicht. Ruhig. Ganz ruhig.«

Die Wallache schnaubten und schlugen mit den Köpfen. Vika hatte sie mit ihrer Art ganz und gar nicht beruhigt. Eine weitere Explosion hallte durch die Luft, und die Pferde sprangen los und zogen den Wagen mit. Nadja begann zu weinen, und Sofia versuchte, sie zu beruhigen, während Bohdan nach hinten kroch, um zurückzublicken. Vika lief trotz der Kälte der Schweiß über die Schläfen, und ihr Körper verspannte sich.

Maksim kletterte nach vorn neben sie, und Vika trieb die Pferde an. Nicht ein einziges Mal schaute sie zu ihrem geliebten kleinen Haus zurück, aber mit jedem Knarren der Wagenräder rückte ein Teil von ihr in immer größere Ferne. Ihre Eltern. Ihre Brüder. Ihre Schwestern. Sie verließ ihr Land, und sie hatte keine Ahnung, ob sie je hierher zurückkehren würde.

Als sie am Haus ihrer Nachbarin Jaroslava vorbeikamen, lief die in den Hof.

»Wo wollt ihr hin, Viktoria Petrivna?«

Vika wurde nicht langsamer. »Hörst du die Kämpfe nicht? Die Front ist schon an der Straße. Wir fliehen, und das solltest du auch tun.«

Jaroslava verzog das Gesicht. »Ich wüsste nicht, wohin ich gehen sollte, und ihr wisst das auch nicht.«

»Da irrst du dich. Ich habe Familie, die auf mich wartet. Außerdem ist es überall sicherer als hier«, rief Vika über die Schulter, ohne sich umzudrehen.

Das hast du schon einmal gemacht, erinnerte sie sich, als Bilder ihrer wilden Flucht über die sowjetische Grenze nach Wolhynien vor ihrem geistigen Auge auftauchten. Sie, ihre Schwester und Maksim hatten nur die Kleider am Leib und einen kleinen Beutel mit den Heiligenbildern ihrer Mutter und Familienfotos gehabt. Sie hatten sich im Wald versteckt und in der Nacht die Grenze überquert. Sie hatten alles riskiert, um Stalins Herrschaft zu entkommen, aber das war nun egal. Stalin hatte sie wiedergefunden, als er den Vertrag mit Hitler geschlossen, in Wolhynien eingedrungen war und es annektiert hatte. Und jetzt kam er zum dritten Mal.

Auch wenn die Flucht damals genauso gefährlich gewesen war wie die jetzt, hatte es sich nicht so angefühlt, denn damals hatten sie ein Ziel gehabt: das Haus von Maksims Schwester in Wolhynien. Jetzt aber tobte ein neuer Krieg in ihrem Land, und ihr Ziel war eine große Stadt in einem anderen Land, das sie noch nie gesehen hatten. Jetzt konnten sie einfach nur immer weiterfahren und hoffen, einen sicheren Ort zu finden, an dem sie näher bei Slavko und Lilija waren.

***

Anfangs fuhren sie nach Südwesten, um der Masse an fliehenden Wehrmachtssoldaten aus dem Weg zu gehen. Wenn möglich wollte Maksim jeden Konflikt vermeiden. Doch nach drei

Tagen Flucht tauchten in der Ferne plötzlich zwei sowjetische Soldaten auf und kamen auf sie zugeritten. Maksim hatte ein Pferd genommen und war damit in die entgegengesetzte Richtung geritten, um Wasser zu suchen. Vika und die Kinder waren allein.

»Wer sind die, Mama?«, fragte Sofia.

»Rote Soldaten. Ich bin nicht sicher, warum sie hier sind. Vielleicht sind es ja Partisanen. Aber wie auch immer … Es ist schlecht, wenn sie uns nach Westen fliehen sehen. Dann werden sie glauben, dass wir etwas zu verbergen haben. Hier. Nimm das Pferd, und sag kein Wort. Wenn sie dich ansprechen, tu so, als würdest du sie nicht verstehen.«

Vika gab Sofia die Zügel. Dann kroch sie nach hinten zu der Holzkiste, die sie unter ihren Kleidern verbarg, und holte ihre Papiere von den Deutschen heraus. Sie faltete sie und steckte sie tief in das Fass mit dem getrockneten Brot.

»Mama, sie kommen!«

Vika krabbelte wieder nach vorn. »Kinder, bleibt, wo ihr seid, und sagt kein Wort«, flüsterte sie, als die berittenen Soldaten näher kamen. Sie nahm Sofia die Zügel wieder ab und zügelte die Pferde. »Geh, und setz dich zu deinem Bruder und deiner Schwester, Sofia. Und haltet die Köpfe unten.«

Die Wallache waren froh über die Pause und begannen sofort, am Straßenrand zu grasen. Die Angst, die Vika den Magen umdrehte, fühlten sie nicht.

»Wo willst du denn hin, Tantchen?« Der jüngere der beiden Männer lächelte, als er neben dem Wagen anhielt. Er hatte einen rötlichen Flaum über der Oberlippe, und seine kindlichen Wangen waren rot. Der ältere, ein grauhaariger, sonnengebräunter Soldat mit einer schmutzigen, kakifarbenen Jacke, blieb zurück. Er schaute einfach nur zu, zündete sich eine Zigarette an und nahm einen kräftigen Zug. Beide stanken nach Wodka.

»Die Deutschen haben unser Dorf niedergebrannt«, log Vika. Sie hatte kein Problem mit dem Russischen, das sie in ihrem alten Dorf so oft hatte sprechen müssen. »Wir wollen zu Freunden nach Krakau.«

Oder vielleicht war das auch keine Lüge. Vielleicht war ihr Dorf inzwischen wirklich niedergebrannt worden. Sie würde es nie erfahren.

Der junge Soldat ritt näher heran und betrachtete Vika mit harten Augen, die sein kindliches Gesicht Lügen straften. »Dann macht es dir sicher nichts aus, wenn wir uns mal deinen Wagen angucken.«

»Warum?«, fragte Vika.

»Das machen wir immer so«, antwortete der Soldat. »Wer weiß, was wir finden? Und jetzt macht, dass ihr aus dem Weg kommt, und stellt euch neben den Wagen.«

Vika und die Kinder kletterten hinunter und stellten sich in einer Reihe auf, während die Soldaten absaßen und begannen, ihre Sachen zu durchwühlen. Was sie nicht interessierte, warfen sie einfach beiseite, und schon bald flogen Kleider, Fotos und Heiligenbilder aus dem Wagen und in den Dreck.

Bitte fasst den Proviant nicht an, betete Vika stumm.

Der junge Soldat öffnete das Fass mit dem getrockneten Brot und schnappte sich ein Stück. Er brach es durch, stopfte sich eine Hälfte in den Mund. Krümel fielen in einer schändlichen Verschwendung zu Boden. Er lachte, als er zu Vika stolperte und seine Pistole zog.

Vika stand der Schweiß auf der Stirn, aber sie straffte die Schultern und starrte stur geradeaus. Ihre Wut darüber, dass der Kerl ihre Sachen durchwühlt hatte, verlieh ihr Mut.

Der junge Soldat spie ihr Brotkrümel ins Gesicht und deutete mit der freien Hand auf seinen Kameraden, doch Vika schaute ihn nicht an. »Genug damit. Lass uns sie erschießen.«

Der ältere Mann stieg wieder auf sein Pferd. »Warum? Sie tun doch niemandem was.«

»Und? Sie nutzen aber auch niemandem.« Er richtete die Waffe erst auf Vikas Kopf und dann auf die Kinder. »Wer will als Erster?«

Vikas Mund war wie ausgetrocknet, und ihre Gedanken überschlugen sich. Sie waren nicht so weit gekommen, um sich von einem betrunken Russenjungen erschießen zu lassen. Ihre Lippen bewegten sich, bevor sie Zeit zum Nachdenken hatte, und das Russisch sprudelte nur so aus ihr heraus. »Warum willst du gute Sowjetbürger erschießen? Frauen und Kinder? Schön, wenn du dich dann toll fühlst, bitte. Ich kann dich nicht aufhalten.«

Der junge Mann hörte auf zu kauen und musterte sie von Kopf bis Fuß.

Vika zuckte mit den Schultern, als wäre ihr das alles egal. Dabei zitterten ihr unter dem Rock die Knie. »Ich hoffe nur, dass nie jemand deine Mutter so behandeln wird.«

Der junge Soldat schlug sich aufs Bein und lachte. »Ja, du erinnerst mich wirklich an meine Mutter! Eine gute slawische Frau! Also schön. Wir werden sie ziehen lassen. Ganz wie du willst, Juri.«

Der ältere Soldat wendete sein Pferd. »Dann komm. Wir haben noch einen langen Weg vor uns.«

Als die Soldaten wegritten, die Satteltaschen voll mit gestohlenem Proviant, brach Sofia in Tränen aus. »Ich hatte solche Angst, Mama.«

»Es war gut, das nicht zu zeigen, Sofia.« Vika strich ihrer Tochter übers Haar. »Du hast getan, was wir immer tun müssen: unsere Angst verbergen und tapfer sein.«

»Ich will aber nicht mehr tapfer sein. Ich will einfach nur nach Hause.«

»Wir können aber nicht mehr nach Hause, Liebes. Wir können nur weiterfahren.«

»Aber wo fahren wir denn hin?« Sofia starrte Vika an. Tränen schimmerten an ihren langen Wimpern, und Vika zuckte unwillkürlich zusammen, als sie die Angst und die Unsicherheit in den Augen ihres Kindes sah. »Wie sollen Slavko und Lilija uns finden, wenn wir nicht zu Hause sind?«

Vika schluckte und zwang sich zu einem Lächeln. »Wir werden *sie* finden, und dann schaffen wir uns ein neues Heim.«

Sofia ballte die Fäuste und stampfte mit dem Fuß. »Ich will aber kein neues Heim! Ich bin das alles einfach nur leid, und ich will nach Hause!«

Die wilden Gefühle, die sich während der Begegnung mit den sowjetischen Soldaten aufgestaut hatten, brachen sich Bahn, und bevor sie es verhindern konnte, gab Vika ihrer Tochter eine Ohrfeige. Sie bereute es sofort, aber sie sprach es nicht aus.

Sofia wich einen Schritt zurück, drückte die Hand auf die Wange und funkelte ihre Mutter an. Vika hätte sie am liebsten in den Arm genommen und ihr gesagt, alles werde wieder gut, aber sie konnte nicht. Sie wusste einfach nicht, wie es weitergehen würde. Also schwieg sie, und die beiden starrten einander schweigend an. Eine erschöpfte Mutter und ein frustriertes Kind kämpften einen Kampf, den keiner von ihnen gewinnen konnte.

Schließlich kehrte Vika ihrer Tochter den Rücken zu und fing an, ihre Sachen einzusammeln. »Helft mir, Kinder. Wir müssen das wieder aufladen.«

Wenn Maksim zurückkehrte, mussten sie bereit sein.

30

Lilija

März 1944, Leipzig

Drei Wochen nach seinem Verschwinden tauchte Slavko eines Morgens zum Frühstück auf. Er erschien mit ein paar anderen Arbeitern in der Kantine, als wäre es ein ganz normaler Tag. Lilija, die inzwischen wieder Tagschicht hatte, sah ihn als Erste, als er sich vorsichtig auf dem Stuhl neben ihr niederließ.

Ohne nachzudenken, sprang sie auf und schlang die Arme um ihn, ließ ihn jedoch sofort wieder los, als er zusammenzuckte.

»Tut mir leid! Ich wollte dir nicht wehtun.«

»Du hast mir nicht wehgetan.« Seine raue Stimme knarzte in ihren Ohren. »Das waren die Deutschen. Ich freue mich, euch zu sehen.«

»Ich dachte, du wärst tot.« Halya war ebenfalls aufgesprungen. Sie starrte Slavko an, und ihre großen Augen waren voller Tränen.

Auch Lilija hätte bei Slavkos Anblick am liebsten geweint, aber sie schluckte den Kloß in ihrem Hals herunter, setzte sich wieder und versetzte Halya unter dem Tisch einen leichten Tritt. Sie hatte Slavko vor dieser Folter nicht beschützt, und ihre Versuche, ihm zu helfen, waren auf taube Ohren gestoßen, aber wenigstens konnte sie verhindern, dass er sich noch schlechter fühlte, wenn sie vor ihm weinten.

Halya blinzelte und nickte knapp, als sie Lilija in die Augen schaute. Lilija war stolz auf sie und schenkte ihr ein Lächeln. Das Mädchen wurde immer stärker.

Slavkos Nacken war mit Punkten von Brandwunden gesprenkelt, vielleicht von einer Zigarette. Seine Wangen waren hohl und seine Augen geschwollen. An seinen Handgelenken waren die Spuren von Fesseln zu sehen, und getrocknetes Blut klebte an den Lumpen, die er sich um die Finger gewickelt hatte. Lilija wollte ihn fragen, ob sie ihm die Fingernägel herausgerissen oder die Fingerkuppen abgeschnitten hatten, doch sie schwieg.

Mit einer steifen Bewegung hob Slavko die Schüssel an den Mund. Er öffnete kaum die Lippen, um die Brühe zu trinken. Das machte er noch zweimal, dann leerte er die Schüssel, als hätte er seit Wochen nichts mehr gegessen … und das stimmte vermutlich auch.

»Bin ich wirklich nicht tot? Ich fühle mich nämlich so.«

Sein Versuch, lustig zu sein, gab Lilija Mut, aber sie lächelte nicht.

»Du hast meiner Mutter doch nichts davon geschrieben, oder?«, fragte Slavko. »Ich möchte nicht, dass sie sich Sorgen macht.«

Lilija schüttelte den Kopf und wich seinem Blick aus. Er musste nicht wissen, dass sie Vika nie schrieb. Was sollte sie der Frau auch sagen, die sie wie eine Tochter aufgenommen und deshalb ihren Sohn verloren hatte? Sie fühlte sich noch immer schuldig, weil Slavko hier war, und jetzt hatten seine Verhaftung und die Folter das nur noch schlimmer gemacht. Sie beugte sich vor. »Ich kann dir beim Essen helfen. Soll ich?«

Slavko grunzte, und obwohl er das vermutlich nicht gemeint hatte, nahm Lilija es als ein Ja. Sie brach das Brot in winzige Stücke und ließ es in ihrer Suppe einweichen. Dann hob sie die Schüssel an Slavkos Lippen. Er schob sie weg.

»Das ist deine.«

»Jetzt nicht mehr. Ich will, dass du sie nimmst. Das hast du auch für mich so oft getan.«

»Nimm meins auch«, sagte Halya. Sie riss den Rest ihres Brotes entzwei und warf es in Lilijas Schüssel.

Trotz der vielen Blutergüsse war deutlich zu sehen, wie Slavko errötete. »Na, schön. Aber ich kann sie selbst hochheben. So hilflos bin ich nun auch wieder nicht.«

Lilija schob die Schüssel näher an ihn heran und schaute zu, wie er die Suppe trank. Auch das Brot schluckte er, ohne zu kauen.

»Warum haben sie dich verhaftet?«

Slavko stellte die Schüssel wieder hin und starrte die beiden an. »Sie dachten, ich würde die Munition sabotieren, an der ich gearbeitet habe.«

Lilija schaute sich um und senkte die Stimme. »Und? Stimmt das?«

Slavko lachte leise, ein trockenes Rasseln. »Diesmal nicht.«

Sie alle hatten das schon getan, Männer wie Frauen. Mal hatten sie nicht genug Pulver in eine Hülse gestopft, ein andermal die Hülsen nicht hoch genug erhitzt. All das waren zwar nur kleine Akte der Rebellion, aber sie befriedigten sie zutiefst. Allerdings musste man vorsichtig sein. Wenn zu viele fehlerhafte Produkte aus einer Produktionslinie kamen, dann untersuchten die Deutschen das, und anhand der Seriennummern konnten sie auch feststellen, wer dafür verantwortlich war.

»Die anderen Männer haben mehr getan«, fuhr Slavko fort. »Sie haben geplant, Sprengsätze zu legen und einen Teil der Fabrik zu zerstören. Irgendwann haben sie die Gestapo davon überzeugt, dass ich nur ein dummes Kind bin, das keine Ahnung hatte, was los war.«

»Was geschieht mit ihnen?«, fragte Halya.

Slavko hob das Kinn und atmete tief ein. »Sie werden in ein Konzentrationslager geschickt.«

Lilija schauderte. Es gab unzählige Gerüchte über das Leben von Juden und politischen Gefangenen dort. Einige Leute nannten sie Todeslager und sprachen von Massenhinrichtungen und Gaskammern. Lilija hatte die wandelnden Skelette gesehen, die in einigen Teilen der Fabrik arbeiteten, und deshalb ging sie davon aus, dass diese Gerüchte einen wahren Kern hatten. Als Ostarbeiter zu überleben war schon schwer genug, aber in einem dieser Lager schien es nahezu unmöglich zu sein. »Gott sei Dank haben sie dich gehen lassen.«

»Nein.« Slavko schüttelte den Kopf, und Wut funkelte in seinen Augen. »Verstehst du das denn nicht? Diese Männer tun etwas. Sie kämpfen. Genau wie Oleksy und Filip. Ich bin hier vollkommen nutzlos und helfe auch noch der deutschen Kriegsmaschinerie. Ich hasse mich dafür, Waffen herzustellen, die die Deutschen gegen mein eigenes Volk einsetzen.«

Ein leichter Schauder ging durch Slavkos Schultern, und er senkte den Kopf, aber nicht so schnell, dass Lilija die Tränen nicht gesehen hätte.

»Ihr sabotiert doch, wo und was ihr könnt, oder?«, fragte sie leise.

Als Slavko und Halya nickten, fuhr sie fort. »Jeder noch so kleine Akt ist wichtig. Jede Patrone, die nicht zündet, und jede Bombe, die nicht explodiert, ist ein Sieg für uns hier und für alle, die gegen die Deutschen kämpfen. Wir können nichts dafür, dass sie uns als Zwangsarbeiter verschleppt haben, aber das heißt nicht, dass auch wir unser Land unterstützen, wo wir können.«

Alle drei nickten sich zu. Sich daran zu erinnern war das Einzige, was Lilija nachts schlafen ließ.

31

VIKA

März 1944, Generalgouvernement Polen

Überall um sie herum brannten Feuer auf den Feldern neben der Straße, und daneben hockten andere Flüchtlinge, die nach Westen wollten, weg von den Kämpfen. Deutsche Panzer und Soldaten zogen in beide Richtungen, während die Front sich quer über das Land bewegte. Vika weigerte sich, zu den tiefen Bombentrichtern zu blicken, die nördlich der Straße die Erde aufgerissen hatten.

Nach zwei Wochen Flucht war die feuchte, kalte Luft bis in ihre Knochen gedrungen. Ihre Gelenke schmerzten, und sie wurde einfach nicht mehr warm, noch nicht mal, wenn sie am Feuer kochte oder sich nachts, umgeben von ihrer Familie, in Decken wickelte.

Nadja stieß ein tiefes, bellendes Husten aus, und Vika hielt kurz die Luft an. Sie beugte sich über ihre Tochter, sah das feuchte Haar, das sich um Nadja rotes Gesicht lockte, und die glasigen Augen. Vika war entsetzt, aber es war eine andere Art von Entsetzen als das, das sie aus ihrer Heimat hatte fliehen lassen. Diese Angst war ihr vertraut und uralt. Sie war aus der Hilflosigkeit angesichts des Leids eines geliebten Kindes geboren.

Die nächsten paar Tage blieben sie in ihrem Lager am Fluss, während Nadja an Fieber litt. Vika schlief kaum. Zweifel suchten sie heim. Wenn sie geblieben wären, wäre ihre Tochter dann nicht krank geworden? War es falsch gewesen zu fliehen?

Am vierten Morgen hatte Nadja noch immer Fieber, aber Vikas Entschlossenheit war dahin. Als Maksim nach Nadja sah, nahm sie ihn beiseite. »War es ein Fehler, unsere Kinder dem auszusetzen? Vielleicht hätten wir es ja riskieren und bleiben sollen.«

Maksim verspannte sich. Sein schönes Gesicht – vor wenigen Sekunden noch sanft und liebevoll – verhärtete sich. »Ich würde meine Tochter lieber leiden oder sogar an einer Krankheit sterben sehen, als zusehen zu müssen, wie man sie in ein Arbeitslager in Sibirien bringt.«

Vika schnappte nach Luft. »Das meinst du doch nicht ernst!«

»Oh, doch«, knurrte Maksim. »Wenigstens ist sie hier bei uns und hat die Chance, das zu überleben. In den Lagern gibt es solche Chancen nicht. Wir sind nicht nur wegen Slavko nach Westen gezogen. Wir tauschen nicht das Leben eines Kindes gegen das eines anderen, Vika. Hier geht es um unser aller Überleben. Wann wirst du das endlich verstehen?«

»Alles, was ich sehe, ist mein krankes Kind«, schnappte Vika, und Maksim stapfte davon. Sie rieb sich das müde Gesicht, setzte ein Lächeln auf und drehte sich wieder zu Nadja um.

»Noch ein Bissen.« Sie strich Nadja über das verschwitzte Haar und hielt ihr einen Löffel mit eingemachten Kalynabeeren und Honig hin. Das war ihre Standardmedizin für alle möglichen Krankheiten. Nadja öffnete den Mund, schluckte gehorsam und rümpfte die Nase, weil die Früchte so bitter schmeckten. Vika sprach ein stummes Gebet, denn dass Nadja etwas aß, war eine Erleichterung.

Später am Morgen ging das Fieber der Kleinen endlich zurück. Vika wollte sich neben sie legen und der Erschöpfung ergeben, doch Maksim wollte den Nachmittag über weiterfahren.

Die wärmere Luft am Tag zuvor hatte einen Hauch von

Frühling mit sich gebracht. Vika hoffte, dass es auch so weitergehen würde und dass der schlimmste Winter vorüber wäre, und sie hoffte auch, dass Nadja sich rasch erholen würde. Sie war zwar nicht wirklich gesund, aber sie war wieder kräftiger geworden, und das reichte Vika, um dankbar dafür zu sein.

Nach der wilden Flucht während der ersten Tage waren sie langsamer geworden. Jetzt fuhren sie vorsichtig durch leere, ausgebrannte Dörfer, vorbei an verlassenen Bauernhöfen und um tiefe Bombentrichter herum, aber es war schwer zu sagen, ob nun die Nazis für all diese Verbrechen verantwortlich waren oder ob es sich um Überbleibsel aus der Zeit der sowjetischen Besatzung handelte. In jedem Fall brachten beide Armeen auf ihrem Weg Tod und Zerstörung über das Land.

Die Tage gingen nahtlos ineinander über, während die Familie immer weiter Richtung Polen fuhr. Wenn sie an Bauernhöfen oder bewohnten Dörfern vorbeikamen, tauschten Maksim und Vika Arbeit gegen Proviant, sodass sie länger durchhalten konnten. Und wenn sie Glück hatten, ließ ein freundlicher Bauer sie auch in der Scheune schlafen, doch die meisten Nächte verbrachten sie alle in und um das Fuhrwerk herum: Maksim und Bohdan draußen auf dem Boden, Nadja und Sofia zusammengerollt neben dem Proviant und Vika daneben, immer je eine Hand auf den Mädchen, um sich zu vergewissern, dass zumindest diese Kinder noch immer bei ihr waren. *Sie* hatte sie noch nicht verloren.

Je weiter sie nach Westen kamen, desto mehr Flüchtlinge begegneten ihnen. Manche Straßen waren fast gänzlich verstopft von den Menschenmassen, die vor der Roten Armee flohen. Während Vika und ihre Familie auf dem Wagen fuhren oder neben ihm hergingen, erfüllten unzählige Sprachen die Luft. Einige davon wie Deutsch, Russisch, Polnisch und dieses seltsame Gemisch aus Deutsch und Ukrainisch, das von den sogenannten Volksdeutschen gesprochen wurde, erkannte Vika. Andere jedoch nicht. Manchmal, wenn das Gedränge besonders dicht war, schwoll dieser Sprachwirrwarr zu einem steten Brummen an. Die Kämpfe, die Bomben, das Meer von Flüchtlingen zwischen Vika und Slavko und Lilija ... Allein bei dem Gedanken an all das zog sich Vika der Magen zusammen, bis sie würgen musste. Doch sie ließ nie zu, dass ihre Kinder sie so sahen.

Und sie dachte nicht mehr nach. Sie bewegte sich einfach nur noch und wechselte sich mit Maksim beim Fahren ab. Mit jedem Sonnenaufgang entfernten sie sich weiter von ihrer Heimat, von allem, was sie je gekannt hatten.

Aber sie zogen auch zu Vikas Sohn und ihrer Nichte.

Maksim hielt das allerdings für aussichtslos. Vika sah das an seinen Lippen, wenn sie ihren Erstgeborenen erwähnte, und sie hörte es an der Art, wie er von ihm sprach. Aber sie hatte Slavko noch nicht aufgegeben, und sie besaß genügend Optimismus für sie beide.

»Mama, ich vergesse langsam Slavkos Gesicht«, gestand ihr Sofia eines Morgens mit Tränen in den Augen. »Es ist schon so schrecklich lange her, seit ich ihn zum letzten Mal gesehen habe.«

Vika drückte ihre Tochter an sich. »Ich weiß, meine Kleine. Wir müssen uns an den guten Erinnerungen festklammern, bis wir ihn wiedersehen. Warum erzählst du mir nicht deine liebste Erinnerung an Slavko?«

Sofia schmiegte sich eng an Vika. »Als ich noch ganz klein war, da hat Tato mich und Slavko immer auf ein Pferd gesetzt, wenn wir auf dem Feld waren, und ist nebenhergelaufen, wenn es wieder nach Hause ging. Das Pferd war so hoch, dass ich Tato auf den Kopf klopfen konnte.« Sie seufzte. »Slavko hat immer die Arme um mich geschlungen, damit ich nicht runterfalle. Wenn wir dann an der Scheune angekommen sind, hat Tato uns wieder runtergeholt und uns nacheinander in die Luft geworfen, bis wir gelacht haben und gelacht ...«

Vika schloss die Augen. Klar und deutlich sah sie Sofias Erinnerung vor sich, und das Bild traf sie wie ein Schlag in die Magengrube.

»Das ist eine wunderbare Erinnerung, Sofia. Kannst du ihn auch fühlen? Kannst du Slavkos Arme um dich fühlen und sein Lächeln sehen?«

Sofia nickte. Ihr Gesicht war tränenverschmiert.

»Halt dich daran fest, Sofia.« Vika drückte ihre Tochter noch einmal fest an sich. »Denn in unserer Erinnerung sind wir alle wieder zusammen. Und wenn wir zusammenbleiben, wird alles wieder gut. Wenn wir Slavko wiedersehen, kannst du ihm von deiner Lieblingserinnerung erzählen. Ich bin sicher, er liebt sie auch.«

Sofia lehnte sich zurück, und Hoffnung lag auf ihrem ernsten Gesichtchen. »Glaubst du wirklich, Mama?«

»Ja, das tue ich«, antwortete Vika. »Wie könnte es auch anders sein?«

***

Vika legte die getrockneten Brotstücke in die Pfanne, damit sie das Fett des ausgelassenen Specks aufsaugen konnten. Das Brot und das Schweinefett machten satt, doch obwohl Vika ihren Proviant gut einteilte, gingen die Vorräte allmählich zur Neige. Zum Glück war die Erde dank des warmen Wetters inzwischen zum Leben erwacht, und schon bald würde Vika Pflanzen und Pilze sammeln können, um ihren Proviant wieder aufzustocken.

Das Licht der untergehenden Sonne fiel auf das Feld, auf dem sie lagerten, und tauchte das Land in ein sanftes Glühen. Zwischen dem Wald und einem kleinen Bach würden heute Nacht die Sterne ihre Decke sein. Nachdem sie die letzten Nächte in Scheunen hatten verbringen können, fühlte Vika sich hier draußen ungeschützt, aber sie genoss die frische Luft.

Andere Flüchtlinge hatten in der Ferne ebenfalls Feuer entzündet. Ihre Gegenwart spendete Vika ein wenig Trost. Sie waren nicht allein auf dieser Reise.

»Ich denke, in den nächsten ein, zwei Tagen werden wir Krakau erreichen«, sagte Maksim.

»Gut. Wir müssen dringend unsere Vorräte auffüllen.«

»Das sehe ich genauso. Ich werde morgen früh aufstehen und angeln gehen. Vielleicht fange ich ja was zum Frühstück.« Maksim kitzelte Nadja unter dem Kinn, und sie quiekte vergnügt.

Es wärmte Vika das Herz, ihr jüngstes Kind so glücklich zu sehen, wenn auch nur kurz. Dass diese Reise ihren Tribut forderte, war allen Kindern anzusehen. Sofia hatte ständig Falten auf der Stirn. Bohdan ähnelte mit seiner unbekümmerten Art normalerweise stark seinem älteren Bruder, doch jetzt zuckte er bei jedem noch so kleinen Geräusch zusammen, und sein Gesicht war ständig verkniffen, und Nadja war viel zu ernst für eine Zweijährige. Vika fragte sich, welche langfristigen Folgen diese Flucht wohl haben würde. Wie entwickelte sich die Persönlichkeit eines Kindes, wenn es sich niemals sicher fühlen konnte?

Vika sprach nicht mit Maksim darüber, denn sie konnten ohnehin nichts tun, aber in diesen Momenten, wenn ihr die Veränderungen bei ihren Kindern wieder einmal auffielen, überkamen sie erneut Zweifel. In ihrem Dorf hatten sie wenigstens ein Dach über dem Kopf und draußen einen Garten gehabt. Aber dann dachte sie daran, wie die Deutschen den größten Teil ihrer Ernte als Steuer eingezogen hatten. Sie hatten Menschen als Zwangsarbeiter entführt, Unschuldige abgeschlachtet und ganze Dörfer niedergebrannt. Und vorher hatten die Sowjets die ganze Intelligenzija verhaftet – ukrainische Lehrer, Priester, Wissenschaftler und Politiker – und sie entweder ermordet oder deportiert. Vika erinnerte sich noch gut an die ständige Angst, an die Art, wie die Sowjets Nachbarn gegeneinander ausgespielt hatten, und an all das Misstrauen unter den Dörflern, genährt zuerst von der sowjetischen und später der deutschen Propaganda.

Nein, es war richtig gewesen zu fliehen. Sie würde die Ukraine immer im Herzen behalten, aber ihre Familie war dort momentan nicht mehr sicher. Sie hatten keine andere Wahl, als zu fliehen.

32

HALYA

Juni 1944, Leipzig

Halya riss das Päckchen von zu Hause auf. Ihr lief schon das Wasser im Mund zusammen. Mama hatte ihr Bestes getan, um sicherzustellen, dass Halya immer etwas zu essen hatte, auch jetzt. Während des Großen Hungers unter Stalins Herrschaft und später, als die Deutschen gekommen waren und sich alles genommen hatten – Korn, Vieh und sogar Menschen –, auch da hatte Mama einen Weg gefunden, auch wenn das hieß, dass sie selbst weniger hatte.

Halya erinnerte sich nicht an den Widerstand gegen die Zwangskollektivierung durch die Sowjets und die daraus resultierende Hungersnot, die so viele Mitglieder ihrer Familie das Leben gekostet hatte, ihre Mama aber schon, und die hatte sich geschworen, dass Halya nie hungern sollte. Jetzt schickte sie Postkarten und Päckchen, wann immer sie konnte, Päckchen wie dieses hier mit kleinen Brotlaiben, getrockneten Pflaumen oder Äpfeln und gerollten Tabakblättern, die Halya gegen Essen oder Kleidung eintauschen konnte. Trotzdem reichte es nie, um den nagenden Hunger zu vertreiben.

»Ich habe gehört, dass wir bald sonntags die Fabrik verlassen dürfen«, sagte Slavko und beugte sich über Halyas Schulter, um das Päckchen zu inspizieren. »Ich nehme an, sie wollen uns milde stimmen, damit wir besser für sie arbeiten.«

»Oder sie wollen verhindern, dass wir zu schnell sterben.«

»Halya! Das ist ja eine Seite von dir, die ich nicht kenne.« Slavko grinste. »Seit wann bist du denn so abgebrüht?«

Sie saßen gemeinsam unter einem Baum vor Slavkos Baracke und genossen einen der seltenen Nachmittage, an denen sie nicht arbeiten mussten. Halya zuckte mit den Schultern, riss das Brot auseinander und gab Slavko ein Stück.

»Danke, aber du musst das nicht mit mir teilen«, sagte er. »Du solltest es dir aufsparen.«

»Iss einfach«, erwiderte Halya. Sie hatte bereits den Mund voll Brot und packte weitere Sachen aus. Slavko hatte schon seit Monaten keine Päckchen oder Postkarten mehr bekommen und Lilija auch nicht. Deshalb teilte Halya mit ihnen, so viel es ging. Zwar sprachen die beiden nie von ihrer Angst, weil die Kommunikation mit den Eltern abgebrochen war, doch Halya spürte, dass sie das beunruhigte.

Sie grub ganz unten in ihrem Päckchen und quiekte vor Freude, als sie das Säckchen mit den getrockneten Pflaumen öffnete. Rasch schluckte sie das Brot herunter und warf sich eine Pflaume in den Mund. Genüsslich ließ sie die klebrige Süße über ihre Zunge gleiten. Dann bot sie Slavko eine an.

»Und? Wo sollen wir hingehen? Wenn wir am Sonntag rausdürfen, meine ich.«

Slavko nahm die Pflaume und kaute darauf herum. Eine Minute lang genoss er sie, dann lächelte er. »Wir könnten in die Stadt gehen und uns die Geschäfte ansehen.«

»Nach all den Abzügen für Unterkunft, Nahrung und Steuern haben wir doch kaum Geld. Mir bleiben nur zwei, vielleicht drei Reichsmark die Woche, und der größte Teil davon geht für Postkarten, Briefmarken und Seife drauf.« Sie zupfte an ihrem zerschlissenen Rock. »Außerdem muss ich mir endlich mal Nadel und Faden besorgen, um diese Lumpen zu flicken.«

»Trotzdem wäre es doch ganz nett, sich mal umzusehen, meinst du nicht?«

Halya sah, dass Slavkos Augen immer wieder zu der letzten Trockenpflaume huschten, und sie drückte sie ihm in die Hand. »Nimm. Ich bin satt.«

»Nein, bist du nicht«, erwiderte Slavko, aber er nahm die Pflaume, biss sie in zwei Teile und bot Halya eine Hälfte an.

Halya steckte sie sich in den Mund. »Der Gedanke, in die Stadt zu gehen, macht mich nervös.«

»Ich weiß.« Slavko klopfte ihr mit seiner großen Hand auf die Schulter. Trotz des Nahrungs- und Schlafmangels war er in dem Jahr, seit sie hier waren, deutlich gewachsen. Inzwischen war er fast einen Kopf größer als Halya. Wie Lilija trug auch er die unbequemen Holzschuhe, die man hier kaufen konnte, aber wann immer er konnte, zog er sie aus und bewegte die Zehen.

»Lilija wird nicht mitkommen können«, sagte Halya. »Sie hat wieder Nachtschicht.«

»Dann wird sie den Spaß verpassen«, sagte Slavko.

Halya lachte. »Sie würde sagen, es sei eine furchtbare Idee, und nicht wollen, dass wir gehen.«

Slavko fummelte an einem Loch in seinem Hosenbein. »Habe ich dir je von ihrer Familie erzählt?«

»Nur dass ihre Eltern tot sind.«

»Ihre Mutter ist von den Deutschen getötet worden, ihr Bruder von den Sowjets und ihr Vater von den Polen. Jeder Teil dieses Krieges hat ihr jemanden genommen, und trotzdem ist sie der kämpferischste Mensch, den ich kenne.«

»Das muss sie auch sein«, sagte Halya. Sie verstand Lilijas Stärke vollkommen. Sie wünschte nur, sie könnte ihr besser nacheifern. »Sie ist die Letzte ihrer Familie.«

***

Den Sonntag darauf zupfte Halya ein Stück Haut von ihrer zerschundenen Hand und ignorierte das Knurren ihres leeren Magens. Die meisten Blasen vom Tragen der schweren Patronenkisten waren inzwischen verheilt und hatten sich in Schwielen verwandelt. Deshalb taten sie auch nicht mehr so weh. Ihr Bauch hingegen ließ sie ständig wissen, dass sie Hunger hatte. Sie war froh, dass sie sich nicht daran erinnern konnte, wie sie als Baby fast verhungert war. Das hier war schon schlimm genug.

Schließlich erschien Slavko. Gelassen schlenderte er um die Baracke, als wäre das ganz normal, und Halya nahm an, dass das an diesem Tag zutraf. An diesem warmen Sonntag, an dem sie zum ersten Mal ihren freien Nachmittag nutzen konnten, um das Fabrikgelände zu verlassen, würden sie endlich in die Stadt gehen.

»Bist du bereit?« Slavko beugte sich zu Halya herunter und umarmte sie kurz. Dann löste er sich wieder von ihr und beäugte sie von Kopf bis Fuß. »Du siehst hungrig aus. Hier.« Er fischte ein kleines Stück Brot aus der Tasche.

Halyas Hände zitterten, doch sie drückte sie eng an den Körper. »Nein. Iss du das. Ich kann mir selbst Essen besorgen.«

Sie hatte nicht gefrühstückt – die Wachen hatten gesagt, da sie nicht den ganzen Tag arbeiteten, bräuchten sie auch nichts zu essen –, und sie hatte die Hälfte ihres Brotes vom Abend zuvor einem kranken Mädchen in ihrer Baracke gegeben.

Slavko zuckte mit den Schultern und hielt Halya das Brot weiter hin. »Ich weiß, dass du das kannst. Aber letzte Woche hast du dein Päckchen von daheim mit mir geteilt, und jetzt bin ich dran. Iss. Bitte.«

Seine ernsten grünen Augen bohrten sich in Halyas, und bevor sie sichs versah, riss sie ihm das Brot aus der Hand und stopfte sich das ganze Stück in den Mund.

»Sehr gut.« Slavko nickte selbstzufrieden. »Das sollte dir Kraft für den Weg geben.«

Mit ihren deutlich sichtbaren *OST*-Flicken, die sie gesetzeskonform auf der Brust trugen, gingen sie durch den Kontrollposten im Stacheldraht, der das Lager umgab, und machten sich dann auf den Weg die Straße hinunter. Halya kam es seltsam vor, dass Leipzig, eine ganze Stadt, eine andere Welt, direkt auf der anderen Seite des Zauns existierte, der sie gefangen hielt, und jetzt hatte sie endlich die Gelegenheit, diese andere Welt zu sehen.

Die Sonne wärmte ihre Rücken, und als Slavko stehen blieb, um sich einen Stein aus dem Schuh zu holen, wandte Halya ihr das Gesicht zu und gestattete sich einen Hauch von einem Lächeln. Sie schloss die Augen und stellte sich vor, dass sie wieder auf dem Kirschbaum in ihrer Heimat säße, in der Hand ein Buch und »den Kopf in den Wolken«, wie ihr Vater immer zu sagen pflegte. Die Erinnerung war so stark, dass sie vor lauter Sehnsucht fast vornübergefallen wäre. Würde sie ihre Heimat je wiedersehen? Ihren Baum? Ihre Eltern?

»Was denkst du gerade?«

Slavkos Stimme riss sie aus ihren Gedanken und zerschlug die Bilder in ihrem Kopf, doch aus irgendeinem Grund machte ihr das nichts aus. Bei diesem lieben, ernsten Jungen und seiner Cousine fühlte sie sich wohl. Sie hatte eine Verbindung zu ihnen, wie sie sie noch nie erlebt hatte. Halya öffnete die Augen und schaute Slavko an. Er war rot geworden.

»Ich wollte nicht vorwitzig sein. Ich habe dich nur noch nie so lächeln sehen.«

Sofort ließ Halya die Mundwinkel hängen. »Zu Hause. Ich habe an zu Hause gedacht.«

»Woran genau?«, hakte Slavko nach, als sie wieder weitergingen. »Was vermisst du am meisten?«

»Meinen Baum«, antwortete Halya, ohne zu zögern. »Und natürlich meine Eltern. Sie vermisse ich mehr als alles andere, aber ich hatte da auch einen Baum. Einen Sauerkirschbaum. Meine

Mama hat die besten Wareniki mit den Früchten gemacht, aber ich bin am liebsten daran hochgeklettert und habe oben ein Buch gelesen. Sobald ich meine Hausarbeiten erledigt hatte, war ich da oben. Mein Vater hat immer gesagt, ich hätte wie ein Vogel auf dem Baum gehockt.«

Slavko grinste. »Meine Mutter ist genauso mit ihrem Kalynabusch. Sie kümmert sich um das Ding, als hätte sie es geboren. Dabei war es ihre Schwester, Lilijas Mutter, die ihn gepflanzt hat. Sie schnippelt ständig daran herum und redet mit ihm. Mein Vater sagt immer, sie liebe ihn mehr als ihn.«

»Meine Mama hat auch so einen«, sagte Halya. »Einen großen, schönen direkt neben unserer Haustür. Wenn ich krank bin, muss ich immer einen bitteren Saft aus den Beeren trinken.«

»Ich auch.« Slavko lachte. »Mama sagt, der heilt alles.«

Halyas Mund zuckte, und bevor sie sichs versah, verzog sie die Lippen zu einem breiten Lächeln. Ihre Wangenmuskeln knackten, als sie den Mund in die ungewohnte Form zwang, aber das Lächeln fühlte sich gut an. In diesem einen Moment war sie glücklich mit Slavko.

»Es ist schön, dich so viel lächeln zu sehen. Ich habe schon geglaubt, du hättest das verlernt«, neckte Slavko sie.

Halyas Lächeln verschwand, und sie legte die Stirn in Falten. »Hat dir schon mal jemand gesagt, wie lächerlich du bist?«

Slavko lachte wieder. Lächeln und Lachen fiel ihm noch immer leicht, auch wenn das an den Narben zog, die er von seinem Aufenthalt im Gefängnis zurückbehalten hatte. Halya bewunderte ihn dafür.

»Tatsächlich sagt man mir das ständig«, antwortete er.

»Bist du immer derart glücklich? Selbst wenn das Leben so düster ist?«

Slavko zögerte, und kurz verschwand sogar sein Lächeln, sodass Halya einen Blick auf seine wahren Gefühle erhaschen konnte: Angst, Erschöpfung, Sorge. Sie bekam ein schlechtes Gewissen. Sie hätte ihm seine gute Laune nicht zum Vorwurf machen sollen. Tatsächlich sollte sie sich ihn lieber zum Vorbild nehmen. Sich in Selbstmitleid zu suhlen würde ihr auch nichts bringen. Wie oft hatte ihr Vater sie ermahnt, dass sie sich dem Leben stellen müsse, den Herausforderungen? Wie oft hatte er gesagt, sie müsse stark sein? Tato hätte Slavko gemocht.

»Ach, egal«, seufzte Halya. »Du musst nicht darauf antworten. Tut mir leid. Es fällt mir einfach schwer, mich an dieses Leben zu gewöhnen. Ich bin nicht ich selbst.«

»Du bist genau, was du in diesem Augenblick sein musst, aber das heißt nicht, dass das ewig so sein wird. Wir tragen alle Masken, um den Tag zu überstehen.« Slavko stieß sie freundschaftlich mit dem Ellbogen an. »Zumindest sage ich mir das immer wieder. Und jetzt komm. Schauen wir uns mal die Stadt an, in der wir leben.«

Ein paar Häuserblöcke von der Fabrik entfernt stießen sie auf eine Menschenmenge, die sich um zwei junge Leute versammelt hatte. Das Mädchen – blond, blaue Augen und verwahrlost – trug ein großes *P* auf dem Hemd, ähnlich den *OST*-Flicken von Halya und Slavko. Sie schien nicht viel älter zu sein als Halya, vierzehn vielleicht oder fünfzehn. Ein Mann mit einem selbstgerechten Grinsen im Gesicht traktierte ihr Haar mit einer Schere und schnitt es bis zur Kopfhaut ab. Der Junge war ein paar Jahre älter als das Mädchen, aber noch kein Mann. Er stand neben ihr und ließ aus Scham den Kopf hängen. Er war bereits geschoren. Halya fasste an die kurzen Stoppeln unter dem Tuch, und Mitgefühl keimte in ihr auf. Die Leute grölten, johlten und lachten, während das Mädchen stur geradeaus starrte. Ihr Kinn zitterte. Der Junge versuchte, ihre Hand zu nehmen, doch ein anderer Mann schlug sie weg und rammte dem Jungen die Faust ins Gesicht. Der Junge sackte auf die Knie, und die Menge zog ihn wieder hoch.

Halya war wie erstarrt, als sie dem Paar Schilder um die Hälse hingen, auf denen etwas auf Deutsch stand. Dann stießen sie die beiden jungen Leute in den Dreck der Straße. Eine Gruppe von jungen Musikern spielte einen munteren Marsch, und der Mob klatschte und johlte, als das Paar sich wieder aufrappelte und in Bewegung setzte.

Slavko nahm Halyas Hand und zog sie weg. »Lass uns wieder zurückgehen.«

»Aber warum machen sie das mit ihnen?«

Slavko ignorierte sie und zog sie hinter sich her, immer weiter weg von der johlenden Meute. Als er schließlich wieder stehen blieb, riss Halya sich von ihm los und beugte sich vor. »Sag mir, worum es da ging.«

Slavko rieb sich den Nacken. »Sie waren zusammen. Eine polnische Ostarbeiterin und ein deutscher Junge. Das ist illegal, und deshalb werden sie jetzt bestraft.«

Natürlich. Halya kannte das Gesetz. Bei ihrer Ankunft in Deutschland hatte man es jedem Ostarbeiter gründlich eingetrichtert. Halya hatte nur noch nie gesehen, wie es durchgesetzt wurde. »Was werden sie mit ihnen machen? Ich meine außer dem, was sie schon getan haben.«

»Ich bezweifele, dass sie den deutschen Jungen töten werden. Er ist viel zu nützlich für sie. Aber das polnische Mädchen ...« Slavko ließ den Satz unvollendet und zuckte mit den Schultern.

Halya dachte an das zitternde Kinn des Mädchens und spürte, dass auch ihres bebte. Sie biss die Zähne zusammen und knurrte: »Sie haben uns gesagt, darauf stünde der Tod.«

»Wenn sie Glück hat, kommt sie vielleicht nur ins Gefängnis«, sagte Slavko.

»Und das soll besser sein als der Tod?«

»Alles ist besser als der Tod«, erwiderte Slavko. »Zu leben ist eine Entscheidung. Man muss um sein Leben kämpfen.«

»Mein Vater hat mal etwas Ähnliches zu mir gesagt.« Halya traten vor Sehnsucht die Tränen in die Augen. Sie hätte alles dafür gegeben, ihn wiederzusehen.

»Das klingt nach einem weisen Mann.« Slavko legte Halya den Arm um die Schulter, und sie lehnte sich an ihn und ließ sich von ihm trösten.

Zu leben ist eine Entscheidung.

Hatte sie das Leben gewählt, das echte Leben, oder hatte sie sich einfach nur treiben lassen, um zu *über*leben? Und ja, sie hatte überlebt, aber war das wirklich Leben? Doch woher sollte sie die Kraft nehmen, mehr zu tun, als mit einem leeren Magen, schmerzenden Muskeln und all der Verzweiflung zu überleben?

»Du hast recht. Er ist wirklich ein weiser Mann«, seufzte sie schließlich. »Ich sollte seinen Rat beherzigen und mich mehr bemühen.«

33

VIKA

Oktober 1944, Breslau

Vikas Atem schwebte in nebligen Bäuschchen vor ihrem Mund, als sie zu den niedrigen grauen Wolken am Horizont schaute. Auf der Ladefläche des Pferdewagens hustete Nadja. Es war ein tiefes, verschleimtes Geräusch, das Vika eine Gänsehaut bescherte. Sie hatten schon mehrmals auf dieser Fahrt angehalten, wann immer Nadja krank geworden war, und sich für ein paar Wochen eine Arbeit gesucht, um für ihre Nahrung zu bezahlen. Doch jetzt brauchten sie dringend ein Dach über dem Kopf, denn der Winter reckte sein hässliches Haupt. Vika ärgerte sich über die Verzögerungen, doch daran war nichts zu ändern.

»Ich habe mit einem Bauern gesprochen, und der hat gesagt, wir wären kurz vor Breslau. Sobald wir dort sind, sollte ich eine Arbeit finden können, um für Essen zu sorgen, bis es Nadja wieder besser geht«, sagte Maksim, als hätte er Vikas Gedanken gelesen.

»Und wo werden wir unterkommen?«, fragte Vika. »Sie braucht ein Dach über dem Kopf. Das Fuhrwerk ist bei warmem Wetter ja in Ordnung, aber wenn es kälter wird, geht das nicht mehr.«

Maksim schnalzte mit der Zunge, um die Pferde anzutreiben. »Wir werden schon etwas finden.«

»Vielleicht schaffen wir es ja in eines der Flüchtlingslager im

Westen, aber solange es ihr nicht besser geht, kommen wir nicht weiter als bis Breslau«, sagte Vika.

»Willst du den Winter über hierbleiben?«, fragte Maksim.

»Was sollen wir denn sonst tun?«, schnappte Vika. Der Stress der Flucht zusammen mit Nadjas Krankheit hatte sie alle übertrieben reizbar gemacht. »Solange sie so krank ist, können wir nicht mit ihr reisen. Wir müssen einen Arzt finden und einen sicheren Ort, wo sie wieder gesund werden kann.«

Über die Alternative wollte Vika noch nicht einmal nachdenken.

Der graue Himmel riss auf, und kalter Regen nieselte auf Vika und ihre Familie herab. Ein Feuer zu entzünden war jetzt unmöglich, und wie aufs Stichwort begann Nadja wieder zu husten.

»Ich denke, wir essen im Wagen, schmiegen uns aneinander und wärmen uns gegenseitig. Genau wie unsere Ferkel früher. Erinnert ihr euch noch, Kinder?« Vika versuchte, so fröhlich wie möglich zu klingen und das Ganze zu einer Art Spiel zu machen, doch die Aufregung zu Beginn der Reise war schon lange verschwunden, und sie alle waren erschöpft.

Während Maksim sich um die Pferde kümmerte, kratzte Vika das letzte bisschen Speck aus dem Krug, das sie sich auf einem nahe gelegenen Bauernhof verdient hatten, und verteilte es auf die beiden letzten Stücke trockenes Brot. Das war's. Mehr hatten sie nicht für heute.

»Ich habe Hunger«, jammerte Bohdan.

»Dann ist es ja gut, dass wir jetzt essen.« Vika schaute nicht zu ihrem Sohn. Sie wollte die blassen Wangen nicht sehen, die eingesunkenen Augen und all die anderen Anzeichen von Hunger.

Sofias Kleider hingen lose an ihr herab, und sie saß zusammengekauert und in mehrere Decken gewickelt neben Vika. Vika schnitt das Brot in fünf gleich große Stücke und schob Sofia einen Teller hin. »Hier. Nimm eins.«

Sofia verschlang das Brot und wischte mit dem Finger auch

noch die letzten Krümel auf. Vika stellte einen Teller für Maksim beiseite, gab Bohdan und Nadja je ein Stück und drittelte dann ihr eigenes Stück, um Sofia noch etwas zu geben.

Sofia schnappte sich das Brot sofort, hielt dann jedoch inne. »Nein, Mama. Du musst auch essen.«

»Ich bin nicht so hungrig«, log Vika. Ihr Magen knurrte und drehte sich, aber an dieses Gefühl hatte sie sich schon in der Vergangenheit gewöhnt. Jetzt füllten Wut und Angst ihren Bauch, zwei gegensätzliche, doch auf seltsame Art auch miteinander verbundene Gefühle, und die verliehen ihr genügend Kraft.

Außerdem würden ein paar Nächte Hungern bis Breslau sie auch nicht töten. Bei den Kindern allerdings durfte sie dieses Risiko nicht eingehen.

***

Am nächsten Nachmittag erschien eine große Stadt am Horizont. *Noch ein Tag.* Müde vertrieb Vika diesen Gedanken aus ihrem Kopf, als sie drei kleine Bauernhöfe in der Ferne sah.

»Lass uns hier anhalten«, sagte Maksim. »Vielleicht kann ich uns da ja was zu essen verdienen.«

»Nimm den da, Tato.« Sofia deutete auf den Hof links. »Siehst du? Da ist ein Storchennest, das heißt, wir könnten Glück haben.«

Ein Hoffnungsschimmer glühte in Vika auf. »Ja, lass es uns dort versuchen. Wenn es gut genug für Störche ist, ist es auch gut genug für uns.«

Maksim nickte und trieb die Pferde an.

Als das letzte Licht der untergehenden Sonne auf das Land fiel, rollte das Fuhrwerk auf den Hof. Mohnblumen kämpften in einem vergessenen Blumenbeet am Zaun ums Überleben. Vika bekam Heimweh. Ihre Mohnblumen zu Hause in Maky sahen inzwischen vermutlich genauso zerrupft aus.

Eine müde aussehende Frau, so wettergegerbt und ausgelaugt, dass sie alles Mögliche sein könnte, von fünfunddreißig bis fünfundfünfzig, kam heraus. Ihr blondes Haar wurde allmählich grau und passte damit zu ihrer Hautfarbe.

»Ihr könnt über Nacht meinen Brunnen und meine Scheune benutzen, aber Essen habe ich keins«, sagte sie auf Polnisch.

Vika tätschelte Maksim den Arm und trat vor. Sie hatten schon vor langer Zeit gelernt, dass Frauen meist besser auf sie als auf ihn reagierten. »Vielen Dank«, sagte sie. »Wenn du wenigstens etwas für die Kinder hättest, würden wir gern dafür arbeiten. Egal was, wir können es.«

Die Frau schniefte und starrte in die Ferne. Dann drehte sie sich zu dem Wagen um, wo drei hungrige Augenpaare sie anstarrten. Sofort wich die Härte aus ihrem Gesicht. »Ich könnte schon ein wenig Hilfe mit dem letzten Rest der Ernte brauchen. Es ist nicht viel, aber wenn ihr bleibt und ein paar Tage arbeitet, dann könnte ich für sie vermutlich etwas zu essen entbehren. Vielleicht auch für euch beide, je nachdem, wie gut ihr arbeitet.«

Der Knoten in Vikas Brust löste sich, und sie verneigte sich. »Wir sind dir sehr dankbar. Wann können wir anfangen?«

»Morgen früh. Für heute Abend habe ich noch was Brot und Butter. Meine Schwester arbeitet in einer Molkerei, und manchmal bringt sie mir was mit, seit die Deutschen mir die Kuh weggenommen haben.«

Während Maksim sich in der Scheune um die Pferde kümmerte, führte die Frau Vika und die Kinder ins Haus und lud sie ein, sich an den Tisch zu setzen. Der Laib Brot und der kleine Berg Butter ließen Vika das Wasser im Mund zusammenlaufen, aber sie wandte sich von dem Anblick ab. Es war sinnlos, auf mehr zu hoffen als das, was man ihr versprochen hatte. Wenn die Kinder essen konnten, war Vika glücklich.

Die Frau, die Vika gesagt hatte, sie könne sie Agata nennen, schnitt ein dickes Stück Schwarzbrot ab, schmierte Butter darauf und gab es Bohdan. Der Junge murmelte ein höfliches Dankeschön und stopfte sich das große Stück in den Mund.

»Iss langsam.« Vika legte ihm die Hand auf die Schulter. »Genieß es.«

Während Bohdan sich zwang, langsamer zu kauen, gab Agata Nadja und Sofia ähnlich große Brotstücke. Dann schaute sie zu Vika, schnitt ein weiteres, kleineres Stück Brot ab und reichte es ihr.

»Oh«, keuchte Vika. Sie wollte kein Almosen für sich selbst annehmen, solange sie mehr für ihre Kinder brauchte, doch beim Duft des Brotes wurde ihr schwindelig. Instinktiv schloss sich ihre Hand um das Brot. »Danke.«

Agata zuckte mit den dürren Schultern, die sie unter ihrem abgenutzten Kleid kaum heben konnte. »Wenn ich es euch nicht gebe, dann werden es sich die Soldaten holen. Sie ziehen immer wieder durch die Dörfer.«

»Und deine Schwester arbeitet in einer Molkerei?«, fragte Vika.

»Ja. Westlich von Breslau.«

Vika schluckte ihren Stolz herunter, wie sie es auf dieser Reise schon so oft getan hatte. »Wir hoffen, Arbeit für den Winter und eine Unterkunft zu finden. Glaubst du, dass sie uns helfen kann?«

Erneut zuckte Agata mit den Schultern. »Vielleicht. Sie müsste diese Woche wieder zurückkommen. Dann können wir sie fragen.«

***

Als Agatas Schwester Inga zwei Tage später mit einem Korb voll Käse und Butter sowie mit zwei Kannen Milch eintraf, verschwendete Vika keine Zeit und fragte sie nach Arbeit. Inga war älter als ihre Schwester und genauso unscheinbar und von den Härten des

Krieges gezeichnet. Sie beäugte die Neuankömmlinge misstrauisch, doch dann wärmte Bohdans süßes Lächeln ihr Herz, und sie bot ihm ein Glas Milch an. Während Agata eher flatterhaft und kraftlos war, war Inga stark und von scharfem Verstand. Trotz der Müdigkeit, die ihr an den dunklen Augenringen deutlich anzusehen war, waren ihre abgenutzten Kleider sauber und gebügelt. Das Haar hatte sie sich zu einem ordentlichen Dutt gebunden.

»Warum wollt ihr hierbleiben?« Mit ihrem klugen Blick musterte Inga Vika und vermittelte ihr ein Gefühl von Unzulänglichkeit. Sie erinnerte Vika an ihre Mutter.

»Wollen wir doch gar nicht. Zumindest nicht für immer. Unsere Tochter ist krank, und wir brauchen einen warmen, trockenen Ort, wo sie wieder gesund werden kann. Wir wollen nur kurz bleiben, und wir werden arbeiten, um ein bisschen Geld zu verdienen. Wir brauchen Proviant und andere Dinge, wenn wir weiter nach Westen ziehen wollen.«

Inga schaute zu Nadja, die in Vikas Armen schlief, und ihr hartes Gesicht entspannte sich ein wenig. »Wo genau wollt ihr denn hin?«

»Ich will meinen ältesten Sohn und meine Nichte finden. Sie sind in eine Fabrik in Deutschland verschleppt worden.«

Ingas Hand zitterte, und fast hätte sie den Milchkrug fallengelassen. Ihre Stimme klang angespannt und gequält. »Und ... und du hoffst, sie zu finden?«

»Ich *werde* sie finden«, korrigierte Vika sie. »Und in unserem Dorf konnten wir nicht bleiben. Die Front rückte viel zu nah.«

Inga kämpfte sichtlich gegen die Gefühle an, die unter ihrer Oberfläche brodelten – was auch immer das für Emotionen sein mochten – und musterte Vika wie ein Stück Vieh. »In der Molkerei sind starke Arbeiterinnen stets willkommen. In meiner Wohnung habe ich ein freies Zimmer. Natürlich müsste ich Miete von dir nehmen, aber du könntest bei mir wohnen. Deine Kinder können tagsüber dortbleiben. Dein Ältester kann auf sie aufpassen. Oder sie begleiten dich auf die Arbeit. Was dich betrifft ...« Sie drehte sich zu Maksim um. »Für dich habe ich keine Arbeit, aber ich kennen jemanden, der vielleicht was hat.«

Vika ergriff die Hände der Frau. »Ich kann dir gar nicht genug danken.«

Inga hob einen Mundwinkel, eine seltsam erzwungene Bewegung in ihrem sonst so stoischen Gesicht. »Ich bin jetzt allein. Ein bisschen Gesellschaft wäre schön.«

***

Wehrmachtssoldaten huschten wie Ratten durch Breslau. Sie lungerten an Ecken herum und vor Türen, und sie verschwanden immer wieder in den Schatten, wo sie darauf warteten zuzugreifen. Zwei, drei Mann nebeneinander schlenderten sie durch die Straßen und machten Platz für niemanden. Die ganze Stadt stank nach ihnen, nach dem beißenden Geruch von Arroganz, Grausamkeit und dreister Gleichgültigkeit.

»Geh ihnen einfach wann immer möglich aus dem Weg«, wies Inga Vika an. »Es kommen inzwischen immer mehr von ihnen. Vermutlich wollen sie die Stadt befestigen. Die Russen sind schließlich nicht mehr weit. Unser Mietshaus liegt nur acht Häuserblöcke von der Molkerei am Stadtrand entfernt. Deshalb wirst du kaum mit ihnen zu tun haben. Achte trotzdem darauf, dass du immer deine Papiere bei dir hast, denn sie werden dich kontrollieren. Auch SS-Leute sind unterwegs.«

Vika nickte und legte Nadja von einem Arm auf den anderen.

Inga schloss die Tür auf und winkte sie herein. »Es ist nichts Besonderes.«

An der gegenüberliegenden Wand gab es zwei hohe Fenster, und links, neben einem Herd, stand ein Tisch in einem großen, offenen Raum. Unmittelbar hinter dem Sofa befand sich eine Tür in der rechten Ecke, die in ein winziges Zimmer führte, offenbar das Schlafzimmer.

»Ich werde mein Bett in den Hauptraum holen«, sagte Inga. »Ein zweites Bett habe ich nicht, aber du kannst mit deinen Decken eine Matratze für euch machen. Und am Ende des Flurs ist ein Gemeinschaftsbad.«

Vika und Maksim folgten Inga zum Tisch. »Ich will nicht undankbar klingen, aber ich bin neugierig«, sagte Vika. »Warum bist du so freundlich zu Fremden?«

Ingas Blick wanderte zu den Kindern, und ihr Gesicht nahm einen vollkommen anderen Ausdruck an. Sie blinzelte, als müsse sie die Erinnerungen wieder tief in ihr Gedächtnis zwingen. »Ich hatte auch einmal eine Tochter. Wenn uns damals jemand geholfen hätte, wäre vielleicht alles anders gekommen.«

Vika legte Inga die Hand auf den Arm. »Ist sie auch in ein Arbeitslager gebracht worden?«

Inga nickte knapp. »Das war 1942. Zuerst habe ich Postkarten bekommen, aber jetzt habe ich schon seit über einem Jahr nichts mehr von ihr gehört.«

Vika ignorierte den Schauder, der ihr über den Rücken lief. Auch sie hatte schon länger nichts mehr von Slavko und Lilija gehört, nicht seit Herbst 1943, Monate vor ihrer Flucht, doch sie weigerte sich, darüber nachzudenken. Würde sie das tun, dann könnte sie nicht mehr weiterziehen.

»Das hat nichts zu bedeuten«, sagte Vika. »Du darfst nicht aufhören zu hoffen.«

Maksim versteifte sich neben ihr. »Nur manchmal ist die Hoffnung einfach zu schmerzhaft.«

»Maksim ...« Vika streckte überrascht die Hand nach ihrem Mann aus, doch er wich zurück.

Inga lachte. Es war ein trockenes Rasseln, das Vika unwillkürlich zusammenzucken ließ. »Macht euch keine Sorgen um mich«, sagte Inga. »Meine Hoffnung ist schon vor langer Zeit gestorben.«

***

Als Vika später an diesem Abend die Kinder zu Bett brachte, rief draußen auf der Straße jemand etwas auf Deutsch, dann erklang ein Schuss. Vika ignorierte das und vergewisserte sich, dass jedes Kind genug Decken hatte. Dann wickelte auch sie sich ein und schlang die Arme um sie. Ihre Brust schmerzte vor Liebe und Sorge. Ihre Kinder verließen sich auf sie, doch wenn sie aufhörte, über ihre gefährliche Situation nachzudenken, wurde ihr schlecht. Sie konnte ihnen ja noch nicht einmal versprechen, die Nacht zu überleben. Wie konnte sie sich dann eine Zukunft für sie erträumen? In diesem Leben war nichts garantiert. Vor den Nazis und den Sowjets war niemand sicher.

Vika strich Sofia das Haar zurück und drückte ihr einen Kuss auf die Stirn. Das machte sie dann auch mit den jüngeren Kindern und sprach kurz ein Gebet für Slavko und Lilija, bevor auch sie die Augen schloss.

34

LILIJA

Oktober 1944, Leipzig

Der alte Mann saß unter der ausladenden Eiche, den Rücken gegen den Stamm gelehnt, und auf seinen angezogenen Knien lag ein Notizbuch. Lilijas Finger zuckten, als er die Finger bewegte. Fast konnte sie das Kratzen des Stifts auf dem Papier hören, und sie sehnte sie so sehr danach zu zeichnen, dass ihr die Knie weich wurden.

Seit man ihnen gestattet hatte, die Baracken sonntagnachmittags zu verlassen und auch außerhalb des Lagers einkaufen zu gehen – zumindest in den Geschäften, die Ostarbeiter hereinließen –,war der Mann abends hier aufgetaucht und hatte gezeichnet, und Lilija hatte ihm zugeschaut.

Sie wollte ihn fragen, welcher Laden ihm das Notizbuch verkauft und wie viel es gekostet hätte und wie es ihm gelungen wäre, es von ihrem armseligen Lohn zu bezahlen, aber sie brachte es nicht fertig, sich ihm zu nähern. Seit sie sich gezwungen hatte, Halyas Eltern zu zeichnen, hatte sie keinen Stift mehr angefasst, aber schon da hatte sie nicht mehr ihre Seele in die Zeichnung gelegt, wie sie es früher getan hatte. Sie hatte sich für Halya dazu gezwungen, solange das Bild noch frisch in ihrem Gedächtnis war. Die Zeichnung war nicht so bedeutsam für sie gewesen wie ihre alten Bilder – trotzdem hatte sie es all ihrer Kraft beraubt.

»Ich kann dich sehen, weißt du?«, rief der alte Mann auf Ukrainisch.

Lilija schnappte nach Luft und trat zurück in den Türeingang hinter ihr.

»Du schaust mir jede Woche zu.« Der Mann sah nicht auf. »Da kannst du auch ruhig zu mir kommen.«

Lilija zögerte und rief dann zurück: »Ich will aber nicht.«

»Wie du möchtest.« Er zuckte mit den Schultern. »Ich dachte nur, du würdest gern mitmachen.«

Trotz ihrer anfänglichen Zurückhaltung trieb die Neugier sie näher. Ein Schritt. Dann ein weiterer …

»Warum willst du das?« Noch ein Schritt.

»Ich habe gesehen, wie du mich beim Zeichnen beobachtest. Ich habe die Sehnsucht gesehen.« Der Mann zeichnete weiter. »Wenn du diesen Teil von dir verleugnest, wird dich das krank machen.«

»Dieser Teil von mir ist tot.« Inzwischen war Lilija fast neben ihm, und ihr Blick folgte den Bewegungen seiner Zeichenhand. Sie verschränkte die Finger, um nicht nach dem Stift zu greifen. Die dringende Sehnsucht, die in ihrer Brust anschwoll, überraschte sie.

Schließlich hob der Mann den Kopf und schaute Lilija mit freundlichen blauen Augen an. Falten durchzogen sein von der Sonne gebräuntes Gesicht, und sein Haar war mehr grau als braun. Aus der Nähe betrachtet wirkte er sogar noch älter, als Lilija gedacht hatte, vielleicht Mitte sechzig und damit der älteste Ostarbeiter, den sie je gesehen hatte. Sie fragte sich, wie er die Arbeit schaffte.

»Wie auch alle, die du liebst?«, fragte der Mann.

Seine simplen Worte lösten eine Flut von Trauer aus, sodass Lilija kurz wie benommen war. Sie nickte.

»Ich kenne das Gefühl.« Der Mann schlug ein leeres Blatt auf. »Aber du darfst nicht aufhören. Hier. Versuch's mal.«

»Ich glaube nicht, dass ich das kann.« Lilija wich einen Schritt zurück. Ihr Verlangen verwandelte sich in Angst. »Und ich glaube auch nicht, dass ich das will.«

»Na, schön.« Der Mann begann erneut zu zeichnen. »Aber du wirst es wieder wollen, und du wirst es wieder können. Wenn es so weit ist, dann weißt du ja, wo du mich findest.«

***

Lilija dachte die ganze Woche lang an den alten Mann, und als es wieder Sonntag war, beschloss sie, noch einmal mit ihm zu reden. Natürlich hieß das noch lange nicht, dass sie auch etwas zeichnen würde, aber sie wollte mehr über den Alten erfahren: seinen Namen, wo er herkam und woher er wusste, dass sie so viel verloren hatte. Vor allem Letzteres machte sie nervös. Sie kämpfte darum, nicht auseinanderzufallen und ihren Schmerz zu verbergen, doch der Mann hatte die Fassade durchschaut.

Diesmal reagierte er gar nicht auf sie, und Lilija stand fast eine halbe Stunde lang neben ihm und schaute zu, wie er eine wunderschöne junge Frau zeichnete.

»Wer war sie?«, fragte sie schließlich.

Der Mann schaute erschrocken zu ihr hinauf. Offenbar hatte er sie gar nicht bemerkt.

»Du bist wieder zurück«, sagte er schlicht.

»War sie deine Tochter?«

Der Mann nickte und strich mit der Hand über die Wange der Frau auf der Zeichnung. »Die Sowjets haben sie getötet, als sie 1939 in unser Dorf einmarschiert sind.«

»Und sie zu zeichnen macht dich froh?« Lilija dachte das Bild ihres Bruders, das sie angefertigt hatte, nachdem sie seine Leiche entdeckt hatte. Sie hatte sich ihm näher gefühlt, als sie ihn auf Papier wieder hatte auferstehen lassen, aber irgendwann – vielleicht, seit mehr geliebte Menschen tot waren als noch am Leben – hatte dieser Akt seine Anziehungskraft verloren, und das Zeichnen hatte nur noch schmerzhafte Erinnerungen in ihr geweckt.

»Es hilft mir, mich zu erinnern«, antwortete der Mann und lächelte traurig. »Ich glaube zwar nicht, dass mich irgendetwas wieder froh machen kann, aber sie so zu zeichnen, wie ich mich an sie erinnern will, hilft.«

Die brutale Wahrheit dieser Worte verschlug Lilija den Atem.

»Ich erinnere mich auch«, flüsterte sie. »Ich kann sie noch immer alle sehen. Wie sie ausgesehen haben, als sie gestorben sind. Aber das ist nicht, woran ich mich erinnern will.«

Nina.

Tato.

Mama.

Michailo.

Ihre Namen waren wie ein ewiger Gesang in ihrem Kopf, ein pulsierender Takt in ihren Adern. Sie hallten durch ihren ganzen Körper, vom Kopf und in den Arm, bis ihr die Hand zitterte. Lilija kniete sich neben den alten Mann, der ihr Stift und Buch reichte.

»Dann zeichne sie, wie du sie zeichnen willst. Bring sie wieder zurück.«

Lilija starrte die beiden Gegenstände an und streckte langsam die Hand aus. Ihre Finger zuckten, dann schlossen sie sich um den Stift, und sie ließ ihn über das Papier fliegen, das nun auf ihrem Schoß lag. Als langsam Ninas Gesicht erschien, brach eine Flut von Emotionen über Lilija herein. Sie bemerkte erst, dass ihr die Tränen aus den Augen liefen, als sie aufs Papier tropften und Ninas reizendes Lächeln verschmierten.

Lilija riss den Kopf hoch und wischte sich mit dem Ärmel übers Gesicht. Der alte Mann klopfte ihr auf die Schulter.

»Siehst du? Du kannst das nicht für immer in dir behalten.

Das verdirbt nicht nur deine Kunst, sondern auch deinen Geist. Du musst das kanalisieren und freilassen. Lass deinen Schmerz raus, damit wir die Last teilen können.«

Er kramte in der Tasche zu seinen Füßen herum und holte ein weiteres Buch und einen Stift heraus.»Ich wusste, dass du wieder zurückkommen würdest. Also habe ich dir das hier gekauft.«

Lilija schüttelte den Kopf.»Das kann ich nicht annehmen. Das ist zu viel, und ich kann es dir nicht bezahlen.«

»Es ist ein Geschenk.« Der Mann drückte ihr die Sachen in die Hand.»Von einem Künstler für den anderen. Ich habe niemanden mehr. Also lass mich dir helfen. Und jetzt… Lass deinen Schmerz frei.«

***

Lilija zeichnete stundenlang. Die Bilder flossen nur so aus ihrer Hand, aus ihrer Seele, wie ein angeschwollener Bach im Frühling. Sie konnte den Fluss ebenso wenig aufhalten, wie sie das Atmen einstellen konnte. Sie zeichnete ihre Mutter, ihren Vater, ihren Bruder, und sie zeichnete so viele Bilder von Nina, dass sie sie gar nicht mehr zählen konnte. All diese Bilder taten unendlich weh, doch Ninas Verlust ging zudem mit einem Gefühl von Schuld einher, das wie ein Dorn in ihrem Herzen steckte und einfach nicht verheilen wollte.

Aber es half. Der alte Mann hatte recht. Jede Zeichnung, die sie anfertigte, nahm ihr einen Teil ihres Schmerzes. Es kratzte und brannte, wenn sie es herauszwang, und jedes Mal riss es ein kleines Stück von ihr mit, aber hinterher fühlte sie sich ein wenig besser. Sie war nicht länger nur ein Gefäß für ihre Trauer, sondern wurde langsam wieder ein Mensch. Eine Überlebende.

Ihre nächste Zeichnung überraschte Lilija. Langsam nahm sie Gestalt an, und das Porträt war weitaus sorgfältiger als die zuvor. Ein starkes Kinn, hohe Wangenknochen und weit auseinanderstehende Augen. Lilija hörte erst auf, als Filips Gesicht sie anschaute, die Lippen zu einem Grinsen verzogen. Mit dem Finger fuhr sie die Umrisse nach und stellte sich vor, dass er hier bei ihr wäre, nicht als zweidimensionale Zeichnung, sondern als lebender, atmender Mann. Er würde sie in die Arme nehmen und sagen, alles werde wieder gut, ihr würde schon nichts passieren. Er würde ihre Trauer teilen, zusammen mit seiner eigenen, und gemeinsam würden sie an der Heilung arbeiten.

Aber Filip war in Wolhynien, und Lilija war in Deutschland. Ganze Armeen standen zwischen ihnen.

Lilija konnte nicht auf das Papier bannen, wie sich seine Berührung anfühlte oder welche Vorfreude der Klang seiner Stimme in ihr weckte, aber sie konnte sein Ebenbild zeichnen. Das musste erst einmal genügen, und vielleicht würde es eines Tages auch das Einzige sein, was ihr von der Vergangenheit geblieben war. Seit über einem Jahr hatten sie und Slavko nichts mehr von ihrem Zuhause gehört. Slavko glaubte, das läge an der unzuverlässigen Post, doch Lilija befürchtete einen deutlich schlimmeren Grund für dieses Schweigen, denn sie wusste besser als jeder andere, wie grausam und flüchtig das Leben war.

35

Vika

Januar 1945, Breslau, Deutschland

Vika stand einfach nur da, und ihre Knie knackten. Ihre Hände und ihr Rücken pochten vor Schmerz, aber sie musste noch fünf Kühe melken, bis ihre Schicht vorbei war und sie nach Hause gehen konnte. Sie trug ihren Schemel zum nächsten Tier, einem besonders störrischen Vieh, das gern den Eimer umtrat, wenn man nicht aufpasste. Als der Schemel an der richtigen Stelle war, ignorierte Vika den Schmerz in ihren Fingern und begann in einer fließenden Bewegung von oben nach unten mit dem Melken.

Lachen hallte durch den Gang, wo die anderen Frauen andere Kühe molken, aber Vika stimmte nicht mit ein. Sie wahrte Distanz zu den anderen, sie sprach sogar kaum mit ihnen. In den ersten Wochen hatten einige Frauen versucht, sich mit ihr anzufreunden, doch sie hatten rasch aufgegeben, als Vika nur dann und wann genickt oder gegrunzt hatte. Sie hatte nicht die Kraft, neue Freundschaften zu schließen, außerdem würden sie ohnehin bald weiterziehen. Bis dahin bot ihr der Hof mit der Molkerei eine gute Anstellung, und zusammen mit Maksims Job, der große Postsäcke in nahe gelegene Städte lieferte, kam genug Geld zusammen, um für Kost und Logis bei Inga zu bezahlen.

Verdunkelungsvorhänge hingen vor jedem Fenster und erzeugten eine samtige Dunkelheit, die Vika auch umschloss, als sie an diesem Abend heimging. Ihre Beine waren bleischwer, als sie die Stufen zu Ingas Wohnung hinaufstieg. Sie zu finden war ein großes Glück gewesen. Inzwischen war die ganze Stadt voller Flüchtlinge. Die Menschen rollten ihre Decken aus, wo immer sie Platz fanden, und schliefen in improvisierten Zelten oder unter Fuhrwerken und Kutschen. Ganze Lager von ihnen waren auf den leeren Feldern vor der Stadt entstanden, und auch in der Stadt waren die meisten Plätze bereits damit zugebaut.

Inga saß am Tisch bei einer Tasse Tee und nickte Vika zur Begrüßung zu. »Deine Kinder sind in eurem Zimmer«, sagte sie. »Dein Mann hat gesagt, er müsse noch ein paar Lieferungen machen. Deshalb ist er wieder unterwegs.«

Vika schlüpfte in das winzige Zimmer und setzte sich zu ihren Kindern. Bohdan hatte alle viere von sich gestreckt. Sofia hatte sich zu einem Ball zusammengerollt und die Arme um Nadja geschlungen. Vika beugte sich hinunter, küsste sie alle drei und strich Nadja behutsam das Haar aus dem Gesicht. Als sie die Lippen auf ihre Stirn drückte, schnappte sie erschrocken nach Luft.

»Mein Gott, sie ist ja wieder glühend heiß.«

Plötzlich ertönten die Luftschutzsirenen. Das Herz schlug Vika bis zum Hals, und kalter Schweiß lief ihr über den Rücken wie immer, wenn es Fliegeralarm gab. Das furchtbare Geräusch weckte ihren Fluchtinstinkt, und sie konnte nichts dagegen tun, auch wenn sie das schon viele Male gehört hatte. Inga hatte gesagt, irgendwann werde sie sich daran gewöhnen, doch Vika zweifelte daran.

»Kommt, Kinder. Wir müssen gehen.«

Bohdan rappelte sich auf, und Sofia stöhnte, aber Nadja rührte sich kaum. Vika hob sie hoch.

Als sie schließlich den Keller erreichten, schmerzten Vikas Arme. Eine Handvoll Menschen aus den anderen Wohnungen hatte sich hier versammelt und sich bereits einen Platz gesucht.

Inga und Vika setzten sich auf eine Bank an der hinteren Wand. Bohdan und Sofia saßen zwischen ihnen. Vika behielt Nadja auf ihrem Schoß. Sie wiegte sie sanft hin und her und flüsterte dem kleinen Mädchen, das gerade erst die Augen geöffnet hatte, beruhigend zu. Nadjas fiebriger Körper brannte auf Vikas Haut. Fast war das schon eine Erleichterung nach der Eiseskälte der Januarnacht, die Vika auf dem Heimweg hatte erdulden müssen, aber dann erinnerte sie sich wieder daran, was das bedeutete.

»Mama? Ist es diesmal anders?«, fragte Bohdan wie jedes Mal, wenn sie in den Keller mussten.

»Nein. Alles wird gut. Ich bin sicher, es wird schon bald Entwarnung geben.«

Vika betete, dass dem wirklich so war. Wie viele Male hatten sie sich schon im Luftschutzkeller versteckt und waren nach ein paar Stunden unversehrt wieder herausgekommen? Manchmal wollte sie gar nicht mehr runtergehen. Verglichen mit den Verlockungen einer Nacht voll Schlaf schienen die Risiken niedrig zu sein, aber ihre Kinder durfte sie der Gefahr nicht aussetzen.

Also zwang Vika sich zu einem Lächeln und versuchte, Heiterkeit auszustrahlen, obwohl Sorge, Angst und Erschöpfung sie Tag und Nacht beherrschten. Sie scheuerten an ihrer Seele, bis sie einfach nur noch schreien wollte.

Es war niederschmetternd. Vika war zu Tode erschöpft.

»Mein Kopf tut weh«, sagte Nadja.

»Ich weiß, Liebes. Versuch, noch etwas zu schlafen. Wir können gleich zurück ins Bett.«

»Was ist mit Tato?«, fragte Sofia.

»Ich bin sicher, er ist auch in einem Luftschutzkeller«, antwortete Vika, aber das wusste sie natürlich nicht. Maksim hatte nur wenig Zeit, um zwischendurch anzuhalten, wenn er seine Tour beenden wollte. Er hatte zwar nie etwas gesagt, doch Vika nahm an, dass er den Luftalarm meist ignorierte.

Plötzlich bebten die Kellerwände, als in unmittelbarer Nähe eine Bombe einschlug, und die Frau aus der Wohnung unter ihnen schrie. Vika legte Nadja auf einen Arm und zog Sofia und Bohdan mit dem anderen näher zu sich heran. Immer mehr Bomben regneten auf die Stadt herab, und Staub und Dreck erfüllten die Kellerluft. Die Frau, die als Erste geschrien hatte, weinte nun, aber Vika fühlte sich einfach nur taub. Nichts von alledem wirkte real – ihre kranke Tochter, ihr vermisster Mann, die Bomben –, aber solange drei Augenpaare sie erwartungsvoll anstarrten, konnte sie sich nicht gehen lassen. Sie musste tapfer sein, für ihre Kinder, tapfer und stark, und so war sie das auch.

Vika drückte die drei an sich, schützte sie, so gut es ging, mit ihrem eigenen Körper und sang leise für sie. Erfüllt von der Stärke und Schönheit der Ukraine umhüllten die alten Volkslieder ihrer Kindheit sie wie eine Decke. Noch immer von Fieber geplagt, döste Nadja ein, und irgendwann schliefen auch Sofia und Bohdan. Nach fast neunzig Minuten verkündeten die Sirenen Entwarnung, und die müden Hausbewohner schleppten sich aus dem Keller.

Im Westen glühten die Öltanks nahe der Oder orange, und Flammen schossen in den Himmel. Die Straße um sie herum war unversehrt, aber näher am Fluss zeugten Lücken in den Häusersilhouetten davon, dass viele Bomben ihr Ziel gefunden hatten. Eine Stimme knisterte im stadtweiten Lautsprechersystem, und Vika spitzte die Ohren. Zum Glück hatte sie in der Molkerei genügend Deutsch aufgeschnappt, um das meiste zu verstehen.

»Die Zivilbevölkerung wird angewiesen, alle Bezirke von Breslau östlich der Oder augenblicklich zu verlassen. Pioniere bereiten die Oderbrücken zur Sprengung vor. Bitte, begeben Sie sich zu Fuß auf die Westseite der Stadt, wo derzeit alles für Ihre Ankunft vorbereitet wird.«

»Das sind wir!«, keuchte Inga. »Wo sollen wir denn hin?«

Vika schluckte ein schrilles Lachen herunter. Ja, wo sollten sie hin? Diese Frage hatte Vika sich schon viel zu oft gestellt, und jetzt war sie hier und stellte sie sich erneut. Wo sollte ihre Familie mitten in diesem Krieg Sicherheit finden? Wo konnte eine Mutter auf diesem blutigen Kontinent ihre Kinder friedlich in den Schlaf wiegen?

Die Müdigkeit drohte Vika zu überwältigen, doch sie verstärkte noch einmal ihren Griff um Nadja und machte sich auf den Weg zurück zur Wohnung. Sie wollte packen. »Egal wo, aber nicht hier«, murmelte sie vor sich hin. »Wenn die Roten so nah sind, dann müssen wir uns auf die Flucht vorbereiten.«

***

Die beiden Frauen hatten rasch gepackt, und die ganze Zeit über hatte Vika immer wieder zur Tür gestarrt und gehofft, Maksim würde jeden Augenblick hereintreten. Aber was sollte sie machen, wenn er nicht kam?

Inga gab Vika einen alten Koffer, und vorsichtig legte Vika die heiligen Ikonen und die Ruschniki hinein, dazu Lilijas Skizzenbücher und die getrockneten Kalynabeeren. Dann faltete sie die Kleider der Kinder obendrauf. Den Rest des Koffers füllte sie mit ein paar Zinnschüsseln, Bechern und einem Topf.

»Ich kann doch nicht alles andere zurücklassen«, jammerte Inga und drückte sich einen Teller an die Brust. »Es ist alles, was ich auf dieser Welt noch habe.«

»Dein Leben ist mehr wert als irgendwas hier«, antwortete Vika. »Und wenn die Sowjets kommen, könntest du auch das verlieren.«

Inga nickte und legte den Teller beiseite. »Aber was ist mit meiner armen Schwester?«

»Sie ist vermutlich schon unterwegs.« Vika rollte noch eine Decke zusammen. »Vielleicht treffen wir sie ja auf der Straße.«

»Ich hoffe«, seufzte Inga im selben Moment, als die Tür aufflog und Maksim den Raum betrat.

Vika atmete zitternd aus. Sie ließ die Decke fallen und warf sich so heftig in seine Arme, dass er fast gestürzt wäre.

»Da draußen herrscht der Wahnsinn«, sagte er und schlang die Arme um Vika.

Sie brauchte einen Moment, um ihre Gedanken zu sammeln, und als sie schließlich sprach, bebte ihre Stimme. »Ich … Ich war mir nicht sicher, dass du es zu uns schaffen würdest.«

Maksim löste sich von ihr und packte sie an den Armen. »Ich werde immer zu dir zurückkehren, Vikusia.«

Maksims Zärtlichkeit wärmte Vika das Herz. Bei all dem Stress mit Nadjas Krankheit, Slavkos Verschleppung und der Flucht hatte sie fast vergessen, wie es war, seine Liebe zu fühlen, wie es war, die Leidenschaft in seinen Augen zu sehen, wenn er sie anschaute.

»Die Pferde und der Wagen sind weg«, fuhr er schließlich fort. »Der Bürgermeister hat sie beschlagnahmen lassen.«

Vika schaute zu den Kindern und dachte an den tiefen Schnee, durch den sie früher am Abend nach Hause gewatet war. Panik keimte in ihr auf, und die Erleichterung über Maksims Rückkehr löste sich auf. »Alles klar«, seufzte sie. »Dann werden wir uns was überlegen. Bohdan und Sofia können gehen, und mit Nadja wechseln wir uns ab.«

»Ich gehe nicht mit«, verkündete Inga.

Vika wirbelte herum und starrte sie an. »Was meinst du damit, du gehst nicht mit? Du musst weg von hier! Sie evakuieren die Stadt!«

»Ich werde auch fortgehen, aber ich ziehe nicht nach Westen wie alle anderen.« Inga verschränkte die Arme vor der Brust. »Ich gehe nach Osten, zu meiner Schwester. Sie ist alles, was mir auf dieser Welt noch geblieben ist, und ich will sie nicht verlieren.«

Vika dachte an ihre eigene Schwester, Maria, und ihr Magen verknotete sich vor Schuldgefühlen.

»Inga …«, begann sie.

Maksim legte ihr die Hand auf den Arm. »Lass sie, Vikusia. Sie hat ihre Entscheidung getroffen.«

Vika biss sich auf die Lippe und schüttelte den Kopf. »Wenn es das ist, was du willst.«

»Ja, das ist es. Und ich möchte, dass ihr meinen Handkarren nehmt. Für sie.« Inga strich mit den Knöcheln über Nadjas weiche Wange. »Sie kann nicht laufen.«

Vika schlang die Arme um Inga. »Ich werde dir deine Freundlichkeit nie vergelten können.«

Inga versteifte sich, aber dann erwiderte sie Vikas Umarmung. »Finde deinen Jungen, und heile deine Familie«, flüsterte sie. »Für uns alle, die wir das nicht konnten.«

***

»Kommt.« Vika betrachtete die Menschenmenge auf der Straße. »Wir müssen los.«

Die kalte Luft biss in ihre nackte Haut, und sie zog den Schal enger um Gesicht und Nacken. Kinder weinten, Mütter blieben stoisch, und Jungen und Mädchen, die Karren ähnlich dem ihren hinter sich herzogen, füllten die Straße. Sie trotteten neben den Bürgern von Breslau und anderen Flüchtlingen her, die geglaubt hatten, der Roten Armee entkommen zu sein, nur um den Russen hier wieder zu begegnen. Der Schnee war so tief, dass das Gehen eine Qual war, doch Vika begrüßte die Mühen, denn so blieb sie warm.

Dann und wann fuhr ein Lastwagen mit einem Lautsprecher vorbei, aus dem Informationen zur Evakuierung dröhnten. Als sie sich der Oder näherten, kam der Treck fast zum Stehen, denn alle mussten über eine schmale Brücke. Vika nutzte die Pause, um nach Nadja zu sehen. Ihre Tochter schlief friedlich, und Vika rüttelte sie wach. Sie wusste nur allzu gut, wie gefährlich es war, in der Kälte zu schlafen.

»Steh auf, Nadja. Geh ein Weilchen neben mir her.«

»Ich fühle mich nicht gut, Mama.« Nadja schob die Hände ihrer Mutter weg und rollte sich in den Decken zusammen.

»Das ist mir egal.« Vika zog ihr kleines Mädchen aus dem Karren. »Du musst kämpfen. Steh auf.«

»Sie ist krank«, sagte Maksim. »Lass sie sich ausruhen.«

»Dann stirbt man, wenn es so kalt ist wie jetzt«, erwiderte Vika. »Das solltest du wissen. Sie muss sich bewegen, wenigstens ab und zu.«

»Am anderen Ufer des Flusses haben sie bestimmt etwas für uns vorbereitet. Ein Lager oder ein Gebäude, wo wir uns aufwärmen können und etwas zu essen bekommen. Sie haben gesagt, dass sie alle notwendigen Maßnahmen treffen würden.«

»Ich glaube gar nichts, was die Nazis uns erzählen, und du bist ein Narr, wenn du denkst, dass es wir gerettet sind, wenn wir den Fluss überqueren«, erwiderte Vika. »Wir müssen weiter nach Westen ziehen.«

»Da sind ja auch Slavko und Lilija, Mama«, meldete sich Bohdan zu Wort. »Jetzt werden wir einfach früher bei ihnen sein.«

»Das stimmt, Bohdanko.« Vika drehte sich zu ihm und schenkte ihm ein kleines Lächeln.

Einen Augenblick lang gestattete sie sich die Vorstellung, wie es sein würde, Slavko wieder in die Arme zu schließen und ihm zu sagen, wie sehr sie ihn liebe und wie leid es ihr täte, dass sie nicht härter um ihn gekämpft hatte. Vika stiegen die Tränen die Augen und gefroren auf den Wangen. Rasch wischte sie sie weg und ging weiter.

Die Frage war, ob sie nun den Zug nehmen sollten, da sie kein Pferd und keinen Wagen mehr hatten. Die Bahnhöfe würden mit

Sicherheit von Menschen überquellen, die alle aus der Stadt wollten. War es da wirklich möglich, dass sie als Nichtdeutsche einen Platz bekamen?

Vielleicht sollten sie ja wenn möglich nach Südwesten gehen, zusammen mit der Menschenmenge, und sich außerhalb der Stadt einen Zug suchen. Das schien die logischste Option zu sein, doch als Vika zu ihren Kindern schaute, die unter einem Berg von Decken in dem kleinen Handkarren kauerten, schnürte die Angst ihr die Kehle zu.

»Was sollen wir jetzt tun? Einfach weitergehen?«, fragte Vika.

»Ich glaube, es hat keinen Sinn, hier zu einem Bahnhof zu gehen«, entgegnete Maksim, als hätte er Vikas Gedanken gelesen. »Da ist bestimmt viel zu viel los, und wir würden sowie keinen Platz bekommen. Also ja, wir sollten weitergehen und außerhalb der Stadt einen kleineren Bahnhof suchen. Was denkst du?«

Vika antwortete nicht. Um sie herum drängten die Menschen sich immer stärker, je mehr sich der Evakuierung anschlossen. Am Straßenrand standen zwei Frauen. Eine hielt ein regungsloses Baby in den Armen, und die andere versuchte, ihr das Kind abzunehmen.

»Du musst ihn zurücklassen! Er ist tot, Elsa!«

»Nein!« Die Frau mit dem Baby wirbelte herum und drückte die leblose Gestalt an die Brust. »Ich kann ihn nicht hierlassen.«

»Wenn du ihn nicht hierlässt, werden die anderen auch nicht überleben.« Die andere Frau zeigte auf drei kleine Kinder, die zu ihren Füßen hockten. »Komm schon! Wir müssen weiter!«

Die erste Frau schluchzte gequält auf und ließ dann zu, dass die andere ihr das Kind abnahm. Die Frau legte es auf eine Schneewehe neben der Straße, bekreuzigte sich und packte die erste Frau am Arm, um sie hinter sich herzuziehen.

Vika riss sich von dem Anblick los und schaute zu ihren eigenen Kindern, die noch immer im Karren hockten. »Ich denke, wir müssen alles tun, um so schnell wie möglich in einen Zug zu kommen.«

***

Vika spürte ihre Hände nicht mehr. Sie hatte das Gefühl, als seien sie an der Deichsel des Handkarrens festgefroren, seit sie die Oder überquert hatten. Bei jedem Schritt trat sie so fest wie möglich mit den Füßen auf. Ihre Zehen kribbelten, aber sie waren noch nicht taub geworden, und das war ein gutes Zeichen.

Überall um sie herum marschierten die Menschen durch Schlesien nach Westen. Mütter trugen Babys, und Kinder hockten in Karren und schlurften neben ihren Eltern her. Alte Männer und Frauen drückten ihre Taschen an die Brust, während sie sich durch den Schnee schleppten. Der Wind schlug Vika ins Gesicht und erinnerte sie daran, dass es fast zwanzig Grad unter null waren. Sie zog den Schal noch fester und senkte den Kopf.

»Wie weit noch bis zum Bahnhof?«, fragte sie.

»Der Freiburger Bahnhof ist nur noch ein paar Häuserblöcke entfernt«, antwortete Maksim. Er winkte Vika beiseitezutreten und übernahm den Karren. »Wir werden ja sehen, wie es da aussieht und ob wir noch weiterziehen müssen oder nicht.«

Vika rieb sich die Hände und klemmte sie unter die Achseln. Noch ein paar Blöcke. Das würde sie schaffen. Bevor Maksim losgehen konnte, holte Vika die Kinder aus dem Karren, damit auch sie ein Stück laufen konnten. Sofia und Bohdan verzogen die Gesichter, als ihre Füße den Boden berührten, doch sie gingen brav weiter.

»Nur noch ein kleines Stück, Kinder.« Vika zwang sich, so fröhlich wie möglich zu klingen. »Wenn ihr lauft, wird euch warm. Ihr schafft das.«

Als der Bahnhof in Sichtweite kam, empfing sie dort das

reinste Chaos. Unmengen von Menschen wanderten um Berge von weggeworfenem Gepäck, Wagen und Karren herum. Patienten aus einem evakuierten Krankenhaus humpelten auf Krücken über das Pflaster, und schwer beladene Mütter riefen ihren Kindern zu, nah bei ihnen zu bleiben und nicht herumzulaufen.

Zwei Kinder standen neben einem Haufen Bettzeug. Sie weinten und zupften am Arm ihrer kollabierten Mutter. Eine andere Frau trat hinzu, zog die Mutter hoch und winkte den beiden Kindern, ihr aus dem Bahnhof zu folgen.

Eine Frau mit zwei Koffern schrie: »Franz! Wo bist du? Franz!«

»Warum schreit die so, Mama?«, fragte Bohdan.

Vika riss sich von dem Anblick los. Sie wollte den Schmerz der Frau nicht sehen, denn er war ihr nur allzu vertraut. Stattdessen ließ sie ihren Blick durch die Halle schweifen. Sie suchte nach dem kleinen Jungen. Die Menge war jedoch zu dicht, als dass man viel hätte sehen können. »Sie hat ihr Kind verloren, Bohdan«, erklärte Vika. »Ihr drei müsst dicht bei mir bleiben. Habt ihr verstanden? Lasst mich nicht aus den Augen!«

Die Kinder nickten ernst.

Maksim ließ seinen Blick über die Menge schweifen. »Es ist sinnlos, auf den Zug zu warten, wenn nur die Reichen und Wichtigen an Bord gelassen werden. Wir müssen weiter.«

»Wir sollten uns kurz ausruhen. Hier sind wir vor dem Wind geschützt«, sagte Vika. »Und vielleicht ergibt sich ja doch noch was.«

Maksim runzelte die Stirn, aber er setzte sich neben den Karren und zog Bohdan und Sofia zu sich heran.

***

Eine Stunde lang rasteten sie in dem Freiburger Bahnhof und schauten zu, wie die Züge sich mit den wohlhabenden Bürgern von Breslau füllten. Vika und Maksim warteten geduldig. Vielleicht bekämen sie ja doch noch die Chance, in einen Waggon zu springen.

Nadja saß auf Vikas Schoß. Das Fieber war zurückgegangen, doch sie war noch immer zu Tode erschöpft. Sie atmete schwer und zog sich die Decke über den Kopf, in die Vika sie gewickelt hatte, um all den Lärm auszusperren. Vika rieb ihr den Rücken und nahm Bohdans Hand.

»Ich denke, es ist Zeit weiterzuziehen«, sagte Maksim. »Schafft ihr das, Kinder?«

Sofia und Bohdan nickten entschlossen. Sie kletterten in den Karren, und Vika legte Nadja in Sofias Arme. Dann verschmolzen sie wieder mit der Masse, die sich in Richtung Westen bewegte.

Sie marschierten stundenlang. Vika und Maksim wechselten sich mit dem Karren ab. Dann und wann ließ Vika die Kinder aussteigen und ein Stück laufen, damit ihr Blut wieder in Bewegung kam. Maksim zog den Karren, aber nicht allzu schnell, und Vika ließ sich ein Stück zurückfallen, um ihre Familie zu beobachten. Sie wollte sicherstellen, dass niemand verloren ging. Als sie den Kindern schließlich wieder in den Karren half und ihnen Arme und Beine rieb, weinten sie noch nicht einmal mehr, wie sie es zu Beginn der Flucht getan hatten.

Die gnadenlose Kälte riss mit scharfen Klauen an ihr und wollte sie dazu verführen, sich hinzusetzen und sich ganz von ihr verschlingen zu lassen. Stimmen flüsterten ihr ins Ohr.

Gib auf. Schließ die Augen und schlaf. Dann ist es vorbei.

Die Versuchung zerrte an ihr, und Vika kniff die Augen zusammen, ging ein paar Schritte blind und grübelte über die Verlockungen eines traumlosen Schlafs nach. Kein Hunger mehr. Kein Frieren. Kein Verlust. Es wäre so einfach, dieser Angst und dieser Unsicherheit zu entkommen und sich von der Kälte verschlingen zu lassen.

»Mama!« Sofia gab Vika eine Ohrfeige. Ihre dünnen Finger brannten, als sie auf Vikas Gesicht. »Wach auf! Nicht schlafen! Bitte!«

Vika starrte ihre Tochter entsetzt an. Ihre Wange pochte. Sie berührte sie und klammerte sich an den Schmerz, der so viel anders war als die Gleichgültigkeit der Kälte. In ihrer selbstverursachten Dunkelheit war sie nach rechts abgekommen, weg von Maksim und dem Karren, und schließlich war sie neben der Straße auf die Knie gefallen, wo bereits sechs Kinder und ihre Mutter in einem Graben lagen. Die Mutter starrte mit leeren Augen zum Himmel hinauf, und der Wind hatte das Tuch unter dem Baby in ihren Armen herausgerissen. Ihre anderen Kinder drängten sich um sie. Alle schliefen … oder vermutlich waren sie schon tot. In jedem Fall bewegte sich keiner von ihnen.

Vika sog zischend die Luft ein und riss sich von dem Anblick los. Sie konzentrierte sich wieder ganz auf die Straße vor ihr.

»Tut mir leid, dass ich dich geschlagen habe«, sagte Sofia. »Ich habe versucht, dich zu schütteln. Ich habe gebrüllt, aber du hast mir nicht geantwortet. Ich hatte Angst.«

»Das hast du gut gemacht, Liebes.« Vika nahm Sofias Arm. Das Mädchen hatte sich nicht ein einziges Mal beschwert und war auch nicht zusammengebrochen. Sie hatte ihre Geschwister in die Arme genommen, wenn sie geweint hatten, und sie hatte sie mit lieben Worten ermutigt weiterzugehen, wenn sie sich bewegen mussten, um wieder warm zu werden. Vika schämte sich für ihre Schwäche. Sie schämte sich dafür, ihre Tochter gezwungen zu haben, die Verantwortung zu übernehmen, wenn auch nur kurz. »Das hast du wirklich sehr gut gemacht.«

***

Als sie in den frühen Morgenstunden schließlich die südwestlich von Breslau gelegene Stadt Kanth erreichten, hatte Vika schon mehr gefrorene Leichen am Straßenrand gesehen, als sie zählen konnte. Ihr anfänglicher Schock war verflogen, ihre Emotionen so taub wie ihre Finger und Zehen. Ein offener Wagen fuhr an ihnen vorbei. Er war voller kalter Leiber, die man aus dem Schnee gezogen hatte. Die Toten lagen wie Laub an der Straße zusammen mit aufgegebenen Karren, Kleiderbündeln und Koffern.

Die Menge war immer kleiner geworden, als die Menschen sich einfach neben die Straße setzten oder auf der Suche nach Schutz in den Dörfern und auf den Höfen im Land verteilten. Vika und Maksim waren ebenfalls abgebogen. Sie gingen zu einem Bauernhof am Ende eines Feldwegs, und dort fanden sie tatsächlich ein überraschend hilfsbereites, altes Ehepaar, das ihnen warme Milch und einen Platz am Ofen anbot, um sich aufzuwärmen.

Vika nahm ihren Kindern die nassen Decken ab und tauschte sie gegen trockene. Sie rieb ihnen die Beine, Füße und Hände, bis sie schließlich weinten, weil es wehtat, als das Blut in die Gliedmaßen floss. Dann legte Vika die nassen Kleider neben den Herd, damit sie trocknen konnten. Sie fühlte Nadjas Stirn und sprach ein stummes Dankgebet. Das Fieber war nicht zurückgekehrt.

Langsam bekamen die Kinder wieder Farbe, und Vika setzte sich neben sie. Auch sie hatte keine Kraft mehr. Wenn sie jetzt die Augen schloss, würde sie sofort einschlafen und stundenlang nicht mehr aufwachen, doch das durfte sie nicht, solange die Kinder nicht in Sicherheit waren.

Die alte Frau wuselte um sie herum. Sie goss warme Milch in Becher und schnitt Scheiben von einem großen Laib Brot. »Ihr müsst essen und euch dann ausruhen. Ich habe zwar keine freien Betten, aber ihr könnt über Nacht neben dem Herd schlafen.«

»Wir können Ihnen gar nicht genug danken.« Vika stand auf

und fasste die Frau am Arm. »Sie haben gerade das Leben unserer Kinder gerettet.«

Die Bäuerin erstarrte kurz, dann legte sie Vika die knorrige Hand auf den Arm. Tränen schimmerten in ihren wässrigen blauen Augen. »In diesem Krieg sind schon viel zu viele Kinder gestorben. Meine eingeschlossen. Wenn ich helfen kann, auch nur eines zu retten, werde ich alles dafür tun.«

36

HALYA

Januar 1945, Leipzig, Deutschland

Nach den langen Schichten hatte Halya keine Probleme einzuschlafen, und das war eine Erleichterung. Die meiste Zeit versank sie einfach in einer dunklen Leere, und das war deutlich besser als die Realität ihrer Tage. Und wenn sie Glück hatte und träumte, dann meist von ihrer Heimat. Sie kletterte auf ihren geliebten Kirschbaum, las ihre Bücher, half Mama, den Brotteig zu kneten, oder lauschte Tatos Geschichten. Allein, auf den Holzbrettern ihrer Koje und mit ihrer dünnen, läuseverseuchten Decke, fühlte sie sich ihrer Heimat so nah wie nirgendwo sonst.

Letzte Woche hatte Halya in der Nachtschicht gearbeitet, und das hieß, dass sie mehr Zeit im Luftschutzbunker unter der Fabrik verbracht hatte als wirklich bei der Arbeit. Die Wachen in der Fabrik stellten stets sicher, dass alle nach unten gingen, aber von den Baracken aus hatte man nicht so einfach Zugang zum Bunker. Bei Fliegeralarm musste man die Straße zur Fabrik hinunterrennen, und nach einer Weile hatten die Wachleute es aufgegeben, die schlafenden Arbeiter zu wecken und sie zu zwingen zu gehen. Außerdem heulten die Sirenen inzwischen so oft, dass ihr Klang zu einem vertrauten Schlaflied geworden war. Die meisten Mädchen in den Baracken ignorierten sie schlicht und schliefen weiter. Heute war das nicht anders.

Doch Halya arbeitete seit gestern wieder in der Tagschicht, und so hatte sie gerade erst begonnen, von Mamas wunderbar weichen Kartoffelwareniki zu träumen, als die ersten Einschläge die Baracke erschütterten. Der Traum war so real, der Geschmack der gefüllten Teigtaschen so greifbar, dass sie sich den Speichel vom Mund wischen musste, als sie die Augen aufriss.

»Wir werden getroffen!«, kreischte ein Mädchen auf der anderen Seite des Gangs. Sie war gerade erst gestern angekommen, und Halya wusste schon nicht mehr, wie sie hieß. Hunger und Müdigkeit machten das mit einem Menschen. Beides ließ einen sogar vergessen, wer man selbst war. Wie sollte man sich da die Namen von anderen merken?

»Wo gehen wir hin?« Auf nackten Füßen lief das namenlose Mädchen zwischen den Hochbetten auf und ab.

Halya setzte sich auf, stellte die Füße auf den Boden und war dankbar dafür, dass sie in ihren geliebten Stiefeln geschlafen hatte, denn die hielten sie nicht nur warm – wenn sie sie an den Füßen hatte, konnten sie ihr auch nicht gestohlen werden. Sie klopfte auf ihre Tasche und stellte sicher, dass Lilijas Zeichnung noch immer da war. Dann schnappte sie sich ihre Ausweispapiere und das Bündel Briefe von daheim. Mama hatte ihr fast jede Woche ein, zwei geschrieben, aber Halya durfte nur zwei pro Monat schicken. Gestern Abend war sie jedoch so erschöpft gewesen, dass sie den letzten noch nicht gelesen hatte.

Ein älteres Mädchen, das die Jüngeren unter seine Fittiche genommen hatte, versuchte, die Namenlose zu beruhigen. »Entspann dich. Wenn du willst, kannst du die Straße zur Fabrik runterlaufen. Hier gibt es keinen Bunker. Den Deutschen ist egal, ob es uns im Schlaf trifft. Wir warten einfach und hoffen.«

Eine weitere Bombe schlug auf der anderen Seite des Gebäudes ein, und die Wucht der Explosion schleuderte Halya gegen die Wand. Sie schlug sich den Kopf am oberen Bett an und sah

Sterne. Das barfüßige Mädchen landete neben ihr. Ihr Hals war seltsam verrenkt, und ihre Hände hingen leblos an ihr herab.

Hania. Das war ihr Name, dachte Halya benommen.

Ihr klingelten die Ohren, aber sie rappelte sich auf und stand auf zitternden Beinen. Sie hätte sich an etwas erinnern sollen, doch die Gedanken rannen ihr wie Wasser durch die Finger. Slavko hatte gesagt, sie sei in letzter Zeit immer so vergesslich, und diesen Winter war es in der Tat schlimmer geworden. Kälte und Hunger zehrten an Halyas Verstand.

Slavko. Lilija.

Das war, woran sie sich erinnern sollte: ihre Freunde. Ein winziger Funke Leben erwachte in ihrer Brust und trieb sie an. Auch ihr Verstand nahm wieder die Arbeit auf. Was hatte Slavko ihr noch mal gesagt, nachdem eine der anderen Baracken beim letzten Bombenangriff zerstört worden war?

»Wenn wir noch einmal getroffen werden, sollten wir fliehen. In dem Chaos wird das niemand bemerken. Wir können uns hinter der Kantine treffen. Da gibt es ein Loch im Zaun.«

»Ja.« Lilija hatte sich einverstanden erklärt. »Wir treffen uns am Zaun und verschwinden im Wald hinter den Baracken.«

Doch Slavkos Baracke lag weiter die Straße hinunter, und Lilija hatte gerade Nachtschicht. Halya würde diesen Teil also allein schaffen müssen. Hitze hüllte sie ein. Das hintere Ende des Gebäudes brannte, und die Flammen tanzten auf sie zu. Mädchen rannten schreiend umher und drängten sich vor der Tür. Die Baracke auf diese Art zu verlassen würde viel zu lange dauern.

Halya schnappte sich ihre verdreckte Decke und kletterte auf das obere Bett. Dort wickelte sie sich die Decke um die Hand und schlug gegen das schmutzige braune Glas, bis kalte Luft in ihr Gesicht wehte. Dann legte sie die Decke auf den Sims, drehte sich um und rief: »Ihr könnt hier raus!«

Mehrere Mädchen hörten sie und rannten in ihre Richtung,

doch Halya wartete nicht auf sie. Sie kletterte durch das zerbrochene Fenster, sprang hinaus in die Nacht und landete mit einem leisen dumpfen Aufprall auf ihren Füßen. Draußen tobten Brände im Hauptgebäude der Fabrik wie auch in ihrer Baracke und in zwei weiteren Unterkünften, Slavkos eingeschlossen.

Würden die anderen sich an ihren Pakt erinnern? Halya hätte ihn ja auch fast vergessen. Was, wenn eine Bombe Slavkos Bett getroffen hatte? Oder den Raum, in dem Lilija arbeitete? Halya hatte einfach Glück gehabt, dass sie auf der richtigen Seite der Baracke gelegen hatte. Sie wollte nicht darüber nachdenken, wie viele Mädchen auf der anderen Seite im Schlaf gestorben waren. Sie hoffte nur, auch sie hatten von Kartoffelwareniki geträumt. Das wäre ein schöner Tod gewesen: ein Sekundentod, angstfrei und begleitet von Gedanken an ihr altes Leben.

Überall liefen Leute chaotisch durcheinander. Halya machte sich so klein und unsichtbar wie möglich und rannte zur Kantine.

Rauch erfüllte die Luft, und die Sirenen heulten. Eine weitere Bombe schlug in dem Komplex ein, allerdings weiter weg. Halya betete, dass es die Offiziersquartiere getroffen hatte. War das falsch? Zu beten, dass jemand stirbt? Sie glaubte nicht. Wie hätte das auch falsch sein können, wenn diese Männer und Frauen sie jeden Tag fast zu Tode quälten?

Slavko sah sie, bevor Halya ihn sah, und packte sie am Arm. »Hier lang!«

Halya wurde vor Erleichterung ganz schwindelig, und sie folgte ihm mit neuer Kraft zum Zaun. Slavko bahnte sich einen Weg durch ein Gestrüpp, hinter dem sich ein flaches Loch verbarg, das er gegraben hatte. Er drückte Halya nach unten. »Geh du zuerst. Und halt nicht an, egal was auch passiert. Ich folge dir.«

»Was ist mit Lilija?«, fragte Halya.

»Wir können nicht auf sie warten. Wir müssen sie später finden.«

Halya schlüpfte durch die Öffnung und rannte los. Sie warf einen Blick über die Schulter zurück und erwartete, Slavko zu sehen.

Er war aber nicht da.

Halya wurde langsamer. Sie war hin- und hergerissen. Natürlich könnte sie wieder zurückgehen, mitten hinein in die Gefahr, und nach ihm suchen ... oder sie könnte weiterlaufen.

Versprich mir, tapfer zu sein und stets zu kämpfen.

Die Worte ihres Vaters hallten in ihrem Kopf wider, als hätte er sie gerade erst gesagt.

Kämpfen? Wofür denn? Dafür, sich von den Deutschen zu befreien? Ja, natürlich war das den Kampf wert. Aber war Freundschaft nicht auch etwas, wofür es sich zu kämpfen lohnte?

Halya hatte noch nie so enge Freunde gehabt, die ihre Gefühle lesen konnten wie in einem offenen Buch. Freunde, die sie zum Lachen brachten, auch wenn ihr nach Weinen zu Mute war. Tatsächlich waren Slavko und Lilija inzwischen mehr als nur Freunde.

Sie waren Halyas Familie.

Hier, in diesem furchterregenden, fremden Land, waren sie die einzige Konstante in ihrem Leben. Und ihr Vater hatte gesagt, dass sie stets darum kämpfen müsse, bei ihrer Familie zu bleiben, egal was passierte.

Halya blieb stehen und machte kehrt.

37

LILIJA

Januar 1945, Leipzig

Als die erste Bombe einschlug, schreckte Lilija hoch, und der Nebel des Schlafs löste sich sofort auf. Sie war wieder einmal auf der Toilette eingeschlafen. Ihr Kopf lag an der Seitenwand, und sie war noch voll bekleidet. Nachdem sie das Wasserklosett benutzt hatte, versuchte sie immer ein paar Minuten zu dösen, bevor die Wache vorbeikam und an die Tür hämmerte. Das war die einzige Erholung, die sie sich erlauben konnte, wann immer sie von der Tag- zur Nachtschicht wechselte, was in ihrem Gebäude im Wochenrhythmus geschah.

Lilija griff nach dem Türknauf und stürmte in die nun leere Fabrik. Sie musste das Heulen der Sirenen verschlafen haben, und die anderen hatten sie auf der Toilette vergessen, als sie in den Luftschutzkeller gelaufen waren. Sie war vollkommen allein.

Flieh!

Ungebeten blitzte der Gedanke in ihr auf. Seit den Bombenangriffen im Herbst hatten sie so oft davon gesprochen – sie, Halya und Slavko –, und jetzt war ihre Chance gekommen. Drei weitere Bomben schlugen ein, als Lilija hinausschlüpfte und die unheimliche leere Straße zum Zaun hinter den Baracken hinunterlief. Das Tor zu den Unterkünften stand offen. Vermutlich hatten die Wachen vergessen, es zu schließen, als sie in den Bunker gerannt waren.

Lilija stürmte hindurch, und ihr Herz setzte einen Schlag lang aus, als sie die rauchenden Trümmer sah, die vom Nordteil ihrer Baracke übrig geblieben waren. Drinnen drängte sie sich an den letzten paar Mädchen vorbei, die versuchten herauszukommen. Sie schrie Halyas Namen, doch ihr gemeinsames Bett war leer.

Eine Leiche auf dem Boden ließ Lilija entsetzt nach Luft schnappen. Sie bückte sich, drehte das Mädchen um und betete, dass es nicht Halya war. Dann schauderte sie erleichtert.

Wieder draußen bahnte Lilija sich einen Weg zwischen den verletzten Arbeitern hindurch, die aus den Baracken entkommen waren, und lief zu Slavkos Baracke. Als das Dröhnen der Bomber über ihrem Kopf verhallte, sah sie sie in der Ferne: Slavko und Halya, die durch das kleine Loch im Zaun schlüpften, wie sie es verabredet hatten. Lilija lief über das offene Feld. Sie wünschte, die beiden würden stehen bleiben, doch zugleich feuerte sie sie in Gedanken an zu laufen.

Lilija sah den Wachmann erst, als er mit seinem Knüppel nach ihr schlug, und der Schmerz in ihrem Kopf ließ sie auf die Knie sinken. Das Letzte, was sie sah, bevor alles schwarz wurde, war Slavko auf dem Boden, gleich hinter dem Zaun, und ein anderer Wachmann richtete die Waffe auf ihn.

***

Der Lastwagen kam mit einem Ruck zum Stehen, und Lilijas Kopf schlug gegen die Seitenwand. Sie versuchte, sich wegzudrehen, doch der Druck der Menschen war zu groß. Sie konnte sich kaum bewegen. Lilija erinnerte sich daran, aufgewacht zu sein und wieder versucht zu haben zu fliehen. Eine Wache hatte sie daraufhin gepackt und hinten auf diesen Lkw gezwungen, aber sie hatte keine Ahnung, wie lange sie nun schon hier war. Ihr Kopf pochte, und ihr Mund war ausgetrocknet.

Die Tür des Fahrzeugs öffnete sich, die Masse setzte sich in Bewegung und ergoss sich nach draußen. Lilija drängte sich durch die Menschen, stürzte und landete hart auf dem gefrorenen Boden. Mühsam rappelte sie sich wieder auf, und plötzlich sah sie Slavko vor ihrem geistigen Auge und den Wachmann, der ein Gewehr auf ihn richtete. War Slavko auch hier?

»Slavko!« Panisch ließ sie den Blick über die Menge schweifen, während Deutsche die Gruppe mit gezogenen Waffen zu einem Graben neben der Straße trieben. »Halya!«

Vier weitere Lastwagen hatten in der Nähe angehalten, und Lilija drängte sich weiter durch die Menge und rief immer wieder die Namen der beiden. Sie konnte nicht weit sehen, doch als die ersten Schüsse ertönten und das Schreien begann, erstarrte sie.

Die Masse bewegte sich und enthüllte die Quelle der Schüsse: Eine Reihe von sieben deutschen Polizisten hatten ihre Gewehre schon wieder auf eine weitere Gruppe von Zwangsarbeitern gerichtet, die am Rand des Grabens kauerten. Ein Soldat brüllte einen Befehl, und die nächste Salve hallte durch die Luft. Die Menschen – Männer, Frauen und Kinder jeden Alters und aller Nationalitäten – fielen rückwärts in den Graben und auf die ersten Opfer. Lilija versuchte, zu verstehen, was da geschah. Dann wurde auch sie zum Graben gestoßen.

Lilija steckte die Hand in die Tasche und packte die Nachtigall, die Filip für sie geschnitzt hatte. Sie packte sie so fest, dass ihre Finger schmerzten. Unglaublich, dass sie nach allem, was sie gesehen, nach allem, was sie durchgemacht hatte, so ihr Ende finden sollte: in einem Graben an einer Straße und durch die Laune eines deutschen Soldaten. Nicht weil sie gekämpft hatte, nicht wegen irgendeiner Heldentat.

Einfach nur, weil sie zur falschen Zeit am falschen Ort gewesen war.

Das konnte Lilija nicht akzeptieren.

Als die Deutschen ihre Gewehre hoben, handelte Lilija instinktiv. Sie ließ sich nach hinten in den Graben fallen, als die Frau neben ihr eine Kugel in die Brust bekam. Sie umklammerte die Nachtigall noch immer. Lilija wartete auf den Schmerz. Sie wartete auf das Blut, doch nichts geschah. Stattdessen lag sie mit geschlossenen Augen im Dreck und hielt die Luft an, während die nächsten Arbeiter erschossen wurden.

Lilija biss sich auf die Zunge und erstickte jedes Geräusch, das ihrem Mund hätte entkommen können, als eine Leiche auf sie fiel. Da wurde sie dann auch von Blut durchtränkt, doch es war nicht das ihre. Unter dem zunehmenden Gewicht, das auf sie fiel, hielt sie die Luft an. Insgesamt waren es zwei Leichen auf ihr, eine in einem Winkel, die andere von Kopf bis Fuß fast genau auf ihr. Lilijas Herz schlug so laut, dass sie fürchtete, die Deutschen würden sie hören, als sie in die Toten feuerten, um sicherzugehen, dass niemand überlebt hatte.

Aber sie verfehlten Lilija.

Schon wieder.

38

HALYA

Januar 1945, Leipzig

Halya fand Slavko auf dem Boden neben dem Loch im Zaun. Er hatte sich mit dem Fuß in einem Draht verfangen.

»Ich dachte, du wärst direkt hinter mir!« Sie kniete sich neben ihn und zog an dem Draht. »Was ist passiert?«

»Alles gut!« Slavko schlug ihre Hand weg. »Ich habe ihn schon fast losbekommen. Lauf weiter. Ich komme schon.«

»Nein! Ich helfe dir.« Halya kroch durch das Gestrüpp um Slavko herum und suchte nach dem Anfang des Drahts, um ihn zu lockern. Der Rauch brannte ihr in den Augen, aber im Glühen des Feuers konnte sie besser sehen als im Mondlicht allein. Andere, die ihre Flucht beobachtet hatten, strömten nun durch das Loch, stießen in ihrer Panik mit ihnen zusammen und machten die Arbeit wieder zunichte, die Halya und Slavko mit dem Draht geschafft hatten. Es war nur eine Frage der Zeit, bis eine Wache die Massenflucht bemerkte.

»Ich hab gesagt: Lauf!«, krächzte Slavko. »Ich werde dich schon finden!«

»Ich lass dich nicht allein!«, schnappte Halya. »Also halt den Mund, und lass mich helfen!«

Slavko presste die Lippen aufeinander, kämpfte aber nicht mehr gegen Halya, und gemeinsam gelang es ihnen schließlich, den Draht weit genug zu lockern, sodass Slavko den Fuß herausziehen konnte.

»Kannst du laufen?« Halya stand auf und streckte die Hand aus.

»Ja. Ich bin nicht verletzt. Ich habe nur festgesessen.«

Als Slavko ihre Hand ergriff und sich in die Höhe zog, ertönte ein Schuss.

»Bleibt, wo ihr seid!« Ein Wachmann war ebenfalls durch das Loch geschlüpft und stand nun über ihnen. Er hatte das Gewehr in die Luft gerichtet, doch während sie zuschauten, senkte er es und zielte auf Slavko. »Denk nicht mal dran!«

***

Die Wachen sammelten verirrte Arbeiter ein und steckten sie erst einmal in ein altes Schulgebäude, das ein Stück von der Fabrik entfernt lag.

Halya erkannte ein paar Gesichter, doch viele fehlten auch. Sie hoffte, dass diese es weiter geschafft hatten als sie. Sie lehnte sich mit dem Rücken an die Wand und schloss die Augen.

»Du bist verrückt«, murmelte Slavko und legte Halya den Kopf auf die Schulter. »Du hättest nicht zurückkommen sollen.«

»Ich werde dich nie alleinlassen«, wiederholte Halya.

»Ihr bleibt bis auf Weiteres hier!«, brüllte ein Wachmann. Schweigen senkte sich über den Raum. »Versucht gar nicht erst zu fliehen! Bewaffnete Wachen haben das Gebäude umstellt, und wir werden schießen!«

Halya wurde eiskalt. Zitternd schmiegte sie sich an Slavko und wünschte sich, sie hätte ihre läuseverseuchte Decke mitgenommen.

»Glaubst du, die Fabrik ist zerstört?«

Slavko grunzte. »Das ist doch egal. Falls ja, schaffen sie uns einfach irgendwo anders hin.«

»Ich hoffe nur, dass sie uns vorher was zu essen geben.«

»Das Essen ist eh mies«, schnaubte Slavko verächtlich.

»Wo ist Lilija, was glaubst du?« Halya sprach die Frage aus, die sie sich beide stellten.

Slavko antwortete nicht sofort, und als er dann doch etwas sagte, konnte Halya sein Flüstern kaum verstehen.

»Ich weiß es nicht.«

**

Als es dunkel wurde, kamen nach und nach weitere Überlebende aus den zerbombten Gebäuden. Ihre verrußten Leiber waren von tiefen Wunden übersät. Jedes Mal, wenn sich die Tür öffnete, hielt Halya die Luft an, und ein Teil von ihr hoffte, Lilija zu sehen, doch der andere Teil wünschte sich, dass ihr die Flucht gelungen war.

»Wir werden einige von euch in ein anderes Lager mitnehmen«, verkündete eine der Wachen an diesem Abend. »Das hier ist zu voll. Wer geht, bekommt bessere Rationen.«

Halya spürte, wie ihre Hand sich langsam nach oben bewegte. Sie wollte sie heben, wollte anbieten zu gehen, um endlich etwas zu essen in ihren leeren Magen zu bekommen.

Slavko stieß sie mit dem Ellbogen an. »Hast du noch immer nicht kapiert, dass man sich bei diesen Leuten nicht freiwillig melden sollte?«

Halya zog sich der Magen zusammen. »Aber sie haben gesagt, in diesem anderen Lager gäbe es mehr zu essen.«

»Ich traue ihnen nicht«, sagte Slavko.

»Ich auch nicht, aber wir haben keine Wahl, oder?«, fragte Halya. »Willst du einfach hier sitzenbleiben und verhungern?«

»Wir sollten fliehen, was wir ja von Anfang vorhatten.«

»Können aber nicht. Sie haben gesagt, dann würden sie uns erschießen«, flüsterte Halya.

»Nur wenn sie uns schnappen. Warten wir erst mal ab.«

»Na, schön.« Halya seufzte. Die Aussicht auf besseres Essen war verlockend, doch bei Slavko zu bleiben war wichtiger, und wenn er nicht gehen würde, würde sie auch bleiben.

Der Wachmann ging seine Liste durch. Halya hielt den Atem an und betete, dass er nicht ihren Namen nennen würde, oder falls doch, dass er dann wenigstens auch Slavko aufrufen würde. Mit Slavko an ihrer Seite würde sie sich auch dem Unbekannten stellen.

Die selektierten Leute gingen zur Tür hinaus und wurden auf Pritschenwagen verladen, die draußen warteten. Halya erkannte zwei Schwestern, die sich die Koje neben ihr geteilt hatten. Die Ältere humpelte ein wenig, und die Jüngere, gerade erst elf geworden, stützte sie.

Durch das Fenster sah Halya, wie die Wachen abzählten und schätzten, wie viele noch auf die Ladeflächen passten, aber die waren bei ihrer Ankunft schon halb gefüllt gewesen. Ein Wachmann schob die Menschen enger zusammen, um mehr Platz zu schaffen, und winkte dann wütend in Richtung des Schulgebäudes. Ein weiterer Wachmann nickte und kam herein. Langsam begriff Halya. Die aussortierten Menschen waren allesamt entweder älter oder verletzt. Wer hingegen im Raum blieb, hatte den Bombenangriff unverletzt überlebt. Die meisten Zwangsarbeiter standen und warteten auf weitere Befehle, doch ein paar der Schwächeren saßen noch an den Wänden und hatten die Augen geschlossen.

»Steh auf!«, zischte Halya und rappelte sich auf.

»Was?«

»Steh einfach auf!« Halya versetzte Slavko einen Stoß. »Sieh stark aus!«

»Ich *bin* stark«, murmelte er.

»Wir brauchen noch fünf Leute für das neue Lager«, erklärte der Wachmann, der gerade hereingekommen war. Er ließ seinen

Blick durch den Raum schweifen und ließ dabei den ausgestreckten Zeigefinger wandern. Schließlich hielt der Finger bei drei jungen Frauen an, die sich auf dem Boden zusammengekauert hatten. »Ihr drei da!«

Er suchte weiter. »Ich sollte wohl erwähnen, dass es in dem neuen Lager einen Arzt gibt. Wenn ihr also Gebrechen habt oder krank seid, kommt mit. Dann können wir euch schneller behandeln.«

Lügner!, hätte Halya am liebsten geschrien. Jeder wusste, dass es die Deutschen nicht kümmerte, ob irgendjemand krank war oder nicht.

Die Knopfaugen des Wachmanns landeten auf Halya und Slavko. Er öffnete den Mund, und Halyas Blut verwandelte sich in Eis. Er würde auf sie deuten. Er würde sie auswählen. Sie fühlte, wie Slavko die Schultern straffte und die Brust herausdrückte.

Ja. Sieh stark aus. Die Starken überleben.

Sie tat das Gleiche.

Plötzlich erhob sich ein älterer Mann. »Wir werden gehen.« Er humpelte vorwärts und zog einen jungen Mann mit geröteten Wangen hinter sich her. »Mein Sohn hat Fieber. Er braucht einen Arzt.«

Der Wachmann nahm den Finger herunter, und Halya atmete verstohlen aus, als der Kerl sich von ihnen abwandte.

»Perfekt.« Der Wachmann grinste. Seine Augen mochten ja grausam sein, doch sein Lächeln war seltsam kindlich. »Ich bin sicher, wir können deinem Sohn alle Hilfe zukommen lassen, die er braucht.«

»Ich habe kein gutes Gefühl dabei«, flüsterte Halya. »Wenn die Fabrik kaputt ist, was machen sie dann mit uns?«

»Uns in eine andere bringen, nehme ich an.«

»Aber zuerst dünnen sie uns aus«, erwiderte Halya. »Sie haben nur Verletzte und Schwache mitgenommen.«

Slavko runzelte die Stirn. »Nicht nur. Da waren doch auch diese drei gesunden Schwestern.«

Halya konnte förmlich sehen, wie es in Slavkos Kopf arbeitete. »Hast du nicht gesagt, wir sollten fliehen?«, fragte sie.

Slavko nickte. »Ja. Noch vor Sonnenaufgang.«

Halya und Slavko warteten, bis die Wachen mit der Ankunft einer weiteren Gruppe von Ostarbeitern beschäftigt waren, dann schlüpften sie durch eines der hinteren Fenster hinaus. Rasch verschmolzen sie mit der Dunkelheit und liefen in den Spurrillen, die die ersten Lkw hinterlassen hatten. Immer wenn sie Scheinwerfer sahen, sprangen sie in die Schneewehen neben der Straße. Als sie nicht mehr laufen konnten, gingen sie weiter, bis ihre Beine wackelten. Und als die ersten Sonnenstrahlen am Horizont erschienen, legten sie sich unter eine Decke aus Tannenzweigen und Schnee und schliefen.

Als Slavko Halya Stunden später weckte, öffnete sie nur langsam die Augen. Kurz hatte sie die Orientierung verloren. Sie kroch aus ihrem improvisierten Unterstand und stellte sich neben Slavko. Die Sonne stand tief am Himmel. Sie hatten fast den ganzen Tag geschlafen, und jetzt war wieder Abend.

»Wo sollen wir jetzt hin?«, fragte Halya.

»Weg von hier. Schau mal, wo wir geschlafen haben!« Slavkos Kiefer arbeitete, und er mied Halyas Blick. Er packte sie an der Schulter und drehte sie herum. »Siehst du sie?«

Halyas Augen wurden immer größer, und sie schauderte. Ja, sie sah sie. Sie sah sie alle. Dutzende von Leichen in einem flachen Graben. Aufgequollen und steif.

»Das sind alle, die zu dem anderen Lager gefahren sind«, sagte Slavko. Seine Worte prallten auf ihren durchgefrorenen Körper, als sie genauer hinschaute.

Die Schwestern. Der ältere Mann und sein fiebriger Sohn. Ihre leblosen Augen starrten in den trüben Himmel.

»Sie haben sie erschossen«, fuhr Slavko fort. Er ballte immer wieder die Fäuste, während er die Leichen anstarrte. »Siehst du, dass sie alle in eine Richtung liegen? Ich wette, sie mussten sich in einer Reihe aufstellen, eine Gruppe nach der anderen, und dann haben die Deutschen sie einfach niedergemäht.«

Er sprach alles aus, was sie sahen, doch Halya fand keine Worte dafür. Ihr Kopf war wie leer. Nur brennende Wut war geblieben.

»Siehst du sie nicht? Warum sagst du nichts? Wir hatten recht! Sie haben die Leute angelogen, um sie zu töten!«

Während Halyas Gefühle sie von innen heraus verzehrten wie ein Feuer in einem Herd, strahlte Slavkos Wut von ihm ab und schlug in Wellen auf sie ein.

Sie hob die Hand und packte den OST-Flicken, der auf ihre Jacke genäht war. Mit einem Ruck riss sie ihn ab. Dann streckte sie die Hand aus und machte mit Slavkos das Gleiche. Er starrte sie an.

»Doch, ich sehe sie«, sagte Halya schließlich. Sie erkannte ihre eigene Stimme kaum wieder, so leise und vor Zorn schäumend klang sie.

Slavkos kleiner Finger schlang sich kurz um ihren, und die Berührung brachte Halya wieder auf die Erde zurück – und ihn vermutlich auch. »Komm«, sagte er. »Wir sollten gehen.«

Er marschierte los, aber eine plötzliche Bewegung erregte Halyas Aufmerksamkeit, und sie erstarrte. Was auch immer das war, es bewegte sich erneut, und Halya sah, dass es eine Hand am Rand des Menschenhaufens war, eine Hand, die sich in die Erde krallte.

»Slavko! Warte! Da lebt jemand!«

Halya rannte zu dem Haufen und packte die Hand. »Wir sind hier! Wir werden dir raushelfen!«

Slavko trat neben sie und begann, die Leichen wegzuheben. Er stöhnte vor Anstrengung, und Halya wusste, dass sie ihm eigentlich helfen sollte, doch die Hand packte sie so verzweifelt, dass sie einfach nicht loslassen konnte. Als Slavko eine weitere Leiche herunterzog, löste sich etwas aus dem Haufen und fiel in Halyas Schoß. Sie hob es auf und schnappte nach Luft.

»Das ist Lilijas Nachtigall! Lilija ist da drin!«

39

LILIJA

Januar 1945, in der Nähe von Leipzig

Lilija hatte noch immer den Geruch des Todes in der Nase. Schweiß, Urin, Fäkalien, Fäulnis. Bei jedem Atemzug war sie wieder dort, gefangen unter einem Berg von Leichen.

Slavko legte ihr die Hand auf die Schulter, und Lilija sprang weg wie eine fest zusammengerollte Feder.

»Tut mir leid.« Slavko trat einen Schritt zurück und schaute sie mit großen Augen an. »Ich wollte dich nicht erschrecken.«

»Schon gut.« Lilija wollte ihn umarmen, wie sie es schon so oft getan hatte, doch sie brachte es einfach nicht über sich, ihn zu berühren oder sonst irgendjemanden. Irgendetwas Grundlegendes war in ihr zerbrochen, als sie so viele Stunden dort gelegen hatte. Sie war wie taub. Ihr war kalt, und sie wusste nicht, wie sie das alles wieder zusammenfügen sollte.

»Ich werde etwas Wasser aus dem Bach holen. Vielleicht leiht mir jemand ja einen Becher«, sagte Slavko. Sie hatten ihr Lager neben einer anderen Gruppe von Flüchtlingen aufgeschlagen, vorwiegend Deutsche, und wollten erst einmal entscheiden, was sie als Nächstes tun sollten.

»Vielleicht brauchst du ja nur Zeit«, sagte Halya hoffnungsvoll, als Slavko sich entfernte.

Lilija hasste die Art, wie Halya sie anschaute, mit einer

Mischung aus Angst und Mitleid. Dabei war sie es doch, die sich um die beiden kümmern sollte. Halya und Slavko sollten sich keine Sorgen um sie machen, aber sie konnte sich nicht aufraffen, etwas dagegen tun. Ein Teil von ihr wünschte, die beiden hätten sie nie in dem Leichenberg gefunden, ein Teil von ihr wünschte, sie wäre zusammen mit den anderen Arbeitern erschossen worden, die die Deutschen als nicht lebenswert erachtet hatten.

»Ja, vielleicht«, sagte sie ausdruckslos.

Halya lächelte sie zaghaft an. »Ich bin sicher, dass es so ist.«

Lilija hasste die Hoffnung in Halyas Gesicht. Und sie hasste den Teil von sich sogar noch mehr, der diese Hoffnung auslöschen wollte, aber sie konnte nicht anders.

»Oder vielleicht ist das jetzt einfach, was ich bin: gebrochen und kalt, aber aus irgendeinem Grund noch am Leben.« Die Worte strömten nur so aus ihr heraus. »Weißt du, wie viele Menschen ich habe sterben sehen? Wie viele Leichen auf mir gelegen haben? Sie sind alle so leicht gestorben, egal, wie sehr sie auch gekämpft haben. Und ich habe überlebt, auch wenn es mich nicht mehr gekümmert hat, ob ich lebe oder sterbe. Warum, glaubst du, ist das wohl so?«

Halya riss die Augen auf. »Ich weiß es nicht.«

»Vielleicht liegt das Geheimnis darin, kein Mitgefühl zu haben.« Lilija rieb sich einen Flecken getrocknetes Blut vom Arm und ließ die letzten Reste des Menschen, der direkt neben ihr gestorben war, als Staub in der Luft verschwinden, als wäre es nichts. Und genau das waren sie – ein Nichts –, nur ein weiteres Opfer von vielen in diesem Krieg. Wie viele musste man zählen, bis es egal war? »Vielleicht ist die Unfähigkeit, zu lieben oder geliebt zu werden, ja der Schlüssel zum Überleben. Vielleicht habe ich das Geheimnis gefunden. Ich werde überleben, aber ich werde nie wieder die sein, die ich einmal war.«

»Das glaube ich nicht«, widersprach Halya.

»Und ich glaube an überhaupt nichts mehr«, erwiderte Lilija.
Das ferne Dröhnen eines Flugzeugs unterbrach ihr Gespräch.
»Was ist das für ein Geräusch?«, fragte Halya.
»Amerikaner!«, schrie eine Frau weiter die Straße hinauf.
Panik durchbrach die Apathie, in die Lilija sich gehüllt hatte, und sofort erschienen wieder Bilder ihrer Mutter vor ihrem geistigen Auge. »Wir müssen von der Straße runter. Schnell!«
Menschen drängten sich überall um sie herum, während das Dröhnen immer lauter wurde. Am Horizont erschienen drei Flugzeuge. Kugeln regneten ein paar Kilometer weiter vorn auf die Straße hinab, und Schreie erfüllten die Luft.
Halya erstarrte.
»Runter!« Lilija stieß Halya von der Straße und schrie: »Slavko! Wo ist Slavko?«
Das Blut rauschte in Lilijas Ohren, aber dieses Rauschen übertönte nicht das Dröhnen der Flugzeugmotoren und das Knattern der Bordkanonen, als die Tiefflieger über die Straße rasten und die Flüchtlinge unter Beschuss nahmen.
Lilijas Körper reagierte von selbst. Sie warf sich auf Halya, um sie zu schützen. Halyas schmale Schultern zitterten vor Angst, und ihre spitzen Knochen drückten in Lilijas Brust, doch Lilija konnte sie nicht trösten. Die Panik hatte sie stumm gemacht. In der Wirklichkeit lag sie auf Halya und wartete darauf, dass eine Kugel in ihren Rücken schlug, aber in ihrem Kopf lag sie unter dem leblosen Körper ihrer Mutter und schrie nach Hilfe, während ihre Mama auf ihr verblutete.
Die Flugzeuge rasten vorbei, und ihr Dröhnen verhallte. Lilija stand zitternd auf und zog Halya wieder in die Höhe.
»Alles in Ordnung mit dir?«
Halyas Kinn zitterte, als sie knapp nickte. »Warum greifen die uns an? Hier sind doch nur Flüchtlinge.«
»Das sind Geleitjäger der Bomber, die noch ein paar Nazis

mitnehmen wollen, bevor sie wieder heimfliegen«, antwortete Lilija, die schon von solchen Angriffen gehört hatte. »Das machen sie manchmal.« In diesem Krieg verloren selbst die Besten ihre Moral.

Lilija ließ den Blick über die hektische Szene vor sich schweifen. Überall lagen Körper. Einige versuchten, sich wieder aufzurappeln, andere rührten sich nicht mehr. Menschen weinten. Ein Fuhrwerk war umgestürzt, und das dazugehörige Pferd lag auf der Straße und verblutete.

»Ich sehe Slavko nicht!« Halyas Stimme nahm einen panischen Unterton an, und Lilija packte sie an der Hand.

»Vermutlich ist er nur weiter nach vorn gelaufen, um dem Chaos hier zu entgehen. Ich bin sicher, es geht ihm gut.« Lilija bahnte sich einen Weg durch die Menge und zog Halya hinter sich her, während sie gleichzeitig gegen die Panik in ihrer Brust kämpfte. »Komm. Wir werden ihn schon finden.«

»Da!« Halya riss sich von Lilija los und rannte zu einem Jungen, der am Straßenrand kauerte. Slavko hob den Blick, breitete die Arme aus und drückte Halya an sich.

Lilija atmete zitternd aus. Er schien unverletzt zu sein. Heute hatte sie niemanden verloren. Eine Flut von Gefühlen brach über sie herein, und sie bebte am ganzen Leib. Slavko winkte sie zu sich, und dann warf auch sie sich in seine Arme und überraschte sich damit selbst.

»Alles ist gut, Lilija. Es ist vorbei«, sagte Slavko.

»Es war genau wie damals.« Lilija schloss die Augen.

»Das ist dir schon einmal passiert?« Halya löste sich aus der Umarmung und starrte Lilija an. »Wann?«

»Zu Beginn des Krieges, als die Deutschen in die Ukraine einmarschiert sind«, antwortete Lilija widerwillig. »Tiefflieger haben meine Mutter getötet.«

»Du hast sicher furchtbare Angst gehabt, und trotzdem hast

du dich auf mich geworfen, um mich zu schützen.« Halya schlang die Arme wieder um Lilija und drückte sie an sich. »Du hast mich gerettet, Lilija.«

Lilijas Kehle schmerzte von den Tränen, die sie zurückhielt. »Das hätte jeder getan.«

»Nein. Nur jemand, der mich liebt, hätte das getan. Du bist nicht gebrochen, Lilija.« Halya richtete Lilijas eigene Worte gegen sie. »Bitte, gib dich nicht so einfach auf, denn ich werde dich auch nicht aufgeben.«

Der dumpfe Schmerz, der permanent in Lilijas Brust lebte, stieg ihr bis zum Hals. Gesichter erschienen vor ihrem geistigen Auge. Nina, Mama, Tato, Michailo. Sie berührte die Nachtigall, die inzwischen wieder sicher in ihrer Tasche steckte.

Filip. Halya. Slavko.

Vielleicht gab es ja doch noch etwas, wofür es sich zu leben lohnte.

40

VIKA

Februar 1945, Kanth, Deutschland

Wie Vika befürchtet hatte, bekam Nadja wieder Fieber. Vika hatte eigentlich erwartet, dass das ältere Ehepaar sie wieder hinauswerfen würde, doch stattdessen ließen sie sie in ihrem Gästezimmer wohnen.

»Bleibt, bis sie sich wieder besser fühlt«, sagte Pani Nowak. Sie hatte sich ihnen am nächsten Morgen beim Frühstück vorgestellt. »Unsere Tochter war auch so krank, als sie jünger war. Der Arzt hat gesagt, sie neige zu Atemwegsinfektionen.«

Vika hätte sie am liebsten geküsst. So viele Flüchtlinge waren abgewiesen worden. Die Bewohner der verschiedenen Dörfer hatten einfach ihre Türen verschlossen. Doch dieses freundliche polnische Ehepaar hatte sie willkommen geheißen. Dankbar taten Maksim und Vika alles, um den beiden das Leben zu erleichtern. Vika molk ihre Kuh und erledigte die Stallarbeit, und Maksim hackte Holz und holte Wasser. Wann immer Pani oder Pan Nowak aufstanden, um etwas zu tun, waren Vika und Maksim schneller und erledigten es für sie.

Sie blieben etwas über zwei Wochen in Kanth, und wenn es nach Pani Nowak gegangen wäre, dann hätten sie auch für immer bleiben können.

»Ihr seid ein Segen für uns«, sagte sie immer wieder zu Vika.

»Ihr habt uns das Leben so sehr erleichtert, und wir möchten, dass ihr so lange bleibt, wie ihr wollt.«

Doch Vika und ihre Familie waren noch nicht weit genug geflohen, als dass sie sicher gewesen wären. Wenn sie jetzt anhielten, dann könnten sie ihre Kinder nicht mehr beschützen, und Vika würde ihre Mission aus dem Auge verlieren, Slavko und Lilija zu finden. Und so kutschierte Pan Nowak sie am Morgen des 13. Februar zum Bahnhof, wo Maksim ihren Handkarren verkaufte und ihnen mit dem Erlös und den paar Reichsmark, die er sich in Breslau verdient hatte, eine Fahrkarte nach Dresden kaufte. Von dort würden sie zu Fuß weiterziehen und sich immer wieder Arbeit suchen, bis sie genug für die Fahrt nach Leipzig hatten, wo Slavko und Lilija in einer Fabrik arbeiteten.

Aus dem Waggonfenster schaute Vika auf die vorbeiziehende Landschaft. Die idyllischen Dörfer schienen noch immer intakt zu sein, als hätte der Krieg diesen Teil Deutschlands bisher verschont. Doch dann und wann kamen sie auch an riesigen Bombentrichtern oder Trümmerhaufen vorbei, wo einst Häuser gestanden hatten, ein krasser Gegensatz zu der wunderbaren Hügellandschaft.

Als sie in Dresden aus dem Zug stiegen, wurden sie sofort von einem Flüchtlingsmeer verschlungen. Eine Kakofonie unterschiedlichster Sprachen hallte durch die hohen Hallen des Bahnhofs. Staunend starrte Vika zu den Glaskuppeln hinauf.

»Lass uns da hingehen.« Sie deutete auf ein Zelt des Roten Kreuzes, als sie sich ein wenig orientiert hatte. »Vielleicht können die uns ja helfen.«

Sie bahnten sich einen Weg durch die Menge, und am Zelt bot ihnen eine freundliche Frau Brühe, Kaffee und Milch an. Ein genüsslicher Seufzer kam über Vikas Lippen, als sie einen ersten Schluck von dem schwachen, aber heißen Kaffee trank.

»Warum sind hier so viele Flüchtlinge?«, fragte Maksim die Frau.

»Es gibt einen großen Strom aus dem Osten«, antwortete die Frau auf Polnisch. »Und seit der Evakuierung von Breslau ist es noch schlimmer geworden. Fast die gesamte Bevölkerung der Stadt ist jetzt hier.«

»Gibt es hier einen Ort, wo man nach Vermissten suchen kann?«, fragte Vika.

»Ja, aber zuerst müssen Sie in eine Unterkunft. Schließen Sie sich der Gruppe da an.« Sie zeigte auf ein paar Menschen, die sich neben dem Eingang versammelten. »Da wird man Sie registrieren.«

Nach der Zerstörung so vieler Dörfer und Städte in der Ukraine und Polen war Vika von der unberührten Schönheit Dresdens geradezu schockiert. »Es ist, als gäbe es hier keinen Krieg«, sagte sie zu Maksim.

Maksim kniff die Augen zusammen und ließ seinen Blick über die unberührten Straßen wandern. »Ja. Die Nazis haben kein Problem damit, andere Länder zu zerstören, aber dieser Stadt hier scheint es richtig gut zu gehen.«

Ein Junge lief aus einer Nebenstraße und vor ihnen vorbei. Die Art wie er sich bewegte, langbeinig, aber geschickt, das starke Kinn … Vika schlug das Herz bis zum Hals, und ohne nachzudenken, ließ sie ihre Sachen fallen und rannte dem Jungen hinterher. Nach nur zwei Sprüngen hatte sie ihn erreicht, packte ihn am Arm und riss ihn herum.

»Slavko!«, rief sie, doch ihre Stimme verhallte, als sie das fremde Gesicht sah. Sie schlug die Hand vor den Mund. »Tut mir leid. Ich hab dich verwechselt.«

Der Junge funkelte sie an und riss sich von ihr los.

»Ich dachte, es wäre unser Sohn«, flüsterte Vika, als Maksim neben sie trat.

»Slavko ist bestimmt nicht in Dresden.« Maksim nahm ihre Hand. »Vikusia, du siehst ihn überall. In Krakau, in Breslau, hier.

Aber die letzte Adresse, die wir von ihm haben, liegt weiter westlich, in Leipzig. Da müssen wir anfangen.«

»Und wenn er geflohen ist? Wenn er sich schon auf den Weg nach Hause gemacht hat und wir ihn verpasst haben?«

Maksim antwortete nicht darauf, doch Vika sah den Ausdruck auf seinem Gesicht. Sie krallte die Finger in ihren Rock, um ihn nicht zu schlagen. »Ich brauche dein Mitleid nicht, Maksim. Ich brauche deine Unterstützung bei der Suche nach unserem Sohn.«

»Du *hast* meine Unterstützung!«, flüsterte Maksim ihr leise, aber bestimmt ins Ohr, damit die Kinder ihn nicht hörten. »Glaubst du wirklich, dass ich Slavko nicht finden will? Ich bin nur realistisch, Vika! Wir haben noch drei andere Kinder, um die wir uns kümmern müssen!«

»Das ist mir durchaus bewusst!« Vika nahm Maksim Nadja ab und zog Bohdan näher zu sich heran, aber auch ihr kamen erste Zweifel. War sie dabei, den Verstand zu verlieren? Sah sie wirklich Slavko in jedem Jungen, der ihnen über den Weg lief? Oder war Maksim sich so sicher, dass sein Sohn tot war, dass er jede Hoffnung aufgegeben hatte?

Und was war schlimmer?

Ihre Gruppe wurde zu einem Gebäude geführt, das aussah wie eine Schule. An den Wänden hingen noch immer Schiefertafeln, die Schulbänke waren entfernt und durch Strohsäcke ersetzt worden. Andere Flüchtlinge schliefen bereits dort, als Vika und ihre Familie sich einen freien Platz am Fenster suchten.

Vika legte Nadja hin und deckte sie zu. Genau in dem Moment heulten die ersten Sirenen auf.

41

HALYA

Februar 1945, Dresden

Sirenengeheul erfüllte die Nachtluft, und Halya lief das Wasser im Mund zusammen. Normale Reaktionen wie Angst oder Überraschung hatte sie schon längst hinter sich gelassen. Stattdessen reagierte sie inzwischen tatsächlich mit Speichelfluss auf das ohrenbetäubende Geräusch.

Sie hatten sich rasch an das Leben auf den Straßen von Dresden gewöhnt, seit sie vor vier Nächten im Schutz der Dunkelheit hier angekommen waren. Von ihren Reisen wussten sie, dass Luftalarm leere Häuser bedeutete, denn die einheimische Bevölkerung zog sich dann in die Luftschutzbunker zurück, und leere Häuser bedeuteten, dass sie endlich etwas zu essen finden würden.

Vor zwei Nächten hatten sie ein halb gegessenes Brathähnchen auf einem verlassenen Tisch entdeckt. Auf drei Tellern hatten sie außerdem gekochte Kartoffeln gefunden.

Das war das letzte echte Essen gewesen, das sie gegessen hatten.

Sie waren jedoch nicht die Einzigen, die während der alliierten Bombenangriffe ihr Leben riskierten, um ihre Mägen zu füllen. Auch andere Heimatlose schlichen durch die dunklen Straßen und suchten nach allem, was ihnen das Überleben sichern konnte, wenn auch nur für einen Tag. Doch wenn die Sirenen so spät heulten wie heute, dann war das Abendessen schon vorbei, und sie mussten in den Küchen nach haltbaren Nahrungsmitteln suchen, die ihnen helfen würden, einen weiteren Tag zu überleben.

In dieser Nacht waren es nur Halya und Slavko. Lilija hatte eine alte Freundin getroffen, die als Ostarbeiterin in einem Hotel schuftete. Sie hatte gesagt, sie könne ihnen helfen, und so waren sie in der Hoffnung auf mehr Nahrung getrennt losmarschiert. Später wollten sie sich wieder am Bahnhof treffen, wo Tausende Flüchtlinge lagerten.

Sie wagten es jedoch nicht, sich vom Roten Kreuz registrieren zu lassen, aus Angst, die deutschen Behörden könnten diese Listen überprüfen und sie wieder zur Arbeit in einer Fabrik zwingen. Auch wussten sie nicht, ob sie nun warten oder versuchen sollten, durch die Front und in ihre Heimat zu gelangen. Aber wie auch immer ... Jetzt lebten sie erst einmal auf der Straße und klauten alles, was sie zum Überleben brauchten.

»Hier rein!« Slavko winkte Halya zu sich.

Sie trat neben ihn und lugte durch das Küchenfenster. Ein großer Topf stand auf dem Herd. Mit knurrendem Magen drehte Halya den Türknauf. »Abgeschlossen.«

Slavko schaute sich um. Dann griff er sich einen Ast, der von einem der Bäume im Vorgarten abgefallen war, schlug damit die schmutzige Scheibe ein und fuhr am Rahmen entlang, um die Splitter zu entfernen. Halya hörte kaum, wie das Glas brach, so laut waren die Sirenen. Sollten wirklich Flugzeuge unterwegs sein, dann würde sie erst merken, dass sie da waren, wenn die ersten Bomben fielen.

Slavko zog seinen Mantel aus, legte ihn über den Sims und half Halya in die Küche. Dann kletterte er hinterher.

Die Wände dämpften das Sirenengeheul ein wenig, aber Halya achtete nicht darauf. Sie hatte nur Augen für den Suppentopf.

Slavko lief zum Herd und schaute hinein. »Ich glaube, diese Suppe ist verdorben.«

Halya griff nach einem Löffel und einer Schüssel vom Tisch und gab sie ihm. Slavko probierte die Suppe mit der Schöpfkelle und rümpfte die Nase.

»Das ist ja furchtbar!« Er nahm einen weiteren Schluck und gab Halya die Schüssel zurück.

Halya tauchte die Schüssel in den Topf und füllte sie. Dann hob sie sie an die Lippen und trank. Ein ranziger, süßlicher Geruch stieg ihr in die Nase, aber sie ignorierte das und schluckte mehrere Mundvoll herunter. Die Kartoffeln waren noch nicht ganz gar, aber sie aß trotzdem, denn die Suppe stopfte das ständig schmerzende Loch in ihrem Bauch.

Schließlich stellte Halya die Schüssel wieder ab und wischte sich den Mund mit dem Handrücken ab. »Die ist auch nicht schlimmer als die Suppe, die wir im Lager bekommen haben.«

»Stimmt«, sagte Slavko. »Und immerhin ist hier richtiges Gemüse drin.«

Halya trank noch ein paar Schluck, während Slavko aus dem Topf aß. Als sie fertig waren, suchten sie in den Schränken nach Proviant zum Mitnehmen.

»Drei Dosen Sardinen!«, rief Halya erfreut. »Und zwei Äpfel!«

Die faltige Schale der alten Äpfel war voller brauner Flecken, aber Halya nahm sie geradezu ehrfürchtig.

»In dem Schrank ist nichts.« Slavko schloss die Schranktür im selben Augenblick, als die Sirenen verstummten.

Halya gab ihm die Sardinen. »Hier. Steck die in die Tasche. Wir sollten los.«

Bisher waren sie nur einmal von einem Mann erwischt worden, der aus seinem Keller gekommen war und zwei abgemagerte Kinder gefunden hatte, die gerade das Abendessen verschlangen, das seine Frau auf dem Tisch stehen gelassen hatte. Unter lautem Fluchen und mit einem Besen in der Hand hatte er sie verjagt. Diese Erfahrung wollte Halya nicht noch einmal machen.

Draußen suchte sie den Himmel nach Hinweisen auf näher kommende Flugzeuge ab. Wenn die Sirenen heulten, hieß das nicht unbedingt, dass Kampfbomber unterwegs waren, aber es hieß immer, dass es Abendessen gab, und es war zwar ein Risiko, aber das war es wert.

Doch in dieser Nacht war in der Ferne tatsächlich ein Dröhnen zu hören, nachdem die Sirenen verstummt waren.

»Slavko.« Halya packte den Arm ihres Freundes. »Ich höre was.«

Er legte den Kopf auf die Seite und lauschte. »Das sind Flugzeuge.«

»Wir müssen zu Lilija. Es ist fast zehn.«

»Keine Zeit. Zuerst müssen wir in einen Luftschutzraum«, erwiderte Slavko. »Wir werden sie hinterher finden.«

Ohne ein weiteres Wort rannten sie los.

Das Dröhnen wurde immer lauter und kam rasch näher, und plötzlich blieb Halya stehen und deutete nach oben. »Schau!«

Glühende rote Bälle schwebten vom Himmel herab. Hell strahlten sie über dem verdunkelten Dresden.

»Ich glaube, das sind Zielmarkierungen«, erklärte Slavko. »Damit sie wissen, wo sie die Bomben abwerfen müssen.«

Immer neue Farben erhellten den Himmel, während die beiden durch die Straßen liefen: leuchtend blau, orange und ein lebhaftes Grün, alle eigentlich wunderschön, aber zugleich furchterregend. Halya hatte so etwas noch nie gesehen, und sie wünschte, sie könnte stehen bleiben und zuschauen. Stattdessen zog sie an Slavkos Hand.

»Da lang! Die Tunnel im Park!«

Als sie am Zoo vorbeirannten, sprach sie ein stummes Gebet für die Tiere. Sie und Slavko waren einmal durch den Zoo gegangen, und Halya hatte sofort beschlossen, dass die majestätische Giraffe ihr Lieblingstier war. Slavko hingegen mochte die Tiger.

Was würde jetzt mit den Tieren geschehen, fragte sich Halya. Würden die Alliierten auch sie bombardieren?

Sie liefen in den Tunnel und mischten sich unter die Menschen, die bereits dort kauerten. Im selben Moment schlug die erste Bombe ein.

42

VIKA

Februar 1945, Dresden

»Wo sollen wir hin, Mama?« Sofias Stimme riss Vika aus ihrer Lethargie.

Sie war erstarrt, als die Sirenen ertönten. All die Wochen, die sie bei den Nowaks verbracht hatten, hatten ihr ein trügerisches Gefühl von Sicherheit gegeben. Jetzt wurde ihr wieder bewusst gemacht, dass es nirgends sicher war und dass sie keinen Augenblick unaufmerksam sein durfte.

Maksim griff sich ihren Koffer, und Vika stand auf und zog die Kinder hinter sich her. »Alles wird gut. Ich bin sicher, dass sie hier keine Bomben werfen werden, aber wir müssen trotzdem Schutz suchen.«

Die anderen Flüchtlinge machten es genauso. Sie griffen sich die wichtigsten Dinge und schlurften aus dem Gebäude. Niemand schien es wirklich eilig zu haben. Die Menschen in ganz Europa waren inzwischen an diese Situation gewöhnt.

Draußen auf der Straße war das Sirenengeheul sogar noch lauter. In Vikas Ohren klang es wie kratzende Fingernägel auf einer Schiefertafel.

Bohdan zog an ihrer Hand und zeigte nach oben. Unzählige Lichter funkelten am Himmel und erhellten die Stadt. Grün, orange, blau. Kurz blieben die Menschen fasziniert stehen.

»Was ist das, Mama?«

Ein Mann neben ihnen antwortete im Vorbeieilen: »Die Deutschen nennen sie Christbäume. Kundschafter erhellen die verdunkelte Stadt und markieren die Ziele.«

Trotz der eisigen Winterluft stand Vika der Schweiß auf der Stirn, und sie nahm Nadja in die Arme.

»Gehen wir wieder zum Bahnhof?« Sofia stand neben ihr, die Hand auf Bohdans Schulter.

»Nein«, antwortete Maksim und nahm die Hand seines Sohnes. »Ich denke, der ist eins der Ziele.«

»Und was machen wir dann?«, fragte Vika.

Der Pulk von Menschen drückte gegen sie, aber keiner von ihnen schien zu wissen, wohin. Dann rief derselbe Junge, der sie hierhergeführt hatte, etwas und winkte, dass sie ihm folgen sollten. Vika zog die Decke fest, die sie um Nadja gewickelt hatte, und schloss sich den anderen an.

Der Junge führte sie über die Straße zu einem Verwaltungsgebäude. Unter Sirenengeheul und zunehmender Panik drängten die Leute sich hinein zu einer schmalen Treppe. Unten teilte sich der Keller. Ein Gang führte nach links, einer nach rechts. Dort stand ein Mann, der versuchte, das Chaos in den Griff zu bekommen. Er dirigierte die Menschen nach links, einschließlich Maksim, Bohdan und Sofia, aber als Vika ihnen folgen wollte, versperrte der Mann ihr den Weg und deutete nach rechts. Der Raum mit Maksim war voll.

»Maksim!«, schrie Vika.

Er schaute über die Schulter zu ihr zurück. »Alles gut! Ich werde euch schon finden, wenn das hier vorbei ist! Solange ihr nur in Sicherheit seid!«

Vika ließ sich von dem Mann in den Raum rechts schieben. Eine einzelne Glühbirne erhellte den Raum. Immer mehr Menschen strömten herein und suchten sich einen Platz.

Vika setzte Nadja auf den Boden. Ihr junger deutscher Führer rief weitere Anweisungen, aber seine Worte gingen im Lärm unter, als die erste Bombe einschlug.

Die Wände bebten, und Staub und Putz regneten herab. Nadja schrie, und Vika rollte sich über ihrer Tochter zusammen, um sie, so gut es ging, mit ihrem Körper zu schützen, als die zweite Bombe das Gebäude traf.

43

LILIJA

Februar 1945, Dresden

Lilija rannte durch die Straßen der Stadt und hoffte, Halya und Slavko zu finden, bevor sie Schutz suchen musste. Aber als die ersten glühenden Bälle vom Himmel schwebten, wurde ihr klar, dass sie keine Zeit mehr hatte. Die meisten Menschen waren bereits in einem Schutzraum. Nur ein paar Nachzügler und frisch eingetroffene Flüchtlinge versuchten noch, sich in Sicherheit zu bringen. Lilija schloss sich einer Gruppe von Leuten an, die in den Keller einer Kirche liefen. Der Raum füllte sich noch immer, als die erste Bombe einschlug und das alte Gemäuer zum Beben brachte. Lilija zog den Kopf ein und versuchte, alles auszusperren. Der Lärm, der Gestank von Schweiß und Angst, die Schreie kleiner Kinder … Alles verschmolz zu einem Hintergrundrauen, während eine Bombe nach der anderen vom Himmel fiel.

Aus Minuten wurde eine Ewigkeit des Schreckens, doch trotz aller Angst fragte Lilija sich: Wo waren Halya und Slavko? Waren sie in Sicherheit? Würde die nächste Bombe die Kirche direkt treffen? Würde sie zusammenbrechen und alle unter sich begraben und ersticken? Würde die Kirche Feuer fangen? Würde sie verbrennen? Oder würde der Rauch sie langsam ersticken? Und falls sie doch überlebte, wie sollte sie dann Slavko und Halya finden? Inmitten all der Zerstörung?

All diese Fragen schossen ihr so schnell durch den Kopf, dass sie sich nicht lange genug konzentrieren konnte, um auch nur eine davon zu beantworten.

Die meisten Menschen saßen einfach nur stumm da. Sie waren wie benommen von der Intensität des Bombenregens, oder vielleicht grübelten sie auch über die gleichen Möglichkeiten nach wie Lilija. Nur der Junge neben ihr plapperte immer weiter vor sich hin, allerdings mit niemandem im Besonderen. Lilija ignorierte ihn. Sie verlor sich in ihren eigenen Gedanken, bis sie die Worte »Polnische Araberpferde« hörte.

Sofort erwachte ein Lebensfunke in ihrem kalten Herzen, und sie wirbelte zu dem Jungen herum und packte ihn am Arm.

»Was hast du da gesagt?«

Der Junge starrte sie mit leeren Augen an. »Ich weiß nicht. Ich rede einfach nur, wenn ich nervös bin.«

»Was war das mit den polnischen Araberpferden?«

»Sie kommen heute aus dem Osten. Man hat sie nach Westen geschickt, damit die Roten sie nicht in die Finger bekommen.«

»Nach Dresden?« Lilija konnte es kaum glauben. »Weißt du, wo genau man sie hingeschickt hat?«

Der Junge nickte. »In die Wehrmachtskaserne. Mein Vater arbeitet da.«

»Wo ist das?«

Lilija hörte aufmerksam zu, während der Junge ihr den Weg erklärte. Alle Gedanken an Gefahr waren wir weggeblasen, als ein neues Ziel in ihrem Kopf Gestalt annahm. Wenn nötig, würde sie sich mit bloßen Händen aus diesem brennenden Ziegelhaufen graben, denn wenn Filips Araber in Dresden waren, dann war vielleicht auch Filip hier. Und wenn sie ihn gefunden hatte, konnten sie gemeinsam nach Slavko und Halya suchen.

***

»Sie können noch nicht rauf, Fräulein! Es ist nicht sicher!« Der ernste Junge versuchte, ihren Arm zu packen, doch Lilija drängte sich an ihm vorbei. Nach über zwei Stunden im Luftschutzkeller konnte sie nicht länger warten. Ihr Kopf schmerzte, und sie bekam kaum Luft in die Lunge. Ihre Gliedmaßen wurden immer schwerer, und sie wusste, dass sie ins Freie musste, bevor sie endgültig den Lebensmut verlor.

Filip könnte hier sein, und falls ja, dann musste sie ihn finden. Nach all den Monaten, nach all der Zeit bot sich ihr wieder eine Gelegenheit, und die würde sie sich nicht entgehen lassen.

Sein Name zusammen mit Slavkos und Halyas wurde zu einem Gesang in ihrem benommenen Verstand, während sie sich wieder zur Straße hinaufkämpfte. Die Kirche, aus der sie trat, war größtenteils unversehrt, doch das Gebäude daneben lag in Trümmern. Heißer Wind wirbelte um sie herum und nahm in den zerbombten Straßen rasch an Fahrt auf. Im Süden tobten Feuer. Die Flammen schossen in die dunkle Nacht und füllten Lilijas Lunge mit Rauch. Sie lief nach Norden. Der nächste Block war schwer getroffen worden. Hier standen nur noch Skelette von Häusern, und die Straße war voller Trümmer. An einer Kreuzung blieb Lilija stehen und schaute sich um. Sie versuchte, einen Hinweis auf den polnischen Pferdetransport zu finden, von dem der Junge gesprochen hatte, aber sie sah nur Feuer.

Ein alter Mann stand dort und starrte auf die rauchenden Trümmer eines einstigen Gebäudes. Tränen und Ruß liefen ihm über das faltige Gesicht. Seine Lippen bewegten sich stumm.

Lilija lief zu ihm und rüttelte ihn an der Schulter. »Wissen Sie, wo die Wehrmachtskaserne ist? Ich suche nach den Pferden.«

Lilija musste den Mann noch einmal schütteln, bevor er sich zu ihr umdrehte. Verwirrt zog er die buschigen Augenbrauen hoch und legte den Kopf auf die Seite. »Nach den Pferden? Die Kaserne ist da lang.« Gleichgültig deutete er mit dem Finger die

Straße hinunter, dann starrte er wieder auf die Ruine. Zu jeder anderen Zeit hätte Lilija ihn gefragt, ob es ihm so weit gut ginge. Sie hätte ihm geholfen, sich und seine Familie zu finden oder in Sicherheit zu bringen, aber in diesem Moment dachte sie nur an Filip.

Sie rannte die Straße hinunter und wich dabei herabfallenden Trümmern aus. Gliedmaßen ragten aus den Ruinen. Ein Arm. Eine Hand. Ein Fuß. Winzige Hinweise auf all die Opfer, die unter den Trümmern von Dresden begraben waren.

Ein Mann mit einer Handsirene lief an ihr vorbei. Sein kleines Alarmsignal war in dem Lärm der zusammenbrechenden Stadt zwar kaum zu hören, aber sein Heulen erfüllte Lilija mit einer neuen Welle der Angst. Wieso kamen jetzt noch mehr? Was gab es denn hier noch zu zerstören?

Die zweite Welle von Bomben fiel im selben Augenblick, als Lilija auf einen Trupp Männer mit Pferden stieß. Das Feuer war noch nicht bis hierher vorgedrungen, doch sein Glühen erhellte die Szene vor ihr. Jeder Reiter führte ein weiteres Pferd am Zügel hinter sich her. Die geschmeidigen Muskeln der Tiere spannten sich an, während sie über das Pflaster trabten.

»Vorwärts, Männer! Die Kaserne ist gleich da vorn!«, rief der erste Mann, als ein paar Häuserblöcke weiter eine Bombe einschlug. Flugzeuge dröhnten über ihren Köpfen, und Lilija erstarrte. Filip musste hier irgendwo sein, irgendwo zwischen den Männern und Pferden.

Es sei denn, er war tot.

Der Gedanke schoss ihr durch den Kopf, bevor sie es verhindern konnte. Das alles hier könnte umsonst sein. Filip hätte schon vor Monaten gestorben sein können, und sie würde das nie erfahren. Warum auch? Sie hatte ja keinen Anspruch auf ihn. Es gab keinen Grund, warum sie Teil seines Lebens sein sollte. Das hier war ein sinnloses Unterfangen, und sie war eine Närrin.

»Nein!« Das Wort kam ihr wie von selbst über die Lippen, brutales Flehen und leidenschaftliches Gebet zugleich. Filip war hier und suchte verzweifelt nach Schutz.

Was auch sie tun sollte, aber Lilijas Füße wollten sich einfach nicht bewegen, während sie den Blick auf der Suche nach Filip über die Reiterkolonne schweifen ließ. Sie war so nah bei ihm. Das musste sie sein, und sie würde sich diese Chance nicht entgehen lassen. Sie würde erst ihn und dann Slavko und Halya finden.

Die Luft wurde so heiß, dass kleine Feuertornados entstanden. Sie züngelten in den Himmel hinauf und zerrten an Lilijas Haar und Kleidern. Eine Frau mit einem Baby kreischte auf, als ein solcher Wirbel ihr das Kind aus den Armen und mitten in das Inferno riss.

Menschen, die sich durch die Straßen quälten, fielen auf alle viere und schrien gellend auf, als erst ihre Schuhe und dann ihre Hände in dem geschmolzenen Asphalt versanken.

Eine weitere Bombe explodierte, diesmal viel näher, und die Pferde wieherten in Panik. Die reiterlosen Tiere in der Kolonne rissen sich von den Reitern los und galoppierten in die Nacht.

Männer brüllten, als die verbliebenen Pferde stiegen und buckelten. Ein paar Reiter wurden abgeworfen, doch die meisten hielten sich in den Sätteln und trieben die Pferde weiter an. Auf der Straße wurde es leerer, und Lilija drückte sich an die Wand eines zerbombten Gebäudes. Rauch quoll über die Straße, und Flammen leckten nach den Häusern auf der anderen Seite.

Lilija wusste nicht, wo sie hinlaufen sollte, wo Schutz suchen, denn die ganze Welt schien in Flammen zu stehen.

Ein durchgehendes Pferd stürmte an ihr vorbei. Es war so panisch, dass Lilija deutlich das Weiße in seinen Augen sehen konnte. Kurz blieb es stehen und stieg, und einen ergreifend schönen Augenblick lang starrte Lilija fasziniert auf die herrliche

Silhouette des Tieres vor dem Hintergrund aus Feuer, Rauch und vollkommener Vernichtung.

Das Pferd nahm die Vorderbeine wieder herunter, und ein Mann näherte sich ihm und packte den Zügel. Mit sanften Worten streichelte er dem Pferd den verschwitzten Hals.

»Ruhig. Ganz ruhig. Ich hab dich. Bei mir bist du sicher.«

Lilijas Herz setzte einen Schlag lang aus.

Diese Stimme. Dieselbe hatte vor all diesen Monaten auch sie getröstet.

Sie hätte sie überall erkannt.

Filip.

Lilija trat vor und rief nach ihm, aber ihre Worte gingen in der mörderischen Nacht unter, als das durch einen früheren Treffer bereits halb zerstörte Gebäude, an dem sie Schutz gesucht hatte, zusammenbrach.

44

HALYA

Februar 1945, Dresden

Als der Luftangriff vorüber war, verließen Slavko und Halya sofort den Tunnel und bahnten sich einen Weg durch die Menschenmassen im Großen Garten.

»Wo willst du hin?« Halya beugte sich vor, um wieder zu Atem zu kommen. Slavko lief so schnell, dass sie kaum mithalten konnte.

Er wirbelte herum. »Wir müssen hier raus.«

»Aber hier ist es sicher«, sagte Halya. Überall um sie herum stank es zwar nach Rauch, aber die Luft war klar und kühl. Die großen Bäume bildeten ein ineinander verschlungenes Dach als Schutz vor der Tragödie außerhalb des Parks. Halya ließ sich auf den Boden fallen, lehnte sich mit dem Rücken an eine Kastanie und drehte das Gesicht in den eisigen Nieselregen. »Wir können uns ein paar Minuten ausruhen, bevor wir nach Lilija suchen.«

Slavko hockte sich neben sie. »Wir müssen die Stadt verlassen. Wir können nicht zurück. Hast du das nicht gesehen, als wir hergelaufen sind? Dieses Hotel ist weg. Wenn Lilija es geschafft hat, wird sie die Stadt ebenfalls verlassen und außerhalb nach uns suchen. Wir werden sie finden, aber nicht hier drin.«

»Wie kannst du so was sagen?« Halya versuchte, ihn anzubrüllen, aber ihre Kehle war rau vom Rauch. »Wir können sie nicht einfach zurücklassen! Außerdem ist der Angriff vorbei!«

»Die Feuer werden nur noch schlimmer werden, Halya.« Slavkos Gesichtsausdruck war hart und unnachgiebig. »Und wenn die Kampfflugzeuge kommen? Ich will mich nicht wieder unter der Erde verstecken und darauf warten, getroffen zu werden. Wir müssen aufs Land.«

»Da kommen bestimmt nicht mehr.« Halya rieb sich die Asche aus den Augen. »Schau dich doch mal um. Sie haben die Stadt schon zerstört. Was ist denn jetzt noch übrig?«

»Das können wir nicht wissen.« Slavko nahm ihre Hand und zog an ihr. »Bitte, Halya. Lass uns gehen.«

Sie ließ sich von ihm in die Höhe ziehen, und sie rannten an dem Zoo vorbei, wo die Tiere noch immer vor Angst schrien. Halya wäre am liebsten hineingelaufen und hätte ihre Käfige geöffnet, damit auch sie eine Chance hatten, den Bränden zu entkommen. Sie hoffte, dass die Pfleger genau das taten.

Vorsichtig zogen sie durch die Straßen. Sie stiegen über Leichen hinweg, die bis zur Unkenntlichkeit verbrannt waren, und wichen Menschen aus, die benommen aus ihren Kellern krochen. Feuerwände und Trümmerfelder zwangen sie mehrmals dazu, die Richtung zu wechseln. Die Hitze der Feuer vertrieb die kalte Februarluft, und schon bald lief Halya der Schweiß über den Rücken. Asche und Glut regneten auf sie herab. Ein Funke fiel auf ihre Jacke, und sie schlug rasch danach, bevor der Stoff Feuer fangen konnte.

»Hier.« Slavko deutete auf ein Wasserfass hinter einem Haus. »Machen wir die Kleider nass. Es ist so trocken hier draußen. Wir haben Glück, dass wir nicht schon längst lichterloh brennen.«

Trotz der Hitze zitterte Halya. Sie hatte eine Frau die Straße hinunterrennen sehen. Ihre Kleider und ihre Haare hatten gebrannt, und sie hatte geschrien, bis sie vornübergekippt und in dem weichen Asphalt versunken war.

Sie schöpften warmes Wasser in ihre Münder, tauchten dann ihre Arme ein und spritzten schließlich auch Wasser auf ihre Kleider, bis sie vollkommen durchnässt waren. Fünfzehn Minuten später waren ihre Kleider bereits wieder trocken, und ihre Kehlen gierten erneut nach Wasser.

Als sie einen Hügel hinaufstiegen, drehte Halya sich um und warf einen Blick auf das Massensterben. Überall um sie herum tobten heiße Winde und zogen die einzelnen Brände zu einem großen, wirbelnden Inferno zusammen. Die Flammen erhoben sich bis hoch über die Stadt und stachen in den Himmel wie ein Fanal. Das Feuer wand sich und brüllte, und es wuchs noch immer. Halya spürte, wie es an ihr zerrte, sie anzog wie das betörende Lied einer altgriechischen Sirene.

Slavko riss sie am Arm und brach damit den Bann. »Wir können nicht stehen bleiben, Halya!«

Sie warf einen letzten Blick auf die brüllende Bestie, dann folgte sie ihrem Freund.

45

VIKA

Februar 1945, Dresden

Die Lichter flackerten, als in der Nähe der Treppe ein Teil der Decke zusammenbrach und den Ausgang versperrte. Damit war Vika vom Rest ihrer Familie abgeschnitten. Sie zog Nadja eng an sich, und das Gebäude stöhnte um sie herum.

»Wir können nicht raus!«, schrie eine Polin. »Wir werden hier unten sterben!«

Panik strömte durch Vikas Adern. Sie rang nach Luft, denn ohne Luft konnte sie in der Staubwolke nicht atmen, die durch den Raum rollte.

»Mama? Sterben wir jetzt wirklich?« Nadjas große Augen starrten zu Vika hinauf, nur wenige Zentimeter von ihrem Gesicht entfernt. Vika sog ihre ruhige blaue Farbe förmlich auf, ihr unbedingtes Vertrauen und ihre bedingungslose Liebe.

Plötzlich erfüllte sie eine Kraft, wie sie sie noch nie empfunden hatte. Sie würden das hier überleben. Sie würde ihre Familie finden. Sie würde sich aus dieser Asche erheben und ein neues Leben für die Ihren erschaffen, weit weg von all dem Schmerz dieses brutalen Krieges. Das war es, woran sie glauben musste.

»Nein, natürlich nicht.« Vika stand auf und setzte Nadja auf ihre Hüfte. »Es muss noch einen anderen Weg heraus geben.«

Sie suchte den Raum ab und fand im hinteren Teil eine zweite

Tür. Als sie sie aufschob, zog kühle, feuchte Luft über sie hinweg. Sie drehte sich zu dem Jungen neben ihr um. »Wo führt die hin?«

Der Junge schüttelte den Kopf. Er verstand sie nicht, und Vika fragte noch einmal in gestelztem Deutsch und dann auf Polnisch.

Der Junge antwortete langsam auf Deutsch: »Die Wohnhäuser in diesem Block sind alle über Tunnel miteinander verbunden. Ein paar führen sogar bis zur Elbe. Wir können da durchgehen, bis wir einen Weg nach oben finden.«

»Nein. Ich denke, wir sollten hier warten«, widersprach eine ältere Deutsche. »Sicher kommt bald Hilfe.«

Vika ignorierte sie und trat in den Tunnel. Ein paar Leute folgten ihr, auch der Junge, doch der Rest blieb zurück.

»Ich war schon mal hier unten. Ich glaube, da geht's zum Fluss.« Der Junge deutete in die entsprechende Richtung.

Vika nickte knapp und sah das kühle Wasser des Bug vor ihrem geistigen Auge. Sie stellte sich vor, wie sie sich in den großen Fluss ihrer Heimat gleiten ließ und wie das Wasser über ihren Leib hinwegfloss. Der Fluss war die Lösung. Die Elbe würde sie retten.

Sie marschierten durch einen engen, sich windenden Gang. Andere Menschen schlossen sich ihnen an oder kamen ihnen entgegen. Alle waren sie auf der Suche nach einem Weg aus diesem Labyrinth, und es dauerte nicht lange, da hatte Vika den Jungen aus den Augen verloren. Dann und wann erhellte eine flackernde Glühbirne ihren Weg, und Vika schaute nach Nadja, die sich mit rotem Gesicht und großen Augen an ihren Hals klammerte.

Doch je näher sie dem Fluss kamen, desto heißer wurde die Luft. Es war, als würde der Ausgang die Hitze der Gebäude in die Tunnel saugen.

Plötzlich blieb ein Mann vor Vika unvermittelt stehen, und sie prallte gegen ihn.

»Was ist los?«, rief sie. Die Menschen, die ihr folgten, rannten ebenfalls gegeneinander und versuchten, weiter vorwärtszudrängen.

Vika bekam Platzangst. Der dunkle Tunnel schien sich mit einem Mal zusammenzuziehen, und sie atmete immer schneller und flacher.

»Die Tür klemmt!«, rief jemand weiter vorn. »Alle mal zurück!« Als niemand reagierte, wurden die Worte in mehreren Sprachen wiederholt. Noch immer rührte sich niemand.

Vika wartete nicht darauf, wie es mit der klemmenden Tür weiterging. Sie machte kehrt und drängte sich auf demselben Weg zurück, den sie gekommen war. Plötzlich landete ihr Fuß auf etwas Weichem, und sie stolperte gegen die Wand. Fast hätte sie sogar Nadja verloren. Unter ihr war das leblose Gesicht einer alten Frau zu sehen, blutüberströmt und zertrampelt. Vika schluckte einen Schrei herunter und taumelte in einen anderen Tunnel.

Auch dieser war voller Menschen, doch Vika bahnte sich einen Weg und kämpfte dabei gegen die Panik an. Sie musste heraus aus den Tunneln, raus aus dem unterirdischen Labyrinth. Sie öffnete die nächste Tür, an der sie vorbeikam, und betrat einen kleinen Keller. In der Mitte des Raums brannte noch eine Glühbirne. Gut ein halbes Dutzend Menschen lag hier auf dem Boden. Vika nahm an, sie waren erstickt oder der Hitze zum Opfer gefallen. Genau davor hatte ja auch sie Angst gehabt, aber sie blieb nicht stehen, um das zu überprüfen. Ihr Blick war fest auf eine Treppe gerichtet, die nach oben führte, und sie ging direkt darauf zu. Sie musste den Himmel sehen. Sie musste atmen. Frische Luft.

Vika stapfte die Stufen hinauf und rammte die Schulter gegen die Tür oben. Dahinter war eine Küche, vollkommen intakt. Durch die glaslosen Fenster konnte sie die Feuer draußen sehen, den Himmel aber nicht. Hier gab es keine frische Luft.

Trotzdem, sie waren den Tunneln entkommen, und der Bombenangriff war vorbei. Vika konnte wieder zu dem Keller gehen, wo sie von Maksim, Bohdan und Sofia getrennt worden war. Sie würde sie wiederfinden und aus der Stadt fliehen.

Vika trat in die brennende Nacht hinaus. Sie drückte Nadja fest an sich und marschierte die Straße hinunter, die trotz der tosenden Feuer um sie herum seltsam unberührt wirkte.

»Was jetzt, Mama?«, fragte Nadja.

»Jetzt werden wir unsere Familie finden.«

Nadja drückte das Gesicht an Vikas Brust. »Ich hab Angst.«

»Ich weiß«, sagte Vika. »Mach einfach die Augen zu, und halt dich an mir fest.«

Vika suchte eine Stunde lang, bis sie schließlich das Haus fand, in das sie gegangen waren ... oder zumindest glaubte sie, dass es das Gebäude war. Es war fast unmöglich, sicher zu sein. Vika hatte so wenig Zeit gehabt, sich ihre Umgebung anzusehen, bevor sie unter die Erde gegangen war, aber sie glaubte, sich an die rote Eingangstür und die dazu passenden Fensterläden vor ihr zu erinnern. Die Hälfte des Gebäudes war jedoch eingebrochen und die andere Hälfte aufgerissen. Jeder, der vorbeikam, konnte in die offenen Zimmer sehen.

Nadja war in Vikas Armen eingeschlafen. Vika setzte das Kind neben sich und ließ sich selbst auf einen Trümmerhaufen fallen – das war alles, was von der linken Seite des Gebäudes übriggeblieben war – und begann zu graben. Die heißen Ziegel verbrannten ihr die Hände, aber das spürte sie kaum. Tatsächlich fühlte sie so gut wie gar nichts außer der Tatsache, dass ihre Familie unter diesem Gebäude begraben war, nach dreißig Minuten graben schien sie jedoch weiter entfernt von ihr zu sein denn je.

»Mama! Ich höre es wieder!« Nadja setzte sich auf und riss Vika aus ihrer Trance.

Vika stand auf und wischte sich die blutigen Hände am Rock ab. In der Ferne war das tiefe Brummen von Flugzeugmotoren zu hören. Und bevor Vika antworten konnte, kreischte eine Bombe in der Nachtluft, dicht gefolgt von einer zweiten und noch einer ...

Die Alliierten hatten eine zweite Welle geschickt. Vika schnappte sich ihre Tochter und rannte los.

***

Als Vika und Nadja Stunden später den zweiten Keller verließen, konnte Vika kaum etwas sehen. Ihre Augen schmerzten, und sie taumelte benommen die Straße hinunter, bis sie jemand in ein Feldhospital lenkte. Dort nutzten Sanitäter spezielle Augentropfen und ein dünnes Metallwerkzeug, um Asche und Ruß von Vikas Augenlidern zu lösen. Vika hielt Nadja fest, als die Sanitäter mit dem kleinen Mädchen das Gleiche machten, doch als dann eine Krankenschwester Nadja mitnehmen wollte, ließ Vika das nicht zu. Die Krankenschwester bot ihnen einen kleinen Becher Wasser an und erklärte entschuldigend, dass sie noch nicht genug Nachschub bekommen hätten, um ihnen mehr zu geben, aber Vika war das egal. Sie gab fast das ganze Wasser Nadja. Sie selbst trank nur einen Schluck, um das Brennen in ihrer trockenen Kehle zu löschen. Als sie sehen konnte und nachdem Nadja ihr Wasser getrunken hatte, ging Vika zurück auf die Straßen hinaus.

Dresden brannte tagelang, und die ganze Zeit über war Vika auf der Suche. Wenn Nadja schlief, legte sie sie auf eine Decke auf dem Boden eines Feldhospitals und half dort in der Hoffnung aus, dass ihre Familie hierherkommen würde. Vorsichtig träufelte sie Wasser auf ausgetrocknete, brennende Lippen, und sie hoffte bei jedem verrußten Gesicht, das sie abwischte, dass unter dem Dreck Sofia, Bohdan oder Maksim zum Vorschein kämen. Sie hielt schmutzige Hände und hörte zu, wenn Frauen und Männer den Verlust geliebter Menschen beweinten, aber nach einiger Zeit kamen immer weniger Überlebende aus den Ruinen, und Vikas Hoffnung, ihre Familie zu finden, schwand dahin. Trotzdem suchte sie jeden Tag weiter in den Straßen. Dabei hielt sie Nadja jedes Mal die Augen zu, wenn sie an Brunnen voller Leichen vorbeikamen, die im Wasser Schutz vor dem Feuer gesucht hatten, nur um dann festzustellen, dass das Wasser sie bei lebendigem Leibe kochte.

Eines Abends hielt Vika die Lampe für einen Rettungstrupp, der eine Kellertür aufbrach, doch nur Minuten später stürmten sie wieder heraus.

»Was ist los?« Vika packte einen Jungen am Arm. »Was ist da unten?«

»Das wollen Sie nicht wissen.« Sein verrußtes Gesicht schimmerte von Schweiß.

»Sag es mir!«

Der Junge riss sich von ihr los und kotzte in die Überreste eines Buschs.

Vika schaute an dem Gebäude hinauf. Es hatte zwei Stockwerke, ähnlich dem, in dem sie und Maksim Schutz gesucht hatten. Dann lief sie die Treppe hinunter.

Als der Geruch sie traf, blieb sie auf halbem Weg nach unten stehen. Ein furchtbarer Gestank verbrannte ihr die Nasenhaare und drehte ihr den Magen um. Sie drückte Nadja fest an sich und vergrub ihr Gesicht im Kopf ihrer Tochter, bevor sie die letzten Stufen nach unten ging.

Am Fuß der Treppe hing eine Laterne, und überall um den Raum herum lagen Leichen, die einfach zusammengebrochen waren, wo sie gesessen hatten. Ausgetrocknete, geschrumpfte Köpfe hingen kaum noch an den Schultern, als wären die Menschen gerade erst eingenickt. Eine verdorrte Frau – nur erkennbar an dem noch immer frisierten Haar – lag über einer Wiege mit der winzigen Hülle eines Babys. Eine Ascheschicht bedeckte alles im Raum, als hätte ein furchterregender Riese die Menschen zum Kochen gewürzt und dann vergessen, den Ofen auszustellen.

Vika hielt die Luft an und schaute sich jede einzelne Leiche an.

Sie suchte nach Hinweisen darauf, wer diese Menschen gewesen waren, und als sie niemanden erkannte, lief sie wieder die Treppe hinauf. Rasch entfernte sie sich von dem Gebäude. Erleichterung und Entsetzen kämpften in ihr. Dann wurde sie wieder langsamer, als sie sich einer Kreuzung näherte, auf der man Eisenbahnschwellen zu einem großen Scheiterhaufen aufgeschichtet hatte. SS-Männer zogen verbrannte Leichen aus einem Trümmerhaufen und warfen sie ins Feuer. Sie beendeten die Arbeit, die Briten und Amerikaner begonnen hatten.

Der Gestank von verbranntem Haar und Fleisch schnürte Vika die Kehle zu. Immer wieder sah sie Bilder von Sofias und Bohdans kleinen Gesichtern vor ihrem geistigen Auge, schwarz verbrannt bis zur Unkenntlichkeit, oder von Maksims starkem Leib, im Feuer geschrumpft. Sie setzte Nadja ab, und genau wie der Junge übergab sie sich in einen Busch.

***

Vika war unzählige Male in sämtlichen Feldhospitälern gewesen und hatte immer wieder die Straßen und Viertel um das Gebäude durchkämmt, in dem sie Schutz gesucht hatten. Rettungstrupps zogen inzwischen nur noch Leichen aus den Trümmern.

In dieser Nacht schlief Vika mit Nadja unter einer großen Trauerweide am Fluss, und Bilder von Tod und Zerstörung quälten sie in ihren Träumen. Sie konnte die Sinnlosigkeit ihrer Suche inmitten all der Zerstörung nicht leugnen. Maksims, Bohdans oder Sofias verbrannte Leiber hätten direkt vor ihr liegen können, und sie hätte sie nicht erkannt. Die furchtbare Wahrheit war, dass sie nie herausfinden würde, was mit ihnen geschehen war. Trotzdem bewahrte sie die Hoffnung, irgendwie. Sie nährte sie wie eine kleine Pflanze in ihrem Garten. Jeder Tropfen Wasser half dem Pflänzlein zu blühen und erfüllte Vikas gebrochenes Herz.

Am Freitag, drei Tage nach dem ersten Bombenangriff, begann Vika mit ihrem täglichen Rundgang in den Feldhospitälern. Inzwischen kannten die Krankenschwestern sie und schickten sie zu neuen Patienten oder gaben Nadja etwas Süßes. Langsam ging Vika den Mittelgang auf und ab und schaute sich jedes Opfer an. Einige waren so in Verbände gewickelt, dass sie nicht zu erkennen waren. Trotzdem konnte sie anhand der Körperform häufig ausschließen, dass es sich um ihre Familie handelte.

»Viktoria!«, rief eine Krankenschwester und winkte sie auf die andere Seite des Zelts. »Schnell!«

Vika schnappte sich Nadja und rannte den Gang hinunter. Geschickt wich sie den freiwilligen Helfern und den Wagen mit dem Verbandsmaterial aus. Ein Mädchen hockte in der Ecke, die Augen groß und leer.

Vikas Herz setzte einen Schlag lang aus. Sie ließ sich auf die Knie fallen, sodass ihr Gesicht auf gleicher Höhe war wie Sofias. Ihre Tochter starrte sie an. Dann blinzelte sie und brach in Tränen aus.

»Mama?« Ihre niedliche Stimme klang rau und roh. »Bist du das wirklich?«

»Ja, Liebes, ich bin's.« Vika setzte Nadja ab und schlang die Arme um Sofia. Als Vika ihr das Haar glatt strich, lösten die verbrannten Spitzen ihres blonden Schopfes sich sofort auf, und Vikas Finger verfärbten sich schwarz.

Aber egal. Haare wuchsen wieder. Sofia hatte überlebt, und das war das Wichtigste. Doch nach allem, was sie gesehen und erlebt hatte, brach diese kleine Geste Vika endgültig, und die Tränen strömten nur so aus ihr hervor. Sie drückte ihre Tochter fest an sich und wünschte, sie könnte dem kleinen Mädchen mit ihrer Umarmung die Angst und den Schmerz nehmen, die sie peinigten.

»Das arme Ding hat kein Wort gesagt, seit sie sie gebracht

haben«, erklärte die Krankenschwester. »Aber ich habe mich an die Beschreibung erinnert, die Sie mir gegeben haben, und da habe ich mich gefragt, ob sie das wohl sein könnte.«

Vika hatte ganz vergessen, dass außer Nadja noch jemand anderes bei ihnen war. Sie wischte sich die Augen ab und rang nach Worten. Dabei wollte sie gar nicht fragen, denn sie fürchtete sich vor der Antwort. »Ist ... ist sie allein gekommen?«

»Nein. Da sind noch ein Mann und ein Junge bei ihr. Sie werden gerade da drüben versorgt. Wenn Sie wollen, kann ich Sie hinbringen.«

46

LILIJA

Februar 1945, Dresden

Helles Licht drang in Lilijas geschlossene Augen. Sie erkannte weder die Stimme, die mit ihr sprach, noch all die deutschen Worte, doch das war ihr egal. Sie wollte nur wieder in der Dunkelheit versinken, denn wenn sie die Augen öffnete, wartete etwas Schreckliches auf sie. Sie wusste nicht was, und sie wusste nicht warum, aber sie war sicher, dass die Unwissenheit im Schlaf besser war als die Alternative.

Ein kaltes, feuchtes Tuch wurde auf ihre Stirn gepresst, gefolgt von weiteren Worten auf Deutsch. Lilija drehte den Kopf weg, und die Erinnerungen kehrten zurück.

Deutschland.
Dresden.
Die Bomben.
Oh, Gott! Feuer!
Filip.
Halya. Slavko.

Sie riss die Augen auf.

»Wo bin ich?«, krächzte sie und legte die Hand an den Hals. Dann schaute sie sich in dem großen Raum um. Sie war in einem Krankenhaus. Betten standen in Reihen um sie herum, und in allen lagen Patienten. Lilija starrte die Frau an, die neben ihr stand.

»Sie sind in einem Krankenhaus westlich von Dresden. Nach dem Bombenangriff hat man sie hergebracht.«

»Wo ist Filip?«

Die Krankenschwester legte mitfühlend den Kopf auf die Seite. »Vielleicht liegt er ja in einem anderen Krankenhaus.«

»Wie ... wie lange bin ich schon hier?«, keuchte Lilija. Sie hatte das Gefühl, als würde ihr jemand bei jedem Atemzug tausend Messer in die Brust rammen.

»Zwei Tage.« Die Frau lächelte. »Ich bin übrigens Schwester Venhaus.«

Lilija starrte die lächelnde Frau an und versuchte, ihre Erinnerung in Einklang mit dem zu bringen, was sie nun vor sich sah, aber grausamerweise gelang es ihr nicht. Sie war wie betäubt. Wie war das passiert? Filip war so nah gewesen, dass sie ihn fast hatte berühren können. Und was war mit Slavko und Halya geschehen?

»Nein! Das kann nicht sein! Ich muss gehen!« Lilija versuchte aufzustehen, aber das Blut pochte in ihrem Kopf, und ihre Beine wollten sie nicht tragen.

»Sie müssen erst mal wieder zu Kräften kommen.«

»Dafür habe ich keine Zeit! Ich muss sie finden.« Lilija schossen die Tränen in die Augen, und das Wissen, dass sie versagt hatte, raubte ihr den Atem. Lebten die anderen überhaupt noch? Waren sie im Bombenhagel gestorben, während sie auf sie gewartet hatten?

Schwester Venhaus runzelte die Stirn. »Sie werden nirgendwo hingehen, solange Sie nicht laufen können. Jetzt kommt gleich das Abendessen. Also lehnen Sie sich zurück, und ruhen Sie sich aus. Ich werde Sie jetzt allein lassen, damit Sie sich erst einmal orientieren können.«

Die Krankenschwester verließ den Raum, doch Lilija ging eines ihrer letzten Worte einfach nicht mehr aus dem Kopf.

Allein lassen.

Lilija hatte ihre Eltern verloren. Sie hatte Slavko und Halya verloren. Sie hatte Filip verloren.

Sie war allein.

Wenn wir zusammenbleiben, dann wird alles wieder gut.

Das Mantra, das Maksim immer seiner Familie gesagt hatte, hatte Lilija so oft vor Slavko und Halya wiederholt, dass sie sich schon lustig über sie gemacht hatten. Eine Träne lief ihr über die Wange.

Allein.

Wie hatte sie nur so elend scheitern können?

Lilijas Hand flog zu ihrer Tasche. Sie suchte nach Filips kleinem Vogel, der sie auf dieser Reise schon so oft getröstet hatte, aber selbst der war weg.

Die Frau im Nachbarbett sagte etwas auf Polnisch und riss Lilija aus ihren Gedanken.

»Die Roten sind immer noch im Anmarsch.« Ihre Stimme klang heiser, vermutlich vom Rauch, genau wie Lilijas. Mit nur einem Auge schaute sie zu ihr herüber. Das andere war verbunden. »Ich habe gehört, sie wären nur noch drei Wochen entfernt.«

Bei dem Gedanken an die vorrückenden Sowjets überkam Lilija wieder Furcht. Nicht nur, dass ihre Familie vermisst wurde, auch der Krieg tobte noch immer. Dabei schien es so, als wäre die Welt in jener Nacht in Dresden untergegangen. Wie konnten die Menschen da noch kämpfen?

Lilija erinnerte sich an das kurze Gefühl des Triumphs, das sie beim Anblick von Filip empfunden hatte. Sie erinnerte sich an die überraschende Sicherheit, das Schlimmste überstanden zu haben, und das Gefühl, ab jetzt könne es nur noch besser werden. Sie gab ein verbittertes Lachen von sich. Was für eine Närrin sie doch war.

»Ich werde nach Westen gehen«, sagte die Frau. »Sobald ich

hier rauskann, gehe ich nach Westen. Du kannst mit mir kommen, wenn du willst.«

Lilija schüttelte den Kopf. »Ich muss zuerst meine Familie finden.«

»Waren sie mit dir da?«, fragte die Frau. »Als die Bomben gefallen sind?«

Lilija wusste nicht, was sie darauf antworten sollte. Sie war bei Filip gewesen, doch er hatte sie nicht gesehen. Slavko und Halya hatten sich früher am gleichen Tag von ihr getrennt. Wer wusste schon, wo sie jetzt waren?

Sie nickte knapp.

Die Frau schüttelte den Kopf und verzog mitfühlend das Gesicht. »Dann sind sie vermutlich alle tot. Du musst weiterziehen.«

47

HALYA

Mai 1945, Dresden

Fast drei Monate waren vergangen. Im März und April hatte es weitere Bombenangriffe gegeben, und Halya und Slavko wussten noch immer nicht, was mit Lilija geschehen war. Inzwischen hielten sie sich auf dem Land auf, entfernten sich aber nicht allzu weit von der Stadt. Sie wollten nicht fort, ohne wirklich sicher zu sein, und so waren sie immer wieder nach Dresden gegangen, um nach ihr zu suchen. Irgendwann waren die Russen gekommen. In einer Wolke aus Rauch und Staub waren sie mit Panzern und Lastwagen in die Stadt gerollt. Die Rote Armee war Befreier und Unterdrücker zugleich.

Gerüchte berichteten von brutalen Übergriffen auf Frauen, und es dauerte nicht lange, da bestätigte sich das als schreckliche Tatsache, aber Halya und Slavko suchten weiter. Slavko wurde jedes Mal wütend, wenn Halya in die Stadt ging, aber manchmal, wenn er schlief und sie nicht konnte, schlich Halya sich weg und wanderte auf der Suche nach Lilija durch die Trümmerwüste. Halya ignorierte Slavkos Proteste. Sie war zufrieden damit, sich auf das kleine Messer zu verlassen, das sie in den Ruinen gefunden hatte, sowie auf ihren Verstand und ihren Zorn.

In dieser Nacht, nur drei Häuserblocke von dem verlassenen Gebäude entfernt, in dem Halya und Slavko normalerweise schliefen, hallte ein Schrei aus dem Wohnhaus auf der anderen Straßenseite. Halya blinzelte und versuchte, im Mondlicht zu sehen, was da drüben los war. Plötzlich sprang eine dunkle Gestalt aus dem zweiten Stock. Ihr Rock blähte sich an der Hüfte, und mit einem dumpfen Knall landete sie auf dem Gehsteig.

Ein weiterer Schrei folgte, diesmal wütend und auf Russisch.

Die Frau auf der Straße versuchte aufzustehen, aber dann stöhnte sie nur. Halya lief zu ihr und packte sie am Arm. Sie riss sie hoch und sah überrascht ein wesentlich jüngeres Gesicht, als sie erwartet hatte. Das Mädchen war klapperdürr – das waren sie alle –, und es konnte nicht älter als zwölf Jahre sein.

»Die ... Die Roten«, schluchzte sie. »Sie sind da drin! Sie wollen die Frauen!«

Wortlos legte Halya sich den Arm des Mädchens um die Schulter und zog sie über die Straße.

»Meine Mutter ist noch da oben«, sagte das Mädchen. »Sie hat mich runtergestoßen.«

»Du kannst ihr jetzt nicht helfen, und das ist, was sie gewollt hat: Sie wollte dich retten. Wir werden sie später holen.«

Das Mädchen lehnte sich an Halya und weinte. »Dann wird nichts mehr von ihr übrig sein. Sie werden sie vergewaltigen, bis sie tot ist.«

Halya erwiderte nichts darauf, denn das Mädchen hatte vermutlich recht. Überall in der Stadt waren Beweise für das blutige Besatzungsregime der Roten zu sehen: verunstaltete Gesichter, knurrende Mägen, panische Augen.

»Wie viele waren es?«

»Nur zwei diesmal.«

Auf halbem Weg den Häuserblock hinunter zog Halya das Mädchen zwischen zwei Gebäude und drückte sich an die Wand. Dann hielt sie den Atem an, bis sie es hörte: schwere Stiefel auf dem Asphalt und eine russische Stimme, die versuchte, sie aus ihrem Versteck zu locken. Sie zählte die Schritte. Das war nur *ein* Mann.

Was würde Lilija in so einer Situation tun?

Die Frage beruhigte Halya. Lilija hatte vor nichts und niemandem Angst. Lilija wäre tapfer und stark. Also würde Halya heute Nacht Lilija sein.

»Egal, was passiert, du bleibst hier. Verstanden? Ich werde ihn von dir fernhalten«, flüsterte Halya dem Mädchen zu. Dann griff sie in ihren Stiefel und zog das Messer hervor. Sie presste es eng an ihr Handgelenk und trat auf die Straße.

Der Russe grinste. »Aaah ... Wolltest du, dass ich dich finde?«

Schmerz schoss durch Halyas Kopfhaut, als er sie an den Haaren packte und rücklings auf den Boden schleuderte. Sofort kniete er sich vor sie und warf mit der einen Hand ihren Rock hoch, während er mit der anderen seinen Gürtel öffnete.

Mit dem Rock auf ihrer zitternden Hand veränderte Halya den Griff um das Messer und richtete es auf den Russen. Panik vernebelte ihre Gedanken, und sie hatte das Gefühl, als geschähe das alles in Zeitlupe. Sie hatte schon vorher darüber nachgedacht, wie sie wohl in so einer Situation reagieren würde, doch sie hatte nicht mit so einer Angst gerechnet, die ihren ganzen Körper erfüllte. Halya wartete. Das Herz pochte in ihrer Brust, und mit dem Daumen fuhr sie über die Kerben im Heft des Messers, während der Kerl die Hose runterließ. Der Stahl fühlte sich kühl auf ihrer heißen Haut an, und das beruhigte sie, während sie darüber nachdachte, wo sie am besten zustechen sollte. Sie war nicht stark, aber sie war klug, und sie wusste, dass es Stellen gab, wo sie mehr Schaden anrichten konnte als an anderen.

Als der Russe sich über sie beugte, zog Halya den Rock von der Hand und rammte ihren Arm mit aller Kraft nach oben. Die Klinge drang tief in den Hals des Mannes.

Der Russe erstarrte. Entsetzt riss er die Augen auf, als Halya das Messer zur Seite riss und ihm die Kehle aufschlitzte. Blut spritzte aus seinem Hals, lief über seinen Körper und auf Halya. Sie krabbelte nach hinten und schaute zu, wie er genau dorthin fiel, wo sie gerade noch gelegen hatte. Sie stand unter Schock, aber sie bereute nichts.

Schließlich riss sie das Messer wieder heraus. Sie atmete schnell und flach und wischte die Klinge an der olivgrünen Jacke des Soldaten ab. Dann stand sie auf.

»Du hast ihn umgebracht!« Das Mädchen trat zwischen den Gebäuden hervor. Sie wankte leicht und zog ein Bein nach. Sie starrte Halya an, und Angst wich Respekt.

»Ja, hab ich.« Halya schaute auf den leblosen Körper hinunter. Sie konnte noch immer nicht so recht glauben, was gerade geschehen war. Fühlte es sich so an, wenn man wirklich etwas tat? Wenn man erfolgreich zurückschlug? Wenn man endlich jemanden rettete? Sie hatte erwartet, sich stark und mutig zu fühlen, und das war auch so, doch zugleich wusste sie, dass dieser Sieg nur vorübergehend war. Leer. Das machte nicht wieder gut, was sie verloren hatte. Nichts würde es je wiedergutmachen.

***

Halya leerte ihre Taschen noch einmal, obwohl sie genau wusste, dass das nichts am Ergebnis änderte. In den zwei Tagen, seit sie Dresden verlassen hatten, hatte sie schon gefühlt tausend Mal gesucht. Allerdings hatte sie noch nicht den Mut gehabt, Slavko davon zu erzählen, aber sie konnte es nicht länger hinausschieben.

Sie atmete tief durch. »Sie sind weg. Meine Ausweispapiere sind weg.«

»Bist du sicher?«, hakte Slavko nach. »Wann hast du sie zum letzten Mal gesehen?«

»Am Tag, bevor wir aufgebrochen sind.«

»In der Nacht des Überfalls also, ja?« Slavko runzelte die Stirn. Er hatte sich sehr aufgeregt, als Halya blutbefleckt zurückgekehrt war, aber er hatte ihr auch geholfen, es mit einem Eimer kalten Wassers abzuwaschen, und dann hatte er sie in den Armen gehalten, während sie sich in den Schlaf gezittert hatte.

»Mach mir nie wieder solche Angst«, hatte er immer wieder gesagt.

Das war der Moment gewesen, an dem sie beschlossen hatten, nach Westen zu gehen, in die Besatzungszonen der Amerikaner und Briten. Da die Sowjets jetzt in Dresden waren und auch sonst überall im Osten, war es nicht sicher, zu bleiben oder sich auf den Heimweg zu machen.

Halya klopfte ein letztes Mal auf ihre Tasche. »Ja. Vielleicht sind sie ja aus meinem Rock gefallen, als er ihn hochgeworfen hat.«

Slavko verzog das Gesicht und rieb sich die Augen. Halya hatte ihm so oft versichert, dass sie nicht verletzt worden sei, dass sie sich verteidigt habe und dass es ihr gut ginge, aber sie wusste, dass er allein die Vorstellung hasste.

Dabei ging es ihr wirklich gut. Halya hatte schon viel zu viel Unmenschlichkeit gesehen, als dass sie den Tod eines Menschen betrauert oder gar bereut hätte, der ihr etwas hatte antun wollen. Nur manchmal, spät in der Nacht, betrauerte sie sich selbst, denn dass sie ein Leben genommen hatte, so gerechtfertigt das auch gewesen sein mochte, würde für immer ein Fleck auf ihrer Seele bleiben.

»Du glaubst also, dass deine Papiere neben einem ermordeten Sowjetsoldaten liegen, ja?«, fragte Slavko.

Halya nickte gequält.

»Nun, gut.« Slavko nahm ihre Hand und drückte sie. »Lass uns mal darüber nachdenken. Wir werden eine Lösung finden. Das tun wir immer.«

***

Sie zogen nach Westen und verbrachten die Nächte in Scheunen und Ställen. Sie tranken Milch direkt aus den Kuheutern, und sie stahlen Gemüse aus deutschen Vorratskellern. Einige Gebiete schienen vollkommen unberührt vom Krieg zu sein, und Halyas Verbitterung wuchs jedes Mal, wenn sie einen vollen Keller oder dralle Hausfrauen mit zwei Kühen sah. Wenn sie das mit dem verglich, was sie alles verloren hatte, *wen* sie alles verloren hatte, hätte sie am liebsten geschrien und all die glücklichen Bauernhöfe niedergebrannt.

Manchmal, wenn sie einen Garten plünderten, wurden sie auch erwischt und von wütenden Bäuerinnen verjagt. Und manchmal wurden sie auch geschnappt und für eine Mahlzeit und einen warmen Platz am Ofen hineingebracht. Man wusste vorher nie, was für eine Art Frau aus der Küche stürmen würde: eine wütende Hexe mit rotem Gesicht oder ein freundlicher, bußfertiger Engel. Meistens waren es Erstere.

Schließlich sahen sie in einem kleinen Dorf bei Leipzig die ersten amerikanischen Soldaten. Fast waren sie an der Fabrik, aus der sie geflohen waren. Die Amerikaner waren stramme, junge Männer voller Selbstbewusstsein, und freundlich boten sie Halya und Slavko Schokolade an.

Von einem heimatlosen Polenjungen lernte Halya, wie man »Hast du Kaugummi?« auf Englisch sagte, und schon am nächsten Tag wurde sie dafür mit einer ganzen Packung belohnt, die sie sich mit Slavko teilen konnte.

Erst in diesem Augenblick glaubte Halya, dass der Krieg wirklich vorbei war. Zwei Stunden später, als die Sonne über dem kleinen Bauernhof unterging, auf dem sie für die Nacht untergekommen waren, und mit einem Stück Kaugummi im Mund sah sie einen Mann, der sich erhängt hatte.

Die Leiche drehte sich träge im Kreis, ein makabrer Tanz im Takt des knarrenden Astes, an dem er hing. Das purpurfarbene

Gesicht, die heraushängende Zunge und der grotesk verdrehte Hals, all das war für alle im Dorf deutlich zu sehen. Ein schmutziger weißer Verband aus einer Zeit, zu der der Erhängte noch geglaubt hatte, seine Wunden heilen zu können, flatterte hinter ihm wie eine Parlamentärflagge.

Der Mann kann nicht viel älter sein als Tato, dachte Halya. Und er war gut zu ihr gewesen. Er hatte ihnen erst gestern Morgen etwas zu essen gegeben, als sie nichts gehabt hatten, und er hatte ihnen den Weg zu einer verlassenen Scheune gezeigt, wo sie schlafen konnten, ohne von den sowjetischen Soldaten belästigt zu werden, die in den letzten paar Tagen gekommen waren und davon sprachen, sowjetische Staatsbürger wieder in die Heimat zu überführen.

»Ich werde aber nicht gehen. Niemals«, hatte der Mann vor einer großen Gruppe von anderen Zwangsarbeitern am Abend zuvor erklärt. »Sie werden uns alle umbringen oder bestenfalls in ein Lager schicken, wo wir uns dann zu Tode schuften müssen. Auch wenn wir als Zwangsarbeiter keine Chance hatten, uns den Deutschen zu widersetzen, sie halten uns für Verräter.«

Halya starrte den Toten an und wartete darauf, etwas zu empfinden. Trauer vielleicht? Oder Reue, weil sie ihn nicht zurückgehalten hatte? Eigentlich hätte Wut durch ihre Adern strömen und sie zum Kampf rufen müssen – zum Kampf gegen das Schicksal, das dieser Mann unbedingt hatte vermeiden wollen.

Doch da war nichts. Kein Gefühl. Keine Gedanken. Nur eine kalte Härte wie ein Knoten in ihrer Brust und eine glasklare Erkenntnis: Wenn dieser erwachsene Mann solche Angst gehabt hatte, wieder in die Sowjet-Ukraine zurückzukehren, dass er den Tod als besser erachtet hatte, dann taten sie und Slavko gut daran, nach Westen zu ziehen. Halya konnte nicht mehr nach Hause, besonders nicht nach allem, was sie getan hatte.

Sie wusste nicht, wie lange sie den Mann angestarrt hatte,

der dort am Baum hing, aber irgendwann dämmerte es, und der Wind nahm zu, sodass der Tote immer heftiger schaukelte und der Verband flatterte.

»Halya, was machst du da?« Slavko trat an ihre Seite. Sein Blick war auf sie gerichtet, nicht auf den Erhängten.

»Er hatte Angst zurückzugehen«, sagte sie. »Tatsächlich hatte er solche Angst, in die Sowjetunion zurückzukehren, dass er lieber gestorben ist.«

Trotz allem, was sie verloren hatte, und trotz allem, was sie durchgemacht hatte, hatte Halya noch nie darüber nachgedacht, sich selbst das Leben zu nehmen. Vielleicht weil sie aus eigener Erfahrung wusste, was für eine Leere der Tod eines geliebten Menschen hinterließ, oder vielleicht auch, weil sie Slavko an ihrer Seite hatte. Sie war nicht wirklich allein. Halya nahm Slavkos Hand und genoss das Gefühl, das sie durchströmte, wann immer sie seine Finger drückte.

»Genau darüber wollte ich mit dir reden.« Er trat vor sie und versperrte ihr den Blick auf den Toten. »Wenn wir morgen in dieses Lager gehen, musst du lügen. Du darfst nicht sagen, wo du geboren bist.«

Sie hatten endlich ein Camp für DPs erreicht, *displaced persons*. So wurden Menschen genannt, die sich wegen des Krieges außerhalb ihres Heimatlandes aufhielten. Slavko und Halya planten, am nächsten Tag hineinzugehen. Dort hofften sie auf Nahrung, Unterkunft und die Möglichkeit, nach ihren Familien zu suchen.

»Ich habe mit einer Gruppe aus der Gegend von Mannheim gesprochen. Sie haben gesagt, die Sowjets würden die Repatriierung, also die Rückführung is Heimatland, erzwingen. Sie haben daraufhin ihr amerikanisches Lager mitten in der Nacht verlassen, um nicht plötzlich in eins in der sowjetischen Zone verlegt zu werden. Vierhundert Leute sind einfach weggelaufen. Und abgesehen davon, wenn die Sowjets deine Papiere haben, dann könnten sie auch direkt nach dir suchen.« Er senkte den Blick. »Wegen der Sache mit dem Soldaten.«

»Ich weiß. Aber was ist, wenn meine Eltern fliehen konnten und auch hierhergekommen sind? Wie sollen sie mich finden, wenn ich niemandem sage, wer ich bin?«

Geschwächt von Hunger und Müdigkeit konnte Halya nicht mehr klar denken, sie wusste nicht, was sie tun sollte. Selbst wenn man ihre Papiere neben einem toten Russen gefunden haben sollte – es reichte, wenn die Beamten im Lager wüssten, dass sie in der Sowjetukraine geboren war, um sie nach Hause zu schicken. Dann würde sie auch von Slavko getrennt werden, denn er stammte aus dem von Polen besetzten Teil der Ukraine und würde deshalb auch kein Opfer der aggressiven sowjetischen Repatriierung werden.

Und laut den Gerüchten, die unter den Flüchtlingen die Runde machten, würde die sowjetische Regierung sie als Verräterin einstufen, sobald sie wieder zu Hause war. Das galt für alle, die in Deutschland gearbeitet hatten, auch die Zwangsarbeiter, und Halya hätte es nicht ertragen, in den Gulag geschickt zu werden.

»Vielleicht kannst du ja deinen echten Vornamen und Vatersnamen nennen, dann aber meinen Nachnamen und mein Dorf als Geburtsort, das liegt ja in Polen«, sagte Slavko. »Wir könnten sagen, dass wir Vetter und Cousine sind, wie Lilija und ich. Mein Freund hat mir gesagt, solange du sagst, dass du in Polen geboren bist, wirst du als polnische Ukrainerin eingestuft und nicht zurückgeschickt. Und selbst wenn deine Eltern dich nicht suchen können, dann kannst *du* nach ihnen suchen. Und wenn du unter einem anderen Dorf registriert bist, werden die Roten auch nicht wissen, dass du es warst, die den Soldaten umgebracht hat. Der Geburtsort stimmt dann ja nicht mit den Papieren überein.«

Halya dachte an die Millionen von Flüchtlingen, die durch das Land zogen, an die langen Kolonnen von Menschen, die alles verloren hatten und nun Zuflucht in den Lagern zu finden hofften. Ihre Familie zu finden war wie die Suche nach der Stecknadel im Heuhaufen, aber immerhin konnte sie nach ihnen suchen, ohne sich selbst auszuliefern. Außerdem, soweit Halya wusste, war es möglich, dass ihre Eltern noch immer im Oblast Kiew waren, und wenn sie dort hinginge, würde man sie in den Gulag schicken. Hier und jetzt konnte sie nur über ihr eigenes Schicksal bestimmen.

»Du hast recht. Ich muss lügen«, sagte Halya. Der Entschluss lag ihr wie ein Stein im Magen. Es war ein Verrat an allem, für das sie hatte kämpfen wollen, aber es war die einzige Möglichkeit, um zu überleben. »Ich werde nicht aus der Sowjetukraine sein. Ich werde sagen, dass ich aus Maky stamme, Maky in Wolhynien, Polen. Genau wie du.«

48

VIKA

Juni 1945, in der Nähe von Prag, Tschechoslowakei

»Komm schon, Bohdan!« Vika winkte ihrem Sohn. »Wir müssen nach Hause.«

»Zuhause«, das war im Augenblick eine verlassene Scheune auf einem Bauernhof in einem kleinen Dorf außerhalb von Prag, wo Maksim Arbeit gefunden hatte. Nachdem sie sich in Dresden wiedergefunden hatten, waren sie zu Slavkos Fabrik in Leipzig gezogen, doch die war nur noch eine menschenleere, ausgebombte Ruine gewesen. Seitdem hatte Vika sie immer weiter vorwärtsgetrieben. Jetzt wusste sie nicht mehr, wo sie hingehen sollten.

Bohdan klammerte sich an den Laib Brot, den sie gerade auf dem Markt gekauft hatten, und lief zu seiner Mutter. »Ich habe da drüben ein paar Kinder spielen gesehen. Ich dachte, ich könnte mal zu ihnen gehen. Bitte, Mama?«

Vika ging die Straße wieder zurück und spähte in eine Gasse. An der Wand eines Gebäudes an der nächsten Straße kauerte eine Gruppe von Jungs. Sie waren etwa in Bohdans Alter und schauten auf etwas am Boden. Vika konnte nicht sehen, was es war, und sie hatte auch keine Zeit, um nachzuschauen.

»Nein. Heute nicht.«

Bohdan schmollte, doch er ging weiter neben seiner Mutter

her, ohne sich zu beschweren. Plötzlich hallte ein lauter Knall durch die Luft. Als das Geräusch verstummte, begannen die Kinder zu schreien. Vika packte Bohdan an der Hand und rannte zu der Gasse zurück, an der sie gerade vorbeigegangen waren. Diesmal musste Vika erst einmal durch den Rauch schauen, der sich dort gebildet hatte. Dann schrie eine Frau, und als der Rauch sich verzog, rannte eine Gruppe von Erwachsenen zu den Kindern, von denen eines leblos auf dem Boden lag.

Eine Frau schnappte sich eine Schubkarre und schob sie zu dem Jungen. Dann legte sie ihn darauf und rannte, so schnell es ging, damit durch die Gasse. Vika drückte Bohdan an die Wand, um Platz für die Frau zu machen.

Vika trat vor, um ihr zu helfen, doch als ihr Blick auf die Wunden des Jungen fiel, blieben ihr die Worte im Hals stecken. Sein Gesicht und sein Oberkörper waren so stark verbrannt, dass er nicht mehr zu erkennen war.

»Ich brauche einen Arzt!« Die Frau lief schreiend an ihnen vorbei und bog auf der Suche nach Hilfe in die Straße ein.

»Was ist mit ihm passiert, Mama?« Bohdans Griff um Vikas Hand war so fest, dass es schmerzte.

Bevor Vika etwas erwidern konnte, kam ein Offizier der Roten Armee an ihnen vorbei und antwortete für sie: »Diese Idioten haben eine Panzerfaust gefunden und abgefeuert. Der Junge stand hinter dem Schützen, und der Rückstoß aus dem Rohr hat ihn voll getroffen.«

»Was ist eine Panzerfaust?«, fragte Bohdan.

Vika riss an Bohdans Hand, um ihn zum Schweigen zu bringen. Niemand sprach freiwillig mit den Soldaten der Roten Armee. Diese Art von Aufmerksamkeit fand nie ein gutes Ende.

»Eine Panzerabwehrwaffe«, erklärte der Russe. »Die Deutschen haben damit auf unsere Panzer geschossen und …« Er stieß ein lautes Zischen aus, ballte die Fäuste und öffnete sie wieder, um eine Explosion zu simulieren. Dann verzog er die Lippen zu einem grausamen Lächeln und schaute zu Vika.

»Gibt es noch etwas, womit ich euch helfen kann?« Das raubtierhafte Funkeln in seinem Blick erinnerte Vika an die Füchse, die daheim immer am Hühnerstall gelauert hatten.

»Nein, nein«, murmelte Vika. Sie machte auf dem Absatz kehrt und zog Bohdan hinter sich her. Ohne weiteren Umweg lief sie, so schnell sie konnte, zu der Scheune, in der sie lagerten.

***

»Diese Kinder sind verwahrlost«, sagte Maksim, nachdem Vika ihm die Geschichte erzählt hatte. »Ihre Eltern sind tot, in einem Lager oder noch nicht von der Front zurückgekehrt. Und die Eltern, die noch da sind, sind viel zu sehr mit Überleben beschäftigt, als dass sie sich um solche Dinge kümmern könnten. Deswegen müssen wir auch so schnell wie möglich in ein amerikanisches Lager.«

»Damit würden wir uns eingestehen, dass wir nie mehr nach Hause zurückkehren. Ich würde meine Schwester nie wiedersehen oder wissen, ob unser Sohn es nach Hause geschafft hat. Ist dir eigentlich klar, was du da von mir verlangst?«

Maksim warf die Hände in die Luft. »Ich habe es dir doch schon gesagt! Wenn wir wieder nach Hause gehen, wird man mich verhaften und dich und die Kinder auch. Wir sollten gar nicht hier in der sowjetischen Zone sein. Sie haben die Ersten bereits repatriiert.«

»Es war deine Entscheidung, Dorfvorsteher zu werden und die Listen zu erstellen! Nicht die der Kinder und nicht meine!«, brüllte Vika.

»Meine *Entscheidung*?« Maksim senkte die Stimme zu einem tonlosen Flüstern. »Du weißt sehr gut, dass ich keine Wahl hatte, und selbst wenn ich eine gehabt hätte, ich hätte alles getan, um meine Familie zu beschützen. Ich habe die Quoten gesenkt und gerettet, wen ich retten konnte. Aber dass ich Menschen aus der Ukraine schicken musste, hat meine Seele getötet. Diese ›Entscheidung‹, wie du es nennst, hat unsere Kinder gerettet. Sie hat *dich* gerettet!«

Vikas Zorn verflog mit einem Schlag, und sie sank zu Boden. Ihre Hände zitterten, und sie starrte ins Feuer. Die Vorstellung, sich offiziell als Flüchtling melden zu müssen, als Mensch ohne Heimat, war kaum zu ertragen, auch wenn es der Wahrheit entsprach.

»Ich habe das nicht so gemeint, Maksim. Ich habe einfach nur Angst.«

Maksim setzte sich neben sie und nahm sie in den Arm. Vika ließ ihren Kopf auf seine Schulter sinken.

»Ich auch, Vika. Ich auch. Aber die Lager könnten dich auch überraschen, weißt du? Vielleicht hat Slavko es ja in eines geschafft? Und wir finden ihn dort?«

Schweigend saßen sie beieinander, während Vika noch einmal über das Ganze nachdachte. Nach und nach freundete sie sich mit dem Gedanken an, zumal er ihr half, das letzte Fünkchen Hoffnung zu bewahren. Sie brauchte etwas, woran sie glauben konnte, etwas, das sie aus dieser immer gleichen Vorhölle herausführte. Und das konnte es sein.

»Also gut, Maksim, machen wir uns morgen auf den Weg.«

***

Bei Sonnenaufgang marschierten sie die Gleise entlang nach Westen. Maksim trug den Koffer mit ihren Habseligkeiten. Selbst Nadja ging zu Fuß. Vika hielt ihre Hand, damit sie nicht über die Schwellen stolperte. Bohdan hüpfte voraus. Irgendwie schien das alles ein Abenteuer für ihn zu sein. Und Sofia schaute immer wieder nach hinten zur aufgehenden Sonne, zur Ukraine. Vika verstand das nur allzu gut. Sie verließen alles und nichts zugleich.

Am Lagereingang biss Vika sich vor Scham auf die Lippen, als sie entlaust und ihre Kinder als »unterernährt« bezeichnet wurden. Sie hatte alles in ihrer Macht Stehende getan, um ihre Familie zu beschützen und für sie zu sorgen, aber es hätte nie genügt. *Sie* hatte nicht genügt.

»Sag das nicht«, flüsterte ihr Maksim ins Ohr, als Vika an diesem Abend in ihrem neuen Bett in der Gemeinschaftsbaracke weinte. Nur ein Laken trennte sie von der nächsten Familie, und Vika tat ihr Bestes, um nur leise zu schluchzen. »Wir haben sie gerettet, Vika«, fuhr Maksim fort. »Das ist der Anfang unseres neuen Lebens, und wer weiß, wo uns das hinführen wird? Wir müssen positiv bleiben.«

Sie hätte nie gedacht, dass ihr eigenes Versagensgefühl angesichts von so viel Freundlichkeit sich derart heftig Bahn brechen würde. Die Schüsseln mit heißer Suppe und die dicken Scheiben Brot, die sie im Lager bekamen, trieben ihr die Tränen in die Augen, und sie hatten auch noch sauberes Bettzeug und ein festes Dach über dem Kopf. In den fast anderthalb Jahren seit Beginn ihrer Flucht hatte sie sich nie Zeit genommen, um ihre Verluste zu betrauern, doch jetzt konnte sie nicht mehr damit aufhören.

»Glaubst du, dass es ihnen hier gut geht? Unseren Kindern, meine ich?«, fragte sie.

»Natürlich wird es das«, antwortete Maksim. »Bohdan hat sich schon mit ein paar Jungs aus den Baracken angefreundet. Ich habe gesehen, wie sie draußen auf dem Feld mit dem Ball gespielt haben. Ist dir eigentlich bewusst, dass wir hier so sicher sind wie schon seit sechs Jahren nicht mehr? Seit Kriegsbeginn? Sicherer als in unserem eigenen Heim?«

»Du hast recht.« Vika nickte langsam, als es auch ihr bewusst wurde. »Es ist nur so lange her, seit ich mich zum letzten Mal entspannt habe. Seit ich zum letzten Mal keine Angst haben musste, Soldaten könnten meine Kinder töten oder mitnehmen. Ich weiß gar nicht mehr, wie das ist, keine Sorgen zu haben. Bohdan und Sofia kennen fast nichts anderes als Krieg, und Nadja erinnert sich noch nicht einmal an unsere Heimat.«

»Und jetzt werden sie eine neue Art zu leben lernen, genau wie wir. Du wirst schon sehen.« Maksim nahm Vikas Hand und drückte sie an die Lippen. »Wir fangen noch einmal ganz neu an.«

49

LILIJA

Juli 1945, DP-Lager Bamberg

»Name?«

»Lilija Jaroslavivna Schumska.« Die Worte schabten wie rostige Nägel in ihrem wunden Hals.

Die uniformierte Frau mit ihrem leicht gelockten Haar, das ein glattes, junges Gesicht umrahmte, setzte einen Haken auf einem Formular und machte weiter. »Nationalität?«

»Ukrainisch.«

Die Frau schürzte die frisch geschminkten Lippen. »Sowjetisch-Ukrainisch oder Polnisch-Ukrainisch?«

Wut kochte in Lilija hoch, und sie hielt kurz inne, um sich im Zaum zu halten. »Warum kann ich nicht einfach ukrainisch sein?«

»Tut mir leid, aber ich muss wissen, wo genau Sie geboren sind.«

Lilija schloss die Augen und stellte sich die Mohnblumen im Hof des kleinen Hauses vor, in dem sie erst mit ihren Eltern und dann mit Maksim und Vika gelebt hatte. Wie sah es jetzt wohl aus? Hatten die Sowjets es niedergebrannt? Die Deutschen? Vielleicht die Polen oder die Ukrainer?

»Maky. Wolhynien. Polen.« Lilija schluckte ihre Trauer herunter.

Der Stift der Frau kratzte über das Papier. »Dann werde ich Sie als Polnisch-Ukrainisch eintragen.«

Lilija musste plötzlich lachen und erschreckte damit nicht nur die unwissende Frau, sondern auch sich selbst; aber was für eine Ironie, dass sie jetzt nicht mehr nur Ukrainerin, sondern auch Polin war. Vielleicht war es ja besser so. Vielleicht hätten sie sich schon längst vereinigen sollen, anstatt gegeneinander zu kämpfen. Dann hätten sie sich womöglich auch besser gegen die Deutschen und die Sowjets verteidigen können, die ihnen ihr Land rauben wollten.

»Ich bin weder Polin noch Sowjetbürgerin. Ich bin Ukrainerin.«

Die Frau versteifte sich. »Das verstehe ich, aber da die Ukraine kein eigener Staat ist, interessiert uns nur, wo Sie geboren sind, nicht, wie Sie sich ethnisch selbst sehen.«

Wie ich mich selbst sehe? Früher einmal hätte diese Frage Lilija zum Nachdenken angeregt. Tochter. Cousine. Freundin. Gelehrte. Künstlerin. Doch all diese Dinge hatte man ihr eins nach dem anderen genommen. Einige hatte Stalin ihr genommen, andere Hitler und wieder andere vermeintliche Freunde und Nachbarn. Was machte das jetzt aus ihr?

Und was zählte das überhaupt noch? Sie würde nie wieder dieses Mädchen sein.

»Ich bin Ukrainerin, und als solche betrachte ich mich auch. Aber wenn Sie das nicht schreiben können, dann tragen Sie Ukrainisch-Polnisch ein«, sagte Lilija.

Die Frau seufzte. »Sie haben also vor 1939 nicht auf sowjetischem Territorium gelebt, korrekt?«

»Warum?«

»Wenn Sie vor 1939 auf sowjetischem Territorium gelebt haben, müssen wir Sie wieder in die UdSSR zurückschicken.«

Lilija sog zischend die Luft ein. Zurückgehen? Wohin denn? In ihr dezimiertes Dorf? In ein Meer von Tod und Verlust?

Nach Hause.

Vielleicht würde sie eines Tages tatsächlich wieder zurückkehren und für die Ukraine kämpfen, aber wenn, dann aus eigenem Antrieb, nicht auf Befehl der Sowjets.

»Ich bin in der West-Ukraine geboren. Wo die Polen geherrscht haben.« Das war die Wahrheit, doch beweisen konnte Lilija das nicht. Ihre Papiere waren schon vor langer Zeit verloren gegangen. »Was müssen Sie sonst noch wissen?«

Die Frau musterte Lilija, als überlege sie, wie weit sie sie unter Druck setzen sollte. Dann schaute sie wieder auf ihr Formular und setzte die Befragung kurz und knapp fort.

»Religion?«

»Orthodox.«

»Sprachen nach dem Grad der Beherrschung?«

»Ukrainisch, Polnisch, Russisch, Deutsch.«

»Namen der Eltern?«

Und so gingen die Fragen immer weiter, und Lilija antwortete. Kleine Stücke ihrer Vergangenheit krochen aus ihren Erinnerungen und wurden in eine leere Welt gespien, jedes einzelne ein vergifteter Dorn voller Trauer.

Lilija starrte auf ihre Hände. Sie waren stark, aber sie zitterten. Und sie waren vernarbt, doch neues Fleisch wuchs aus den Brandwunden. Ein Symbol ihres Lebens. Ein Fenster in ihre geschundene Seele, durch das sie noch nicht schauen wollte. Lilija verschränkte die zitternden Finger.

Zusammen.

Sie hatte Halya und Slavko versprochen, dass sie zusammenbleiben und gemeinsam überleben würden. Sie hatte Filip versprochen, dass sie sich wiedersehen würden.

Die Frau klopfte mit ihrem Stift auf das Papier und überflog noch mal die Einträge. Dann sprach sie die Frage aus, die sie erst einmal zurückgestellt hatte. Mitleid zeigte sich auf ihrem Gesicht.

»Haben Sie hier Familie?«

Das war der letzte Schlag für Lilijas fragiles Selbstbewusstsein. Nur mühsam würgte sie die Antwort heraus, und die Worte verbrannten sie genauso stark wie die Feuer, gegen die sie in Dresden gekämpft hatte.

»Nein. Ich bin allein.«

50

VIKA

Oktober 1945, DP-Lager Neumarkt

Nach ein paar Monaten im Lager, mit ordentlichen Mahlzeiten und einem Dach über den Kopf, hatten Sofia, Bohdan und Nadja endlich wieder ein wenig Fleisch auf den Knochen und ein Lächeln auf dem Gesicht. Doch jetzt war eine neue Bedrohung aufgetaucht.

Vika zog ihre Kinder an sich, als ukrainische Männer sich um den Wagen mit den sowjetischen Soldaten drängten, die für die Repatriierung verantwortlich waren. Sie packten das Auto, warfen es hin und her und brüllten dabei: »Wir werden nie mehr zurückgehen!«, und »Ich würde lieber sterben, als wieder unter Stalin zu leben!« Das hörte erst auf, als die Lagerpolizei sie auseinandertrieb.

Die Sowjets stiegen aus, und ihre Blicke bohrten sich wie Dolche in die Masse der wütenden Ukrainer, die noch immer brüllten und die Fäuste schüttelten. Kurz besprachen sich die Russen mit dem Lagerleiter, dann stiegen sie wieder ein und fuhren weg.

Vika wusste, dass die Sache damit noch nicht erledigt war. Die Sowjets würden zurückkommen und sich wie Schlangen unter die Menge mischen. Sie würden ihre Lügen verbreiten und alles tun, um die Menschen unter Stalins brutales Joch zu locken. Glücklicherweise konnten die Sowjets hier im Lager nicht ihre üblichen brutalen Methoden anwenden, und die Flüchtlinge wussten das.

Vika hatte gehört, dass eine Gruppe von Ukrainern und Polen beim letzten Besuch der Sowjets einen der Russen allein und außerhalb des Lagers erwischt und vereint in ihrem Hass fast zu Tode geprügelt hatten. Niemand war dafür bestraft worden, aber inzwischen erschienen die Sowjets nur noch in Gruppen.

»Kommt, Kinder. Wir müssen zurück in unser Zimmer. Euer Vater wartet sicher schon, und wir müssen uns vorbereiten.«

Morgen würden sie in einen Zug steigen und in ein anderes Lager fahren, in Aschaffenburg. Die UNRRA, die United Nations Relief and Rehabilitation Administration, die für die Lager verantwortlich war und Millionen von Heimatlosen betreuen musste, verlegte ständig Menschen in andere Lager, vor allem Familien, damit sie es sich nicht zu bequem machten. Diese Hilfs- und Wiederaufbauorganisation hoffte, die Flüchtlinge wieder in ihre jeweilige Heimat zurückführen zu können, doch für die große Mehrheit gab es keine Heimat mehr, wohin sie hätten zurückkehren können. Ihre Länder waren entweder zerstört, oder aber sie hatten Angst vor der Bestrafung durch die sowjetischen Behörden.

Flüchtlinge meldeten sich auch freiwillig, verlegt zu werden, denn viele suchten noch immer verzweifelt nach vermissten Familienmitgliedern, doch Vika und Maksim hatten nicht um eine Verlegung gebeten. Allerdings hoffte Vika, dass sie in Aschaffenburg mehr Platz und Privatsphäre haben würden als hier.

Sofia, Bohdan und Nadja folgten ihr auf dem Weg zurück zu ihrem »Zimmer«, das eigentlich nur vier Bettlaken als Wände hatte und zwei Betten. Es lag in einem riesigen Raum, den sie sich mit anderen Flüchtlingen teilen mussten. Mitten zwischen den Wohnbaracken stand ein Gebäude mit Latrinen, und alle bekamen ihr Essen in einer Kantine weiter die Lagerstraße hinunter. Es war ein schwieriges Leben als Nomaden, doch die wenigen Monate, die sie hier verbracht hatten, waren so ruhig und stabil gewesen wie schon lange nicht mehr. Die Kinder gingen sogar in eine Schule, die von ein paar ukrainischen Lehrern aufgebaut worden war. In einer der offenen Hallen fanden Gottesdienste statt, und vor Kurzem hatte eine kleine Gruppe auch mit dem Druck einer ukrainischen Zeitung begonnen.

»Oh! Verzeihung!« Eine müde aussehende Frau, ungefähr in Vikas Alter, entschuldigte sich, als sie rückwärts gegen Sofia stieß und sich umdrehte. Sie hatte gerade die Wand abgesucht, an der Zettel mit den Namen und Dörfern von vermissten Familienmitgliedern hingen. Vika wusste das, weil auch sie vor zwei Wochen solche Zettel für Slavko und Lilija ausgefüllt hatte, als sie sich beim Roten Kreuz registriert hatte. Sie hatte den Stift so hart in das kleine Stück Papier gepresst, dass er dreimal abgebrochen war. Jedes Mal hatte sie ihn dann mit einem Messer gespitzt und weitergeschrieben.

Stanislav Maksimovitsch Melnytschuk
Alter: 16
Maky, Wolhynien, Polen-Ukraine

Lilija Jaroslavivna Schumska
Alter: 19
Maky, Wolhynien, Polen-Ukraine

Die Frau starrte Sofia an. Dann sog sie zitternd die Luft ein und zwang sich zu einem Lächeln. »Tut mir leid«, entschuldigte sie sich erneut. »Ich wollte nicht unhöflich sein. Meine Tochter müsste ungefähr genauso alt sein wie du, glaube ich, und ich sehe sie in jedem Mädchen, das mir über den Weg läuft. Dabei weiß ich tief in meinem Inneren, dass es sinnlos ist. Man hat uns gesagt, sie sei bei einem Bombenangriff umgekommen. Ich schaue trotzdem immer weiter nach, weil ich muss. Das verstehst du doch, oder? Nicht, dass ich etwas erwarten würde.«

Mitgefühl und der Umstand, dass sie ganz genau wusste, wie die Frau empfand, ließen Vika vortreten. Sie legte der Fremden die Hand auf den Arm. »Natürlich verstehen wir das. Ich suche auch nach meinem Sohn. Ich wünsche Ihnen viel Glück bei Ihrer Suche ...«

»Katja.« Die Frau lächelte traurig und legte die Hand auf Vikas. »Mein Name ist Katja. Und das wünsche ich Ihnen auch.«

51

LILIJA

November 1945, DP-Lager Bamberg

Der Mann humpelte und zog das linke Bein nach. Lilija beobachtete ihn verstohlen, als er an ihr vorbeischlurfte. Er hatte Gewicht verloren. Seine Wangen waren eingefallen, und seine einst breiten Schultern hingen herab. Aber er war deutlich zu erkennen.

»Oleksy!« In einer Mischung aus Lachen und Weinen brach sein Name aus ihr heraus.

Oleksy erstarrte. Langsam drehte er den Kopf zu Lilija, die neben ihrer Baracke auf einer Bank hockte.

»Lilija?« Seine Stimme klang ungewohnt rau, und er riss die Augen auf. »Bist du das wirklich?« Sekunden später war er bei ihr und schlang die Arme um sie, während sie sich auf die Zehenspitzen stellte, um ihn auf die Wange zu küssen.

»Ich hätte nie geglaubt, dich wiederzusehen«, murmelte er in ihr Haar.

»Wie bist du hierhergekommen?«, fragte Lilija und löste sich von ihm, um ihn genauer zu betrachten. Oleksy hatte eine üble Narbe auf der Wange, und sie spürte, wie seine Hände in ihrem Rücken zitterten.

»Als die Deutschen sich zurückzogen, haben sie mich geschnappt«, erzählte er. »Bei unserem letzten Gefecht mit ihnen. Sie haben mich nach Auschwitz geschickt.«

»Oh, Oleksy«, keuchte Lilija. »Wie hast du überlebt?«

Oleksy lachte verbittert. »Mit Glück nehme ich an. Wir haben dort viele gute Männer von der UPA verloren, aber der Kampf geht weiter.«

»Wovon redest du da?« Lilija schüttelte den Kopf. »Wieso willst du weiterkämpfen?«

Wut funkelte in Oleksys Augen. »Was können wir denn sonst tun? In der Ukraine herrschen die Sowjets. Die Deutschen sind weg, aber unser alte Feind besetzt ein weiteres Mal unser Land. Wir müssen kämpfen.«

»Du willst also zurück?«

»Ich muss.«

»Mit den Sowjets an der Macht ist das gefährlicher denn je«, sagte Lilija.

Oleksy schüttelte den Kopf. »Das ist mir egal. Ich würde eher für die Ukraine sterben, als sie kampflos aufzugeben, und ich lebe noch.«

»Aber das ist deine Chance! Du könntest weiterziehen. Hör auf zu kämpfen, und führ ein normales Leben.«

»Nach allem, was ich gesehen habe, kann ich das nicht mehr. All die Dinge, die ich getan habe ...« Er ließ den Kopf hängen. »Ich bin ein gebrochener Mann.«

»Wir sind alle gebrochen, Oleksy.« Lilija strich ihm mit der Hand über die Wange und hob sein Kinn. »Jetzt haben wir die Chance, wieder zu heilen.«

»Ich glaube nicht, dass ich je heilen werde«, sagte er. Er drückte ihre Hand an sein Gesicht; dann küsste er sie in die Handfläche. »Ich habe meinen Frieden damit gemacht ... damit und mit der Tatsache, dass ich dich verloren habe.«

Er ließ ihre Hand wieder los, und Lilija nahm sie herunter. Trauer keimte in ihr auf. Sie hatte Oleksy nie so geliebt, wie er es sich gewünscht hatte, aber geliebt hatte sie ihn.

»Bist du mit jemandem hier?«, fragte er.

»Nein«, antwortete Lilija. »Slavko und ich sind in Dresden getrennt worden. Ich habe aber eine Frau aus unserem Dorf getroffen, und die hat mir gesagt, dass Vika und Maksim hier waren.«

Oleksy nickte. »Das stimmt. Sie sind geflohen, bevor die Roten kamen. Das war die richtige Entscheidung. Ihr Haus … *Dein* Haus gibt es nicht mehr.«

Lilija empfand einen überraschenden Schmerz. Ihr Heim. Der letzte Ort, an dem sie mit ihren Eltern und ihrem Bruder gelebt hatte, war verschwunden, ein weiteres Opfer dieses Krieges. »Was ist damit passiert?«

»Die Front kam im Dorf für eine Weile zum Stillstand. Die meisten Häuser sind bei den Kämpfen zerstört worden.«

»Das war's dann also. Es gibt nichts mehr, wohin ich zurückkehren könnte.«

»Die Ukraine ist noch da«, sagte Oleksy. »Und ich werde auch da sein, in einem Bunker leben und weiter mit der UPA für eine freie Ukraine kämpfen.«

»Aber meine Familie ist fort. Mein Zuhause ist zerstört. Die Ukraine lebt in meinem Herzen, Oleksy, und das wird auch immer so sein. Aber ich muss weiterziehen. Ich muss mir ein neues Leben aufbauen, fernab von diesem Krieg.«

Oleksy schenkte ihr ein trauriges Lächeln. »Und was wirst du jetzt tun?«

»Ich denke darüber nach, mir ein neues Heim in einem neuen Land zu suchen, weit weg von hier. Vielleicht in Amerika. Ich muss Dinge tun, die ich mir selbst und meinen Eltern versprochen habe, aber erst mal muss ich weitersuchen. Ich habe Menschen versprochen, ihnen zu helfen, und ich habe sie verloren.«

»Und wenn sie tot sind? Oder wenn du sie nicht findest?«

Lilija nahm seine Hand und verschränkte die Finger mit seinen. »Dann werde ich mich selbst finden.«

»Erinnerst du dich noch daran, wie ich dir diesen besonderen Stift in den Weidenbaum gelegt habe?«

»Natürlich. Das war eines der schönsten Geschenke, das ich je bekommen habe. Du musst Monate gespart haben dafür.«

Oleksy nickte. »Du hast damit ein Bild von mir gezeichnet.«

»Ja, und du hast mich gebeten, mich selbst auch auf das Bild zu zeichnen, und das habe ich auch getan.«

Oleksy griff in die Tasche und holte ein vergilbtes Blatt Papier heraus. Vorsichtig entfaltete er es. »Ich habe das all die Jahre bei mir getragen. Die Ukraine lebt auch in meinem Herzen, Lilija, aber du warst immer meine Seele.«

52

Lilija

April 1947, DP-Lager Wildflecken

Lilija starrte an die Wand. Ihr schmales Bett drückte in ihren steifen Rücken. Das Lager von Wildflecken, das in den letzten Monaten ihre Heimat war, unterschied sich im Wesentlichen nicht von all den anderen, in denen sie gelebt hatte. Bamberg, Regensburg, Neumarkt. Die Namen verschwammen ineinander, während sie von einem zum anderen zog, immer auf der Suche und immer mit der Sehnsucht, eine Spur von ihrer Familie zu finden.

Lilija hatte schon lange die Hoffnung aufgegeben, dass Halya, Slavko und Filip das Inferno von Dresden überlebt haben könnten. Sie wusste ja noch nicht einmal, wie sie selbst den Feuersturm überlebt hatte. Nachdem sie Oleksy wiedergetroffen hatte, war für lange Zeit wieder ein winziger Funken Hoffnung in Lilija entbrannt, Vika, Maksim und die Kinder doch noch zu finden. Dazu kam, dass um sie herum ständig Familien wiedervereint wurden. Vermisste Ehemänner kehrten heim, und Ostarbeiter fanden ihre Familien wieder. So schaute auch Lilija jeden Tag auf die Wand, folgte jedem Gerücht, das ihr zu Ohren kam, und wechselte, sooft es ging, das Lager.

Aber als aus Monaten Jahre wurden, erlosch dieser Funke wieder. Immer seltener weckte er sie morgens auf und trieb sie dazu, weiter nach Antworten zu suchen. Mehr und mehr starb er in den dunklen Schatten der Verzweiflung.

Spät in der Nacht, wenn sie nicht schlafen konnte, fragte Lilija sich, ob es wohl ein Fehler gewesen war, Oleksy nicht nachdrücklicher zu drängen, bei ihr zu bleiben. Vielleicht hätte sie ihn ja anlügen und ihm sagen sollen, dass sie ihn liebe. Schließlich hatte er das immer gewollt. Dann wäre er vielleicht bei ihr geblieben, in der Sicherheit des Lagers, anstatt wieder in die Ukraine zurückzukehren und gegen die Sowjets zu kämpfen.

Soweit Lilija wusste, war er inzwischen tot, genau wie alle anderen aus ihrer Vergangenheit auch.

So konnte es nicht ewig weitergehen. Schon bald würde sie eine Entscheidung treffen müssen: ihre Suche fortsetzen oder einen Antrag einreichen, um in ein anderes Land reisen zu können. Auswandern und ein neues Leben beginnen oder sich weiter an die Vergangenheit klammern.

»Lilija! Bist du da?« Die Stimme einer Frau riss Lilija aus ihren Gedanken und hallte durch den großen Raum, der den Frauen als Schlafsaal diente. Lilija rollte sich herum und zog das Laken beiseite, mit dem sie ihr Bett vor fremden Blicken geschützt hatte.

»Was willst du, Jaroslava?«

Jaroslava, Lilijas alte Nachbarin aus Maky, hatte gesehen, wie Vika und Maksim ihr Dorf verlassen hatten und vor der Roten Armee geflohen waren. Irgendwie war es Jaroslava dann gelungen, ihre eigene Familie beisammenzuhalten und Lilija hier im Chaos der DP-Lager zu finden. Warum konnte sie da nicht auch ihr eigen Fleisch und Blut finden? Jedes Mal, wenn Lilija darüber nachdachte, bebte sie vor Wut. Natürlich war das nicht Jaroslavas Schuld. Trotzdem hasste Lilija sie dafür.

Hass. Das Gefühl, das Lilija schneller empfand als alle anderen. Sie hasste es, jeden Tag allein aufzuwachen. Sie hasste die mitleidigen Blicke, die Jaroslava und die anderen Frauen in der

Baracke ihr zuwarfen. Sie hasste das Gefühl der Hilflosigkeit, weil sie in diesen Lagern festsaß und es der UNRRA und dem Roten Kreuz überlassen musste, ihre Familie zu finden. Sie hasste die Wand mit all den Namen und Adressen, die Menschen auf Zettel gekritzelt hatten, denn keiner dieser Zettel war je für sie.

Die Wut, einst ihr ständiger Begleiter, verblasste durch Hass, der Lilija langsam in ein verbittertes, altes Weib verwandelte. Wie eine giftige Ranke wucherte er um ihr Herz.

Lilijas einziger Trost war die Bildung, die sie von Flüchtlingsprofessoren und anderen Gelehrten bekam, die eine Schule und auch höhere Bildung für junge Erwachsene organisiert hatten. Im Chaos der DP-Lager studierte Lilija Biologie, Kunst und Ornithologie, all die Fächer, von denen sie vor dem Krieg geträumt hatte. Dazu kamen noch weitere Fachbereiche, um ihr eine gute Allgemeinbildung zu vermitteln, ganz so, wie es an der Universität üblich war. Doch auch wenn diese Kurse ihr eine Zuflucht boten, einen Platz, wo sie all ihre Sorgen vergessen konnte, so schwärte der Hass doch weiter in ihr, und kaum hatte sie die Lehrbücher geschlossen, da brach er wieder hervor.

»Dein Name steht auf der Liste.« Jaroslava zog den Vorhang zurück und ließ das Sonnenlicht herein.

Lilija blinzelte und schützte die Augen mit der Hand. »Was für eine Liste?«

»Sie verlegen eine Gruppe nach Aschaffenburg. Das ist eines der größten Camps in der Gegend hier. Dort könnte auch deine Familie sein.«

Lilija hörte die hoffnungsvolle Aufregung in Jaroslavas Stimme, und am liebsten hätte sie ihr eine Ohrfeige verpasst. Früher einmal hatte auch sie diese Hoffnung gehegt, diesen idealistischen Traum von ihrer Zukunft in diesem postapokalyptischen Kriegsgebiet, jetzt jedoch nicht mehr. Die Realität und die Tatsache, dass sie schon fast ein halbes Dutzend Lager durchkämmt hatte, hatten auch den letzten Rest Hoffnung zerstört, den sie vielleicht mal gehabt hatte.

»Und ich habe dir auch das hier gebracht.« Jaroslava legte ein Buch aufs Bett und lächelte Lilija an. »Gedichte aus unserer Heimat!«

Lilija starrte auf den Gedichtband von Lesja Ukrainka. Dann schlug sie das Buch auf der Seite mit dem bekanntesten Gedicht auf. Es war das Gedicht, das Halya zitiert hatte, als sie sich in der Fabrik unter einer Decke aneinandergeschmiegt hatten, und Lilija schnappte nach Luft: *Wider alle Hoffnung hoffen wir.*

Die Worte verschwammen vor ihren Augen, und Lilija klappte das Buch zu. Sie konnte nicht weiterlesen. Wie groß war die Chance, dass ausgerechnet dieses Buch jetzt hier auftauchte? War das ein Zeichen? Vielleicht hatte sie ja zu schnell aufgegeben.

»Du musst dich vorbereiten«, sagte Jaroslava. »Sie könnten dort sein.«

Der winzige Hoffnungsfunke war doch noch nicht tot. Langsam, ganz langsam erwachte er wieder zum Leben, und Lilija nickte. Ja, vielleicht. Nach all der Zeit könnte es sein.

53

LILIJA

Mai 1947, DP-Lager Aschaffenburg

Aschaffenburg überwältigte Lilija. Es war bei Weitem das größte Camp, das sie je gesehen hatte. Es war ein rein ukrainisches Lager, und es brodelte hier nur so von Leben und Kultur. Es gab Zeitungen und Flugblätter, alle mit kyrillischen Buchstaben, die Zeiten für Gottesdienste, Tanzabende und Gemeinschaftstreffen verkündeten. Hier am Main war ein wahrer Mikrokosmos ukrainischer Kultur entstanden.

Bei ihrer Aufnahme beantwortete Lilija die Fragen und unterschrieb alles, was nötig war. Als die Frau, die sich Lilija als Margaret vorstellte, fragte, ob sie nach jemandem suche, nannte Lilija ihr die Namen ihrer Familie. Sie rezitierte sie wie ein Mantra.

Viktoria. Maksim. Stanislav. Sofia. Bohdan. Nadja. Halyna. Filip.

Die letzten beiden waren zwar nicht wirklich blutsverwandt, aber sie gehörten dennoch zur Familie.

»Ich werde mal meine Akten durchsehen und schauen, was ich finden kann. Kommen Sie morgen wieder«, sagte Margaret.

Lilija zwang sich zu einem Nicken. Sie hatte dieses Versprechen auch früher schon gehört, aber es hatte nie etwas gebracht. Trotzdem würde sie morgen herkommen und übermorgen und überübermorgen und jeden Tag, bis Margaret sie leid werden und wegschicken würde. Die Wahrheit war, diese armen Lagerbeamten hatten es mit einer beispiellosen humanitären Krise zu tun. Sie taten, was sie konnten, und vereinten Familien, wann immer es ging. Vor allem aber zerbrachen sie sich die Köpfe darüber, wie sie diese Masse von Menschen versorgen und Länder finden sollten, die bereit waren, all diese verlorenen Seelen aufzunehmen.

Auf dem Weg zu ihrer Baracke kam Lilija an einem offenen Feld vorbei, auf dem Kinder mit einem Ball spielten. Sie lachten und rannten herum. Sie starrte sie an und versuchte, sich daran zu erinnern, wann sie zum letzten Mal solch unbändige Freude gesehen hatte. Daneben stand eine große Baracke, die als Laden diente. Eine Frau, die gerade vorbeikam, sah Lilijas Staunen und erklärte ihr auf Ukrainisch, falls sie neue Kleider brauche, solle sie da reingehen und welche anprobieren. »Das sind alles internationale Spenden. Und sie kosten auch nichts.«

Die Frau lief weiter, bevor Lilija sie noch etwas fragen konnte, und Lilija ging zu ihrem Zimmer in einer anderen Baracke. Es lag an einem langen Gang mit einem Herd an einem und einem Badezimmer am anderen Ende. Neben Lilija waren noch sechs weitere alleinstehende Frauen darin untergebracht. Ein paar Betten waren mit Laken abgetrennt, um ein Mindestmaß an Privatsphäre zu schaffen. Am Fuß von Lilijas Bett lag ein Stapel frisches Bettzeug, und sie setzte sich daneben. Nicht zum ersten Mal wünschte sie sich, sie hätte noch Filips Nachtigall, um sich an ihn zu erinnern.

Sie legte den Kopf auf das Kissen und drückte sich den Gedichtband an die Brust. Würde dieses Camp wirklich anders sein? Oder war es nur eine andere Geschmacksrichtung desselben Essens, schon lange verfault und verdorben genau wie die Speisen, die sie im Krieg hatte essen müssen?

Als sie einschlief, hatte sie nur einen klaren Gedanken im

Kopf: Sie durfte nicht zulassen, dass der winzige Hoffnungsfunke wuchs, denn sie würde es nicht ertragen, wenn er wieder erlosch.

***

Margaret schaute nicht von den Papieren auf, während sie sie durchblätterte. Dann hielt sie inne und las. Mit ihrem seltsamen amerikanischen Akzent sagte sie: »Da ist es ja. Ich habe hier einen Maksim Melnytschuk, eine Viktoria Melnytschuk und ihre Kinder. Alle stammen aus Maky, Polen.« Sie hob den Kopf. »Sind das die, die Sie suchen?«

Lilija hatte einen Kloß im Hals. Sie konnte kaum sprechen, sondern streckte einfach die Hand aus. Schließlich stotterte sie. »B… bitte.«

Margaret gab ihr das Dokument und beugte sich vor, um ihr die Namen zu zeigen. Sie waren in lateinischen Buchstaben geschrieben. »Können Sie das lesen? Da stehen sie.« Ihr Finger fuhr über jeden einzelnen Namen, und Lilijas Blick folgte ihr. Vor lauter Tränen sah sie alles nur verschwommen.

»Gibt es da auch einen Slavko?«, fragte Lilija. »Einen Stanislav?«

Margaret nahm ihr das Dokument wieder ab und überflog es. »Nein. Kein Stanislav. Aber da sind eine Sofia, ein Bohdan und eine Nadja.«

Sie haben überlebt. Und sie sind hier.

Lilija schluckte und stand auf. »Wann kann ich sie sehen?«

Margaret erhob sich ebenfalls. »Wenn Sie wollen, bringe ich Sie direkt hin.«

»Bitte«, sagte Lilija. Ihre Gedanken überschlugen sich. Das war alles, worauf sie gehofft hatte, alles, wovon sie geträumt hatte, und nun war es wirklich so weit.

Es war irgendwie irreal.

»Das ist es, was ich an meiner Arbeit liebe«, sagte Margaret über die Schulter hinweg und lächelte. Sie bot Lilija den Ellbogen an. »Und jetzt kommen Sie. Kein Grund zu warten.«

Lilija wollte sich kneifen, vor Freude schreien, doch sie drückte fest die Lippen aufeinander und ging stumm mit Margaret mit. Was, wenn sie sich irrte? Was, wenn es die falsche Familie war?

Die Essensausgabe hatte bereits begonnen, und sie kamen an Frauen vorbei, die Suppe in Kochgeschirr aus der Kantine zu ihren eigenen Öfen in den Baracken trugen. Dort würden sie noch eine Extraportion Fleisch in die Brühe geben, Fleisch, das sie sich auf dem Schwarzmarkt besorgt hatten, dazu Gemüse aus den kleinen Gärten im Lager.

Sie betraten eine dreistöckige Baracke am anderen Ende des großen, offenen Feldes und stiegen zwei Treppen hinauf. Margaret ging einen langen Flur hinunter und blieb dann kurz stehen, um noch einmal in ihren Papieren nachzusehen. Dann klopfte sie laut an eine Tür. Sie lächelte Lilija breit an.

»Sind Sie bereit?«

Wie konnte sie nur solche Angst haben und sich zugleich wünschen, die Tür einfach aufzustoßen? Lilija verknotete die Finger und nickte.

Ein Mann öffnete die Tür, und der Geruch von gekochtem Kohl und nasser Wäsche wehte heraus.

»Kann ich Ihnen behilflich sein?«

Lilija verließ der Mut. Sie kannte ihn nicht. Es *war* ein Fehler. Das war nicht ihre Familie.

Doch Margaret gab nicht so einfach auf. »Ich suche nach Maksim und Viktoria Melnytschuk.«

Der Mann zog die Tür auf und winkte sie in den kleinen Raum. »Ja, sie teilen sich das Zimmer mit uns. Kommen Sie rein.«

Der Raum war in drei Bereiche unterteilt. Zwei davon waren

mit Laken abgetrennt und der größte Teil in der Mitte war frei. Dort stand auch ein Tisch mit einer langen Wäscheleine dahinter. Auf den Stühlen hatte sich gerade eine große Gruppe zum Abendessen versammelt. Ein Dutzend Gesichter starrten die Besucher an.

»Lilija!« Sofias Stimme war die lauteste und ihre Füße die schnellsten, als sie sich Lilija in die Arme warf. »Wo warst du nur?«

Das Gleiche wiederholte sich gleich mehrmals, von Bohdan zu Maksim bis zu Vika. Nachdem Lilija alle umarmt und sich die Tränen aus den Augen gewischt hatte, sah sie, dass Margaret verschwunden war, und an ihrer Stelle stand jemand anderes in der Tür.

Sein dunkles, welliges Haar, inzwischen gut frisiert, lockte sich um ein deutlich schmaleres Gesicht. Sein Mund stand offen, und der Laib Brot, den er sich an die Brust gedrückt hatte, sank langsam mit dem Arm nach unten. Sofia sprang sofort vor, um das Brot aufzufangen, bevor es auf den Boden fallen konnte. Schweigen senkte sich über den Raum, und alle schauten zu.

Lilija trat unsicher einen Schritt vor. Am liebsten hätte sie sich ihm in die Arme geworfen, aber sie hatte Angst, dass er sie vergessen hatte, dass seine Freundin oder gar seine Frau hinter ihm wartete. Ihr schlug das Herz bis zum Hals, und sie lächelte zitternd.

»Hallo, Filip.«

Ihre Worte holten ihn aus seiner Trance, und er trat vor. Seine rauen Hände schlossen sich um ihre Wangen und fuhren ihr durchs Haar, als er ihren Kopf nach hinten drückte und sie küsste, mitten auf den Mund und vor aller Augen. Die Kinder johlten, doch für Lilija verschwand die Welt. Sie fühlte nur Filip. Seine Lippen, seine Hände, den drängenden Druck seines harten Körpers. Sein Kuss riss sie von den Beinen, füllte die Leere in ihrer Seele und vertrieb jeden Rest von Zweifel und Sorge.

Als sie sich schließlich wieder voneinander lösten, explodierte der Raum förmlich vor Jubel. Filip nahm Lilija auf die Arme und wirbelte sie herum. Und sie schlang die Arme um ihn, so wie sie es auch an jenem Tag vor langer Zeit getan hatte, als er sie mit aufs Pferd genommen hatte, aber diesmal ließ sie nicht mehr los.

***

Lilija blätterte durch eines ihrer alten Skizzenbücher. Genau wie sie war es – sicher verwahrt in Vikas Sachen – fast über den ganzen Kontinent gereist und öffnete ein Fenster zu einem Leben, das Lilija kaum noch erkannte. Ihre Kindheitsträume – sorgfältig gezeichnet in Bildern von Vögeln, anderen Tieren und den Gesichtern der Menschen, die sie geliebt hatte – waren nur noch ein Monument für alles, was sie verloren hatte, kein Zeugnis ihres Talents. Ihr neues Skizzenbuch, die Fortsetzung von dem, das ihr der alte Künstler im Lager gegeben hatte, zeigte eine andere Sicht auf das Leben. Die Striche waren härter, die Schönheit rau. Es waren Bilder von verrußten Tauben auf ausgebombten Gebäuden und von einer Mutter, die ihr krankes Kind in einem improvisierten Flüchtlingslager in den Armen hielt. Ihre jetzigen Arbeiten waren nicht nur eine erlösende Befreiung für sie, sie dokumentierten auch den wahren Schrecken dieses Krieges. Lilija hatte in den DP-Lagern Kurse belegt, um die Wünsche ihrer Eltern und ihre eigenen zu erfüllen, doch inzwischen wusste sie nicht mehr, was sie wirklich wollte.

»Ich kann nicht fassen, dass ihr meine alten Skizzenbücher mitgebracht habt«, sagte Lilija. »Danke, Vika!«

»Ich habe fest daran geglaubt, dass wir uns wiedersehen, und ich wusste doch, dass du sie bestimmt haben willst.« Vika rang die Hände und senkte die Stimme. »Lilija. Du hast uns erzählt, wie du Slavko in Dresden verloren hast, aber ich will mehr wissen.

Wie war sein Leben? Ist er zu einem guten Mann herangewachsen? Was ist mit ihm passiert, nachdem man ihn uns genommen hat?«

Lilija atmete tief durch und begann von vorn. Sie erzählte von Slavkos Tapferkeit während des Transports und im Lager und von seiner Entschlossenheit, ihre junge Freundin zu beschützen, Halya. Sie erzählte von seiner Verhaftung und seinem Entschluss, die Nazi-Waffen zu sabotieren, und das trotz der Strafe, die er bereits verbüßt hatte. Und sie erzählte von Slavkos Flucht aus der Fabrik während des Bombenangriffs und ihrer Wiedervereinigung im Wald, nachdem er geholfen hatte, sie zu retten.

»Wir haben es bis nach Dresden geschafft und uns dann auf der Suche nach Essen getrennt.« Der Schmerz über Slavkos Verlust kehrte wieder zurück, und es war noch genauso schlimm wie in der Bombennacht. »Wir wollten uns eigentlich später wieder treffen. Dann fielen die Bomben. Aber er war nicht allein, Vika. Er war mit Halya zusammen. Sie waren immer zusammen.«

Vika hing förmlich an ihren Lippen, und als Lilija schließlich verstummte, stand sie auf und kam zu ihr herüber.

Lilija starrte zu ihrer Tante. Sie wusste nicht, wie sie reagieren sollte. Vikas Augen waren wie aus Glas, ihr Gesicht wie Stein. Nur ihr Kinn zitterte leicht. Plötzlich schlang sie die Arme um Lilija.

»Danke, dass du mir alles erzählt hast.« Vika weinte an Lilijas Schulter. »Jetzt fühle ich mich ihm schon näher, denn jetzt weiß ich, was er die ersten Jahre getrennt von uns gemacht hat, auch wenn vieles davon alles andere als schön war.«

Lilija brach unter der Last ihrer Schuld zusammen. »Es tut mir leid, Vika. Es tut mir ja so leid, dass man ihn wegen mir verschleppt hat. Es tut mir leid, dass ich mich nicht besser um ihn gekümmert habe.« Lilija stockte. »Es tut mir unendlich leid, dass ich ihn verloren habe.«

»Schschsch.« Vika richtete sich wieder auf und strich Lilija übers Haar. Ihr Gesicht war voller Tränen. »Mein Mädchen, du hast getan, was du tun konntest. Ich gebe dir keine Schuld, und ich bin so froh, dass du uns gefunden hast.«

Lilija konnte ihr Schluchzen nicht länger zurückhalten, und die beiden Frauen klammerten sich aneinander. Ihre Tränen spülten all die Jahre voller Reue und Bedauern hinweg, wie ein Schauer im Frühling das Land reinigt. Und Lilija wusste, dass ihre Tante und sie jetzt neu anfangen konnten, so wie das Land nach dem Regen.

***

Gerade, als Lilija geglaubt hatte, dass alle Hoffnung verloren war, hatte die Wiedervereinigung mit ihrer Familie sie neu entfacht. Vielleicht waren Slavko und Halya ja doch noch irgendwo dort draußen. Erneut erlaubte sie sich, davon zu träumen, Slavko in die Arme zu schließen und ihm zu sagen, wie leid es ihr täte, dass sie sich in Dresden nicht mit ihm getroffen hatte. Und Halya wollte sie sagen, dass sie sich geirrt hatte. Es war durchaus richtig, jemanden zu lieben und geliebt zu werden. Es war richtig, selbst unter den schrecklichsten Umständen so etwas wie Freude zu empfinden. Tatsächlich war das die einzige Möglichkeit zu überleben.

Dass sie jetzt wieder mit Filip zusammen war, hatte sie mehr daran erinnert als alles andere. In den Wochen seit ihrem Wiedersehen hatten sie jeden wachen Moment miteinander verbracht, und als Filip Lilija mit einem Ring aus Gras, den er selbst geflochten hatte, einen Heiratsantrag machte, hätte Lilija ihn mit ihrer stürmischen Umarmung fast zu Fall gebracht, als sie den Antrag annahm.

Lilija verschränkte ihre Finger mit seinen, während sie zusammen durch das Lager schlenderten.

»Ich kann noch immer nicht glauben, dass du mich in Dresden gesehen hast«, sagte Filip. »Ich wünschte, ich hätte gehört, wie du meinen Namen gerufen hast. Dann wäre alles anders gelaufen.« Er blieb stehen und schaute sie an. »Ich war wegen dir dort.«

Lilija drehte sich zu ihm um. »Ich dachte, wegen der Pferde.«

Filip schüttelte den Kopf. »Nachdem du verschleppt worden warst, haben die Deutschen den größten Teil meiner Widerstandsgruppe getötet. Ich weiß noch immer nicht, wie ich das überlebt habe.« Kurz schloss er die Augen und atmete tief durch. Dann fuhr er fort: »Die Pferde waren alles, was mir noch geblieben war. Ich wollte mich unbedingt um sie kümmern und ihr Überleben sichern – für Polen –, und gleichzeitig habe ich nach Wegen gesucht, zu dir zu gelangen. Als der Befehl kam, die Pferde nach Westen zu bringen, habe ich mich freiwillig gemeldet, denn ich wusste, dass du nicht weit weg von Dresden warst. Natürlich wollte ich sicherstellen, dass sie überleben, aber vor allem waren sie eine Chance für mich, dich zu finden.« Er hob Lilijas Hand an die Lippen und küsste sie. »Das war alles immer nur für dich.«

Der Gedanke an all die Zeit, die sie mit der Suche nacheinander verschwendet hatten, quälte Lilija noch immer, doch Filips Gegenwart linderte diesen Schmerz erheblich. Es war fast perfekt. Nach so vielen Jahren des Kummers und der unerträglichen Verluste hatte sie endlich Liebe gefunden. Jetzt blieb nur noch eines zu tun: Sie musste auch Slavko und Halya finden.

Jeden Tag schauten sie auf die Zettelwände in den verschiedenen Lagern in Aschaffenburg und versuchten, in diesem handgeschriebenen Chaos in den unterschiedlichen Sprachen eine Spur zu finden.

So viele verlorene Seelen suchten nach geliebten Menschen. Jeder Zettel, den Lilija berührte, verbrannte ihr förmlich die Finger, als würden die seelische Qual, die Verunsicherung und die

Angst des Schreibers sich auf sie übertragen und sie zu all diesen schmerzvollen Jahren zurückführen, als auch sie allein gewesen war. Aber jetzt erinnerte Filips Gegenwart Lilija daran, dass sie eben nicht mehr allein war, und sie würde auch es nie wieder sein.

Dann, eines Tages, fand sie es. In schlichten Buchstaben stand dort:

Stanislav Maksimovitsch Melnytschuk
Maky, Wolhynien, Polen

Lilija erinnerte sich hinterher nicht mehr daran, wie sie in das Zimmer zurückgelaufen war, dass sie sich alle teilten, aber sie erinnerte sich an den Ausdruck auf Maksims Gesicht und an die Art, wie er vor dem Fenster auf die Knie gesunken war. Die grauen Strähnen, die mittlerweile die Vorherrschaft auf seinem Kopf hatten, schimmerten im Sonnenlicht, als Lilija ihm den Zettel zeigte. Und sie erinnerte sich daran, wie Vika nur knapp genickt und sich dann stumm die Tränen mit der Schürze abgewischt hatte, als hätte sie die ganze Zeit über gewusst, dass es Slavko gut ging und dass sie ihn finden würden.

Es war, als hätte sie nie daran gezweifelt.

54

HALYA

Juni 1947, DP-Lager Aschaffenburg

Halya band die Schnur an das Ende des Stocks. Dann fädelte sie den dünnen Faden durch den Haken. Als die Angel fertig war, warf sie sie im Main aus. Eine Deutsche kam vorbei und funkelte sie an, und Halya funkelte zurück. In den drei Wochen, seit sie und Slavko in das DP-Lager der LaGarde-Kaserne in Aschaffenburg gezogen waren, hatte sie gelernt, dass es vielen Einheimischen missfiel, wenn Flüchtlinge in ihrem Fluss fischten, aber das war ihr egal. Die Deutschen hatten ihr so viel genommen, da konnte sie sich ja wohl ein paar Fische nehmen.

Das Leben war hier nicht viel anders. Wie in den beiden Lagern, in denen sie vorher gewesen waren, schliefen sie in alten Wehrmachtskasernen, die bis unter die Dächer mit Flüchtlingswaisen gefüllt waren. Sie bekamen drei Mahlzeiten am Tag und besuchten sogar eine improvisierte Schule. Wenn sie in die Stadt gingen, sammelten sie ungenutzte Fahrradteile auf, die sie zufällig gefunden hatten. Slavko wollte sich daraus ein neues zusammenbasteln. Sein Talent für Reparaturen war auch eine Gelegenheit, etwas Taschengeld zu verdienen, und davon hatten sie die Leine und einen Haken gekauft, sodass Halya jetzt angeln konnte. Was sie fing, kochten sie auf einer Herdplatte in ihrer Baracke.

Und jeden Tag schauten Halya und Slavko auf der Wand nach, wo die Flüchtlinge Zettel mit den Namen und anderen Informationen von Vermissten aufhingen. Namen, Alter, Dörfer, jeder noch so kleine Hinweis, der einen Menschen mit seinem Leben vor dem Krieg verband. Mit seinem Leben vor dem erzwungenen Exodus von Millionen. Mit seinem Leben vor dem gewaltsamen Tod von Millionen.

Die Suche nach einem Menschen in diesem Meer von verlorenen Seelen war entmutigend. Die Behörden versuchten es trotzdem. Sie dokumentierten Namen und forschten nach Vermissten, und die Wände der unterschiedlichen Lager quollen stets von Zetteln über, aber es war nicht leicht, jemanden ausfindig zu machen.

Wenn Halya diese Zettel durchging – einige verzweifelt, andere voller Hoffnung –, dann beendete sie ihre Suche jedes Mal, indem sie ihren eigenen berührte. So wollte sie bestätigen, dass er immer noch da war und die Geschichte ihres Lebens erzählte, unvollständig zwar, aber immerhin. Ihr echter Vorname und ihr echter Vatersname, Slavkos Nachname und Dorf und die echten Namen ihrer Eltern. Halya hoffte nur, dass das genug war, um sie sowohl mit ihren Eltern zu vereinen als auch für ihre eigene Sicherheit zu sorgen, doch sie machte sich ständig Sorgen, dass beides nicht wahr würde.

Halyna Mikolajivna Melnytschuk
Maky, Wolhynien, Polen
Sucht nach Katerina Bilyk und Mikola Bilyk

Die Frau von der Internationalen Flüchtlingsorganisation, die Halya registriert hatte, hatte gesagt, dass sie auch in den anderen Lagern suchen und Halya sofort verständigen würden, sollte eines ihrer Familienmitglieder auftauchen. Aber mit jedem Tag, mit jedem Monat ohne Nachricht schwand Halyas Hoffnung dahin.

»Da bist du ja!« Slavko setzte sich neben sie ans Ufer. »Ich habe überall nach dir gesucht. Mrs. Smith will mich sehen.«

»Warum?« Halya holte die Angel ein, prüfte den Wurm und warf sie wieder aus.

»Sie hat gesagt, dass sie vielleicht meine Familie gefunden hat.« Slavko trat in die Erde, und ein Brocken flog ins Wasser. Er löste sich sofort in der Strömung auf. »Und ich möchte, dass du mitkommst.«

Er sprach vorsichtig, und Halya fühlte, dass er versuchte, seine Aufregung zu verbergen. Statt sich zu freuen, wartete er auf ihre Reaktion.

Halya verstärkte den Griff um den Angelstock, bis ihre Finger schmerzten. Sie freute sich für Slavko. Sie freute sich wirklich. Er betrauerte den Verlust seiner Familie genau wie sie den ihrer Eltern. Doch was würde mit ihr geschehen, wenn er seine Verwandten wiederfand? Wie könnte er ihre Ersatzfamilie sein, wenn er wieder mit seiner echten vereint war?

»Ich werde immer für dich da sein«, hatte er einmal zu ihr gesagt. »Wir beide sind ein Team. Egal, was passiert.«

»Nein«, hatte sie erwidert. »Eines Tages werden deine Leute herkommen, und dann bin wieder allein.«

Nun, da dieser Tag gekommen war, empfand sie wieder den vertrauten Zweifel. Es war die Sorge, dass Slavko sie im Stich lassen würde, kaum dass sein eigen Fleisch und Blut auftauchte.

»Komm, Halya.« Slavko stupste sie mit dem Knie an der Schulter an. »Lass uns mal nachsehen, was Mrs. Smith wirklich gefunden hat.«

»Du solltest lieber allein gehen.« Halya starrte über den Fluss hinweg. »Ich will mich da nicht einmischen.«

»Dafür ist es zu spät. Uns gibt es jetzt nur noch im Doppelpack, und meine Familie – wenn sie denn wirklich gefunden ist – wird das verstehen und dich genauso lieben wie ich.« Slavko lief rot an. Er räusperte sich. Dann setzte er wieder sein sonniges Lächeln auf und bot Halya die Hand an. »Und jetzt komm.«

55

VIKA

Juni 1947, DP-Camp Aschaffenburg

Als Lilija durch die Tür stürmte, sprang Vika auf, und ihre Stickerei fiel zu Boden.

»Er ist auf dem Weg! Ich habe Margaret endlich gefunden. Sie holt ihn jetzt und bringt ihn her!«

Vikas Herz schlug so hart in der Brust, dass sie glaubte, es würde platzen. »Bist du sicher? Bist du sicher, dass er es ist? Zeig mir noch mal den Zettel.«

Lilija grub in ihrer Tasche und holte ihn heraus. »Schau! Da stimmt alles. Sein Name, sein Dorf, sein Alter. Das muss er sein!«

Vika starrte auf die vertraute Handschrift, und sie gab einen zitternden Schluchzer von sich. »Ich dachte, ich hätte das alles nur geträumt.«

Lilija führte ihre Tante zu ihrem Stuhl zurück. »Ich habe Bohdan gesehen und ihm gesagt, er solle Maksim holen, aber Slavko könnte schon früher hier sein.«

Ein paar Minuten später platzte Maksim in den Raum und schnappte nach Luft. »Ist ... ist er schon da? Hab ich ihn verpasst?«

»Noch nicht«, murmelte Vika. Ihr Blick waren auf die Tür gerichtet, und ihr zog es den Magen zusammen. »Sag es mir noch einmal.«

Vika hatte die kurze Geschichte in den letzten vierundzwanzig

Stunden schon oft gehört, wie Lilija Slavkos Zettel gefunden hatte, aber sie wurde sie nicht leid. Als Lilija fertig war, hallte ein Klopfen durch den Raum.

Vika erinnerte sich später nicht mehr daran, wie sie die Tür geöffnet und mit Margaret gesprochen hatte, aber plötzlich stand er vor ihr. Ihr Erstgeborener. Ihr Slavko.

Vika schlang die Arme um ihn und war erschüttert, wie groß er geworden war. Slavko drückte sie genauso fest, wie er es immer getan hatte, aber jetzt war er fast einen Kopf größer als sie. Seine Arme waren kräftig, und er war auf Augenhöhe mit Maksim. Slavko war ein Mann geworden. Und trotzdem ... Auch wenn Vika die Narben in seinem Gesicht und die Müdigkeit in seinen Augen bemerkte, sah sie noch immer den süßen kleinen Jungen, den sie vor so langer Zeit verloren hatte. Sie konnte die Freudentränen nicht zurückhalten und ließ seinen Arm auch nicht los, als er die anderen begrüßte. Sie musste ihn berühren, um sicherzugehen, dass er wirklich da war.

Nachdem Slavko und Lilija sich umarmt hatten – Lilija weinte fast so viel wie Vika –, ging Slavko zur Tür und zog ein stilles, junges Mädchen mit ungewöhnlich großen blauen Augen herein. Lilija kreischte, rannte zu dem Mädchen und schlang die Arme um sie. Als sie sich wieder voneinander trennten, nahm Slavko die Hand des Mädchens und brachte sie zu Vika und Maksim.

»Mama, Tato, das ist meine liebe Freundin Halya.« Er schaute zu Lilija. »*Unsere* liebe Freundin. Wir haben uns im Zug nach Deutschland kennengelernt und sind seitdem jeden Schritt des Weges gemeinsam gegangen. Sie hat ihre Familie noch nicht gefunden, aber ich habe ihr versichert, dass meine sie willkommen heißen wird.«

Er legte den Arm um Halyas Schultern. Liebe strahlte von ihm aus, und Vika erkannte, dass sie ihren Sohn vielleicht zurückhatte, aber er gehörte ihr nicht mehr.

»Hallo, Halya.« Sie trat vor, umarmte das spindeldürre Mädchen und flüsterte ihr ins Ohr: »Danke, dass du dich um unseren Slavko gekümmert hast.«

Als sie sie losließ, erschien ein strahlendes Lächeln auf Halyas Gesicht. »Danke, dass Sie so einen großartigen Sohn aufgezogen haben«, sagte sie schüchtern, und Vika verliebte sich in sie, genau wie ihr Sohn.

56

Halya

Juni 1948, DP-Camp Aschaffenburg

Halya strich sich das Haar glatt. Die fast achtzehnjährige Frau, die ihr im Spiegel entgegenblickte, glich kaum noch dem Mädchen, an das sie sich von daheim erinnerte. Ihr mahagonifarbenes Haar, das endlich wieder lang gewachsen war, lockte sich in sanften Wellen um ihr Gesicht. Und ihre Wangen waren nicht länger hohl vom Hunger, sondern mit hohen Wangenknochen und leicht gerötet. Aber wenn Halya genau genug hinschaute, konnte sie auch die feinen Kummerfalten auf ihrer Stirn erkennen, die Schatten der Furcht in ihren Augen und die eigensinnige Neigung ihres Kinns.

Halya ging zusammen mit einer Gruppe lachender junger Mädchen über das Feld zwischen den Baracken zu dem großen Gebäude, in dem der Tanz stattfand. Menschen aus dem ganzen Lager waren auf demselben Weg und plauderten aufgeregt miteinander.

»Halya? Bist du das?«

Sie blieb am Eingang des Gebäudes stehen und ließ ihre Freundinnen vorgehen. Die laute Musik – eine Polka – hallte durch die offene Tür und in die Nacht hinaus.

»Was denn? Da dusche ich und ziehe mal ein sauberes Kleid an, und du erkennst mich nicht mehr?« Sie drehte sich im Kreis, sodass der Rock um ihre Waden flog, und ihre Aufregung schmolz dahin. Slavko hatte stets diese Wirkung auf sie.

»Ich erkenne dich schon.« Mit seinen grünen Augen musterte er sie von Kopf bis Fuß, ihre neue Frisur, das Make-up, das Kleid. »Ich kann nur nicht glauben, dass du das bist.«

»Ich glaube, das ist sogar noch beleidigender.« Halya strich sich über die Locken. Plötzlich fand sie es sehr dumm von sich, den Freundinnen bei ihrer Frisur und dem Make-up freie Hand gelassen zu haben.

»Nein, das meine ich nicht.« Slavko rieb sich das Kinn, den Blick nach wie vor auf Halya gerichtet. Drinnen spielte die Kapelle nun ein langsameres Lied. »Möchtest du mit mir tanzen?«

»Sollten wir dafür nicht erst mal reingehen?«

»Hier draußen sind wir unter uns.« Er streckte die Hand aus. Halya legte ihre Finger hinein, ließ sich von ihm heranziehen, und Slavko drückte seine andere Hand in ihren Rücken.

Halya wiegte sich mit ihm im Takt. Ihre Füße verließen kaum den Boden. Sie war überrascht, wie intim es sich anfühlte, von Slavko in den Armen gehalten zu werden. Dabei hatten sie doch so viele Nächte zusammen unter den Sternen oder in einer verlassenen Scheune verbracht.

Doch das hier war anders. Halya konnte diesem Gefühl nur keinen Namen geben.

»Nur fürs Protokoll: *Du* siehst auch nicht aus wie du selbst«, sagte Halya und wies auf seine neue Kleidung. An den Tanzabenden war Slavko bei den Frauen sehr beliebt. Er sah ja auch gut aus: lange Gliedmaßen, starke Muskeln, leuchtendgrüne Augen und dunkelblondes Haar. Sein fröhliches Wesen und sein schelmisches Grinsen trugen auch dazu bei. In der grauen Nachkriegswelt war Slavko wie eine exotische Blume. »Hast du dich so fein gemacht, um dir ein Mädchen zu schnappen?«

Slavko schüttelte den Kopf. »Ich bin nicht daran interessiert, mir ein Mädchen zu schnappen.«

»Oh.« Es war nur eine Silbe, doch sie hing zwischen ihnen und erzeugte Spannung in der Luft.

Slavko drückte die Hand fester in Halyas Rücken, und sie rückte näher an ihn heran.

Er zuckte mit den Schultern. »Mädchen machen Spaß. Es ist schön, wenn sich alles wieder normal anfühlt.« Er schaute Halya unter seinen goldenen Wimpern an. »Warum bist du hier, Halya? Ich dachte, du hasst Tanzen.«

Halya grinste. »Ich habe meinen Freundinnen versprochen, es mal zu versuchen, jetzt, wo wir unseren Schulabschluss haben. Und sie haben sich so darauf gefreut, mich aufzutakeln.« Sie nahm kurz die Hand von Slavkos Schultern und wedelte sich theatralisch Luft zu. »Da konnte ich sie doch nicht enttäuschen.«

»Und sie haben einen guten Job gemacht. Ich meine, sie hatten ja auch eine tolle Ausgangsbasis.« Slavko räusperte sich, schaute kurz hoch und dann wieder in ihre Augen. »Was ich damit sagen will ... Du bist wunderschön, Halya.«

Slavkos Wangen wurden so rot, dass sie fast eine berührt hätte, nur um zu sehen, ob sie sich genauso heiß anfühlte, wie sie aussah. Seine Hand wurde feucht, und sein Blick wanderte von ihren Augen zu ihren Lippen. Dann beugte er sich vor, und sein Gesicht war Halya so nah, dass sie seinen warmen Atem auf der Wange spüren konnte. Plötzlich berührten Slavkos Lippen die ihren, sanft, aber mit Absicht.

Mit Verlangen.

In nur einem Herzschlag veränderte sich alles, was Halya für wahr hielt. Es war keine große Veränderung, mehr eine Verschiebung, als hätte man ein Puzzleteil, das bis jetzt einfach nur verdreht gewesen war, plötzlich ausgerichtet, sodass es passte, und mit einem Mal sah sie das ganze Bild. Sie sah ihren besten Freund auf der Welt, das liebste Mitglied ihrer neuen Familie, plötzlich als etwas, worüber sie bis jetzt noch nicht einmal nachgedacht hatte.

Sie sah ihn als Mann.

Slavko legte die Wange auf ihr Haar. »Aufgrund der neuen Flüchtlingsgesetzgebung hat meine Familie sich für die Aufnahme in Amerika beworben.«

Halyas Herz hörte auf zu schlagen. Sie versuchte, etwas zu sagen, versuchte zu fragen, doch sie war wie erstarrt. Die Vorstellung, dass Slavko gehen könnte, ließ nackte Panik in ihr aufkeimen. Schweigen senkte sich über die beiden, und Halya schluckte. Dann zwang sie ihre Lippen, sich wieder zu bewegen. »Habt ... habt ihr schon was gehört? Ist der Antrag angenommen worden?«

»Nein. Wir müssen diese Woche erst mal den Papierkram erledigen.«

Halya konnte nicht mehr atmen. Der Nachthimmel drehte sich über ihrem Kopf, und Slavko verstärkte den Griff um ihre Hüfte. Er rief ihren Namen, aber seine Stimme klang weit entfernt und blechern. Dann hörte Halya seine Worte, und so viel Gefühl lag darin, dass sie sich von ihnen wieder in die Realität holen ließ.

»Ich möchte, dass du mit mir kommst.« Slavko ließ ihre Hand los, nahm ihr Kinn und hob ihren Kopf, damit sie ihn ansah. »Hast du mich gehört, Halya? Ich bin nicht daran interessiert, mir ein Mädchen zu schnappen, weil ich dich liebe. Willst du mich heiraten?«

Halya schaute ihm in die Augen und atmete tief ein. Ihre größte Angst und ihr größter Wunsch kollidierten miteinander und ließen sie benommen zurück. Sie musste nicht mehr allein sein. Sie konnte für immer bei Slavko und seiner Familie bleiben.

Aber ihn zu heiraten hieß, dass sie auf einen anderen Kontinent ziehen musste. Es hieß, dass sie die Hoffnung aufgeben musste, ihre eigene Familie hier und jetzt zu finden.

Slavko sprach rasch weiter. »Ich weiß, dass du das Lager nicht verlassen willst … für den Fall, dass deine Eltern noch leben, und wenn du das möchtest, bleibe ich hier bei dir. Wir können sie gemeinsam weitersuchen.«

Halya wusste, dass er das ernst meinte. In den drei Jahren, die sie nun schon in den Lagern waren, hatte er sie auf jedem Schritt ihrer Suche begleitet. Auch nachdem er wieder mit seiner Familie vereint war, hatte er weiter mit ihr die Zettelwände inspiziert und, wo immer es ging, Erkundigungen eingezogen.

Halya starrte in Slavkos ernste grüne Augen und dachte darüber nach, was er für sie opfern wollte.

»Du würdest das wirklich für mich aufgeben? Die Chance, nach Amerika zu gehen?«

»Ich würde alles für dich aufgeben, Halya. Ich liebe dich, und dich an meiner Seite zu haben ist alles, was zählt. Du lässt mich für ein besseres Leben kämpfen, egal wo wir sind.«

Nach kurzem Zögern fuhr er fort: »Aber wenn du gehen willst, dann müssen wir *jetzt* heiraten, damit wir gemeinsam die Papiere ausfüllen können.«

Halya sog zitternd die Luft ein. Plötzlich war sie wieder ein kleines Mädchen. Sie lag im Schoß ihres Vaters und lauschte seinen Geschichten und Weisheiten.

Versprich mir, dass du immer tapfer sein und kämpfen wirst, egal, was auch passiert. Kämpfe, denn das Leben ist das Kämpfen wert.

Tato würde nicht wollen, dass sie hier in diesem Lager blieb, wenn sie die Chance hatte, nach Amerika zu gehen.

Er würde wollen, dass sie die Trauer und den Schmerz hinter sich ließ.

Er würde wollen, dass sie liebte und geliebt wurde.

Er würde wollen, dass sie Freude und Erfüllung empfand.

Er würde wollen, dass sie für ein besseres Leben kämpfte.

Halya legte die Hände um Slavkos Wangen, und seine Stoppeln kratzten sie auf der Haut.

»Du bist auch meine Familie. Deine Familie ist meine Familie. Ich liebe dich, Slavko. Und ich werde dich heiraten, und wir gehen zusammen nach Amerika.«

57

VIKA

Oktober 1948, DP-Lager Aschaffenburg

Vika und Maksim hielten den Atem an, als Nadja die Brust geröntgt wurde. Das war nur einer von vielen medizinischen Tests, die sie über sich ergehen lassen mussten, um in die USA emigrieren zu können. Nadja hatte seit fast einem Jahr keinen Husten mehr gehabt, aber jeder Fleck auf ihrer Lunge könnte bedeuten, dass man ihnen die Einreise verweigerte.

Als dieser Test und auch all die anderen ohne Befund waren, gestattete Vika sich endlich, darüber nachzudenken, was das bedeutete: ein neues Leben für ihre Familie, weit weg von all dem Schmerz und den Zerstörungen des Krieges. Das war fast unmöglich zu begreifen.

Es klopfte leise an der Tür, und Vika wusste genau, wer das war. Slavko hatte der Familie gestern Abend eröffnet, dass er verlobt war, und seitdem rechnete Vika mit dem Besuch des Mädchens. Sie verstand, warum die Entscheidung so sehr auf Halya lastete, und ihre Liebe zu Slavko war nicht der Grund dafür.

Vika führte sie in den Raum und bot ihr einen Platz am Tisch an. Halya setzte sich, murmelte einen Gruß und kaute auf den Lippen. Vika beschloss, nicht um den heißen Brei herumzureden. Maksim und die Kinder könnten jeden Augenblick hereintreten, und sie wollte die Chance nutzen, um allein mit Halya zu sprechen.

»Ich habe mir schon gedacht, dass du vorbeischauen würdest. Wie kommst du mit alledem zurecht?«

Halya blinzelte. Vermutlich überraschte sie Vikas Offenheit, aber sie würde bald ja auch Teil dieser Familie sein. Also sollte sie sich besser daran gewöhnen.

»Ich liebe Slavko von ganzem Herzen«, sagte sie langsam, »und ich will ihn heiraten, aber es fällt mir schwer, zu gehen, ohne zu wissen, was mit meiner Familie passiert ist.«

Vika schüttelte den Kopf. »Du musst dich nicht zwischen beidem entscheiden. Du hast sie jahrelang gesucht und in der Vorhölle dieser Lager gelebt, aber auch von Amerika aus gibt es Möglichkeiten, weiterzusuchen. Und wir können dir dabei helfen.«

Halya senkte die Stimme, als würde sie ein Geheimnis offenbaren, das sie eigentlich nicht teilen wollte. »Ich habe jemanden aus meinem alten Dorf getroffen, und der hat mir gesagt, alles sei zerstört. Auch unser Haus. Er glaubt, meine Eltern sind tot.«

»Das tut mir leid, Halya.« Vika setzte sich neben sie und suchte nach den richtigen Worten, doch die schien es in diesem Fall nicht zu geben. »Und was sagt dir dein Herz?«

Halyas Gesichtsausdruck entspannte sich ein wenig. »Dass ich Slavko heiraten sollte. Dass ich versuchen sollte, mein Glück zu finden. Trotzdem fühlt es sich falsch an …«

»Weil du das Gefühl hast, dass du sie loslässt, richtig?«, beendete Vika den Satz. Sie verstand das Mädchen nur allzu gut.

»Ja«, flüsterte Halya.

»Dann tu das nicht. Halt deine Eltern fest – die Erinnerungen an sie, ihre Liebe –, und nimm sie mit. Lass sie in dir und deinen Kindern weiterleben. Wenn du dich für Slavko entscheidest und mit ihm für ein neues Leben, heißt das nicht, dass du sie aufgibst.«

Halya traten die Tränen die Augen, und sie blinzelte sie weg. »Hat er dir je erzählt, dass ich meine echte Mutter verloren habe, als ich noch sehr klein war?«

Vika erstarrte. »Nein. Davon hat er nie etwas gesagt.«

Halya atmete tief durch. »Meine Mutter ist gestorben, als ich noch ein Baby war, und ihre Schwester – meine Tante – hat meinen Vater geheiratet und ihm geholfen, mich großzuziehen. Ich erinnere mich zwar nicht an meine richtige Mutter, aber sie war immer Teil meines Lebens.«

»Ich bin sicher, sie wäre sehr stolz auf dich«, sagte Vika. »Und deine Tante auch.«

»Meine Mama«, korrigierte Halya sie. »Sie hat mich geliebt wie ihre eigene Tochter, und ich liebe sowohl sie als auch meinen Vater von ganzem Herzen. Sie haben keine weiteren Kinder mehr bekommen, aber unser Heim war immer voller Liebe, denn Mama wusste, was Verlust und Schmerz bedeuten. Du siehst also, wenn ich nach Amerika gehe und damit zugebe, dass meine Mama und mein Vater nicht mehr da sind, dann habe ich schon zwei Mütter verloren. Und so glücklich mich Slavko macht, das ist nur schwer zu akzeptieren.«

Muttergefühle erwachten in Vika, und sie nahm Halyas Hand. »Wenn du mich lässt, dann werde ich eine Mutter für dich sein. Ich weiß natürlich, dass du erwachsen bist und eigentlich keine Mutter mehr brauchst, besonders nicht nach allem, was du durchgemacht hast, aber es wäre mir eine Ehre, wenn ich dich Tochter nennen dürfte.«

Ein atemberaubendes Lächeln erschien auf Halyas Gesicht, während ihr gleichzeitig wieder die Tränen in die Augen stiegen. »Meinst du das ernst?«

»Ja, das tue ich.« Vika drückte Halya an sich. Sie konnte jeden

Knochen im Rücken des Mädchens spüren, dabei hatte ihre Verfassung sich seit ihrem ersten Zusammentreffen deutlich gebessert. »Du bist doch jetzt schon wie eine Tochter für uns. Das macht es nur offiziell.«

»Das bedeutet mir alles«, schluchzte Halya.

»Familie ist auch alles«, erwiderte Vika. Sie lehnte sich zurück und wischte ihr mit dem Daumen die Tränen von den Wangen. »Und du hast jetzt eine neue Familie. Das heißt aber nicht, dass du deine ursprüngliche Familie vergessen sollst.«

Halya holte ein Blatt Papier aus der Tasche und entfaltete es. »Diese Zeichnung hat Lilija vor Jahren für mich gemacht. Ich hatte ein Foto von meiner leiblichen Mutter und meinem Vater, aber ein Polizist hat es zerrissen. Lilija hatte es nur einmal gesehen, aber sie hat es perfekt für mich kopiert. Ich habe so viele Nächte damit verbracht, dieses Bild anzustarren, doch ehrlich gesagt war es vor allem meine Tante, meine Mama, die ich vermisst habe.«

»Sie hat dich großgezogen. Sie war auch deine Mutter.« Vika schaute auf die Zeichnung. »Selbst wenn du deiner leiblichen Mutter offenbar sehr ähnelst.«

»Das habe ich schon oft gehört«, sagte Halya. »Ich hoffe nur, dass ich auch so stark wie Mama bin und nicht nur äußerlich so wie meine Mutter.«

»Ich denke, du bist beides.« Vika zögerte. Sie wollte nicht fragen, aber sie wollte wissen, wie groß dieser Verlust war, wie eng ihre Verbindung zu diesem fragilen und doch unerschütterlichen Mädchen. »Hat der Hunger dir deine Mutter genommen?«

»Ja«, antwortete Halya. »Auch wenn eine sowjetische Kugel das Unvermeidliche beschleunigt hat, so hat man mir gesagt.«

Eine Welle der Sehnsucht spülte über Vika hinweg, und sie schloss die Augen und erinnerte sich. »Ich habe meine Eltern damals ebenfalls an die Arbeitslager und den Hunger verloren und fast alle meine Geschwister. Ich bin mit Maksim und einer

Schwester geflohen, bevor sie die Grenze geschlossen haben, aber ich denke noch immer jeden Tag an sie.«

Diesmal war es Halya, die Vika in den Arm nahm. »Dann weißt du also, wie das ist«, sagte sie schlicht.

Vika öffnete die Augen wieder und schaute Halya an. »Ja, ich weiß, was du aufgibst. Ich weiß, was du verloren hast. Und ich liebe dich nur umso mehr dafür.«

58

LILIJA

Februar 1949, SS Ernie Pyle, auf dem Atlantik

Filip küsste Lilija auf die Wange, und sie nahm seine Hand. Seine stabile, beständige Gegenwart hatte ihr das ganze letzte Jahr über Halt gegeben. Von ihrer kurzen Verlobung über ihre ausgelassene Hochzeit bis hin zur chaotischen Geburt ihrer Tochter im DP-Lager in Aschaffenburg war Filip ihr Fels in der Brandung gewesen. Es war eine Liebesgeschichte, die Lilija über lange Zeit aufgegeben hatte, weil sie sich selbst aufgegeben hatte. Doch als sie jetzt auf ihren hübschen Mann und ihre wunderschöne Tochter schaute, verblasste ihr altes Leben in der Ferne. Sie fuhren mit dem Dampfschiff nach Amerika, und Lilija empfand eine Erfüllung, die sie kaum im Zaum halten konnte.

Ich glaube, so fühlt sich Glück an.

Das war eine solch fremde Vorstellung für sie, ein so unerreichbares Ideal, dass sie ganz vergessen hatte, wie sie es annehmen sollte. Manchmal überlegte sie, wann sie zum letzten Mal wirklich glücklich gewesen war. Vielleicht als sie zusammen mit ihrer Mutter unter dem Kirschbaum gesessen und Vögel gezeichnet hatte. Oder wenn sie mit ihrem Vater zum Teich gegangen war, um Wasser zu holen. Dabei hatten sie immer Sprachen geübt. Doch all diese Erinnerungen waren nun so fern, so weit, weit weg, dass sie zu einem anderen Leben zu gehören schienen, einer anderen Person.

Lilija dachte auch an Oleksy, und sie fürchtete, nie etwas über sein Schicksal zu erfahren. Vermutlich war er, wie er es vorhatte, zurückgegangen und kämpfte noch immer für die ukrainische Unabhängigkeit, besonders jetzt, seit Stalin die West-Ukraine wieder unter seine Herrschaft gezwungen hatte. Es war der gleiche Kampf wie immer, nur diesmal war die Fackel an eine neue Generation weitergereicht worden. Die Welt hatte aufgehört, zu kämpfen, doch die Ukrainer konnten das nicht.

Lilija hatte ein schlechtes Gewissen, weil sie vor diesem Kampf floh, aber sie musste sich jetzt ganz auf ihre Tochter konzentrieren und das beste Leben für sie finden. Hätte sie Filip nie getroffen und hätte sie nie ein Baby gehabt, dann wäre auch sie vielleicht in den Kampf gezogen: für Nina, für ihre Eltern und für all die Leben, die so sinnlos verschwendet worden waren. Nun aber hatte ihr Leben einen neuen Sinn.

Und dieser neue Sinn wedelte mit den knubbeligen Ärmchen vor Lilijas Gesicht und quiekte.

»Ich glaube, sie will zu dir«, sagte Filip, lachte und hielt Lilija die kleine Nina hin.

»Das trifft sich gut«, sagte Lilija. »Ich will sie nämlich auch.«

59

VIKA

Februar 1949, SS Ernie Pyle, auf dem Atlantik

Vika lächelte, als sich Slavko und Halya, das frischvermählte Paar, umarmten. Fast konnte man sich vorstellen, dass sie einfach ein junges Ehepaar waren, das sorglose Flitterwochen in Amerika verbringen wollte. Doch trotz der Liebe zwischen den beiden las Vika den Schmerz in Halyas Augen, die Unsicherheit, die sie ewig mit sich herumschleppen würde, und all die Fragen, auf die es niemals eine Antwort geben würde.

Weiter die Reling hinunter kuschelten Lilija und Filip mit ihrer Tochter. Geboren ohne Heim und ohne Land würde sich die kleine Nina schneller an ihr neues Leben gewöhnen als alle anderen. Sie würde als Amerikanerin aufwachsen, unfähig, sich an die Gewalt und den Schrecken zu erinnern, denen ihre Familie ausgesetzt gewesen war, aber die Spuren davon würden stets da sein und sie ihr ganzes Leben lang beeinflussen. Die Familie formte einen Menschen, und keiner von ihnen hatte diesen Krieg unversehrt überstanden. Voller tiefer Wunden konnten sie nur versuchen, der kleinen Nina das Beste mitzugeben.

Sie würden ihr auch von ihrer Namensgeberin erzählen und von all den Jahren, in denen die Familie getrennt gewesen war. Sie würden ihr von der unendlichen Reise ihrer Ehrengroßeltern – Baba und Dido – erzählen – Lilija bestand darauf, dass Vika und

Maksim diese Rollen spielten. Die beiden hatten ihr Möglichstes getan, um Stalin und Hitler zu entkommen und ihre Familie wieder zu vereinen. Und sie würden ihr die Lieder ihres Volkes vorsingen, damit auch sie nie vergaß, wo sie herkam, auch wenn sie ihre Heimat nie gesehen hatte.

Für die Ukraine waren sie verloren, aber sie würden sie für immer im Herzen tragen.

Vika steckte die Hand in die Tasche und strich mit den Fingern über die getrockneten Kalynabeeren. Dieses mächtige Symbol der Ukraine würde sie in ihr neues Leben begleiten – als eine Erinnerung und auch als ein Versprechen. Natürlich würde es Zeit brauchen, bis ein Kalynastrauch Wurzeln geschlagen hatte und gewachsen war, aber irgendwann würde er aufblühen. So wie Vika und ihre Familie.

Vika starrte nach Osten, zur Ukraine. Sie musste jetzt gehen, um ihrer Familie willen. Das wusste sie, aber ihr Heimatland lockte sie noch immer, und daran würde sich auch nichts ändern. Vielleicht würde die Ukraine eines Tages ja die sowjetische Schlinge um ihren Hals abstreifen und sich erneut als freies Land erheben. Vielleicht konnte Vika eines Tages wieder zurückkehren und ihre geliebte Schwester sehen, Maria, und deren Kinder und Kindeskinder. Und vielleicht würden Slavkos und Halyas Enkel eines Tages wieder zurückgehen, um ihre Vettern in der Alten Welt kennenzulernen und das wunderschöne Land zu sehen, das Vika so sehr liebte.

Die Worte des alten Kosakenliedes, das ihr Vater immer gesungen hatte, tanzten auf Vikas Zunge, die Hymne der berühmten Sitscher Schützen. Sanft und klar sang sie das ukrainische Volkslied *Oj, u lusi tschervona kalyna – Rot blüht auf der Wiese die Kalyna*.

Maksim nahm Vikas Hand und drückte sie an seine Lippen. »Ja, unser roter Kalyna lässt nun die Zweige hängen, aber unsere glorreiche Ukraine wird strahlend wiederauferstehen.«

»Ja.« Vika lächelte ihn an. »Eines Tages.«

Anmerkung der Autorin

Die Grenze zwischen Fiktion und meiner Familiengeschichte in diesem Buch ist so fließend, dass es mir manchmal selbst schwerfällt, mich daran zu erinnern, wo die Fiktion beginnt und wo sie endet. Von kleinen Stücken und Szenen bis hin zu einer vollständigen Geschichte ist dieser Roman zum größten Teil von der ukrainischen Seite meiner Familie inspiriert. Es ist das Buch, von dem ich schon als kleines Mädchen geträumt habe.

Meine Urgroßeltern stammen aus der historischen Region Wolhynien. Das liegt im einstigen Ostpolen, was heute die West-Ukraine ist. Im Jahre 1939, zu Beginn des Zweiten Weltkriegs marschierten die Sowjets dort ein. Sie führten eine Zwangskollektivierung durch, folterten Zivilisten und richteten sie hin, und 150.000 junge Ukrainer wurden für die Rote Armee zwangsrekrutiert. Der NKWD, das Volkskommissariat für Inneres der UdSSR, hatte zugleich politische Bedrohungen ausgemerzt: polnische Veteranen, Staatsbeamte, Polizisten und ihre Familie, einschließlich der Alten und der Kinder.

Als die Sowjets sich 1941 vor den anrückenden Nazis zurückzogen, schlachteten sie die politischen Gefangenen ab und setzten eine Politik der verbrannten Erde um. Das Leben unter der sowjetischen Herrschaft war so brutal gewesen, dass viele Ukrainer die Deutschen anfangs als Befreier begrüßten, doch sie mussten rasch feststellen, dass die Nazis sich keinen Deut von den Sowjets unterschieden.

Wie schon so viele zuvor wollten sie nur das Land der Ukrainer. Dessen Ertrag war ein integraler Bestandteil von Hitlers Plan für sein Reich im Osten, und die Deutschen nutzten die bestehenden Kolchosen, um die einheimische Bevölkerung genauso auszuhungern, wie es schon die Sowjets getan hatten. Sie transportierten Nahrung aus der Ukraine nach Deutschland und planten den Tod von Millionen, während sie das Land kolonalisierten. Sie lösten auch den Arbeitskräftemangel in Deutschland, indem sie Arbeiter aus den besetzten Gebieten in ganz Europa einsammelten. In der Ukraine zwangen sie dieselben Menschen unter ihr Joch, die schon Stalins Holodomor überlebt hatten. Sie holten sie vom Markt oder wenn sie gerade aus der Kirche kamen, und sie stahlen sie aus ihren Häusern und Höfen oder schickten Stellungsbefehle in die Dörfer.

Im November 1943 wurde das Mindestalter für Zwangsarbeiter auf zehn Jahre gesenkt. Wenn sich jemand weigerte oder davonlief, brannten die Deutschen sein Haus nieder und bestraften die Familie. Dorfvorsteher und lokale Behörden wurden gezwungen, Listen zu erstellen, und während einige einfach gehorchten, suchten andere nach Wegen, um die Nazis zu sabotieren.

Die Verpflegung, Unterbringung, medizinische Versorgung und die Behandlung der sogenannten Ostarbeiter aus dem Reichskommissariat Ukraine und anderen Ostgebieten variierten stark, je nach Einsatzort: Bauernhof, Fabriken unterschiedlichen Typs usw. All die Situationen, die Lilija, Slavko und Halya durchstehen mussten – Appelle, Sabotage von Ausrüstung, Knochenarbeit und Bombenangriffe –, haben ihren Ursprung in den Berichten unzähliger Zeitzeugen.

Jene, die sich widersetzten oder flohen, wurden entweder auf der Stelle hingerichtet oder in eines der Vernichtungslager wie Auschwitz geschickt, wenn man ihrer habhaft wurde.

Auf dem Höhepunkt des Zwangsarbeiterprogramms schufteten 7,6 Millionen Menschen für die Deutschen. 2,2 Millionen davon waren Ukrainer. Gegen Ende des Krieges wurden die Ostarbeiter entweder in andere Lager oder Fabriken verlegt, oder sie wurden gezwungen, Panzergräben auszuheben, und manchmal wurden sie auch Opfer von Massenerschießungen, wenn Lager oder Fabriken aufgelöst wurden. Das hat Lilija ja auch erlebt.

In Wolhynien wiederum waren Ukrainer entweder Angehörige der Roten Armee, des ukrainischen Widerstands (der UPA) oder Hilfskräfte der Nazi-Polizei, seltener auch der sowjetischen Partisanen. Es ist eine traurige Tatsache, dass die Nazis Ukrainer und andere Slawen als »Untermenschen« betrachteten. Sie ermordeten und deportierten sie, und sie versklavten Millionen von ihnen. Andere Ukrainer dienten in der deutschen Armee oder bei der deutschen Polizei. Als klar wurde, dass das Versprechen der Nazis, nach dem Krieg eine unabhängige Ukraine zu schaffen, eine einzige große Lüge war, verließen viele Ukrainer den deutschen Dienst, um sich der UPA anzuschließen und gegen die Nazis, die Sowjets und die Polen zu kämpfen.

Kämpfe tobten auch zwischen den einzelnen Gruppen. Die Ukrainische Aufstandsarmee griff polnische Siedlungen an. Der polnische Widerstand schlug zurück. Beide Gruppen kämpften gegen die Nazis, und für jeden Schlag gegen die Deutschen richteten die Nazis unschuldige Zivilisten hin und brannten ganze Dörfer nieder. Auch meine Urgroßeltern und ihre Kinder waren gezwungen, aus ihrer Heimat zu fliehen, und dreimal mussten sie sich verstecken, als die Nazis nahe gelegene Dörfer in Schutt und Asche legten. Und jedes Mal wussten sie nicht, ob ihr Heim bei ihrer Rückkehr noch stand. Als die Ostfront sich verlagerte und wieder die Ukraine und Polen erreichte, zogen ganze Flüchtlingswellen gen Westen, um dem Chaos in ihrer Heimat zu entkommen, meine Familie eingeschlossen.

Die Erlebnisse meiner Familienangehörigen, die in einem Pferdewagen durch ganz Europa gezogen sind, und das mitten im Krieg, haben schon in jungen Jahren mein Interesse geweckt – besonders für die Geschichte meiner Urgroßmutter, die mit ihrer Tapferkeit und ihrem scharfen Verstand ihre Familie gerettet hat, nachdem die Russen sie ausgeraubt hatten. Tatsächlich hatten sie sie sogar schon an die Wand gestellt. Und als ich Fragen dazu hatte, führte das zu noch mehr Erzählungen: wie mein Großvater so hungrig war, dass er glücklich eine faulige Suppe aß, die eine Frau ihm angeboten hatte, oder wie er sah, wie ein kleiner Junge sich mit einer geladenen Panzerfaust selbst verkrüppelte. Mein Großonkel erinnert sich auch noch daran, wie seine Eltern an den Gräbern ermordeter Polen geweint haben, lieben Freunden, als sie Familienangehörige in ihrem alten Dorf besucht haben, bevor auch sie nach Westen zogen.

Je weiter die Sowjets die Deutschen zurückdrängten, desto mehr näherte sich die Front Breslau, und der dortige Gauleiter ließ die Zivilbevölkerung und die vielen Flüchtlinge evakuieren, die inzwischen in der Stadt waren. Auch darunter war meine Familie. Tausende sind damals in Eis und Schnee ums Leben gekommen, und in einer grausamen Wendung des Schicksals strandeten viele, die die eisige Flucht aus Breslau überlebt hatten, in Dresden, gerade rechtzeitig zu der feurigen Apokalypse.

Vom 13. bis zum 15. Februar warfen rund 800 Bomber gut 2.700 Tonnen in mehreren Wellen Brand-, Spreng- und Splitterbomben über Dresden ab. Gott sei Dank waren meine Leute damals nicht dort, aber sie waren nahe genug, um das Inferno aus der Ferne zu sehen und zu hören. Die Brände, die das Bombardement verursacht hatte, schlossen sich rasch zu einem entsetzlichen Feuersturm zusammen, der Menschen und Trümmer einsaugte wie ein Tornado. Insgesamt kamen damals zwischen 22.000 und 25.000 Menschen um. Entweder erstickten sie, oder sie wurden in den Kellern gebacken. Jene, die in Wasserbecken wie zum Beispiel Brunnen Zuflucht suchten, wurden bei lebendigem Leibe gekocht, und wenn sie herauskrochen, dann blieben sie im schmelzenden Asphalt der Straßen stecken. Und mitten während der zweiten Welle trafen polnische Araberpferde in der Stadt ein, die vor Ankunft der Roten Armee evakuiert worden waren.

Filips Reise mit den polnischen Arabern beruht auf einer wahren Geschichte. Die Deutschen schätzten diese wertvollen Tiere sehr, und Pferde wurden in Ost-Polen öfter konfisziert und evakuiert. Eine Gruppe aus dem Stall in Janów Podlaski erreichte Dresden am 14. Februar, wo gegen ein Uhr mittags die zweite Bomberwelle niederging. Viele der Pferde gingen durch und liefen weg. Viele starben. Ein junger Stallbursche mit Namen Jan Ziniewcz wurde berühmt dafür, dass er die beiden Hengste Witraz und Wielki Szelm mit blutigen Händen in Sicherheit führte. Die Pferde buckelten und tobten im Feuer und Bombenhagel, doch Jan Ziniewcz ließ die Zügel nicht los, und später, nach dem Krieg, waren diese beiden Pferde hilfreich dabei, die fast ausgerottete polnische Araberzucht wieder aufzubauen.

Dieser Bericht über die polnischen Araber hat mich besonders fasziniert, weil mein Urgroßvater ein leidenschaftlicher Reiter war. Zwar arbeitete er nicht in einem polnischen Gestüt, aber er besaß eigene Pferde. Einmal hat er ein lahmes Pferd gerettet, dem die Deutschen den Gnadenschuss geben wollten. Er pflegte es gesund, nur damit die Deutschen es dann wieder stahlen. Ein andermal hat er sich eine Sense über die Schulter geworfen und Frau und Kinder zurückgelassen, um seinen geliebten Pferden zu folgen. Soldaten hatten sie gestohlen, und er wollte sicherstellen, dass sie gut gefüttert wurden, und wenn es ging, wollte er sie zurückholen. Er hatte keinen Erfolg, aber ich habe die Idee geliebt, die faszinierende Geschichte der polnischen Araber in meinen Roman einzubinden, um seiner Leidenschaft für Pferde Tribut zu zollen, die sich über Generationen hinweg in unserer Familie erhalten hat, bis hin zu meiner Tochter.

Als der Krieg vorbei war, lag die Ukraine in Trümmern. Ungefähr sieben Millionen Ukrainer waren tot, und 2,2 Millionen waren als Zwangsarbeiter deportiert worden. Über 36 Millionen Ukrainer waren noch in der Heimat, doch 10 Millionen davon hatten kein Dach mehr über dem Kopf. Fast 29.000 Dörfer und Städte, einschließlich des Dorfes, in dem mein Urgroßvater geboren wurde, waren dem Erdboden gleichgemacht worden.

Jene, die die Ukraine verließen – egal, ob freiwillig oder gezwungenermaßen –, fielen unter die Kategorie *Displaced Persons* (DP), ein Begriff, der ein ganzes Spektrum von Menschen in Europa umfasste, von Zwangsarbeitern und Überlebenden der Konzentrationslager bis hin zu Kriegsgefangenen und Flüchtlingen. Auch wenn es schwerfällt, im Nachkriegschaos eine genaue Zahl zu ermitteln, so schätzt die Forschung, dass es zwischen zehn und zwölf Millionen DPs in Europa gab. Anfangs repatriierten die Alliierten viele von ihnen. Jene, die sie in die Sowjetunion zurückschickten, wurden von Stalin als Verräter betrachtet, fürs Leben gebrandmarkt und oft verhaftet und in den Gulag geschickt. Ende September 1945 weigerten sich die verbliebenen 1,2 Millionen DPs heimzugehen – vorwiegend Polen, Ukrainer und Balten –, denn sie fürchteten zu Recht die Verfolgung durch die Sowjets. Die Szene, in der Halya einen Mann findet, der sich lieber selbst erhängt hat, als in die Sowjetunion zurückzukehren, basiert auf etwas, das mein Großonkel mit eigenen Augen gesehen hat, und es war kein Einzelfall.

Anfangs wurden die DP-Camps von der United Nations Relief and Rehabilitation Administration (UNRRA) geleitet und dann ab 1946 von der International Refugee Organization (IRO). Normalerweise wurden die Menschen dort nach Ethnie sortiert, nicht nach Ursprungsland. Die DPs steckten zwischen ihrer zerstörten Vergangenheit und einer unsicheren Zukunft fest, und sie versuchten, ihr Leben wieder zusammenzufügen, indem sie nach verlorenen Familienmitgliedern suchten, heirateten und neue Familien gründeten. In den alten Wehrmachtskasernen, die ihnen oft als Unterkunft dienten, eröffneten die Gemeinschaften eigene Schulen, Kirchen und Geschäfte. Sie organisierten Tanzabende, Theaterstücke, und sie hielten Wahlen ab. In Aschaffenburg hat mein Großvater im Main geangelt, und da er ein begabter Mechaniker war, sammelte er kaputte Fahrräder und baute aus den Einzelteilen neue, die er dann verkaufen konnte.

Langsam, ganz langsam fanden die DPs, die oft Unmenschliches überstanden hatten, eine neue Heimat in Belgien, Kanada, Großbritannien, Frankreich, Australien, Brasilien, Argentinien und Chile. Dort arbeiteten sie dann als Bauern, Bergarbeiter, Hausangestellte oder in Fabriken. In den USA wiederum wuchs der Druck der Öffentlichkeit, und die Folge davon war der Displaced Persons Act von 1948, der es 200.000 DPs gestattete, sich für die Einwanderung in die Vereinigten Staaten zu bewerben. Gesponsort vom United Ukrainian American Relief Committee nahm auch meine Familie an diesem Programm teil. 1950 und 1951 wurde das Gesetz dann noch einmal überarbeitet. Insgesamt 400.000 DPs sind in die Vereinigten Staaten ausgewandert.

Als ich die Geschichte meiner ukrainischen Familie erforscht habe, habe ich Verwandte gefunden, die nahezu jeden Aspekt dieser Zeit erlebt haben. Zwar ist keiner der Charaktere in diesem Buch das exakte Ebenbild eines meiner Familienmitglieder, aber ich habe mich für viele Storybögen von ihren Geschichten inspirieren lassen. So ist die Flucht von Vikas Familie und ihre Zeit in den DP-Camps zwar fiktional, aber auch voller Erinnerungen meines Großonkels und meines Großvaters. Auch konnte ich die echten Aufnahmeformulare meiner Familie aus dem DP-Camp dank der internationalen Arolsen Archives in Bad Arolsen einsehen und daraus die Szenen entwickeln, in denen Lilija im Lager befragt wird und wo Vika sich schämt, weil ihre Kinder als »unterernährt« eingestuft werden. Genau das ist auch meiner Urgroßmutter mit ihren Kindern passiert.

Meine Familie war in insgesamt zwei verschiedenen Lagern, Neumarkt und Aschaffenburg, und sie hat es irgendwie geschafft, einen verlorenen Neffen zu finden, bevor sie 1949 auf der *SS Ernie Pyle* in die USA reisten, drei Jahre nach ihrer Ankunft in den DP-Camps. Meine Urgroßmutter hat auch eine Schwester in Wolhynien zurückgelassen. Sie hat sie nie wiedergesehen und auch nie ihre Kinder und Enkel kennengelernt. Sie leben noch immer in der Ukraine. Ich hoffe, eines Tages mit meinen Kindern dorthin zu fahren, um ihnen das Dorf zu zeigen, in dem mein Großvater – ein Mann, den sie gekannt und geliebt haben – geboren wurde. Ich will sie ihren Vettern vorstellen und endlich das Band wieder knüpfen, das durch den Zweiten Weltkrieg zerstört wurde.

Diesen Roman zu schreiben war nicht leicht, denn vieles dreht sich um Schmerz und Gewalt und das Trauma meiner eigenen Familie. Aber selbst inmitten all der Finsternis habe ich Licht gefunden. Trotz des polnisch-ukrainischen Konflikts in Wolhynien haben Polen ukrainischen Familien geholfen, und Ukrainer haben polnische Familien unterstützt. Und polnische und ukrainische Partisanen haben sich gegen Ende des Krieges zusammengeschlossen, um gemeinsam gegen die Sowjets zu kämpfen.

Diese Fälle von Stärke und Einheit, nicht die von Hass und Spaltung, sind das, was Ukrainer und Polen heute vorwärts trägt. Trotz all der Jahre unter Nazi- und Sowjetherrschaft und trotz der anhaltenden russischen Propaganda, die die Geschichte ausnützt, um Zwietracht zu säen, war Polen das erste Land, das die

Unabhängigkeit der Ukraine anerkannt hat, und es ist nicht nur ein treuer Verbündeter im gegenwärtigen Russisch-Ukrainischen-Krieg, sondern es hat auch Millionen von ukrainischen Flüchtlingen aufgenommen. Die polnisch-ukrainischen Beziehungen sind ein Musterbeispiel dafür, wie man aus der Vergangenheit lernen kann, um gemeinsam einen besseren Weg zu gehen – ein krasser Gegensatz zu der Aggression und Brutalität, die gegenwärtig aus Russland kommen. Das ist eine Lektion, die die ganze Welt lernen sollte.

Zu dieser komplexen Geschichte gibt es zahlreiche Quellen und Materialien. Hier ein paar der Veröffentlichungen, die ich verwendet habe:

Berkhoff, Karel: *Harvest of Despair: Life and Death in Ukraine under Nazi Rule.* Belknap Pr 2008.

Hargreaves, Richard: *Hitlers Final Fortress: Breslau 1945.* Stackpole Books 2015.

Hodorowicz Knab, Sophie: *Wearing the Letter P. Polish Women as Forced Laborers in Nazi Germany, 1939–1945.* Hippocrene Books 2018.

Hulme, Katheryne: *The Wild Place.* Kindle-Ausgabe 2018.

McKay, Sinclair: *Die Nacht, als das Feuer kam,* Dresden 1945. Goldmann 2020.

Memorial International: *OST. Letters, Memoirs and Stories from Ostarbeiter in Nazi Germany,* o. V.

Nasaw, David: *The Last Million: Europe's Displaced Persons from World War to Cold War.* Penguin Press 2020.

Piotrowski, Tadeusz (Hrsg.): *Genocide and Rescue in Wolyn. Recollections of the Ukrainian Nationalist Ethnic Cleansing Campaign Against the Poles During World War II.* McFarland & Company 2008.

Rapawy, Stephen: *The Culmination of Conflict: The Ukrainian-Polish Civil War and the Expulsion of Ukrainians After the Second World War.* ibidem Press 2016.

Savchyn Pyskir, Maria: *Thousands of Roads: A Memoir of a Young Woman's Life in the Ukrainian Underground During and After World War II.* McFarland 2001.

Shepherd, Ben: *The Long Road Home: The Aftermath of the Second World War*, o. V.

Snyder, Timothy: *Bloodlands: Europa zwischen Hitler und Stalin.* Aktualisierte Ausgabe, dtv 2022.

Ders.: *The Reconstruction of Nations: Poland, Ukraine, Lithuania, Belarus, 1569-1999.* Yale University Press 2004.

Shtendera, Yevhen: *Volyn und Polissia: The German Occupation. Books One and Two*, Litopys UPA Library, o. J.

Dank

Ich denke oft an die Prüfungen, die meine Vorfahren haben erdulden müssen, um mir das Leben zu ermöglichen, das ich nun führe, und ich bin ihnen unendlich dankbar dafür. Ich denke, ich kann ihre Erinnerungen am besten ehren, indem ich ihre Geschichte kennenlerne. Während dieses zutiefst persönliche und oft komplizierte Buch nicht immer leicht zu recherchieren und zu schreiben war, so ist es doch mein Tribut an jene, die vor mir gekommen sind, jene, die mich geschaffen haben.

Ich bin meinen Autorenkolleginnen Amanda McCrina, Marina Scott und Andrea Green auf ewig dankbar dafür, dass sie das Manuskript gegengelesen und mir unschätzbare Einblicke, Ratschläge und ihre Freundschaft geschenkt haben. Meiner Agentin Lindsay Guzzardo danke ich wieder einmal dafür, mich aus dem Schlamm gezogen und mir geholfen zu haben, meine Träume wahr werden zu lassen. Taryn Fagerness, danke dafür, dass du so hart gearbeitet und mir geholfen hast, dass meine Geschichten Länder erreichen, die ich nie für möglich gehalten habe. Danke auch an meine unermüdliche, hilfsbereite Lektorin Tara Loder, die stets da war, um meine Fragen zu beantworten und Brainstorming mit mir zu machen. Und mein Dank gilt auch dem Rest des Boldwood-Teams: Amanda, Nia, Claire, Caroline, Sarah, Jenna, Ben, Megan, Sue, Marcella, Isabelle und all die anderen hinter der Bühne. Ich danke euch für eure Bemühungen, mein Buch zum Leben zu erwecken. Ihr seid wunderbar!

Familien sind das Rückgrat meiner Romane, und ich habe das große Glück, auch persönlich von einer großartigen unterstützt zu werden. Ich danke euch allen, dass ihr immer an mich geglaubt habt.

Dieses Buch wäre nicht möglich gewesen ohne die Geschichten, die von meiner Urgroßmutter, meinem Großvater und meinem Großonkel überliefert sind. Zwei von ihnen habe ich bereits verloren, doch ich habe das große Glück, meinen Großonkel noch zu haben. Onkel Bohdan, danke, dass du immer bereit und willens warst, mit mir zu reden. Ich trage die Ukraine im Herzen, wie du so oft gesagt hast, aber du hilfst mir auch, die ukrainische Geschichte meiner Familie am Leben zu erhalten.

Last but not least möchte ich auch meinen Lesern und ihrer Community danken – Bookstagrammern, Bloggern, Bibliothekaren und Buchclubs. Jede Nachricht, jede Mail und jede Rezension, die Sie schreiben, bedeuten mir sehr viel. Ich danke Ihnen dafür, dass Sie mir einen Teil Ihrer wertvollen Zeit opfern, um mein Buch zu lesen. Ich hoffe, Sie genießen das neue genauso sehr, wie ich es genossen habe, es zu schreiben.

Die Community für alle, die Bücher lieben

Das Gefühl, wenn man ein Buch in einer einzigen Nacht verschlingt – teile es mit der Community

In der Lesejury kannst du
- ★ Bücher lesen und rezensieren, die noch nicht erschienen sind
- ★ Gemeinsam mit anderen buchbegeisterten Menschen in Leserunden diskutieren
- ★ Autoren persönlich kennenlernen
- ★ An exklusiven Gewinnspielen und Aktionen teilnehmen
- ★ Bonuspunkte sammeln und diese gegen tolle Prämien eintauschen

Jetzt kostenlos registrieren: www.lesejury.de

Folge uns auf Instagram & Facebook:
www.instagram.com/lesejury
www.facebook.com/lesejury